Un émouvant imprévu

*

Liés par un enfant

*

Un bonheur à saisir

HEIDI RICE

Un émouvant imprévu

Traduction française de
CATHERINE BELMONT

HARLEQUIN

Titre original :
ONE NIGHT, SO PREGNANT!

Ce roman a déjà été publié en 2014

Le visuel de couverture est reproduit avec l'autorisation de :

HARPERCOLLINS FRANCE
83-85, boulevard Vincent-Auriol, 75646 PARIS CEDEX 13
Service Lectrices — Tél. : 01 45 82 47 47

www.harlequin.fr

ISBN 978-2-2804-1726-6

1

En d'autres circonstances, Theresa aurait apprécié la vue que les bureaux de Graystone Enterprises, situés au trente-huitième étage d'un immeuble de verre et d'acier, offraient sur la baie de San Francisco. Mais, aujourd'hui, trop nerveuse pour admirer le panorama, elle arpentait le hall d'accueil en s'efforçant vainement de contrôler sa respiration.

Dès son arrivée au siège de la société, une grosse boule s'était coincée au fond de sa gorge et elle avait eu beau toussoter discrètement, elle n'avait pas réussi à la déloger. La dernière fois qu'elle s'était sentie aussi fébrile et oppressée, c'était la veille de son quinzième anniversaire, douze ans et demi plus tôt.

Quand elle était rentrée à la maison ce jour-là, le buste serré dans un blouson à tête de mort, les cheveux teints en rouge et la narine droite percée d'un anneau, son père avait poussé un cri qui avait failli faire voler en éclats toutes les vitres du rez-de-chaussée.

— Où as-tu déniché cet accoutrement, Tess ? lui avait-il demandé, blême de colère.

— Chez une copine, avait-elle répondu d'un ton insolent. Mon nouveau look ne te plaît pas ?

— Non. Tu sais à qui tu ressembles avec ton vieux cuir lacéré et ta crête de coq ? Aux jeunes droguées qui traînent dans les rues de Londres du matin au soir et qui effraient les touristes.

— Dommage que maman ne soit plus là ! Si elle me voyait, je suis sûre qu'elle me trouverait très jolie et qu'elle me féliciterait d'avoir changé de style.

— Elle qui était l'élégance personnifiée, te féliciter de ton mauvais goût ? Tu délires ! Elle t'en voudrait tellement d'avoir oublié tes bonnes manières qu'elle te priverait de sorties jusqu'à Noël.

— Et toi, papa, qu'est-ce que tu vas faire ?

— T'infliger une punition dont tu te souviendras toute ta vie.

Trop rigoureux pour être efficace, le châtiment mémorable que Theresa avait reçu en guise de cadeau d'anniversaire n'avait réussi qu'à la braquer contre son père et à l'éloigner de lui.

Aujourd'hui, personne ne pourrait s'imaginer qu'elle avait eu une adolescence chaotique et qu'elle avait fréquenté une bande de punks pendant des mois, se dit-elle en croisant son reflet dans l'un des miroirs du hall.

Les mèches hirsutes qui flamboyaient jadis au sommet de son crâne avaient laissé place à de longs cheveux dorés noués bas sur la nuque en un épais chignon. Quant à ses boucles d'oreilles et à la chaînette en argent massif enroulée autour de son poignet, elles n'avaient rien de comparable avec les piercings clinquants et les bracelets en cuir clouté qu'elle affectionnait autrefois.

A la fin de ses études, lorsqu'elle avait décidé de devenir organisatrice de réceptions, elle était allée courir les magasins de Chelsea et s'était métamorphosée en femme d'affaires sans la moindre difficulté. Mais sous ses dehors élégants, elle avait toujours gardé son tempérament de feu et sa soif inextinguible de liberté.

Après avoir collectionné les succès à Londres, elle avait refusé de s'endormir sur ses lauriers et s'était lancé un nouveau défi : partir exercer ses talents de l'autre côté de l'Atlantique. Comme deux de ses anciennes camarades d'université, elle avait préféré s'établir en Californie qu'à New York et s'était vite adaptée aux rythmes de sa nouvelle vie.

— Asseyez-vous, mademoiselle Tremaine, je vous en prie.

Tirée de ses pensées par la voix haut perchée de Jenny McBride, l'assistante personnelle de Nathaniel Graystone, Theresa se carra dans l'un des fauteuils alignés au fond du hall. Puis, pour tromper son impatience, elle se mit à fredonner silencieusement un vieux tube de Madonna en battant la mesure du bout de ses pieds gainés de soie.

Quand elle avait fait la connaissance de Nathaniel un mois et demi plus tôt, elle portait déjà des bas résille et des escarpins aux brides torsadées. Chargée de l'organisation d'un cocktail au Skyline, un restaurant panoramique de San Francisco, elle s'était tellement démenée ce jour-là qu'elle n'aurait pas eu la force d'assister à la fête si elle n'avait pas reçu un coup de fil inopiné.

— Allô ! avait-elle jeté d'un ton las dans le micro de son téléphone dès que celui-ci s'était mis à vibrer. Qui est à l'appareil ?

— Dan, avait répondu son fiancé.

— Que veux-tu ?

— Te dire que tout est fini entre nous.

— Je… je te demande pardon ?

— Tu m'as très bien entendu. En me baladant dans le parc du Golden Gate ce matin, je me suis aperçu que le célibat me plaisait et que je n'étais pas pressé de fonder un foyer.

— Tu es tombé sur un sosie de Miss Monde au détour d'une allée et elle t'a tapé dans l'œil ?

— Même pas ! Je n'ai croisé que des grands-mères percluses de rhumatismes et des gamins turbulents pendant ma promenade.

— Ce sont eux qui t'ont dégoûté du mariage ?

— Non. Je n'ai eu besoin de personne pour prendre ma décision.

— Que me reproches-tu ?

— Ta frigidité.

— Ma *quoi* ?

— Ta *frigidité*. Quand nous faisons l'amour, tu as l'air de trouver ça mortellement ennuyeux.

— Et alors ? Il n'y a pas que le sexe dans la vie. Il y a aussi la tendresse et la complicité.

— Ah ! parlons-en, de notre complicité. Tes goûts sont tellement différents des miens que nous n'arrêtons pas de nous chamailler. A moins d'être candidats au divorce, il vaut donc mieux que nous rompions avant d'avoir convolé.

— Beaucoup mieux, tu as raison. Je préférerais me trancher la langue que de dire oui à un mufle comme toi.

Après avoir raccroché sèchement, assommée, elle s'était remise au travail avec des gestes d'automate et avait décidé de passer une partie de la nuit au Skyline.

Le coktail avait à peine débuté quand elle avait vu Nathaniel Graystone franchir le seuil du restaurant. Elle l'avait regardé saluer les autres invités et s'était juré de le tenir à distance tout au long de la soirée.

Elle aurait préféré mourir plutôt que de succomber à son charme dévastateur, s'était-elle juré entre deux gorgées de champagne.

Mais, lorsqu'il s'était approché d'elle d'une démarche féline et qu'il l'avait comblée d'éloges, elle avait trouvé tellement agréable de se faire encenser qu'elle n'avait pas eu le cœur de l'interrompre.

— Vous venez ? lui avait-il glissé à l'oreille pendant que la fête battait son plein. J'aimerais vous montrer mes… talents cachés.

Et, au lieu de le gifler ou de lui tourner le dos avec une dignité de reine offensée, elle l'avait suivi docilement jusque dans les toilettes.

— Que j'ai envie de vous, ma belle ! s'était-il exclamé avant de dégrafer son pantalon, de lui arracher son string et de la plaquer contre la porte.

L'esprit à la dérive et le corps enfiévré, elle s'était laissé entraîner loin, très loin de la réalité. Puis, dès qu'elle avait senti refluer en elle la vague brutale de plaisir qui l'avait privée de son habituelle lucidité, elle s'était enfuie du Skyline à toutes jambes.

Pourquoi avait-elle cédé à ce don Juan ? s'était-elle demandé après avoir regagné son domicile. Parce qu'elle avait un peu trop bu et que l'alcool lui avait brouillé les idées ? Non ! Elle avait certes abusé du champagne, mais pas au point de perdre la tête et de se jeter au cou d'un séducteur impénitent. Parce que sa conversation téléphonique avec Dan l'avait déstabilisée et qu'elle avait eu besoin de se rassurer dans les bras d'un autre homme ? Sans doute…

Si le destin ne s'était pas amusé ensuite à déjouer ses plans, elle se serait abrutie de travail pendant des semaines et aurait fini par oublier cette folle étreinte. Seulement voilà ! Les erreurs qu'on commettait dans un moment de faiblesse étaient souvent lourdes de conséquences et…

Arrachée à sa méditation par la sonnerie stridente de l'Interphone qui trônait sur le bureau de Jenny McBride, Theresa la regarda enfoncer les touches de l'appareil et enroula ses doigts autour des accotoirs de son fauteuil. Si Nathaniel refusait de la recevoir, que devrait-elle faire ? S'en aller avant d'avoir pu lui révéler le secret qu'elle était venue lui confier ? Ou forcer sa porte et l'obliger à ouvrir ses oreilles ?

— La visioconférence à laquelle participait M. Graystone est terminée, mademoiselle Tremaine, annonça Jenny. Que voulez-vous que je lui dise ?

— Que l'organisatrice de la petite fête donnée par Edward et Brenda Galloway au Skyline le 20 juillet aimerait avoir un entretien avec lui.

— Il vous connaît ?

— Oui. Nous avons… sympathisé au cours de la réception.

— Vous ne devez pas être la seule personne à qui il ait serré la main ce soir-là. Il est tellement sollicité à longueur d'année qu'il vous a peut-être oubliée.

— Oh ! ça m'étonnerait.

— Est-ce pour des raisons personnelles ou professionnelles que vous souhaitez le rencontrer ?

— Personnelles. S'il vous demande de me faire patienter, avertissez-le que je ne bougerai pas d'ici avant d'avoir pu lui parler.

— Très bien ! Je vais lui transmettre votre message.

— Merci.

Dès que Jenny se fut retirée, Theresa bondit de son siège et essaya une fois encore de maîtriser sa nervosité. Peine perdue… La grosse boule qui lui obstruait la gorge avait doublé de volume et l'empêchait de respirer.

Elle devait absolument se calmer, se dit-elle, au bord de l'asphyxie. Ce n'était pas au grand méchant loup qu'elle était venue rendre visite, mais à un séducteur de pacotille qui n'aurait probablement pas le courage d'assumer ses responsabilités.

— M. Graystone vous attend, mademoiselle Tremaine, déclara Jenny en réapparaissant dans le hall cinq minutes plus tard. Entrez, je vous en prie.

Le cœur battant, Theresa ajusta sur son épaule la bandoulière de son sac et se dirigea d'un pas raide vers la longue table en demi-lune à laquelle était assis Nathaniel.

— Ravi de vous revoir, lança-t-il avant de se lever et de lui désigner un fauteuil.

Avoir un tel charme devrait être considéré comme un délit, pensa-t-elle, subjuguée par le puissant magnétisme qui émanait de lui.

Avec son regard bleu saphir où dansait une flamme rieuse, sa bouche aux lèvres pleines et ses épais cheveux bruns dont elle connaissait la douceur pour y avoir enfoui ses doigts le soir de leur première rencontre, il incarnait la séduction à l'état pur. Elégamment vêtu d'une chemise gris perle qui mettait en valeur ses larges épaules et d'un pantalon anthracite que resserrait à la taille une fine ceinture en cuir noir, il n'aurait eu aucun mal à éclipser les mannequins aux muscles d'athlète que se disputaient les meilleurs stylistes de San Francisco.

— Qu'est-ce qui me vaut l'honneur de votre visite, ma jolie ? demanda-t-il en se perchant sur un coin de son bureau.

— Je me prénomme Theresa, jeta-t-elle d'une petite voix pointue.

— Bien que je n'aie pas la chance d'être l'un de vos amis, m'autorisez-vous à vous appeler Tess ?

— Oui.

— Tant mieux ! Si vous m'aviez obligé à faire des chichis après ce qui s'est passé entre nous, je vous aurais trouvée terriblement snob.

Gênée par le regard éloquent dont l'enveloppait Nathaniel, Theresa sentit ses pommettes s'enflammer.

— Quel splendide vermillon ! s'exclama-t-il. Je ne savais pas que les jeunes femmes rougissaient encore à notre époque.

— Ce n'est pas à cause de votre manque de tact que je rougis, c'est à cause de la chaleur, maugréa-t-elle. Le thermomètre qui est accroché à l'une des cloisons du hall d'accueil indiquait trente degrés à mon arrivée et je ne supporte pas les températures trop élevées.

— Ah bon ? Je croyais que vous adoriez les atmosphères brûlantes.

L'allusion était tellement directe — et le ton, tellement sarcastique — que Theresa s'empourpra de plus belle.

Mais qu'est-ce qui lui avait pris de suivre ce goujat dans les toilettes du Skyline ? se reprocha-t-elle, mortifiée.

Habitué à voir les jolies filles se pâmer d'admiration devant lui, il devait s'imaginer qu'elle était venue le relancer et qu'elle rêvait de passer une nuit entière dans ses bras.

— Vous n'avez toujours pas répondu à ma question, lui rappela-t-il d'un air narquois.

— Quelle question ? demanda-t-elle, la tête pleine de brouillard.

— Celle que je vous ai posée il y a un instant : qu'est-ce qui me vaut l'honneur de votre visite ?

— J'allais justement vous le...

— Non, laissez-moi deviner ! interrompit-il après avoir caressé des yeux les longues jambes fuselées de Theresa. Je parie que vous vous en voulez d'avoir oublié votre string au Skyline et que vous avez hâte de le récupérer.

— Vous l'avez gardé ?

— Bien sûr ! Pas par fétichisme, mais par simple courtoisie. Je me suis douté qu'il vous manquerait et que vous viendriez tôt ou tard le chercher.

— Il faut croire, alors, que vos dons d'extralucide laissent à désirer.

— Vous n'êtes pas impatiente que je vous rende ce qui vous appartient ?

— Pas du tout ! J'ai d'autres problèmes en ce moment.

— Des problèmes de quel ordre ?

— Physiologique.

— Vous êtes malade ?

— Non, rassurez-vous, je suis en pleine forme… A un détail près.

Une étincelle d'humour éclaira les yeux de Nathaniel.

— Ah ! je sais de quoi vous souffrez, ma chère Tess, s'écria-t-il avec une emphase moqueuse. Depuis que vous avez pu apprécier certaines de mes aptitudes, vous êtes en manque et vous aimeriez que je vous emmène explorer le septième ciel une fois encore. Si c'est ce que vous voulez, vous n'avez qu'à me le dire franchement au lieu de tourner autour du pot. Je me ferai une joie de vous offrir mes services.

— Merci de votre générosité, riposta Theresa, ulcérée par une telle outrecuidance, mais je préfère les longues nuits d'amour aux étreintes furtives.

— Dans ce cas, sortons vite d'ici et allons chez moi.

— Où habitez-vous ?

— Au bout de la rue. L'appartement que j'occupe se trouve tout en haut d'un immeuble de soixante-quinze étages. Quand vous y entrerez, vous vous croirez à mi-chemin du paradis. Et il me suffira ensuite de vous serrer dans mes bras pour vous propulser vers une autre galaxie.

— Grâce à vos « talents cachés » d'astronaute, j'imagine ?

— Oui. Je suis un spécialiste des voyages intersidéraux.

— Et le roi des prétentieux.

— Si vous pensez que je vous raconte des histoires, venez dans ma chambre et vous verrez que je ne vous ai pas menti. Comparée aux toilettes exiguës du Skyline, elle vous semblera merveilleuse.

— Oh ! je n'en doute pas.

— Quant à mon lit, il est tellement confortable que vous ne voudrez plus le quitter.

Fatiguée de cette conversation qui n'avait ni rime ni raison, Theresa s'agrippa aux accotoirs de son fauteuil et lança d'une seule traite :

— Ce n'est pas pour coucher avec vous que j'ai décidé de vous rendre visite aujourd'hui, espèce de vantard ! C'est pour vous dire que j'avais acheté trois tests de grossesse ce matin et qu'ils s'étaient tous révélés positifs.

Nathaniel eut l'impression que les murs de son bureau se resserraient autour de lui comme les mâchoires d'un piège habilement dressé et qu'une broyeuse aux dents acérées allait pulvériser son cœur.

Depuis la scène torride qui s'était déroulée dans les toilettes du Skyline, il avait failli appeler Theresa à quatre ou cinq reprises, mais sa méfiance envers les femmes l'en avait empêché.

Il avait bien fait de ne pas téléphoner à cette hypocrite, se félicita-t-il, le premier choc passé. S'il l'avait invitée à dîner, elle aurait essayé de lui mettre le grappin dessus et il aurait eu un mal fou à lui résister.

Des menteuses au sourire angélique et aux grands yeux innocents, il en avait déjà rencontré plusieurs dans sa vie et les blessures cuisantes qu'elles lui avaient infligées l'avaient rendu allergique aux grands sentiments.

— Qu'insinuez-vous ? jeta-t-il d'un ton abrupt. Que vous êtes enceinte et que je suis le père de votre bébé ?

— Le… La chose que je porte dans mon ventre est un embryon, pas un bébé, rectifia-t-elle avec une égale âpreté.

— Employez le terme que vous voudrez, je m'en moque. Tout ce que je vous demande, c'est de ne pas me prendre pour un imbécile.

— Vous ne croyez pas un mot de ce que je viens de vous dire ?

— Non. Au cas où ce détail vous serait sorti de la tête, je vous rappelle que j'avais mis un préservatif avant de vous faire l'amour. Même si mes spermatozoïdes avaient eu autant de punch ce soir-là que des nageurs olympiques, il leur aurait été difficile de traverser le latex et d'atteindre leur but.

— A moins que le latex en question ne se soit déchiré au mauvais moment.

— Impossible ! Le pharmacien à qui je l'avais acheté ne vend que des produits de première qualité.

— A votre place, monsieur Graystone, j'éviterais de lui accorder ma confiance à partir de maintenant et j'irais m'approvisionner ailleurs.

Quelle comédienne ! pensa Nathaniel en voyant une lueur de colère embraser les yeux pailletés d'or de Theresa.

Loin de perdre ses moyens, elle osait lui donner des conseils et jouer les vertueuses indignées.

— Le préservatif que j'ai utilisé n'avait aucun défaut, j'en suis sûr, déclara-t-il, persuadé qu'elle avait la ferme intention de le piéger et qu'elle n'allait pas se laisser désarmer aussi facilement.

Mais, à sa grande surprise, plutôt que de relancer le débat, elle y mit elle-même un terme.

— Puisque vous le dites ! s'exclama-t-elle avant de quitter son fauteuil avec un soupir de lassitude et de sortir du bureau sans un regard en arrière.

2

Les mains posées sur le volant de sa voiture, Theresa contempla d'un air admiratif la maison que son amie Eva avait achetée dans le célèbre quartier de Haight Ashbury. Avec sa façade habillée de clins blancs, son perron à encorbellement et sa pergola aux poutres laquées de bleu ciel, elle ressemblait aux grandes bâtisses excentriques qu'aimaient dessiner les illustrateurs de livres pour enfants. Quand Eva et son mari en étaient devenus propriétaires, juste avant la naissance de leur fils Carmine, elle était délabrée et menaçait de s'effondrer. Mais, à force de courage et de patience, ils avaient réussi à lui redonner sa splendeur d'antan.

Après avoir glissé sous son bras le cadeau enrubanné d'azur qu'elle avait apporté à Eva, Theresa sauta à bas de son siège et s'éloigna de sa Chevy sans prendre la peine de la fermer à clé. Vu l'état de cette vieille guimbarde, qui pourrait avoir l'idée saugrenue de la lui voler ? Sûrement pas les riches voisins de son amie, dont les somptueuses limousines et les 4x4 flambant neuf étaient garés de part et d'autre de la chaussée ! Les maisons victoriennes qui bordaient les rues de San Francisco étaient tellement convoitées que seuls les gens fortunés avaient les moyens de se les offrir en cette période de récession.

Et fortunée, Theresa ne l'était pas encore, hélas ! Depuis son arrivée aux Etats-Unis, elle avait noué des relations professionnelles avec les notables de la région, mais ses revenus irréguliers lui permettaient tout juste d'équilibrer son budget. Pour tenir au mieux son rôle de femme d'affaires, elle devait s'habiller dans les meilleures boutiques de mode et avoir

— en apparence, du moins — le même train de vie que ses clients. Comme le loyer du duplex où elle avait récemment emménagé s'élevait à plus de trois mille dollars et que les tailleurs haute couture n'étaient pas bon marché, elle avait été obligée de restreindre certaines de ses dépenses et de renoncer à acheter le joli cabriolet de ses rêves.

S'il fallait qu'elle prenne un congé de maternité dans sept mois et qu'elle paie de sa poche les honoraires de l'obstétricien, elle allait être ruinée, se dit-elle en sonnant à la porte d'Eva.

Après avoir épousé Nick Delisantro, un brillant informaticien, celle-ci avait créé sur le web un site de généalogie qui était visité chaque jour par des centaines d'internautes. Contrairement à son mari, dont le cabinet d'ingénierie était situé dans la banlieue de San Francisco, elle pouvait travailler à domicile et s'occuper du petit Carmine sans avoir besoin des services d'une nounou.

— Mon Dieu, faites qu'elle soit là ! murmura Theresa, étonnée de n'entendre aucun bruit dans la maison et impatiente de parler à son amie.

Eva et elle avaient été camarades d'université à Londres et s'étaient installées en Californie la même année. Malgré leur différence de caractère, elles étaient inséparables et ne manquaient jamais une occasion de s'entraider. Lorsqu'elles avaient du vague à l'âme ou un problème à régler, elles se confiaient l'une à l'autre et retrouvaient très vite le sourire.

— Ah ! c'est toi, Tess, s'exclama Eva en ouvrant à la volée la porte joliment ciselée de son vestibule. Nous avions rendez-vous ?

— Non. Comme je passais dans le quartier, j'ai eu envie de m'arrêter et de venir te dire bonjour. Je ne te dérange pas, j'espère ?

— Pas le moins du monde ! Ce coquin de Carmy est tellement excité que je n'ai pas encore pu me mettre au travail. Il y a une vingtaine de minutes qu'il est réveillé. Et j'ai eu beau lui chanter des berceuses, il a refusé de se rendormir.

Theresa regarda le bébé aux boucles brunes qu'Eva serrait sur son cœur et sentit une brusque émotion lui nouer la gorge.

— Il vaut mieux que… que je me sauve et que je te laisse t'occuper de ton fils, balbutia-t-elle.

— Déjà ! Pourquoi es-tu aussi pressée de t'en aller ?

— Parce que j'ai eu tort de débarquer chez toi à cette heure-ci. Au lieu d'arriver à l'improviste, j'aurais dû t'appeler.

— Tu as bien fait de ne pas me téléphoner. Carmy adore les surprises.

— Hi, hi, hi ! s'écria le bambin en souriant de toutes ses fossettes et en tendant ses petites mains potelées vers Theresa.

— Il est mignon, hein ? lança Eva.

— *Très* mignon.

— Tu veux que je te le confie ?

— Non, merci. Je… je préfère que tu le gardes dans tes bras.

— Qu'est-ce que tu as aujourd'hui ? Tu es pâle comme un linge et tu n'arrêtes pas de bafouiller. Il s'est passé quelque chose de grave ?

— Oui. C'est de cela que j'étais venue te parler.

Après avoir invité Theresa à entrer, Eva alla asseoir Carmine dans la jolie balancelle bleu pervenche qui oscillait au fond de la cuisine et se retourna vers son amie.

— Que t'arrive-t-il ? lui demanda-t-elle, l'air inquiet.

— J'attends un bébé.

— Depuis quand le sais-tu ?

— Depuis ce matin. J'ai acheté trois tests de grossesse et tous ont indiqué le même résultat.

— Il n'y a donc aucun doute possible ?

— Aucun, malheureusement.

Theresa se jucha sur un haut tabouret garni de paille et poussa un soupir à réveiller les morts.

— Je suis tombée enceinte le soir où Dan m'a plaquée, ajouta-t-elle d'une voix brisée.

— Lui as-tu dit qu'il serait bientôt papa ?

— Non, et pour cause ! Ce n'est pas lui, le père du bébé.

— Ah ! s'exclama Eva en ouvrant de grands yeux et en retenant de justesse la question qui lui brûlait les lèvres.

— Lorsqu'il m'a informée par téléphone qu'il voulait me quitter, j'étais en train de décorer la salle du Skyline et je tombais de fatigue. S'il ne m'avait pas appelée, je me serais dépêchée de finir mon travail et d'aller me reposer. Mais, quand je l'ai entendu m'accabler de reproches, j'ai été tellement furieuse que j'ai décidé d'assister au cocktail des Galloway.

— Histoire d'oublier ce lâcheur et de noyer ta colère dans l'alcool ?

— En quelque sorte.

— Est-ce pendant la réception que tu as rencontré l'homme qui t'a mise enceinte ?

— Oui. J'avais déjà vidé deux flûtes de champagne au moment où ce type est arrivé et je me suis laissé aveugler par son charme ravageur.

— A quoi ressemblait-il ?

— A un prince des *Mille et Une Nuits*. Lorsqu'il est entré dans le restaurant, toutes les femmes se sont retournées vers lui et l'ont dévoré des yeux. Toutes, y compris moi. Si j'avais été dans mon état normal, je ne lui aurais même pas adressé l'ombre d'un sourire. Mais, comme ma conversation avec Dan m'avait perturbée, je n'ai pas eu la force de l'envoyer promener quand il est venu me féliciter pour mes talents d'organisatrice. Au lieu de me méfier de ses beaux discours, j'ai été flattée qu'il s'intéresse à ma petite personne et j'ai bu ses paroles.

— N'importe qui aurait réagi de cette façon. Après le choc que tu avais reçu au début de la soirée, il n'est pas étonnant que tu aies été sensible aux compliments de cet homme.

— De là à perdre la tête et à accepter de le suivre dans les toilettes du Skyline, il y a un pas que je n'aurais pas dû franchir.

— Ça, je te l'accorde. Il t'était déjà arrivé de faire ce genre de choses ?

— Bien sûr que non ! J'ai beau être impulsive, je ne cède jamais aux affreux machos dont je croise la route. Chaque fois que je vais dans une boîte de nuit et qu'un type se permet de me draguer, je ne me gêne pas pour le rembarrer.

— Je le sais, lança Eva avec un sourire. Je t'ai déjà

entendue traiter d'horrible phallocrate un don Juan qui voulait t'épingler à son tableau de chasse.

Puis, redevenant sérieuse, elle ajouta :

— Que s'est-il passé entre ton beau parleur et toi ?

— Nous avons flirté pendant plus de deux heures, répondit Theresa, le regard au loin. Et tout à coup, alors que les invités portaient un toast à Edward Galloway, nous nous sommes enflammés comme…

— … des allumettes ?

— Exactement !

— Avant de vous consumer dans les bras l'un de l'autre, vous auriez dû vous protéger.

— Nous l'avons fait.

— Si vous aviez utilisé un préservatif de bonne qualité, tu ne serais pas tombée enceinte.

— C'est ce que j'ai pensé ce matin, quand j'ai vu des petites croix bleues sur mes tests de grossesse.

— Qu'est-ce qui a cloché, à ton avis ?

— Je n'en ai aucune idée.

Eva s'assit à côté de Theresa et lui tapota le poignet d'une main amicale.

— Pourquoi es-tu convaincue que Dan n'est pas le père de ton bébé ? l'interrogea-t-elle.

— Parce que nous n'avions pas couché ensemble depuis un mois et demi lorsque nous avons rompu.

— Ça ne m'étonne pas. Il y avait autant d'étincelles entre vous qu'entre deux vieux chiffons qui auraient passé des semaines au fond d'une bassine remplie d'eau.

— Notre manque de… d'attirance l'un envers l'autre se remarquait à ce point-là ?

— Oui. Seul un aveugle ne s'en serait pas aperçu, et encore ! Nick et moi nous sommes souvent demandé ce qui te plaisait chez ce rabat-joie de Dan.

— Vous le trouviez ennuyeux ?

— Comme la pluie. Chaque fois que tu venais nous rendre visite avec lui et qu'il se lançait dans l'un de ces longs discours soporifiques dont il a le secret, nous étions obligés de boire des litres de café pour rester éveillés.

— Si je m'étais doutée qu'il vous assommait, je ne lui aurais pas proposé de m'accompagner.

— Ce que nous pensions de ce raseur n'avait pas d'importance. L'essentiel à nos yeux était qu'il te rende heureuse. Malgré vos perpétuelles chamailleries, nous croyions que vous vous aimiez et que vous rêviez de fonder une famille.

— Eh bien ! vous vous êtes trompés. Notre relation était bâtie sur du sable. Elle n'avait aucune chance de durer jusqu'à la fin des temps.

— Tu n'es pas trop triste d'avoir dû dire adieu à tes projets de mariage ?

— Non, ne t'inquiète pas. Quand un idiot me quitte, je ne suis pas du genre à sombrer dans la neurasthénie et à me gaver d'antidépresseurs.

Eva sauta de son tabouret, l'air soulagé, puis sortit deux canettes de thé glacé de son réfrigérateur et en offrit une à Theresa.

— Assez parlé de Dan ! s'exclama-t-elle. Ce n'est pas ce bonnet de nuit qui m'intéresse, c'est le papa de ton bébé. Comment s'appelle-t-il ?

— Nathaniel Graystone.

— Que fait-il dans la vie ?

— Il dirige une société d'investissement dont le siège se trouve à San Francisco.

— Il sait que tu es enceinte de lui ?

— Oui. Je suis allée le voir aujourd'hui pour lui apprendre la nouvelle.

— Et quelle a été sa réaction ?

— Il a refusé de me croire.

— Tu n'as pas essayé de le convaincre de ta sincérité ?

— Si, mais je n'ai réussi qu'à m'attirer son mépris. Il a dû s'imaginer que je voulais lui réclamer une grosse somme d'argent ou l'obliger à m'épouser et à…

Au souvenir de la conversation houleuse qu'elle avait eue avec Nathaniel, Theresa s'interrompit net et éclata en sanglots.

— Ne pleure pas, Tess, je t'en supplie, dit Eva avant de se précipiter vers elle et de lui entourer les épaules d'un bras réconfortant. Ce qui t'arrive n'est pas bien grave.

— Ah ! tu trouves ? Moi, je dirais plutôt que ma situation est catastrophique.

— Et pourquoi pas désespérée, pendant que tu y es ?

— Attends que je te dresse la liste de mes problèmes et tu verras que je n'exagère pas.

— Vas-y, je t'écoute.

— Eh bien, tu ne vas pas être déçue. Un, je suis enceinte d'un type que je connais à peine et qui refuse d'assumer ses responsabilités. Deux, je n'ai pas d'emploi stable ni de revenus réguliers. Trois, mon statut ne me donne pas droit à un congé de maternité rémunéré. Quatre, les quelques centaines de dollars que j'ai réussi à économiser au début de l'année ne me permettront pas de payer les honoraires d'un obstétricien. Il ne me reste donc qu'une solution : me débarrasser du bébé comme d'un paquet encombrant.

A l'idée de se faire avorter, Theresa sentit une vague de tristesse la submerger et s'effondra dans les bras d'Eva.

— Personne ne t'oblige à prendre une telle décision aujourd'hui, rétorqua Eva. Puisque tu n'es enceinte que de six semaines, tu as encore le temps de réfléchir.

— A quoi ?

— A ce que tu souhaites vraiment. Lorsque tu penses à cet enfant, qu'éprouves-tu ?

— De la panique. Toute la matinée, j'ai essayé de me persuader qu'il s'agissait d'un simple embryon, pas d'un être humain ni même d'un fœtus, mais je n'y suis pas arrivée. Et, quand tu m'as proposé de me confier ton fils il y a vingt minutes, j'ai eu l'impression que tu me donnais le coup de grâce.

Se reprenant, Theresa essuya ses yeux humides du plat de la main et tendit à Eva le cadeau qu'elle lui avait apporté.

— Tu sais ce que je redoute le plus, en dehors des difficultés matérielles dont je viens de te parler ? D'être une mauvaise mère ! Contrairement à toi, qui as de la patience et de l'énergie à revendre, je ne possède aucune des qualités de la maman idéale.

— La maman idéale n'existe pas, Tess. Le métier de parents s'apprend jour après jour et requiert une bonne dose d'humilité. Avant la naissance de Carmy, j'avais lu plein de livres sur le sujet et je croyais que je pourrais tout maîtriser une fois que j'aurais accouché. J'avais juste oublié un « détail ».

— Lequel ?

— Les bébés sont des personnes à part entière, pas des poupées de porcelaine, et il est impossible de prévoir comment ils réagiront dans telle ou telle situation. Ce n'est pas en suivant les conseils des pédiatres qu'on arrive à progresser, c'est en s'adaptant aux circonstances et en tirant les leçons de nos erreurs.

— En avez-vous fait beaucoup, Nick et toi ?

— Plus encore que tu ne l'imagines. Si notre fils était rancunier, il y a belle lurette qu'il nous aurait envoyés balader.

Le petit Carmine se mit à gazouiller au fond de la cuisine et Theresa sentit sa gorge se dénouer.

— Quoi que tu décides, dit Eva, je serai à tes côtés et je te soutiendrai.

— Merci, répondit Theresa, les yeux étincelants de gratitude. Tu es un amour.

— Peut-être Nathaniel Graystone t'offrira-t-il également son aide.

— Vu la manière dont il s'est conduit aujourd'hui, j'en doute. Ce type a un iceberg à la place du cœur et je préférerais mourir que de m'abaisser à lui réclamer le moindre dollar.

— Si le portrait que tu m'as brossé de lui est exact, je comprends que tu n'aies pas envie de remettre les pieds dans son bureau.

— Oublions cet égoïste, tu veux ? Je suis allée le trouver au siège de sa société parce que j'estimais qu'il était de mon devoir de lui parler de ma grossesse. Mais, puisqu'il ne m'a pas crue, je ne suis pas près de lui donner des nouvelles de notre enfant.

— Est-ce à dire que tu vas garder le bébé ?

Theresa posa une main sur son ventre encore plat et esquissa un tendre sourire.

— Oui, confirma-t-elle d'une voix que l'émotion faisait trembler. J'ai hâte d'être maman.

— Bienvenue au club, Tess ! s'écria Eva, le visage resplendissant de joie.

3

— Salut ! lança Nathaniel à Zane Montoya, son meilleur ami.

Pour pouvoir bavarder avec lui loin des oreilles indiscrètes, il lui avait donné rendez-vous au Murphy's, un bar où il avait ses habitudes et où personne ne viendrait les déranger.

— Tu vas bien ? lui demanda-t-il en l'entraînant vers un box isolé, au fond de la salle.

— Très bien, je te remercie, répondit Zane avant de prendre place sur l'une des deux banquettes habillées de Skaï écarlate qui s'étiraient de chaque côté de la table. Grâce à ma 67, j'ai pu dévaler la 101 et négocier les virages comme un pro.

— Grâce à ta 67 ! releva Nathaniel, perplexe. Qu'est-ce que c'est ?

— Ma nouvelle Mustang à moteur V8 Cobra Jet. Elle est équipée de pneus à flancs blancs et sa boîte de vitesses a été entièrement révisée.

— A qui l'as-tu achetée ?

— A une vieille dame de Pasadena qui l'avait laissée dormir dans son garage pendant quarante ans et qui ne savait plus quoi en faire. Je croyais qu'elle ne s'y connaissait pas en mécanique et qu'elle me la céderait à un bon prix, mais elle m'a donné du fil à retordre. Pour la convaincre de me vendre son bolide, il a fallu que je lui joue le grand jeu et que je m'engage à aller lui rendre visite de temps en temps.

Ce que Zane appelait le « grand jeu » était un numéro de charme qu'il avait peaufiné à l'adolescence et qui lui avait permis de collectionner les conquêtes comme d'autres les timbres-poste ou les papillons, se souvint Nathaniel.

— La carrosserie était tellement sale, précisa-t-il de sa voix rocailleuse, que j'ai été obligé de passer des heures à la nettoyer et à la lustrer.

— Cela n'a pas dû te déplaire. En dehors de ton métier, tu ne t'intéresses qu'aux voitures et aux jolies filles.

— Forcément ! Je suis un type normal qui aime les belles choses.

— Si tous les hommes « normaux » suivaient ton exemple et changeaient de petite amie sept ou huit fois par an, la vie sur terre serait infernale.

— Non. Chacun de nous aurait un harem et se la coulerait douce.

— Un harem ! répéta Nathaniel en s'asseyant sous les solives du box et en secouant la tête d'un air accablé. Tu te prends pour un sultan, Zane ?

— Et toi, Casanova, tu te crois autorisé à me faire la morale ? riposta son ami. Depuis que tu as fondé ta société, ton statut de P.-D.G. te rend irrésistible et tu en profites au maximum.

— Que veux-tu dire par là ?

— Que tu multiplies les conquêtes sans le moindre scrupule.

— C'est faux. Je reconnais avoir eu quelques aventures, mais je ne suis pas un séducteur-né.

— En es-tu certain ?

— Oui. Si Marlena avait eu d'autres qualités que son physique de mannequin, je l'aurais épousée et j'aurais été un mari fidèle. Contrairement aux bourreaux des cœurs dans ton genre, je préfère la stabilité d'un foyer aux joies du papillonnage et je déteste les…

— Voici vos bières mexicaines, messieurs ! annonça la serveuse du bar, une jolie rousse aux formes sculpturales qui semblait fascinée par Zane.

Après avoir décoché une œillade incendiaire à ce dernier, elle posa deux bocks sur la table et regagna le comptoir en tortillant des hanches.

— Pourquoi m'as-tu invité au Murphy's ? demanda-t-il à Nathaniel dès qu'elle fut hors de portée de voix.

— Parce que j'ai besoin de tes services de détective privé

et que je ne voulais pas exciter la curiosité de mes employés en te donnant rendez-vous au siège de ma société.

— Tu te méfies de ton assistante ?

— Comme de la peste. C'est une très bonne secrétaire, mais elle aime bien se mêler de ce qui ne la regarde pas. Si elle t'avait vu débarquer dans mon bureau aujourd'hui, elle aurait collé son oreille à la porte et épié notre conversation.

— Dois-je en déduire que tu vas me charger d'une mission secrète ?

— Oui. Te souviens-tu de ce que je t'ai raconté il y a un mois et demi, à la sortie du Skyline ?

— Au sujet de la petite Anglaise que tu avais sautée dans les toilettes du restaurant pendant que les autres invités trinquaient à la santé d'Edward Galloway ?

Nathaniel, qui s'apprêtait à avaler une gorgée de bière, faillit lâcher son bock et s'étrangler.

— Ah, ce que tu peux être vulgaire ! s'exclama-t-il, choqué.

— Je ne suis pas vulgaire, je suis *direct*, corrigea Zane. Je préfère appeler les choses par leur nom que de prendre des détours inutiles. En quoi est-ce répréhensible ?

— En rien, mais je n'aime pas t'entendre dire que j'ai « sauté » Theresa Tremaine.

— A en croire ce que tu m'as confié le 20 juillet dernier, c'est le terme adéquat.

— Au lieu de te téléphoner cette fameuse nuit, j'aurais dû éteindre mon portable et aller me coucher.

Un sourire gouailleur étira les lèvres de Zane.

— Puisque je connais déjà le premier épisode de ton aventure avec la belle Tess, il ne te reste plus qu'à me raconter la suite, lança-t-il à Nathaniel. Que s'est-il passé de nouveau entre vous ?

— Oh ! presque rien ! Elle est juste venue me trouver il y a une semaine et m'a annoncé qu'elle attendait un enfant de moi.

— Tu parles d'une tuile ! Que lui as-tu répondu ?

— Que je m'étais protégé avant de lui faire l'amour et que je ne pouvais donc pas être le père de son bébé.

— Es-tu sûr que ton préservatif ne s'est pas déchiré dans le feu de l'action ?

— Pas à cent pour cent, mais presque.

— A ta place, je ne me contenterais pas de ce « presque ». Si une fille m'accusait de l'avoir mise enceinte, j'essaierais de découvrir la vérité et je réparerais mes torts envers elle, le cas échéant.

Le ton très ferme qu'avait employé Zane n'étonna pas Nathaniel. Né de père inconnu, son ami avait souffert de s'être fait traiter de bâtard et méprisait les hommes qui osaient fuir leurs responsabilités.

— Ce dont j'ai besoin, c'est précisément de tes talents d'enquêteur, Zane. J'aimerais être certain que Theresa n'a pas inventé de toutes pièces cette histoire de grossesse dans le seul but de m'acculer au mariage ou de m'extorquer des millions de dollars. Alors, il faudrait que tu la files et que tu…

— Pas question !

— Comment cela, « pas question » ? Tu refuses de me donner un coup de main ?

— Oui.

— Pourquoi ?

— Parce que je suis détective privé, pas médecin.

— Je ne te demande pas de te déguiser en gynécologue et d'examiner Theresa, espèce d'idiot ! Je veux juste que tu découvres où elle habite et que tu te renseignes sur elle. Quel mal y a-t-il à cela ?

— Aucun, mais je n'ai pas envie de la fliquer. Si tu as des doutes à son sujet, va la trouver et cuisine-la.

— Tu as oublié que nous étions des amis de très longue date et que le propre des vieux amis était de s'aider mutuellement ?

Nés à deux ans d'intervalle, Zane et Nathaniel avaient grandi ensemble dans l'immense domaine que possédaient les Graystone au bord de l'océan Pacifique. Et, depuis leur plus jeune âge, ils entretenaient des relations quasi fraternelles. Lorsque Zane avait démissionné de son poste de policier, Nathaniel lui avait prêté une grosse somme pour lui permettre d'ouvrir à Big Sur la meilleure agence de détectives privés de la côte Ouest.

— N'essaie pas de me culpabiliser, Nate ! J'ai horreur de ça.

— Accepte la mission dont je t'ai parlé et je te ficherai la paix.

— Non, je refuse d'être ton complice.

— A t'écouter, on dirait que je suis un tueur en série et que je te demande de m'aider à planquer le cadavre de l'une de mes victimes.

— Si tu veux savoir ce que ta petite amie manigance, tu n'as qu'à descendre de ta tour d'ivoire et aller lui poser les questions qui te trottent dans la tête.

— Theresa Tremaine n'est *pas* ma petite amie. Je n'ai passé que deux heures et des poussières en sa compagnie le 20 juillet.

— Raison de plus pour lui rendre visite. En bavardant avec elle, tu apprendras à mieux la connaître et tu finiras peut-être par regretter de lui avoir prêté les pires arrière-pensées. Certaines femmes sont très différentes de Marlena, Dieu merci.

— Qu'est-ce qui te fait croire que Theresa n'est pas la reine des hypocrites ?

— Mon intuition. Et elle ne m'a jamais trompé.

— Il y a un début à tout.

— Pas forcément ! Quand on a été flic pendant des années, on a autant de flair que Sherlock Holmes et on arrive à démêler le vrai du faux en un rien de temps.

Zane vida son bock à longues gorgées, puis jeta un billet de dix dollars sur la table et se leva de son siège.

— Si tu doutes encore de la sincérité de ta belle Anglaise une fois que tu lui auras parlé, tu n'auras qu'à me téléphoner et j'essaierai de t'aider, lança-t-il à Nathaniel. D'ici là, débrouille-toi par tes propres moyens.

— A défaut d'aller interroger les voisins de Theresa, pourras-tu au moins me communiquer son adresse personnelle ?

— Oui. Je t'enverrai un texto dès que j'aurai consulté le fichier des cartes grises.

— Merci. Ta bonté te perdra.

— C'est ce que je n'arrête pas de me dire. Je suis tellement gentil que je mériterais d'être canonisé.

— Quand te reverrai-je, saint Montoya ?

— Quand ma Mustang en aura marre des rues de Big Sur et voudra venir se balader à San Francisco. En attendant, évite d'emmener des jolies filles dans les toilettes du Skyline. Les endroits un peu trop exigus ne te valent rien.

— Très drôle !

Après s'être éloigné du box d'un pas nonchalant, Zane s'accouda au bar et glissa des mots doux à l'oreille de la serveuse, qui éclata d'un rire argentin.

— Le jour où cet imbécile cessera de faire le joli cœur, les poules auront des dents, grommela Nathaniel, envieux de la facilité avec laquelle son ami séduisait les femmes. Si je lui présentais Tess, arriverait-il également à lui tourner la tête et à percer tous ses secrets ?

4

456, Carl Street, Appartement 2 — Bonne chance, Casanova !

Nathaniel lut le texto que Zane venait de lui envoyer et se dirigea vers le quartier de Parnassus à une vitesse qu'aucun radar n'aurait pu enregistrer. Après avoir contourné une petite place inondée de soleil, il longea la terrasse d'un café et se gara en bas de l'immeuble de grand standing où habitait Theresa.

A peine avait-il effleuré des yeux les balcons du premier étage qu'il la vit remonter Carl Street au pas de course. Vêtue d'un short bleu pastel et d'un débardeur très échancré qui moulait son buste comme une seconde peau, elle était tellement sexy qu'il sentit une flambée de désir accélérer son pouls.

Il ne devait pas s'emballer, se dit-il en la regardant s'étirer à l'ombre d'un érable et en se rappelant avec quelle souplesse elle s'était arquée contre lui dans les toilettes du Skyline. Ce n'est pas parce que cette fille avait un corps de rêve qu'il devait tomber amoureux d'elle et gober ses mensonges.

Depuis qu'elle était venue lui rendre visite au siège de Graystone Enterprises, elle n'avait pas daigné lui redonner de ses nouvelles. Ce qui prouvait qu'elle lui avait raconté des histoires pour essayer de lui soutirer de l'argent et qu'elle n'avait pas osé revenir à la charge.

Bien décidé à ne plus se laisser ensorceler par cette arnaqueuse, Nathaniel descendit de son 4x4 et se précipita vers l'entrée de l'immeuble.

— Attendez-moi, Tess ! cria-t-il à la seconde même où elle ouvrait la porte du hall.

— Ça alors ! s'exclama-t-elle, les yeux ronds. Qu'est-ce que vous fabriquez ici ?

— Je… j'étais en train de me promener dans le coin et j'ai eu envie de vous revoir.

— Où avez-vous trouvé mon adresse ?

— Un ami me l'a indiquée.

— Quel ami ?

— Vous ne le connaissez pas.

— Mais lui sait où j'habite ?

— Oui.

— Comme c'est bizarre ! J'espère que vous n'avez pas engagé un détective ?

— Non, non, lâcha Nathaniel, le regard rivé aux épaules emperlées de sueur de Theresa. Personne ne vous a prise en filature, n'ayez crainte.

Ce qui était la stricte vérité, après tout.

— Heureusement que vous ne m'avez pas fait suivre ! maugréa-t-elle. Je déteste les curieux qui passent leur temps à espionner autrui.

Puis, avec un soupir irrité, elle ajouta :

— Que voulez-vous ?

— Vous parler.

— Désolée, monsieur Graystone, je n'ai rien à vous dire.

— Appelez-moi Nate. Quand on me donne du « monsieur », j'ai l'impression d'avoir cent ans.

— Désolée, *Nate*, je n'ai rien à vous dire.

— Ce n'est pas grave. Il vous suffira de m'écouter.

— Encore faudrait-il que j'en aie envie ! Quand je suis allée vous trouver dans votre bureau la semaine dernière, vous n'avez pas cru un mot de ce que je vous ai raconté. Alors, pourquoi devrais-je vous laisser une deuxième chance aujourd'hui ?

— Parce que vous n'avez pas le choix. Si vous refusez de me consacrer dix minutes de votre précieux temps, je camperai sous vos fenêtres jusqu'à ce que vous vous montriez raisonnable.

— Savez-vous comment s'appelle ce que vous êtes en train de faire ?

— Non.

— Du chantage. Vous n'avez pas honte de recourir à ce genre de méthode ?

— Pas du tout ! Qui veut la fin veut les moyens.

Le regard étincelant de colère, Theresa franchit la porte du hall et essaya de claquer au nez de Nathaniel le lourd panneau vitré qu'elle tenait entre ses doigts crispés. Mais, plus prompt qu'elle, il glissa un pied dans l'entrebâillement et empêcha le battant de se refermer.

— De deux choses l'une, Tess, dit-il d'un ton péremptoire. Ou vous acceptez de me recevoir chez vous et notre petite conversation restera secrète, ou vous préférez que nous bavardions ici, en bas de votre immeuble, et vos voisins n'auront qu'à tendre l'oreille pour découvrir ce que vous leur avez caché.

— D'accord, d'accord, bougonna-t-elle en s'effaçant. Puisqu'il est impossible de se débarrasser d'un crampon tel que vous, je veux bien vous écouter.

— Ce n'est pas trop tôt ! A quel étage habitez-vous ?

— Au premier.

— Passez devant, je vous suis.

Inconsciente du troublant spectacle qu'elle offrait à Nathaniel, Theresa se dirigea vers l'escalier qui s'élevait en spirale au-dessus du hall et en gravit les marches avec la grâce d'un top model. Au moindre de ses mouvements, la fine toile de son short caressait ses hanches et invitait aux gestes les plus audacieux.

Décidément, il fallait qu'il arrête de fantasmer et qu'il regarde ailleurs ! se dit-il, le sang en ébullition. S'il était venu rendre visite à cette fille, ce n'était pas pour tomber une nouvelle fois sous son charme, c'était pour l'obliger à reconnaître qu'elle n'attendait pas de bébé.

Une femme enceinte de sept semaines aurait-elle eu l'idée absurde d'enfiler une tenue de sport et de partir galoper en plein soleil ? Non, évidemment ! Elle serait restée à l'ombre et se serait épargné tout effort inutile.

Après avoir tiré une clé de sa poche et ouvert la porte de son duplex, Theresa alla boire un grand verre d'eau fraîche dans sa kitchenette, puis rejoignit Nathaniel à l'entrée du living-room.

— De quoi voulez-vous me parler ? lui lança-t-elle en épongeant son front baigné de sueur. Je croyais que chacun de nous avait eu l'occasion de s'exprimer lors de notre dernière rencontre et que le débat était clos.

— Qu'y a-t-il dans ces caisses ? demanda-t-il à la vue des énormes cartons empilés à même le sol.

— Des livres, de la vaisselle et des vêtements, répondit-elle. Je vais bientôt déménager.

— Pour aller où ?

— Ce ne sont pas vos affaires.

— Si vous estimez que votre vie privée ne me concerne pas et que je n'ai pas le droit de vous poser des questions indiscrètes, vous auriez dû vous évanouir dans la nature au lieu de reprendre contact avec moi.

Quel fléau, ce type ! pensa Theresa, agacée de sentir peser sur elle le regard inquisiteur de Nathaniel.

Non content de l'avoir obligée à lui ouvrir sa porte, il essayait de lui arracher des confidences du ton d'un policier interrogeant un suspect.

— La semaine dernière, j'étais prête à vous parler en toute franchise, lui rappela-t-elle, mais vous n'avez pas daigné m'écouter.

— Pardon de ne pas avoir su saisir ma chance et de vous avoir…

— Inutile de me présenter vos humbles excuses ! Il est trop tard.

— Comment comptez-vous me punir de l'accueil que je vous ai réservé l'autre jour ?

— En rayant votre nom de ma mémoire. Si vous n'aviez pas réussi à me retrouver, je vous aurais laissé sans nouvelles.

— Jusqu'à quand ?

— Jusqu'à la fin des siècles.

— Fichtre ! s'exclama Nathaniel, un petit sourire au coin

des lèvres. J'ai bien fait de venir à Parnassus avant votre déménagement.

— Ça dépend du point de vue où on se place. En ce qui me concerne, je n'aurais pas demandé mieux que de vous oublier.

— Pourquoi ma visite vous ennuie-t-elle ?

— Parce qu'elle est importune et superflue. Vous m'avez déjà accusée une fois de vous avoir raconté des bobards et je ne tiens pas à ce que vous recommenciez.

— Loin de moi cette idée, Tess ! Je n'ai pas l'habitude d'offenser les jolies femmes.

— Ravie de l'apprendre… Maintenant que les choses sont claires entre nous, pourriez-vous sortir d'ici et me laisser déjeuner en paix ?

— Non. Nous n'avons pas fini de bavarder.

— Qu'avez-vous d'autre à me dire ?

— Si vous étiez réellement enceinte, vous n'auriez pas besoin de me poser cette question, car vous connaîtriez la réponse.

— Vraiment ? Alors, puisque vous semblez convaincu que je n'attends pas de bébé, qu'êtes-vous venu faire à Parnassus ?

— J'ai voulu m'assurer que notre coup de folie du 20 juillet était de l'histoire ancienne et que je n'éprouvais plus la moindre attirance envers vous. Mais vous êtes tellement belle quand vous vous mettez en colère que le test a échoué.

Sous le regard brillant de désir que Nathaniel braquait sur elle, Theresa sentit une onde de feu lui incendier les veines.

— Je… j'ai une de ces soifs ! bredouilla-t-elle avant de tourner les talons et d'aller cacher ses pommettes enflammées dans la cuisine.

— Pourquoi avez-vous préféré vous enfuir plutôt que de continuer à me tenir tête ? lui demanda-t-il en la rejoignant et en décapsulant la bouteille de soda qu'elle avait sortie de son réfrigérateur.

— Parce que j'aime bien vous fausser compagnie. Vous ne vous en étiez pas encore aperçu ?

— Si. Chaque fois que nous sommes seul à seule, vous trouvez le moyen de m'échapper.

— En juillet dernier, ce n'était pas à l'heure du déjeuner que je m'étais sauvée, c'était au douzième coup de minuit.

— Dois-je en conclure que cela vous plaît de vous déguiser en Cendrillon et que je pourrais être votre prince charmant ?

— Non, ne rêvez pas. Le jour où je tomberai amoureuse de vous, il gèlera en enfer.

Sourd à la riposte, Nathaniel s'approcha de Theresa et l'encercla de ses bras. Puis, avec une infinie délicatesse, il captura les lèvres qu'elle essayait en vain de lui dérober et l'embrassa avec douceur.

Au fur et à mesure que le baiser s'épanouissait, chaud, enivrant, elle sentait le flot impétueux du désir balayer ses ultimes défenses et annihiler sa volonté. Rien d'autre ne lui importait subitement que cette exquise torture qui lui était infligée et que le gouffre de volupté où, peu à peu, elle sombrait.

Au diable la sagesse !, pensa-t-elle lorsque, desserrant son étreinte, Nathaniel lui ôta son T-shirt trempé de sueur et son balconnet.

— Vous êtes encore plus belle que dans mon souvenir, lui dit-il avant de caresser du bout de la langue les pointes durcies de ses seins et de les goûter comme des fruits gorgés de soleil.

La nuque ployée en arrière, les yeux mi-clos, elle se cambra pour l'aider à dégrafer son short et à arracher le minuscule triangle de soie blonde qui bruissait au moindre de leurs gestes.

— J'ai tellement envie de vous que je ne vais pas pouvoir me maîtriser très longtemps, jeta-t-il d'une voix rauque en la saisissant à bras-le-corps et en l'asseyant sur le plan de travail de la cuisine. M'autorisez-vous à…

— Oui, coupa-t-elle, impatiente de basculer dans ce monde magique de l'extase dont lui seul avait su lui ouvrir les portes.

Après avoir débouclé son ceinturon d'une main fiévreuse et fait descendre la fermeture Eclair de son jean, il pénétra en elle avec force, puis l'entraîna dans une sarabande sensuelle dont elle souhaita qu'elle ne prît jamais fin.

5

— Espérons que tout cela n'a été qu'un rêve ! murmura Theresa entre ses dents en sortant de sa salle de bains vingt minutes plus tard et en entortillant une serviette-éponge autour de ses cheveux humides. Un rêve érotique qui m'a mis la tête à l'envers et que je vais très vite oublier.

Mais, quand elle pénétra dans sa cuisine et qu'elle aperçut Nathaniel au fond de la pièce, elle dut se rendre à l'évidence : les caresses brûlantes qui avaient allumé en elle un incroyable brasier n'avaient pas été le fruit de son imagination.

Comment avait-elle pu faire la même erreur qu'au mois de juillet ? se demanda-t-elle, irritée de ne pas avoir su se contrôler et d'avoir encore le cœur palpitant après la douche glacée qu'elle venait de prendre.

Nathaniel, lui, paraissait avoir déjà recouvré son sang-froid. A voir sa chemise boutonnée jusqu'au col et soigneusement glissée sous la ceinture de son jean, personne ne se serait douté qu'il était tombé entre les griffes d'une nymphomane, songea-t-elle.

— J'ai voulu vous préparer un petit remontant, lui dit-il, mais je n'ai trouvé que trois paquets de déca dans vos placards.

— C'est normal, riposta-t-elle. Je n'ai pas besoin chaque jour d'une overdose de caféine.

— Moi, je préfère les espressos bien serrés au jus de chaussette.

— Je l'aurais parié ! Si vous ne buviez que des cappuccinos, vous auriez peur de vous faire traiter de femmelette et de perdre la face devant vos amis.

— Détrompez-vous, je me moque de l'opinion des autres comme de l'an quarante.

— La seule à laquelle vous attachez de l'importance est la vôtre, j'imagine ?

— Oui. J'ai mon propre code de l'honneur et j'essaie de le respecter.

— Et quand vous l'enfreignez, qu'éprouvez-vous ?

— Des remords qui m'empêchent de dormir tranquille et me pourrissent la vie.

Nathaniel offrit à Theresa l'une des deux tasses qu'il avait remplies de décaféiné et s'adossa au réfrigérateur, la mine grave.

— Vous n'allez certainement pas me croire, reprit-il d'un ton contraint, mais je vous jure que je suis venu à Parnassus sans la moindre arrière-pensée. Si je vous ai obligée à m'accueillir chez vous, c'était pour ne pas éveiller la curiosité de vos voisins, pas pour pouvoir profiter de la situation.

— Qu'entendez-vous par là, au juste ? lui demanda-t-elle avec une feinte perplexité.

— Vous le savez très bien. Lorsque je suis arrivé ici, j'étais loin de me douter que j'oserais vous arracher vos vêtements et vous faire l'amour sur votre plan de travail.

— Moi non plus je n'avais pas prévu de rejouer la scène du Skyline au beau milieu de ma cuisine.

— Comment expliquez-vous que nous ayons été incapables de nous maîtriser ?

— Peut-être souffrons-nous d'une légère claustrophobie qui nous détraque le cerveau chaque fois que nous pénétrons ensemble dans un endroit exigu, répondit-elle avec une ironie acerbe. Quand vous aurez envie de me parler à l'avenir, il vaudra mieux que vous me donniez rendez-vous en plein air qu'entre les quatre murs d'une kitchenette.

— Ce sera moins risqué, effectivement, reconnut Nathaniel en effleurant d'un doigt nerveux l'anse vernissée de sa tasse. M'en voulez-vous de vous avoir…

— … sauté dessus ? acheva Theresa à sa place. Pas autant que vous pourriez le croire.

— Pourquoi une telle indulgence ?

— Parce que vous n'êtes pas le seul à blâmer. Avant d'atteindre le point de non-retour, vous m'avez demandé la permission d'aller plus loin et je vous l'ai accordée. Vous n'avez donc aucune raison de culpabiliser.

— Vous êtes sincère ?

— Oui. Vu la piètre opinion que nous avons l'un de l'autre, vous pensez bien que je ne chercherais pas à vous ménager si j'estimais que vous étiez en tort.

— Merci de votre honnêteté.

— Mais je vous en prie !

Theresa avala une longue gorgée de décaféiné, puis ajouta d'un ton badin :

— Réflexion faite, il y a deux petites choses que je vous reproche.

— Lesquelles ? s'enquit Nathaniel après avoir vidé sa tasse à longs traits.

— D'avoir attendu que j'aie les idées sens dessus dessous pour me demander l'autorisation de continuer ce que vous aviez entrepris. Une minute plus tôt, je vous aurais peut-être envoyé au diable alors que là, je n'étais pas en mesure de vous dire non.

— Vous m'accusez d'avoir patienté jusqu'à la dernière seconde par pur machiavélisme ?

— Je ne vous accuse de rien. J'essaie d'être objective, c'est tout.

— Si vous pensez que chacun de mes actes a été prémédité, vous vous trompez. Je suis moins perfide que vous ne l'imaginez.

— Admettons.

— Qu'avez-vous d'autre à me reprocher ?

— D'avoir déchiré mon string. Il était en soie indienne et m'avait coûté une fortune.

Un sourire effleura les lèvres de Nathaniel.

— Pardon de vous l'avoir arraché, dit-il à Theresa. Au lieu de tirer dessus comme une brute, j'aurais dû vous l'ôter en douceur et le poser avec d'infinies précautions sur la table de votre cuisine.

— Celui en satin rouge cerise que je portais le 20 juillet

et que vous avez conservé en souvenir de notre première rencontre est-il également en lambeaux ? lui demanda-t-elle, amusée.

— Oui, mais je suis prêt à réparer mes torts envers vous.

— De quelle façon ?

— En allant dévaliser les meilleures boutiques de lingerie de San Francisco.

— Oh ! n'espérez pas vous en tirer à si bon compte.

— Qu'aimeriez-vous que je fasse d'autre ? Que je vous couvre de baisers à titre de dédommagement et que je vous emmène une troisième fois au paradis ?

— Surtout pas ! s'écria Theresa, honteuse de s'être laissée envoûter par le sourire charmeur de Nathaniel et d'avoir oublié ce qui s'était passé d'important dans sa vie la semaine précédente.

Dès le lendemain de sa conversation avec Eva, elle avait consulté sa gynécologue et lui avait annoncé qu'elle souhaitait garder le bébé. Puis, de peur de déséquilibrer son budget, elle avait résilié le bail de son duplex et cherché un studio à louer. Comme elle n'en avait trouvé aucun au centre-ville, Eva et son mari lui avaient proposé de l'héberger dans leur grande maison de Haight Ashbury jusqu'à ce qu'un appartement au loyer raisonnable se libère du côté de Richmond District ou de Nob Hill. Moins elle tarderait à faire des économies, moins elle aurait de mal à joindre les deux bouts au terme de sa grossesse, lui avaient-ils répété une bonne dizaine de fois pour la convaincre d'accepter leur offre. Et, ravalant sa fierté, elle s'était résolue à aller habiter chez eux.

— Quel est le véritable objet de votre visite ? demanda-t-elle à Nathaniel d'un ton d'où avait disparu toute trace de badinage.

— Il me semble vous l'avoir déjà expliqué, lâcha-t-il, le regard assombri. Vous avez oublié ce que je vous ai dit ?

— Non, je ne suis pas amnésique. J'aimerais juste que vous précisiez votre pensée.

— Posez-moi des questions et je vous répondrai.

— La semaine dernière, quand je vous ai informé que

j'attendais un enfant de vous, vous avez refusé de me croire, n'est-ce pas ?

— Oui.

— Et aujourd'hui, vous doutez encore de ma sincérité. Vrai ou faux ?

— Vrai.

— Pourquoi pensez-vous que je vous ai raconté des histoires ?

— Parce qu'il est impossible que je sois le père de votre bébé… Si tant est que vous soyez enceinte.

— A supposer que je le sois, comment réagiriez-vous ?

— Je l'ignore.

— Vous n'avez pas la moindre idée de ce que vous éprouveriez à la perspective de devenir père ?

— Pas la moindre !

— Avez-vous déjà tenu un nourrisson dans vos bras et envié ses parents ?

— Non. Les trois quarts de mes amis sont allergiques au mariage et aucun d'eux n'a voulu fonder une famille jusqu'à présent.

— Mais vous, seriez-vous heureux de voir naître votre enfant et impatient de vous occuper de lui ? Ou trouveriez-vous assommant de chanter des berceuses et de réchauffer des biberons ?

— Allez savoir !

Fatiguée des réponses évasives de Nathaniel, Theresa décida de ne plus lui poser une seule question et de lui dire ce qu'il voulait entendre, quitte à proférer le pire des mensonges.

— Vous avez eu raison d'être sceptique, lança-t-elle d'un ton qu'elle aurait souhaité moins crispé. Je ne suis pas enceinte.

— Ah ! s'exclama-t-il, l'air stupéfait. Vous vous êtes fait avorter ?

— Non. Si j'avais dû en arriver là, je ne me le serais pas pardonné.

— Que s'est-il passé alors ?

— J'ai consulté ma gynécologue et elle m'a certifié que je n'attendais pas de bébé.

— Lui avez-vous parlé des trois tests de grossesse que vous aviez achetés ?

— Bien sûr ! Quand je l'ai informée qu'ils avaient tous été positifs, elle m'a répondu que je… que j'avais sans doute commis une erreur de manipulation.

— Vous pensez que c'est possible ?

— Il faut croire que oui.

Nathaniel réfléchit une seconde, le front plissé, puis balaya d'un regard appréciateur le kimono que Theresa avait enfilé. Coupé dans une étoffe vaporeuse, il lui collait à la peau et masquait à peine ses seins gonflés.

— Vous avez dû être soulagée d'apprendre que vous n'étiez pas enceinte, dit-il d'un ton suave. Grâce à ce rebondissement de dernière minute, vous n'aurez bientôt plus à me supporter.

— Lorsque j'ai découvert que je m'étais trompée, j'ai failli sauter de joie, en effet. Maintenant que le problème est réglé, nous allons pouvoir oublier ce qui s'est passé entre nous et repartir de zéro, chacun de notre côté.

— A condition que vous ne soyez pas encore en train de me mener en bateau.

— Décidément, vous n'êtes jamais satisfait ! maugréa Theresa en croisant ses bras sur sa poitrine. Quoi que je vous dise, il faut toujours que vous cherchiez la petite bête et que vous me traitiez de menteuse. Est-ce des femmes en général que vous vous méfiez ou de moi en particulier ?

— Des femmes en général.

— Que leur reprochez-vous ?

— D'être égocentriques et de prendre un malin plaisir à manipuler les hommes qui ont la naïveté de tomber amoureux d'elles.

— Au lieu de vous cramponner à vos belles certitudes, vous devriez regarder autour de vous et vous verriez que vous manquez d'objectivité.

— Merci du conseil. Je le suivrai quand j'aurai du temps à perdre.

Après avoir posé sa tasse vide dans le bac de l'évier, Nathaniel leva la main vers le visage de Theresa qu'il effleura d'une caresse.

— Je suis heureux de vous avoir connue, Tess, déclara-t-il avec une étrange gravité. Et, quoi qu'il arrive, je ne vous oublierai pas.

Sur ces mots, il lui tourna le dos et sortit de la cuisine. Deux secondes plus tard, elle entendit claquer la porte du duplex.

Elle ne devait pas bouger ! Mais il était dur de résister à la soudaine envie qui lui venait de le rattraper. Elle allait avoir mieux à faire dans les sept prochains mois que de s'enticher d'un égoïste qui n'avait ni la fibre paternelle ni le courage d'affronter la réalité.

Lorsqu'elle aurait trouvé un studio à louer, il faudrait qu'elle cherche un emploi salarié afin de pouvoir bénéficier de l'assurance maladie. Et, vu la conjoncture, elle aurait besoin de toute son énergie pour décrocher le poste de ses rêves.

Dès qu'il eut regagné son 4x4, Nathaniel empoigna son smartphone et tapa sur le clavier :

Tests de grossesse — Possibilité d'une erreur de manipulation.

Après avoir lu la dizaine de pages web qui défilaient sous ses yeux, il glissa l'appareil au fond de sa boîte à gants et étouffa un juron.

A la différence de Marlena, dont l'hypocrisie n'avait eu d'égale que la cupidité, Theresa était incapable de jouer la comédie à la perfection. Quand elle lui avait répété les prétendus propos de sa gynécologue, elle avait eu l'air tellement confuse qu'il n'avait pas été dupe de ses mensonges.

— Si elle décide de quitter la Californie et de retourner en Angleterre, je n'arriverai jamais à la retrouver, bougonna-t-il pour lui-même en se rappelant avec quelle réticence elle lui avait parlé de son futur déménagement.

Impatient de savoir comment il pourrait la contraindre à rester aux Etats-Unis jusqu'à la naissance de son bébé, il ressortit son portable du vide-poches et composa le numéro de Walter Jensen, son avocat.

6

— On voit bien que tu ne connais pas grand-chose au Code civil, mon garçon, dit Walter Jensen de ce ton très calme dont il usait toujours avec Nathaniel.

Lorsque ce dernier avait emprunté la décapotable de son père à l'âge de douze ans, c'est Walter, l'avocat des Graystone, qui avait été chargé de le sermonner. Et comme sa mine austère inspirait le respect, il s'était acquitté de sa tâche sans avoir besoin de vociférer.

— Les lois concernant l'autorité parentale sont tellement complexes que, si tu veux faire valoir tes droits sur l'enfant de Theresa Tremaine, tu seras obligé de te lancer dans une longue bataille juridique. Es-tu certain que cette jeune femme soit enceinte ?

— J'en mettrais ma tête à couper.

— Mais tu n'as aucune preuve matérielle de ce que tu avances.

— C'est justement pour cela que je voudrais l'empêcher de quitter San Francisco et de rentrer à Londres par le premier avion. Tant qu'elle restera en Californie, Zane pourra l'avoir à l'œil.

— Tu vas demander à ton meilleur ami de la prendre en filature comme une criminelle ?

— Oui. Puisque la vérité finit toujours par triompher, il ne tardera pas à découvrir le pot aux roses et nous serons fixés.

— La vérité, la vérité… Tu n'as eu que ce mot à la bouche pendant des années.

— Vu l'immense plaisir qu'a éprouvé mon « cher » papa

à s'entourer de mystère, vous ne devriez pas vous étonner que j'aie la phobie du mensonge et des cachotteries, maître Jensen.

Une ombre traversa le regard d'acier de Walter. Dépositaire des secrets les plus honteux de John Graystone, il n'avait jamais accepté de les révéler à Nathaniel. Chaque fois que celui-ci avait essayé d'aborder le sujet, il s'était retranché derrière le code de déontologie des avocats pour éluder ses questions.

— Voici ce que je te propose, Nate ! lança-t-il, manifestement impatient de quitter le terrain miné sur lequel il avait eu la mauvaise idée de s'aventurer. Au lieu d'intenter un procès à Mlle Tremaine, nous allons la convoquer dans mon cabinet et négocier avec elle. Es-tu prêt à lui verser cent cinquante mille dollars en échange de ses aveux ?

— Oui. Si elle est enceinte, je paierai également les honoraires de son médecin et ses frais d'hospitalisation. Ce que je souhaite, c'est régler le problème et pouvoir enfin dormir en paix. Depuis une semaine et demie, je suis à cran et je n'arrive plus à trouver le sommeil.

— En admettant que cette histoire de grossesse n'ait pas été inventée de A à Z et que tu sois le père du bébé, que feras-tu ?

— Je le reconnaîtrai et je veillerai à ce qu'il ne manque de rien.

— Voudras-tu en obtenir la garde ?

— Pas nécessairement, mais je ne renoncerai en aucun cas à mon droit de visite.

— Tu auras intérêt à ne pas lésiner sur la dépense.

— Pourquoi ?

— Parce que les magistrats sont en général beaucoup mieux disposés envers les pères conscients de leurs responsabilités qu'envers les égoïstes et les pingres. Si Mlle Tremaine refuse de te laisser voir votre enfant et que tu es contraint de l'attaquer en justice, ce sera grâce à ton sérieux et à ta générosité que tu pourras gagner ton procès.

— J'espère ne pas être obligé d'en arriver à cette extrémité.

— Tu n'es pas le premier à me dire cela, mais mes clients

n'ont souvent pas d'autre choix que de traîner leur ancienne petite amie devant les tribunaux.

— Tess et moi sommes des adultes civilisés. Il est donc peu probable que nous en venions un jour à nous étriper dans une salle d'audience.

— Quel genre de relations entretenez-vous, tous les deux ?

« Des relations très intimes », répondit mentalement Nathaniel en se revoyant faire l'amour à Theresa sur le plan de travail de sa kitchenette et en sentant le rythme de son cœur s'accélérer.

— Nous n'avons pas encore rompu le dialogue, jeta-t-il après avoir chassé à grand-peine de son esprit les images importunes qui l'obsédaient.

— Tant mieux ! s'exclama Walter. Les négociations n'en seront que moins difficiles.

— Quand allez-vous appeler Tess ?

— Dès que tu m'auras donné son numéro de téléphone.

— Je ne le connais pas, mais je vais demander à Zane de se renseigner. Bien qu'il ne soit pas à prendre avec des pincettes en ce moment, il n'osera pas me refuser ce service. Une fois que vous aurez eu Tess en ligne, vous n'aurez qu'à communiquer la date et l'heure du rendez-vous à ma secrétaire pour que je puisse me libérer.

— Ne crois-tu pas qu'il serait plus sage de me laisser tout régler à ta place ?

— Non. Je tiens à être là lorsque Tess se présentera devant vous.

— Es-tu aussi fou d'elle que tu l'as été de Marlena Ducatti ?

A l'évocation de son premier amour, Nathaniel sentit un regain d'amertume lui serrer la gorge.

— Ce qui s'est passé entre Marlena et moi remonte au déluge, maître Jensen, dit-il sèchement. Le jeune homme naïf et exalté que j'étais à l'époque est mort et enterré. Aujourd'hui, je me méfie tellement des femmes que je ne risque pas de perdre la tête et de tomber dans les mêmes pièges qu'autrefois.

— Je sais que tu as beaucoup changé, Nate, et j'en suis

très heureux, répondit Walter, mais je préférerais mener seul les négociations.

— D'accord. Je vous laisserai discuter avec Tess autant que vous le voudrez et je n'interviendrai pas.

— Tu me le promets ?

— Solennellement.

— Alors là, c'est le bouquet ! s'écria Theresa en pénétrant dans la cuisine d'Eva comme une tornade et en lançant son mobile sur la table.

— Qui t'a appelée ? lui demanda son amie.

— Une certaine Margaret Shenberg, la secrétaire d'un avocat.

— Que désirait-elle ?

— M'informer que Me Walter Jensen, le représentant légal de Graystone Enterprises, souhaitait me recevoir dès demain dans son cabinet pour me montrer le contrat qu'il avait rédigé.

— Le contrat ! répéta Eva, les yeux écarquillés. Quel contrat ?

— Je n'en ai aucune idée. Mme Shenberg m'a juste parlé des droits et des devoirs de Nate. Mais, quoi que cet arrogant s'imagine, il n'a aucune obligation envers moi.

— Je ne suis pas de ton avis, Tess. Puisqu'il est le père de ton bébé, il est normal qu'il veuille assumer ses responsabilités.

— Nate n'est *pas* le père de mon bébé, protesta Theresa avec véhémence. Il n'en est que le géniteur.

— Ce qui revient au même.

— Non. Tout ce qu'il a fait, c'est me donner un peu de son sperme.

Eva regarda Carmine taper de ses petits poings sur la tablette en plastique de sa chaise haute et éclata de rire.

— La prochaine fois que Nick se lèvera en pleine nuit pour changer ce futur champion de boxe, il faudra que je lui répète ce que tu m'as dit, lança-t-elle à Theresa dès qu'elle eut recouvré l'usage de la parole. Il sera ravi d'apprendre qu'il a joué un rôle *mineur* dans la naissance de notre fils.

— Arrête de plaisanter, Eva ! Tu sais bien qu'il n'y a pas de comparaison possible entre ton mari et ce pot de colle de Nathaniel Graystone. Nick est un papa formidable alors que Nate, lui, se moque de notre enfant comme de sa première chemise.

— Qu'est-ce qui te permet de l'affirmer ?

— Le simple bon sens. Si tu avais vu l'accueil qu'il m'a réservé quand je suis allée lui annoncer que j'attendais un « heureux événement », tu n'aurais pas le moindre doute à ce sujet.

— Ce n'est pas parce qu'il a manqué d'élégance et de subtilité à ce moment-là que tu dois l'accuser de tous les péchés du monde. Le fait qu'il ait demandé à son avocat de te téléphoner prouve qu'il se soucie de toi et qu'il veut t'aider à…

— Tu parles ! Il se fiche pas mal de mes problèmes. Lorsqu'il est venu me rendre visite à Parnassus la veille de mon déménagement, il m'a certifié une fois encore qu'il ne pouvait pas être le père de mon bébé. Et j'en ai eu tellement marre de l'écouter que je lui ai menti.

— Que lui as-tu raconté ?

— Que je m'étais trompée en manipulant mes tests de grossesse et que je n'étais pas enceinte.

Eva, qui s'apprêtait à plonger une cuillère dans un petit pot de purée d'épinards, suspendit son geste et leva vers Theresa un regard incrédule.

— Tu as osé lui dire ça ? jeta-t-elle, une fois remise de sa stupeur.

— Oui.

— Pourquoi as-tu éprouvé le besoin de lui jouer la comédie ?

— Parce que je ne tiens pas à ce que mon fils ou ma fille subisse le même sort que moi.

— Que t'est-il arrivé de si terrible ?

— Mon père, qui aurait préféré ne pas avoir d'enfant, m'a chassée de la maison lorsque j'avais quinze ans.

— Oh ! mon Dieu ! s'exclama Eva, l'air horrifié. Que s'était-il passé entre vous ?

— Après le décès accidentel de ma mère, il s'était enfermé dans son chagrin et son travail était devenu son unique raison de vivre.

— Il ne te témoignait aucune affection ?

— Absolument aucune ! Il ne se souvenait de mon existence que les jours où je faisais des bêtises et m'ignorait le reste du temps.

— As-tu beaucoup souffert de son indifférence ?

— A un point dont tu n'as pas idée. C'est pour cela que je ne veux pas signer le fichu contrat que Nate a demandé à Me Jensen de rédiger. Ce type a le cœur tellement sec que, si je le laissais s'occuper de mon bébé, il serait incapable de l'aimer.

— Tu devrais quand même te rendre chez son avocat demain et rétablir la vérité.

— A propos de ma grossesse ?

— Oui. Il a le droit de savoir que tu es bel et bien enceinte de lui.

— A mon avis, il s'en doute déjà. Avant de me quitter mardi dernier, il m'a regardée d'un drôle d'air et j'ai eu l'impression qu'il lisait en moi comme dans un livre ouvert.

Theresa se rappela avec quelle insistance Nathaniel avait fixé la courbe de ses seins et se sentit défaillir.

— Qu'est-ce que tu as, Tess ? s'inquiéta Eva. Tu es toute pâle.

— Je viens brusquement de comprendre ce que Nate a en tête et ça m'a donné un de ces chocs !

— De quoi le soupçonnes-tu ?

— De vouloir m'inciter à me débarrasser de mon bébé en échange d'une coquette somme d'argent.

— Mais non, voyons ! Où es-tu allée chercher une idée pareille ?

— Dans ma mémoire. Quand j'étais adolescente, mon père m'avait avertie qu'il m'obligerait à me faire avorter si j'avais le malheur de tomber enceinte avant ma majorité. Et je suis sûre que Nate est encore pire que lui.

7

Theresa crispa ses doigts sur les documents que venait de lui tendre Walter Jensen et le regarda compulser une liasse de feuillets. Lorsqu'elle était entrée dans le cabinet de l'avocat dix minutes plus tôt, elle avait aperçu Nathaniel dans une alcôve, au fond de la pièce, mais n'avait pas jugé utile de le saluer.

Si ce tyran s'imaginait qu'elle allait obéir à ses quatre volontés et signer des papiers les yeux fermés, il se berçait d'illusions, avait-elle pensé avant de s'asseoir dans un vieux fauteuil aux accotoirs élimés qui semblait tout droit sorti d'un musée.

— Comme vous pourrez le constater à la lecture du contrat que j'ai rédigé, mon client s'est montré extrêmement généreux envers vous, mademoiselle Tremaine, lui dit Walter. La somme de cent cinquante mille dollars qu'il a décidé de vous allouer devrait vous permettre de mener une vie confortable pendant quelques mois et de vous offrir des vacances loin du tumulte de San Francisco. Voulez-vous que je vous explique par le menu ce qui est stipulé à la troisième page du…

— Non, ne vous donnez pas cette peine, interrompit-elle avec fermeté. Je n'ai pas besoin de l'argent de M. Graystone.

La foudre tombant au milieu du cabinet n'aurait pas produit plus d'effet que ce refus catégorique. L'assistante de Walter Jensen, qui était en train de prendre des notes à l'entrée du bureau, leva le nez de son calepin et fixa Theresa d'un air sidéré. Quant aux deux jeunes employés en costume-cravate qui rangeaient des dossiers au fond de l'alcôve, ils pivotèrent sur leurs talons et glissèrent un regard furtif vers Nathaniel.

Assis dans une bergère aux coussins habillés de velours havane, ce dernier se raidit imperceptiblement, mais ne laissa rien transparaître de la colère qui bouillonnait en lui.

— Si la somme que je viens de mentionner vous semble trop modique, nous sommes prêts à négocier, lança Walter à Theresa. Quel montant aimeriez-vous recevoir ? Cent soixante-quinze mille dollars ? Deux cent mille ?

— Vous n'avez pas entendu ce que je vous ai dit, maître Jensen ? s'écria-t-elle en bondissant de son fauteuil. *Je n'ai pas besoin de l'argent de M. Graystone.* J'exerce un métier qui me permet de gagner ma vie et je refuse qu'on me fasse la charité.

— Qui vous parle de charité, mademoiselle Tremaine ? Il n'est question ici que d'un simple accord à l'amiable.

— A vous écouter, on croirait plutôt qu'il s'agit d'une vente aux enchères et que vous confondez mon bébé avec une vulgaire marchandise.

— Votre bébé ! répéta Walter, les prunelles étrécies. Dois-je comprendre que vous avez menti à Nathaniel quand il est allé vous rendre visite il y a une semaine ?

— La conversation que lui et moi avons eue ce jour-là ne vous regarde pas.

— Oh ! que si ! Le rôle d'un avocat est de défendre les intérêts de ses clients et de combattre, dans les limites de la légalité, ceux ou celles qui cherchent à les flouer.

— A aucun moment, je n'ai essayé de « flouer » M. Graystone. J'ai juste voulu le décharger d'une responsabilité qu'il n'avait pas envie d'assumer. Et, bien que je déteste les cachotteries, je ne regrette pas ce que j'ai fait.

— J'ai l'impression que vous n'avez pas mesuré la gravité de vos actes. Priver sciemment un père du bonheur de voir naître son enfant est une faute, presque un délit, et je connais plus d'un magistrat qui n'hésiteraient pas à vous infliger une forte amende en cas de procès.

— Vous plaisantez, je suppose ?

— En ai-je l'air ?

Theresa soutint sans ciller le regard gris acier de Walter, puis lança d'un ton sec :

— Que vous soyez sérieux ou pas, maître Jensen, je m'en moque. Je n'ai pas de comptes à vous rendre.

— Cessez de vous buter comme une petite fille capricieuse et rasseyez-vous, lui intima-t-il avec un calme olympien. Nous avons encore deux ou trois points de détail à régler.

— Non, la discussion est close. L'enfant que je porte n'est pas à vendre et ne le sera jamais. Alors, dites à M. Graystone que son argent ne m'intéresse pas et que…

— Vous n'avez pas bientôt fini de m'appeler « monsieur Graystone » ? coupa Nathaniel avant de quitter son fauteuil et de se ruer vers Theresa. Quand vous vous êtes donnée à moi dans votre cuisine mardi de la semaine dernière, vous étiez moins guindée qu'aujourd'hui.

A cette révélation fracassante succéda un silence de mort. Statufiés sous les lustres à pendeloques de cristal du bureau, les employés de Walter s'entre-regardèrent en roulant des yeux effarés et osèrent à peine respirer de peur de déclencher un cataclysme.

— Espèce de goujat ! hurla Theresa, le rouge au front. Ce n'est pas parce que j'ai eu la faiblesse de… de vous accorder mes faveurs que vous devez vous permettre d'étaler ma vie privée sur la place publique et de me manipuler.

— Dans ce domaine-là, Tess, personne ne vous arrive à la cheville. De toutes les femmes que je connais, vous êtes — et de loin — la plus hypocrite.

— Qu'est-ce qui vous permet de dire ça ?

— L'incroyable facilité avec laquelle vous êtes passée du rôle d'amante à celui de sainte-nitouche il y a une semaine.

— Je suis ravie que vous m'ayez trouvé des talents d'actrice. Vous, en revanche, vous n'êtes pas près de décrocher un oscar à Hollywood. Le seul prix que le jury pourrait vous décerner est celui du roi des mufles.

— Me Jensen a eu raison de vous traiter de petite fille capricieuse. Vous êtes une sale gamine et vous mériteriez une bonne correction.

— Si vous osez me frapper, je vous intenterai un procès

et les magistrats vous enverront moisir au fond d'un cachot pendant des années.

— Ne me lancez pas ce genre de défi. Je serais capable de le relever et de…

— Du calme, mon garçon ! jeta Walter du ton d'un professeur grondant le pire des cancres.

Puis, à l'adresse de ses employés, il ajouta :

— Laissez-nous, je vous prie. Ce que Mlle Tremaine et M. Graystone ont à se dire ne vous concerne pas.

Après avoir glissé son calepin sous son bras, Margaret Shenberg quitta sa chaise en silence et entraîna ses deux jeunes collègues vers le hall d'accueil.

— Pourquoi m'avez-vous coupé la parole ? demanda rageusement Nathaniel à Walter. Vous avez oublié que c'était moi qui payais vos honoraires ?

— Non, je n'ai rien oublié du tout. Si tu estimes que j'ai eu tort de t'interrompre, tu n'as qu'à engager un autre avocat. Vu la façon dont tu viens de te conduire, je ferais mieux de prendre ma retraite sans plus tarder que de continuer à t'offrir mes services.

— Pardon de m'être mis en colère. Je ne voulais pas vous offenser.

— Que tu l'aies voulu ou pas, le résultat est le même : en t'écoutant vitupérer, j'ai eu l'impression de me retrouver devant l'adolescent mal élevé que j'avais dû aller chercher au poste de police il y a vingt ans. Et ce retour en arrière m'a déplu.

— L'époque où je collectionnais les bêtises est révolue, ne vous inquiétez pas.

— J'aimerais te croire, Nate, mais j'ai peur que tu ne manques de lucidité. Sous tes grands airs de P.-D.G. se cache encore l'âme rebelle du jeune délinquant que tu as été. Si je n'avais pas plaidé ta cause auprès des autorités le jour où tu t'étais rendu coupable de vol et d'infraction au code de la route, tu aurais été envoyé dans une maison de redressement et tu n'en serais ressorti qu'à ta majorité.

Dans une maison de redressement ?… Theresa faillit se frotter les oreilles pour s'assurer qu'elle n'était pas victime d'une illusion auditive. Comment un homme qui s'enorgueillissait de son sens de l'honneur et de sa probité avait-il pu avoir des démêlés avec la justice ?

Gênée d'avoir assisté à une conversation qui ne la regardait pas, elle s'écarta discrètement de son fauteuil et traversa le bureau à pas de velours.

— Que faites-vous, mademoiselle Tremaine ? lui demanda Walter à la seconde même où elle allait ouvrir la porte et regagner le hall d'accueil.

— Je m'en vais, répondit-elle. Puisque je ne veux pas signer le contrat que vous avez rédigé, il est inutile que je reste ici jusqu'à la fin de la matinée.

— Ne croyez-vous pas que vous devriez réfléchir à tête reposée avant de refuser l'offre très généreuse de mon client ?

— Oh ! c'est déjà tout réfléchi, maître Jensen. Je n'ai pas besoin d'argent. Point, à la ligne.

— Le concierge de l'immeuble où vous avez habité ces derniers mois n'est pas de cet avis, lança Nathaniel à Theresa. D'après lui, vous avez été forcée de déménager parce que le loyer de votre duplex était trop élevé et que vous ne pouviez plus le payer.

— Vous avez osé interroger Ed Mason ? s'écria-t-elle, furibonde.

— Oui. Et, comme il a la langue bien pendue, il s'est fait un plaisir de me renseigner.

— De quel droit vous êtes-vous permis d'aller le trouver ?

— Du droit que me donne mon statut de futur père. Si vous n'étiez pas tombée enceinte, nous ne nous serions jamais revus et je ne me serais pas intéressé à l'état désastreux de vos finances.

— Ce n'est pas pour des raisons économiques que j'ai quitté le quartier de Parnassus, c'est pour ne pas m'encroûter. J'adore bouleverser mes petites habitudes et changer d'air quand j'en ai l'occasion.

— A d'autres ! Vous êtes tellement fauchée que vous avez eu peur d'être expulsée de votre appartement et que vous avez préféré vider les lieux avant d'être jetée à la rue.

— Ed Mason vous a raconté n'importe quoi. J'avais de

très bonnes relations avec le propriétaire de mon duplex et il ne lui serait pas venu à l'esprit de…

— Taisez-vous, tous les deux, coupa une nouvelle fois Walter, et rasseyez-vous.

— J'aurais aimé pouvoir vous obéir, maître Jensen, riposta Theresa, mais il faut que je me sauve.

— Non, vous n'irez nulle part tant que Nate et vous n'aurez pas fait la paix, dit l'avocat d'un ton qui ne souffrait aucune discussion.

Puis, se tournant vers Nathaniel, il ajouta :

— Présente tes excuses à Mlle Tremaine et terminons-en.

— De quoi voulez-vous que je m'excuse ?

— De t'être mêlé de sa vie privée. Tu n'aurais pas dû interroger son ancien concierge et le pousser à colporter des ragots.

— J'ai eu tort de poser des questions à M. Mason, c'est vrai.

— Enfin un peu d'objectivité ! s'écria Walter avant de rassembler les feuillets qui encombraient son bureau et de s'éloigner à grands pas.

— Où allez-vous ? lui demanda Nathaniel.

— Au restaurant. Il est presque midi et j'ai l'estomac dans les talons.

— Vous ne pouvez pas partir maintenant. Tess et moi avons encore un tas de choses à nous dire.

— Vu la nature de vos problèmes, je suis sûr que vous arriverez plus facilement à les résoudre seul à seule qu'en présence d'un avocat.

8

Dès que Walter eut quitté son bureau, Nathaniel se mit à arpenter le superbe tapis d'Orient qui déployait ses entrelacs devant la fenêtre.

— Depuis quand connaissez-vous Me Jensen ? lui demanda Theresa, fatiguée de le regarder tourner comme un lion en cage.

— Depuis ma plus tendre enfance, répondit-il, la mine renfrognée.

— Qu'aviez-vous volé le jour où il a dû aller plaider votre cause auprès des autorités ?

— En quoi cela vous concerne-t-il ?

— En rien, mais je serais curieuse de savoir ce que vous aviez fait pour mériter d'être expédié dans une maison de correction. Lorsque j'étais adolescente, j'ai eu des problèmes, moi aussi, et je suis passée deux fois en conseil de discipline.

— Parce que vous aviez refusé d'obéir à vos profs ?

— Oui. Je n'étais pas une élève très appliquée et j'adorais enfreindre le règlement du lycée.

— Vu votre attitude actuelle, je n'en suis pas surpris. Vous êtes tellement indomptable et entêtée qu'il n'y a pas moyen de vous raisonner.

— Vous n'êtes pas un modèle de souplesse et de docilité, vous non plus. Quand on essaie de vous démontrer que vous avez tort, vous préférez vous boucher les oreilles que d'écouter ce qu'on a à vous dire.

— Tout dépend de la sincérité de mes interlocuteurs. Comme je déteste le mensonge et les cachotteries, je ne peux pas prêter la même attention à un hypocrite qu'à quelqu'un d'honnête.

Theresa s'approcha de l'une des trois bergères qui meublaient l'alcôve et s'y laissa tomber.

— Au lieu de tourner en rond, asseyez-vous et prouvez-moi que vous êtes la franchise incarnée en me révélant certains de vos secrets, intima-t-elle à Nathaniel.

— De quoi voulez-vous que je vous parle ? demanda-t-il avant de prendre place dans le fauteuil qu'elle lui désignait.

— De cette fameuse journée où Me Jensen a été obligé de voler à votre secours. Qu'aviez-vous fait d'illégal ?

— J'avais emprunté la voiture de mon père — une décapotable aux accélérations foudroyantes — et j'étais parti slalomer sur l'autoroute, au risque de provoquer un carambolage. Quand des policiers m'ont arrêté à la sortie de Rockaway Beach, je leur ai donné des coups de pied dans les tibias et je les ai traités de sales fachos.

— Non ?

— Si ! C'était le 24 décembre et j'avais décidé de fêter Noël en beauté. Alors, vous vous doutez bien que je n'aurais pas pu me laisser menotter sans broncher.

Theresa, qui croyait avoir eu l'adolescence la plus mouvementée qu'on puisse imaginer, en resta bouche bée.

— Lorsque vos parents ont découvert que vous aviez conduit leur cabriolet et que vous vous étiez pris pour un pilote de rallye, ils ont dû être furieux, dit-elle, une fois revenue de sa stupeur.

— Pensez-vous ! s'exclama Nathaniel, un petit sourire amer aux lèvres. Ils étaient à Cancún ce jour-là et se fichaient du tiers comme du quart.

— Que faisaient-ils au Mexique ?

— La noce, avec leurs amis de la jet-set.

— Qui était censé s'occuper de vous pendant qu'ils réveillonnaient ?

— Leurs domestiques. Ils m'avaient confié à eux avant de partir, histoire de se donner bonne conscience, mais ils savaient que je serais livré à moi-même jusqu'à leur retour et que…

Interrompu par la sonnerie de l'horloge qui égrenait les secondes de son tic-tac monotone au fond du cabinet, Nathaniel laissa échapper un soupir de contrariété.

— Il est déjà midi, marmonna-t-il. Ne croyez-vous pas que nous devrions arrêter de perdre notre temps et passer aux choses sérieuses ?

— Si, reconnut Theresa en pianotant de ses dix doigts sur les accotoirs de son fauteuil. J'aimerais bien que vous m'expliquiez dans quel but vous voulez me verser une grosse somme d'argent.

— Répondez d'abord aux questions que je vais vous poser et tâchez d'être sincère pour une fois.

— Sincère, je l'ai toujours été.

— Sauf à la fin de notre dernière conversation.

— C'est exact ! Vous aviez l'air tellement nerveux mardi matin que j'ai préféré vous mentir. En revanche, lorsque je suis venue vous trouver dans votre bureau, je vous ai dit la vérité.

— Vous êtes réellement enceinte de moi ?

— Oui.

— Comment pouvez-vous affirmer que je suis le père de votre enfant ?

— Parce que je n'ai pas couché avec un autre homme que vous depuis la mi-juin.

— Quand j'ai employé le mot « avorter » il y a une semaine, vous m'avez répondu que, si vous vous étiez débarrassée du bébé, vous ne vous le seriez pas pardonné. Avez-vous encore l'intention de le garder ?

— Naturellement ! s'exclama Theresa, le front buté. Et, quoi que vous fassiez, je ne changerai pas d'avis. Il est donc inutile que vous m'offriez des dizaines de milliers de dollars et que vous m'aidiez à choisir la meilleure clinique de la région.

— Pour qui me prenez-vous ? riposta Nathaniel d'une voix grinçante. Pour un ignoble égoïste qui préfère brandir son carnet de chèques que d'autoriser qui que ce soit à bousculer ses petites habitudes ?

— Non. Pour un arrogant qui croit détenir la vérité absolue et qui soupçonne tout le monde de vouloir le duper.

— Je reconnais avoir mal réagi le jour où vous êtes venue me trouver au siège de ma société, mais j'avais de bonnes raisons d'être méfiant.

— Quelles raisons ?

— Je n'ai pas envie de parler de cela maintenant.

— Si vous refusez de me répondre, j'en déduirai que vous êtes un horrible cachottier et que vos théories sur le mensonge ne sont que du vent.

Comprenant que Theresa ne lui laisserait pas de répit tant qu'il ne lui aurait pas fourni les explications qu'elle était en droit de lui réclamer, Nathaniel jaillit de son fauteuil et se remit à piétiner les arabesques du tapis.

— A vingt et un ans, j'ai fait la connaissance d'une ravissante jeune femme d'origine italienne qui s'appelait Marlena Ducatti et j'en suis tombé follement amoureux, déclara-t-il d'une voix monocorde. Comme nous avions un caractère de chien tous les deux, nos relations sont vite devenues conflictuelles et nous avons été obligés de nous séparer.

— Que s'est-il passé ensuite ? demanda Theresa, le regard brillant de curiosité.

— Pour oublier cette rupture douloureuse, je me suis lancé à corps perdu dans le travail et ma société d'investissement a pris un tel essor en l'espace de huit ou neuf mois qu'elle a été classée parmi les dix meilleures start-up de la baie de San Francisco.

— Vous avez dû être fier de votre réussite.

— D'autant plus fier que des spécialistes de la finance internationale m'ont couvert d'éloges et que mon portrait a été publié à la une de *Chronicle*.

— Quelle consécration ! s'exclama Theresa.

Puis, avec un zeste d'ironie, elle ajouta :

— Je suis sûre que cette soudaine célébrité vous est montée à la tête et que vos chevilles se sont mises à enfler.

— Si mon succès n'avait pas eu d'autres conséquences que celle-là, la vie aurait été formidable, riposta Nathaniel en s'adossant à la fenêtre du bureau. Malheureusement, le fait que je sois devenu le chouchou des médias ne m'a pas porté chance.

— Que vous est-il arrivé ?

— Le lendemain d'une interview que j'avais donnée aux journalistes d'une chaîne de télévision locale, Marlena m'a rendu une petite visite inopinée. Et je suis retombé amoureux d'elle sans m'apercevoir qu'elle voulait juste profiter de ma notoriété.

— Comment s'y est-elle prise pour vous piéger ?

— De la même façon que toutes les femmes qui ont un corps sublime et une calculatrice à la place du cœur : elle s'est servie de sa beauté. Quand elle a débarqué chez moi en plein milieu de la nuit, elle était nue sous son manteau de fourrure et je n'ai pas pu lui résister.

— Combien de temps êtes-vous restés ensemble cette fois-ci ?

— Une semaine, pas plus. Dès la fin du week-end, une violente dispute a éclaté entre nous et Marlena est retournée vivre chez ses parents.

— Avez-vous eu de ses nouvelles par la suite ?

— Oui, hélas ! Elle est revenue frapper à ma porte la veille de Noël et m'a informé que j'allais être père. J'étais tellement naïf à l'époque que je l'ai crue sur parole et que je lui ai proposé de lui verser une pension alimentaire jusqu'à la naissance de l'enfant.

— Pourquoi avez-vous préféré vous débarrasser d'elle que de lui demander sa main ?

— Parce que nous n'arrêtions pas de nous quereller et que, si elle avait accepté de m'épouser, notre mariage aurait été un enfer.

— Aviez-vous l'intention de tenir votre rôle de père autrement qu'en signant un gros chèque à la fin de chaque mois ?

Cinglé par l'ironie du ton comme par un coup de fouet, Nathaniel fustigea Theresa du regard.

— Au début, non, répondit-il d'une voix tranchante. Mais, lorsque j'ai été appelé à la maternité le soir où Marlena a accouché, le bébé m'a semblé tellement fragile que j'ai eu envie de le protéger.

— C'était un garçon ou une fille ?

— Un garçon. Il était né avant terme et l'infirmière qui m'avait téléphoné de toute urgence avait cru que j'étais le compagnon de Marlena.

— Si ce pauvre petit avait réussi à vous émouvoir dès qu'il était venu au monde, pour quelle raison ne vous êtes-vous pas occupé de lui ensuite ?

— Parce que le test génétique auquel Me Jensen m'avait conseillé de le soumettre a prouvé d'une manière irréfutable que je n'étais pas son père.

Honteuse d'avoir jugé Nathaniel un peu trop vite, Theresa baissa la tête et feignit de s'abîmer dans la contemplation de ses escarpins.

— Marlena a eu tort de vous mentir, jeta-t-elle après un long silence. Est-ce par intérêt ou par pure méchanceté qu'elle a voulu vous faire endosser la paternité de son enfant ?

— Par intérêt, bien sûr ! Elle savait que ma société était florissante et espérait me soutirer des millions de dollars. Mais, au lieu de chercher à me manipuler, elle aurait dû me demander de l'aide.

— Que lui avez-vous dit après avoir découvert la vérité ?

— Que je lui donnerais assez d'argent pour lui permettre d'élever son fils décemment, à condition qu'elle sorte de ma vie.

— Le papa du bébé ne pouvait pas subvenir à ses besoins et à ceux du petit ?

— Non. Quand il avait appris qu'elle était enceinte, il l'avait laissée tomber. Et comme elle avait perdu son emploi d'hôtesse d'accueil à la même époque, elle n'avait pas trouvé d'autre moyen de s'en tirer que de me piéger.

— Toutes les femmes qui ont des ennuis financiers ne sont pas d'ignobles intrigantes, vous savez. Il y en a qui sont honnêtes et qui préféreraient mourir de faim que de…

— Inutile de protester de votre innocence, Tess ! Bien que vous m'ayez menti la semaine dernière, je me suis déjà aperçu que vous n'étiez pas la copie conforme de Marlena.

— Si j'ai essayé de vous faire croire que je n'étais pas enceinte, c'est parce que j'estime que vous n'avez aucune obligation envers moi. Puisque je ne vous ai pas consulté le jour où j'ai décidé de garder le bébé, il est normal que je me débrouille seule.

— Je ne suis pas d'accord avec vous. Pour s'épanouir, un enfant a besoin de l'amour de ses deux parents.

— Allez expliquer cela aux milliers de mères divorcées qui élèvent leurs enfants sans l'aide de leur ex-mari et vous verrez quelle sera leur réaction. Dans la bibliothèque rose, les familles ne volent effectivement pas en éclats à la première dispute, mais vous savez bien que la vraie vie ne ressemble pas aux contes de fées et qu'on doit souvent abandonner ses idéaux en cours de route.

Nathaniel s'approcha alors brusquement de Theresa, le visage impénétrable, et lui demanda tout à trac :

— Qui est votre gynécologue ?

— Le Dr Patricia Hillier, répondit-elle, déconcertée. Elle est obstétricienne et c'est elle qui a accouché deux de mes amies.

— Où se trouve son cabinet ?

— Dans le quartier de Pacific Heights.

— Pourrez-vous m'indiquer son adresse exacte et son numéro de téléphone ?

— Pour quoi faire ?

— Pour que je la prie de m'envoyer sa note d'honoraires chaque fois que vous irez la consulter.

— Je vous remercie de votre générosité, mais il est inutile que vous m'aidiez.

— Permettez-moi d'en douter. Ceux et celles qui, comme vous, travaillent en free-lance ne bénéficient d'aucune couverture sociale.

— Peu importe ! J'ai des économies.

— A combien se montent-elles ?

— A quelques centaines de dollars.

— Avec une somme aussi ridicule, vous n'irez pas très loin.

— L'argent que je vais gagner dans les semaines à venir me suffira amplement.

— Vous avez de nombreuses réceptions à organiser ?

— Oui. Je trouve chaque jour de nouveaux clients.

L'air dubitatif, Nathaniel se pencha vers Theresa et lui releva le menton pour l'obliger à le regarder.

— Pourquoi voulez-vous à tout prix vous débrouiller seule ? demanda-t-il.

— Parce que je tiens à rester autonome, riposta-t-elle. Je le suis depuis l'âge de quinze ans et ce n'est pas demain que je renoncerai à mon indépendance.

— Au cas où vous l'auriez oublié, je vous rappelle que vous allez mettre un bébé au monde dans sept mois et que je suis le père de cet enfant. Votre sacro-sainte indépendance est donc le cadet de mes soucis.

Lorsqu'il vit une lueur de panique obscurcir les grands yeux émeraude de Theresa, Nathaniel sentit monter en lui une envie impérieuse de la prendre dans ses bras et de la réconforter.

— Si mon argent ne vous intéresse pas, acceptez au moins mon hospitalité, dit-il d'un ton radouci. Je sais que votre meilleure amie et son mari sont très heureux de vous héberger, mais vous ne pourrez pas rester chez eux indéfiniment.

— Qui vous a parlé d'Eva et de Nick ?

— Ed Mason.

— J'aurais dû m'en douter. La prochaine fois que je rencontrerai ce bavard, je l'étranglerai pour l'empêcher de jacasser.

— Ne lui en veuillez pas, je vous en prie. Tout est ma faute.

— Vous l'avez torturé jusqu'à ce qu'il vous révèle le moindre de mes secrets ?

— Presque. Quand je désire quelque chose, je me montre tellement persuasif que personne n'est capable de me résister.

— Ça, je l'avais remarqué. Le seul moyen de vous neutraliser serait de vous ligoter et de vous bâillonner.

— A quoi bon essayer de me tenir tête, alors ?

En guise de réponse, Theresa écarta la main qui lui emprisonnait le menton et leva vers Nathaniel un regard flamboyant.

— J'ai déjà commencé à éplucher les petites annonces, dit-elle. Et, si j'arrive à décrocher un poste dans une grosse société, les honoraires de ma gynécologue seront payés par la caisse d'assurance maladie.

— Loin de moi l'envie de vous saper le moral, Tess, mais il est peu probable que vous trouviez un emploi salarié actuellement. En attendant le retour de la croissance, tous les P.-D.G. que je connais préfèrent dégraisser leurs effectifs que d'embaucher du personnel. Il serait donc plus sage que vous cessiez d'espérer un miracle et que vous acceptiez mon hospitalité.

— Où voulez-vous m'héberger ? Dans votre appartement du centre-ville, celui qui est perché en haut d'un immeuble, à mi-chemin de… du paradis ?

La légère hésitation qu'avait marquée Theresa avant d'achever sa phrase amena un sourire sur les lèvres de Nathaniel.

— Non, la détrompa-t-il. A la mort de mon grand-père, j'ai hérité d'un immense domaine qui est situé du côté de Half Moon Bay, à une heure de route de San Francisco, et je serais ravi de vous y accueillir.

— Si vous vous imaginez que je vais être assez stupide pour cohabiter avec un obsédé sexuel, vous vous faites des illusions. J'aimerais encore mieux camper dans le parc du Golden Gate que de dormir sous le même toit que vous.

— Vous n'aurez pas à me supporter, soyez tranquille. La propriété dont je vous ai parlé est celle où j'ai grandi, mais le bâtiment principal est inoccupé depuis une dizaine d'années. Des artisans sont en train de le rénover et, une fois qu'ils l'auront remis en état, j'essaierai de le vendre.

— Je ne crois pas que je me sentirai plus à l'aise au milieu des gravats qu'à Haight Ashbury.

— Ce n'est pas dans mon vieux château que j'ai l'intention de vous héberger, c'est dans un joli cottage qui a été construit sur le même terrain. Voulez-vous que je vous y emmène tout de suite ?

— Non, je préférerais que nous nous donnions rendez-vous là-bas à 16 heures, demain après-midi.

— Si l'endroit vous plaît, vous pourrez vous y installer quand vous le voudrez. Dans le cas contraire, nous chercherons ensemble une autre solution.

— D'accord, mais comme je ne tiens pas à avoir des dettes envers vous, je vous paierai un loyer dès que j'aurai trouvé un emploi, répondit-elle avant de quitter son fauteuil et de sortir du bureau la tête haute.

« Certainement pas ! », faillit s'exclamer Nathaniel.

Mais, sachant qu'une retraite stratégique était souvent le meilleur moyen de gagner une guerre, il jugea préférable de ne pas insister.

9

Le lendemain après-midi, Theresa quitta Haight Ashbury au volant de sa vieille Chevy et se mit en route en suivant à la lettre les instructions que Nathaniel lui avait données par SMS au début de la matinée. Persuadée qu'elle arriverait à San Revelle, le domaine qu'il avait hérité de son grand-père, avec dix bonnes minutes d'avance, elle s'engagea en souplesse sur l'autoroute A1. Mais à peine avait-elle atteint Rockaway Beach que le moteur asthmatique de son tacot se mit à toussoter.

— Allez, Jézabel, encore un petit effort ! s'exclama-t-elle en ralentissant. Tu ne vas quand même pas me lâcher aujourd'hui !

Comme si ces quelques mots avaient suffi à lui rendre toute la fougue de sa jeunesse, la voiture cessa de crachoter de la vapeur et avala joyeusement une quinzaine de kilomètres supplémentaires.

Le regard rivé au long ruban d'asphalte qui chatoyait sous un soleil de plomb, Theresa enfonça la pédale d'accélérateur et laissa ses pensées vagabonder.

La veille, dès son retour à Haight Ashbury, Eva et Nick l'avaient poussée à créer sa propre société et lui avaient offert leur aide.

— Si tu deviens chef d'entreprise au lieu de continuer à travailler en free-lance, tu pourras bénéficier d'une couverture sociale et avoir pignon sur rue, lui avait dit son amie. Nick et moi avons réussi à économiser pas mal d'argent depuis notre mariage. Plutôt que de confier ces milliers de dollars à notre banquier, nous préférons te les prêter.

— C'est très gentil à vous, avait-elle répondu, hésitante, mais n'avez-vous pas peur que je sois obligée un jour de déposer le bilan et que je n'arrive pas à vous rembourser ?

— Non. Nous savons que tu es l'une des meilleures organisatrices de réceptions de San Francisco et que notre investissement sera très rentable. Dès que tu auras un site web, le nombre de tes clients augmentera à la vitesse grand V et tu te féliciteras de nous avoir écoutés.

Gagnée par l'optimisme contagieux d'Eva et de Nick, Theresa avait décidé de suivre leur conseil et s'était promis de travailler comme une forcenée pour ne pas les décevoir.

Après avoir quitté l'A1 et dévalé la route de la corniche, la voiture franchit les grilles de San Revelle et se faufila entre deux rangées de palmiers. Puis, prise d'une nouvelle quinte de toux, elle fit une embardée et s'arrêta, à bout de souffle, au sommet d'un raidillon.

— Je rêve ou quoi ? murmura Theresa entre ses dents en sautant de son siège et en embrassant du regard l'immense bâtisse qui se dressait devant elle.

Avec ses remparts crénelés, ses élégantes tourelles coiffées de tuiles moussues et ses innombrables fenêtres aux carreaux sertis de plomb, elle aurait pu abriter la Belle au bois dormant pendant son long sommeil. Un escalier monumental, qu'enlaçaient des dizaines de rosiers grimpants, dominait du haut de ses balustres en granit la cour d'honneur du château.

Si elle avait grandi dans un endroit pareil, elle aurait eu l'impression de vivre un conte de fées, songea-t-elle, émerveillée par la splendeur et l'originalité de l'édifice.

L'architecte qui en avait dessiné les plans avait dû s'inspirer de la Cité d'Emeraude et de tous les palais qu'avaient fait bâtir au fil des siècles les rois et les princes de légende.

Après avoir descendu un chemin sablonneux, Theresa s'immobilisa sur un promontoire au pied duquel miroitait une piscine. Carrelée d'*azulejos* et entourée de colonnes en marbre blanc, celle-ci semblait vouloir rivaliser d'éclat avec l'océan Pacifique, dont on apercevait au loin les vagues pointillées d'argent. Une statue de Poséidon montait la garde à l'entrée du solarium et brandissait un trident vers le ciel, comme pour protéger des colères de Zeus la jolie sirène en albâtre étendue devant lui.

Aussi beau et musclé que les dieux de l'Olympe, Nathaniel, qui venait de se hisser le long de la paroi du bassin à la force des bras, était en train de se frictionner sous le péristyle.

Jamais elle n'aurait dû quitter Haight Ashbury, pensa Theresa en le voyant éponger son torse d'athlète à l'aide d'un drap de bain et en sentant sa gorge se dessécher. Là-bas, au moins, elle n'aurait pas pu tomber sur un sosie d'Apollon et se mettre à fantasmer.

— Ah ! vous êtes arrivée, lui lança Nathaniel dès qu'il eut fini de s'essuyer. Je croyais que vous aviez oublié notre rendez-vous.

— Navrée de… de vous avoir obligé à patienter, bredouilla-t-elle, le cœur battant à coups redoublés. Je suis partie de San Francisco de bonne heure, mais il m'a fallu plus de temps pour faire le trajet que je ne le pensais.

— Les instructions que je vous avais données n'étaient pas assez précises ?

— Si, si. C'est à cause de Jézabel que je suis en retard. Elle était tellement épuisée qu'elle a failli me laisser en plan à Rockaway Beach.

— Jézabel ! répéta Nathaniel après avoir gravi l'escalier dont les marches dallées de granit rose s'élevaient au-dessus du solarium. Qui est-ce ?

— Ma voiture, répondit Theresa, un doigt pointé vers le raidillon en haut duquel agonisait sa Chevy.

— Pas étonnant que vous ayez lambiné ! Cette épave ne devrait même pas être autorisée à rouler.

— Chut ! Parlez moins fort, ou elle va vous entendre et se mettre à bouder.

— Elle est susceptible ?

— Oui. Quand on se moque de son moteur poussif, elle se vexe et refuse de démarrer.

Un sourire découvrit les dents blanches de Nathaniel.

— Espérons qu'elle est dure d'oreille et qu'elle n'a pas pu attraper au vol des bribes de notre conversation, car il lui reste encore cinq cents mètres à parcourir, murmura-t-il.

Le cottage que je veux vous faire visiter se trouve derrière la haie de cyprès que vous apercevez là-bas, à gauche du solarium. Allez-y pendant que je me change et je vous y rejoindrai dès que je serai prêt.

— Où comptez-vous ôter votre maillot de bain ? demanda Theresa, prise de panique à l'idée de le voir se débarrasser devant elle de son boxer ultra moulant. Ici, en plein air ?

— Non, ne vous affolez pas, répondit-il, goguenard. Ce n'est pas sous vos yeux que j'ai l'intention de m'effeuiller, c'est dans un abri de jardin.

— Ah ! vous me rassurez, s'exclama-t-elle. Bien que j'adore les spectacles de cabaret, je ne suis pas venue à San Revelle pour assister à un numéro de strip-tease.

Puis, les joues écarlates, elle s'empressa de tourner les talons et de regagner son tacot.

10

— Démarre, Jézabel, je t'en supplie, implora Theresa en tournant la clé de contact de sa Chevy pour la énième fois sans obtenir d'elle autre chose que des plaintes et des toussotements. Si on n'a pas bougé d'un pouce quand Nate viendra nous rejoindre, il se moquera de nous.

Comme piquée au vif, la voiture sortit de sa léthargie le temps d'un hoquet et trembla de toutes ses tôles rouillées. Mais à peine avait-elle parcouru quelques mètres qu'un nuage de vapeur s'échappa de son radiateur et qu'elle s'immobilisa dans un soupir d'agonisant.

— Tu n'es qu'une fainéante, Jéz, s'écria Theresa, sa patience en miettes. Nate a eu raison de te traiter d'épave. Comparé à toi, le carrosse de Cendrillon aurait eu l'air d'une formule 1. Puisque nous sommes dans un décor de conte de fées, tu sais ce que tu mériterais ? Que j'aille chercher une baguette magique sous les combles du château et que je te métamorphose en citrouille ou en…

— A qui parlez-vous, Tess ? interrompit Nathaniel en s'accoudant avec nonchalance à la vitre baissée de la portière.

— A ma vieille guimbarde, répondit-elle, étonnée de ne pas l'avoir entendu approcher.

— Taisez-vous, voyons ! Vous risquez de froisser sa susceptibilité.

— Oh ! je ne crois pas qu'il lui reste une once d'amour-propre. Au point où elle en est, plus rien ne peut l'atteindre.

— La pauvre a rendu l'âme ?

— Je crains que oui. Il a fallu que je tourne la clé de contact une vingtaine de fois avant qu'elle accepte de démarrer.

Puis, au bout de quelques mètres, elle a craché de la vapeur et soupiré comme si elle était à l'article de la mort.

— Vous permettez que je l'ausculte ?

— Volontiers.

Après avoir ouvert le capot de la Chevy avec une remarquable économie de gestes, Nathaniel examina longuement la courroie du ventilateur, les durites et le radiateur.

— Vous vous y connaissez en mécanique ? lui demanda Theresa.

— Pas autant que vous pourriez le croire, répondit-il. Ce n'est pas parce que je suis un homme que je dois savoir me servir d'une pince universelle et d'une clé à bougie. Parlez-moi de l'indice Dow Jones ou du CAC 40 et je serai intarissable sur le sujet. Mais, en matière de dépannage, j'ai de graves lacunes.

— Dans ce cas, il ne me reste plus qu'à appeler une compagnie de taxis.

— Vous ne voulez pas que je vous fasse visiter le cottage d'abord ?

— A quoi bon ? Votre domaine est tellement isolé qu'il me sera impossible d'y séjourner si je ne dispose d'aucun moyen de transport. A combien de kilomètres d'ici se trouve la première épicerie ?

— Huit. Il n'y a pas un seul village entre San Revelle et Half Moon Bay.

— C'est bien ce que je disais. Et comme je ne suis pas une coureuse de fond, il vaut mieux que je rentre à San Francisco dès maintenant et que je continue à squatter la maison d'Eva et de Nick.

— Ne préféreriez-vous pas que je vous achète une voiture neuve en remplacement de votre antiquité et que…

— Non ! Je vous ai déjà dit et redit que je n'avais pas besoin de votre argent.

— Ce n'est pas un gros chèque ni une liasse de billets que je veux vous offrir, c'est un banal 4x4 qui vous permettra d'aller vous ravitailler chaque matin.

— N'insistez pas, je vous en prie. Si j'acceptais votre

aide, j'aurais l'impression d'être dépendante de vous et je ne le supporterais pas.

Conscient de ne pas avoir choisi la bonne tactique, Nathaniel décida d'appeler à la rescousse la seule personne de son entourage qui eût à la fois des talents de mécanicien et une connaissance approfondie de la psychologie féminine.

— A qui téléphonez-vous ? lui demanda Theresa en le voyant sortir son mobile de sa poche et pianoter sur le clavier.

— A Zane Montoya, mon meilleur ami. Il raffole des vieux tacots et est tellement habile de ses mains qu'aucun moteur ne lui résiste.

— Vous croyez qu'il va être capable de redonner du punch à Jézabel ?

— Je l'espère.

— S'il réussit ce tour de force, je lui devrai une fière chandelle.

« Et moi donc ! », riposta in petto Nathaniel, qui n'avait aucune envie de laisser Theresa repartir à San Francisco en taxi.

— Allô, Montoya ? lança-t-il dans le micro de son portable lorsqu'il perçut un léger déclic au bout de la ligne. Ici, Nate.

— Salut, Casanova ! répondit Zane de sa voix râpeuse. Pourquoi me téléphones-tu ?

— Pour te demander de venir à San Revelle cet après-midi et de réparer une voiture qui est très mal en point.

— Quelle voiture ? Ta Jeep n'a qu'un an et je ne connais pas de modèle plus fiable qu'elle.

— Ce n'est pas de mon 4x4 que je te parle, c'est de la Chevy de Tess.

— La petite Anglaise que tu as sautée dans les toilettes du Skyline ?

Sachant que Zane risquait de commettre d'autres écarts de langage, Nathaniel s'éloigna de Theresa et alla s'adosser au tronc rugueux d'un palmier.

— Non, la petite Anglaise avec qui j'ai fait l'amour en

juillet dernier et qui porte mon enfant, rectifia-t-il d'un ton ferme.

— Toi qui la soupçonnais de t'avoir raconté des craques, tu as l'air drôlement sûr d'elle tout à coup. Que s'est-il passé entre vous deux cette semaine pour que tu aies changé d'avis à son sujet ?

— Arrête de me poser des questions stupides et réponds à la mienne : peux-tu venir à San Revelle cet après-midi ?

— Oui.

— Où es-tu en ce moment ?

— Aux alentours de Daly City. A moins qu'il n'y ait des embouteillages sur l'A1, je devrais arriver chez toi dans une trentaine de minutes.

— Très bien. Je t'attends.

— Hé ! ne raccroche pas déjà. J'ai encore plein de choses à te demander.

— Connaissant ta curiosité maladive, je n'en doute pas. Mais, si tu veux que je te présente Tess, il va falloir que tu te montres poli et discret.

— A tes ordres, grand chef ! Je suis tellement impatient de rencontrer ta dulcinée que je me tiendrai à carreau.

— Tu ne lui feras pas du charme, j'espère ?

— Non, n'aie crainte. Je n'essaierai de te la souffler que si j'ai le coup de foudre pour elle.

Quelle idée avait-il eue d'appeler à l'aide le pire cavaleur de la région ! se dit Nathaniel en glissant son smartphone au fond de sa poche et en sentant une brusque inquiétude l'envahir.

— Votre ami a accepté de venir réparer ma guimbarde ? lui lança Theresa après avoir quitté son siège et claqué la portière de sa Chevy.

— Oui.

— Formidable ! Quand arrivera-t-il ?

— Dans une demi-heure. D'ici là, allons visiter le cottage, vous voulez bien ? Le soleil tape dur aujourd'hui et nous serons mieux à l'ombre.

— La chaleur est étouffante, c'est vrai.

— Dès que je vous aurai montré la villa, je vous offrirai une boisson fraîche.

— Merci.

Nathaniel enroula un bras possessif autour de la taille de Theresa et la guida vers la haie de cyprès qui longeait le solarium.

— Zane Montoya est très séduisant, lui dit-il. Lorsque vous le verrez, tâchez de garder votre calme et de ne pas béer d'admiration devant lui.

— Aucun risque ! s'exclama-t-elle. Je n'ai encore jamais dévoré un homme du regard.

— Ah bon ! Quand je suis sorti de la piscine, vous ne vous êtes pas rincé l'œil ?

« Quelle plaie, ce type ! », fulmina Theresa, honteuse d'avoir été prise en flagrant délit de voyeurisme et indignée que Nathaniel ait eu le toupet d'évoquer la scène.

— Pour que je puisse me rincer l'œil, riposta-t-elle, il aurait fallu que le spectacle en vaille la peine.

— Ce qui n'était pas le cas ?

— Non. Une seule chose a attiré mon attention à ce moment-là : votre impressionnante statue de Poséidon. Combien mesure-t-elle ?

— Un peu plus de trois mètres.

— Et vous ?

— Un mètre quatre-vingt-onze.

— Les chiffres parlent d'eux-mêmes, vous ne trouvez pas ? Comparé au dieu de la mer, vous n'êtes qu'un gringalet.

Heureuse d'avoir réussi à désarçonner Nathaniel, Theresa s'écarta de lui et contourna la haie de cyprès d'un pas léger.

— Waouh ! s'extasia-t-elle à la vue de la splendide hacienda qui somnolait sous un chapeau de tuiles rouges au bout de l'allée. C'est dans cette maison que vous voulez m'héberger ?

— Oui. Qu'en pensez-vous ?

— Qu'elle est superbe.

— Venez, je vais vous la faire visiter.

— Depuis combien de temps est-elle inoccupée ?

— Dix ans, mais Mano aère les pièces chaque matin. Vous ne risquez donc pas d'être incommodée par une odeur de renfermé.

— Qui est Mano ?

— Le régisseur du domaine. Du vivant de mon grand-père, il était jardinier en chef et ne s'occupait que de l'entretien du parc.

— Où habite-t-il ?

— Dans un vieil immeuble, à la sortie de Half Moon Bay. Si vous acceptez mon hospitalité, il ne viendra pas vous déranger.

Après avoir traversé la terrasse dallée de grès flammé de l'hacienda, Nathaniel ouvrit la porte du vestibule et entraîna Theresa à l'intérieur de la cuisine.

— Jusqu'à l'arrivée de Zane, nous allons devoir rester en tête à tête, lui dit-il, un sourire taquin aux lèvres. Savez-vous ce que nous pourrions faire pour meubler notre solitude ?

— Non, murmura-t-elle, rougissante. Je n'en ai pas la moindre idée.

— Votre manque d'imagination me déçoit, Tess. Je vous ai connue plus inventive et plus audacieuse.

— Sans doute est-ce la chaleur qui m'empêche de réfléchir.

— Si je vous offrais à boire, vos petites cellules grises se remettraient-elles à fonctionner ?

— Peut-être.

— Qu'aimeriez-vous que je vous serve ? De l'eau plate ou un gin-fizz ?

— De l'eau plate. Vu ce qui s'est passé la dernière fois que j'ai abusé de l'alcool, je préfère être sobre.

— Vous en êtes sûre ?

— Certaine !

Nathaniel sortit une carafe du réfrigérateur, puis en versa le contenu dans deux jolies timbales argentées et en tendit une à Theresa.

— Maintenant que vous vous êtes désaltérée, avez-vous une suggestion intéressante à me faire ? lui demanda-t-il dès qu'elle eut vidé le gobelet.

— Toujours pas, répondit-elle dans un souffle. J'ai beau me creuser les méninges, je ne vois pas comment nous pourrions tuer le temps.

— Moi, je le sais.

— L'activité très… spéciale à laquelle vous pensez ne risque-t-elle pas de rendre les choses encore plus compliquées qu'elles ne le sont déjà ?

— Au contraire ! Grâce à elle, les liens qui nous unissent l'un à l'autre se renforceront.

— Ce que vous voudriez, en somme, c'est que nous couchions ensemble pour apprendre à mieux nous connaître ?

— Oui. J'aimerais être à la fois votre amant et votre meilleur copain.

— Les relations de ce genre sont vouées à l'échec.

— Où avez-vous lu cela ?

— Nulle part, mais je suis persuadée que le sexe est incompatible avec l'amitié.

— Essayons et nous verrons bien ce qui se passera entre nous.

Après avoir ôté des doigts tremblants de Theresa le gobelet qu'il lui avait donné, Nathaniel la souleva dans ses bras comme si elle n'avait pas pesé plus lourd qu'un fétu de paille et l'assit sur les carreaux de faïence du plan de travail. Puis, d'une main experte, il retroussa la robe en fine cotonnade qu'elle portait à même la peau et lui écarta les genoux.

— Croyez-vous que… qu'il soit très prudent de faire l'amour quand on est enceinte de deux mois ? balbutia-t-elle juste avant que la situation ne devienne incontrôlable.

— Je ne sais pas, répondit-il, brutalement dégrisé. Pourquoi n'avez-vous pas posé la question à votre gynécologue la dernière fois que vous êtes allée la consulter ?

— Parce que j'ignorais que nous serions amenés à nous revoir.

— Tant que vous n'aurez pas demandé conseil au Dr Hillier, il vaudra mieux que nous évitions de prendre des risques et de…

Interrompu par un coup de Klaxon, Nathaniel aida

Theresa à descendre du plan de travail et l'entraîna vers la terrasse.

— Voilà Zane ! s'exclama-t-il en apercevant au loin un nuage de poussière. Il avait tellement hâte de vous rencontrer qu'il a dû rouler comme un fou.

11

Lorsque Zane Montoya se pencha sur le radiateur moribond de Jézabel pour l'ausculter, Theresa oublia immédiatement le conseil qui lui avait été donné une demi-heure plus tôt et le dévora des yeux. Beau à damner toutes les saintes du paradis, le meilleur ami de Nathaniel semblait prêt à poser pour la prochaine affiche publicitaire d'un fabricant d'after-shave. Avec son teint hâlé, ses cheveux de jais et son regard d'un bleu aussi intense que les eaux limpides de l'océan Pacifique, il aurait pu séduire n'importe quelle femme d'un simple claquement de doigts. Et, à en juger par ses manières enjôleuses, il devait déjà avoir usé — ou abusé — de son charme un nombre incalculable de fois.

Debout à côté de lui, les mains enfouies dans les poches de son jean, Nathaniel fixait Theresa en silence et paraissait au comble de l'exaspération.

Aurait-il peur qu'elle tombe amoureuse de son ami et qu'elle se jette à son cou dès qu'il aurait fini de soigner sa vieille guimbarde ? se demanda-t-elle, amusée de le voir froncer les sourcils et serrer les mâchoires comme un mari jaloux.

Pour le punir de s'être moqué d'elle à son arrivée au château, elle s'approcha de Jézabel, la taille ondoyante, et contempla Zane de l'air extasié d'une groupie admirant son idole.

— Arrêtez de lorgner ce cavaleur ! lui intima Nathaniel dans un murmure agacé. A force de le dévisager, vous allez vous abîmer les yeux.

— Vous auriez préféré que je le trouve antipathique et que j'évite de le regarder ? demanda-t-elle avec une feinte candeur.

— Oui. J'espérais que vous seriez différente des midinettes qu'il a l'habitude de séduire. Etes-vous réellement sensible à son charme ?

Pas plus que ça, songea Theresa. Le seul don Juan auquel elle était incapable de résister, c'était Nathaniel.

De tous les hommes qu'elle avait rencontrés jusque-là, aucun n'avait exercé sur elle cette fascination. Mais si l'attirance qu'elle éprouvait envers lui se transformait en amour au fil des semaines et que cet amour n'était pas partagé, comment réagirait-elle le jour où il s'éprendrait d'une autre femme ?

Dès que le soleil se fut couché derrière les falaises ocre de San Revelle, Nathaniel proposa à Theresa de la raccompagner à Haight Ashbury et l'aida à monter dans sa Jeep.

— Etes-vous déçue que Zane n'ait pas réussi à réparer votre Chevy ? lui demanda-t-il en quittant la cour d'honneur du château dans un crissement de gravillons.

— Un peu, répondit-elle en bouclant sa ceinture de sécurité et en calant sa nuque contre le dossier de son siège. Je pensais que c'était un mécanicien de génie et qu'il arriverait à la ressusciter en deux temps, trois mouvements.

— Pour pouvoir la ramener à la vie, il aurait fallu qu'il ait une baguette magique à portée de main et qu'il sache s'en servir.

— Etes-vous sûr que ça ne va pas le déranger de me prêter l'une de ses voitures ? Quand vous lui avez suggéré de me laisser conduire sa Jaguar, sa Porsche ou sa Ferrari jusqu'à la fin de mon séjour à San Revelle, il a eu l'air tellement embarrassé que j'ai failli vous supplier de ne pas insister.

— Vu le nombre de bolides qu'il possède, il n'aura pas de mal à en trouver un qui soit susceptible de vous plaire.

— Je veux bien vous croire, mais reconnaissez qu'il a eu une drôle de réaction. Si vous ne m'aviez pas certifié que son garage était encombré de grosses cylindrées, j'aurais juré qu'il tombait des nues.

« Et vous auriez eu raison », répliqua silencieusement

Nathaniel, qui s'était lancé dans un long conciliabule avec Zane dès que Theresa avait eu le dos tourné.

Comme il savait qu'elle n'accepterait aucun cadeau de sa part, il avait demandé à son ami d'aller acheter un cabriolet neuf à San Francisco avant le week-end et de prétendre qu'il en était propriétaire depuis un an ou deux.

— Zane et moi sommes de très bons copains, dit-il en s'engageant sur l'autoroute. Quand je lui réclame un service, il n'hésite pas à me le rendre. Alors, arrêtez de vous poser des questions à son sujet et oubliez-le.

— Pour le remercier de sa générosité, j'organiserai gratuitement la prochaine réception qu'il donnera à Big Sur et je…

— Il sera inutile que vous lui offriez votre aide. Zane n'aime pas qu'on vole à son secours ni qu'on se mêle de ses affaires.

— C'est vrai, ce mensonge ?

— Tout ce qu'il y a de plus vrai !

Irrité de ne pas avoir réussi à se montrer convaincant, Nathaniel empoigna le levier de vitesses de sa Jeep et passa la quatrième d'une main hargneuse.

— Ne seriez-vous pas jaloux de votre ami, par hasard ? demanda Theresa.

— Moi, jaloux de ce coureur de jupons ? se récria-t-il après avoir martyrisé sa pédale d'accélérateur. Vous voulez rire ! Nous sommes tellement différents l'un de l'autre que personne ne pourrait avoir l'idée stupide de nous comparer.

— Personne, sauf ceux ou celles qui n'ont pas leurs yeux dans leur poche. Pendant que vous discutiez de l'état de Jézabel, je vous ai observés et j'ai trouvé qu'il y avait un air de famille entre vous deux. Si vous aviez les cheveux noirs et le teint mat, on jurerait que vous êtes le frère de Zane Montoya.

— Ce qu'il ne faut pas entendre !

— Non, je vous assure que vous lui ressemblez d'une manière frappante. Etes-vous certain de n'avoir aucun lien de parenté avec lui ?

— Absolument ! s'exclama Nathaniel, la nuque et le front soudain inondés de sueur. Zane est latino-américain.

— De quelle origine était sa mère ?

— Mexicaine.

— Et la vôtre ?

— Irlandaise. Elle est née à Dublin et y a vécu vingt-trois ans avant de venir habiter aux Etats-Unis.

— Comme Zane a les yeux bleus et que cette caractéristique est due à un gène récessif, il y a de fortes chances que son père ait été de type européen et qu'il ait eu un regard très limpide.

— Où êtes-vous allée pêcher cette drôle de théorie ?

— Dans un magazine scientifique que j'ai lu chez le Dr Hillier. L'article, qui portait sur les lois de l'hérédité, était tellement passionnant que je l'ai dévoré de la première à la dernière ligne. Et, en observant votre ami cet après-midi, j'y ai repensé.

— Pourquoi n'avez-vous pas arrêté de dévisager Zane jusqu'à son départ de San Revelle ?

— Parce qu'il est très proche de vous et que tout ce qui vous concerne m'intéresse. Au cas où votre mémoire vous jouerait des tours, je vous rappelle que je vais mettre votre enfant au monde dans sept mois. Il est donc naturel que je me pose certaines questions au sujet de votre famille.

— Je vous ai déjà expliqué en long, en large et en travers que je n'avais aucun lien de parenté avec Zane Montoya. Qu'aimeriez-vous que je vous dise de plus ?

— La vérité.

— Vous croyez que je vous ai menti ?

— Oui. Je suis persuadée que vous me cachez quelque chose de très important.

Déconcerté par la redoutable clairvoyance de Theresa, Nathaniel s'agrippa à son volant comme un naufragé à sa bouée et essaya en vain de chasser les souvenirs douloureux qui affluaient à son esprit.

— Serrez à droite et arrêtez-vous tout de suite, lui ordonna-t-elle, l'index braqué sur une aire de stationnement.

— Vous avez la nausée ? lui demanda-t-il en s'exécutant.

— Non. C'est vous qui êtes mal en point, pas moi. Depuis

que je vous ai parlé de l'article que j'avais lu, vous avez une mine de déterré.

— Ce doit être à cause de la chaleur.

— Allons donc ! Il ne fait que vingt-cinq degrés dans votre Jeep.

— Peut-être ai-je attrapé un coup de soleil cet après-midi.

— Impossible ! Vous êtes resté à l'ombre les trois quarts du temps.

Theresa déboucla sa ceinture de sécurité et se pencha vers Nathaniel.

— Pourquoi tremblez-vous ? demanda-t-elle en lui encerclant le poignet.

— Parce que vous venez de confirmer ce que je soupçonnais, répondit-il d'une voix sans timbre.

— A savoir ?

— Que Zane et moi étions demi-frères. Il y avait des années et des années que je m'en doutais, mais je n'avais aucune preuve.

— Au lieu de prendre cet air désespéré, vous devriez vous réjouir de ne pas être fils unique.

— Si vous aviez eu la malchance de rencontrer mon père, mon attitude ne vous étonnerait pas.

Theresa vit une telle douleur se peindre sur les traits de Nathaniel qu'elle s'en voulut de l'avoir poussé dans ses derniers retranchements.

— Vous êtes la première personne à m'avoir fait remarquer que je ressemblais à Zane, ajouta-t-il, le regard empreint d'une infinie tristesse. Comme il a le teint basané et qu'il porte un nom mexicain, les gens qui nous connaissent tous les deux ne s'imaginent pas qu'il puisse y avoir un lien de parenté entre nous.

— Que leur avez-vous dit ?

— Que nous étions des copains d'enfance.

— Et ils n'ont pas trouvé bizarre que vous ayez la même couleur d'yeux malgré vos origines très différentes ?

— Non. Ils sont moins physionomistes que vous.

— Zane sait-il que vous êtes son demi-frère ?

— Je pense que oui.

— Mais vous n'en êtes pas sûr ?

— Pas totalement. Je n'ai abordé le sujet avec lui qu'une fois et sa réaction a été tellement violente que je n'ai pas osé revenir à la charge.

Voyant Nathaniel frotter la petite cicatrice en forme de croissant qu'il avait au menton, Theresa sentit sa curiosité redoubler.

— Que s'est-il passé ce jour-là ? lui demanda-t-elle, incapable de tenir sa langue et de laisser s'éteindre la conversation.

— J'ai entendu mon grand-père téléphoner à mon père et lui reprocher de ne pas avoir assumé ses responsabilités envers « la chair de sa chair », jeta-t-il d'un ton morne. A l'époque, j'étais trop jeune pour comprendre ce qu'il voulait dire. Alors, je me suis blotti derrière l'un des fauteuils de la bibliothèque et j'ai continué à l'espionner jusqu'à ce qu'il ait raccroché.

— De quoi a-t-il parlé ?

— Du chagrin de Maria et de son déshonneur.

— Qui était Maria ?

— La mère de Zane. Elle était femme de chambre à San Revelle et je l'adorais.

— Où vivait-elle ?

— Dans l'hacienda où vous allez emménager. Comme Zane et moi n'arrêtions pas de faire les quatre cents coups, elle nous avait surnommés « *los dos bandidos* ».

— Son fils et vous étiez du même âge ?

— Non. J'avais deux ans de moins que lui, mais cela ne nous empêchait pas d'être de très bons amis.

— Pour quelle raison habitiez-vous chez votre grand-père en ce temps-là ?

— Parce que mes parents étaient toujours en voyage et qu'ils m'avaient confié à lui. Avant de partir s'amuser à l'autre bout du monde, ils demandaient à leurs domestiques de me tenir à l'œil ou m'expédiaient directement à San Revelle.

— Si je comprends bien, Zane et vous avez grandi ensemble.

— Oui, par intermittence.

— De quoi avait-il l'air quand il était adolescent ?

— D'un vrai loubard. Il portait des blousons noirs, lisait

Playboy en cachette et tirait au pistolet comme les lieutenants d'Al Capone.

— Qui lui avait enseigné le maniement des armes ?

— Son oncle Raoul, le frère aîné de Maria. Chaque fois qu'il venait nous rendre visite, il nous autorisait à conduire sa vieille Buick dans les allées du parc et organisait des concours de crachats sous les fenêtres de l'hacienda.

— Berk ! s'exclama Theresa, rieuse. Qui était le plus doué de la bande ?

— Zane, évidemment. Vous savez quelles étaient ses cibles préférées ?

— Non.

— Les bacs à fleurs de sa mère. Pour épater la galerie, il se postait à dix pas des jardinières et les transformait en crachoirs.

— Pauvre Maria ! Il a dû lui en faire voir des vertes et des pas mûres.

— C'est le moins qu'on puisse dire. Si je n'avais pas été en admiration devant lui, j'aurais essayé de lui mettre un peu de plomb dans la cervelle, mais il m'impressionnait tellement que je m'en serais voulu de le critiquer. Il était mon héros et je ne rêvais que d'une chose : lui ressembler.

— Lorsque vous avez compris qu'il y avait peut-être un lien de parenté entre vous, qu'avez-vous éprouvé ?

— Une immense fierté. Après le fameux coup de fil qu'avait passé mon grand-père, je suis allé répéter à Zane ce que j'avais entendu.

— Et comment a-t-il réagi ?

— Très mal. Au lieu de crier de joie, il m'a envoyé son poing dans la figure et a failli me briser la mâchoire.

— Pourquoi était-il furieux d'appartenir à la même famille que vous ?

— Je ne sais pas.

— Vous auriez dû lui demander quelles étaient les raisons de sa colère.

— J'aurais bien voulu l'interroger, mais Maria ne m'en a pas laissé le temps. Dès qu'elle a vu son fils me taper dessus, elle s'est précipitée vers lui et lui a ordonné de se calmer.

— Heureusement qu'elle a réussi à le neutraliser !

— Ça, vous pouvez le dire. Sans elle, je me serais retrouvé à l'hôpital en pièces détachées.

— Votre grand-père a-t-il su que Zane vous avait tabassé ?

— Non. Maria m'avait fait jurer de garder le silence parce qu'elle avait peur de perdre son emploi. Alors, quand je suis rentré au château, j'ai prétendu que j'avais heurté le tronc d'un palmier en jouant au foot dans le parc et tout le monde m'a cru.

Theresa suivit des yeux la course indécise d'un nuage que le vent ballottait au-dessus de l'autoroute, puis relança la conversation d'une voix étouffée.

— Maria vous a-t-elle raconté ce qui lui était arrivé avant la naissance de Zane ?

— Pas en termes explicites. Il a fallu que je fouille dans les papiers de mes parents pour découvrir qu'ils l'avaient embauchée comme femme de chambre à l'âge de seize ans et licenciée au quatrième mois de sa grossesse.

— Qu'en avez-vous déduit ?

— Que ma mère s'était doutée de quelque chose et qu'elle n'avait pas voulu laisser un petit bâtard lui empoisonner la vie.

— Vous êtes dur avec elle.

— Pas plus dur qu'elle ne l'a été envers Maria et Zane. S'ils n'avaient pas trouvé refuge à San Revelle, je me demande ce qu'ils seraient devenus.

— Croyez-vous que votre père ait eu d'autres aventures extraconjugales après le renvoi de Maria ?

— C'est possible. Il n'y avait que deux choses qui lui plaisaient : faire la fête et séduire ses domestiques. Je ne serais donc pas étonné d'apprendre que j'ai une ribambelle de demi-frères et de demi-sœurs.

— Qui pourrait vous dire la vérité et vous aider à déterrer le passé ?

— Me Jensen. Il a toujours été dans le secret des dieux, mais je n'ai pas encore réussi à lui arracher la moindre confidence. Quand je lui parle des incartades de mon cher papa, il se ferme comme une huître et change de sujet.

— Ne lui en veuillez pas de sa discrétion. Il se doit de respecter le code de déontologie des avocats.

— Je le sais. Il m'a déjà expliqué des centaines de fois qu'il était tenu à une certaine réserve et qu'il serait radié du barreau s'il osait trahir ses clients.

Theresa se laissa aller contre le dossier de son siège et exhala un profond soupir.

— Mon adolescence n'a pas été plus amusante que la vôtre, déclara-t-elle, la gorge douloureuse. Ma mère a été victime d'un accident de la route lorsque j'avais douze ans et la petite vie tranquille que j'avais menée jusque-là s'est subitement transformée en cauchemar.

— Votre père vous a-t-il aidée à traverser cette épreuve ?

— Non. Il a préféré s'abrutir de travail que de chercher à me consoler.

— A qui avez-vous parlé de votre chagrin ?

— A personne. Pendant des semaines, j'en ai voulu à la terre entière de ce qui m'était arrivé et j'ai été odieuse avec tout le monde. Un soir, en revenant de l'école, je suis entrée dans une église où je n'avais encore jamais mis les pieds et j'ai adressé une horrible prière au saint patron des automobilistes.

— Que lui avez-vous demandé ?

— De me rendre ma maman et de faire mourir à sa place la mère de Janey Prisley, l'une de mes camarades de classe. Il faut dire que je détestais Janey depuis la maternelle et que je n'aurais pas été mécontente de la voir pleurer à chaudes larmes.

— Moi aussi, j'ai souvent réagi de cette façon quand j'allais au collège. J'en avais tellement marre des absences répétées de mes parents que je haïssais les autres élèves. Chaque fois que leur famille au grand complet venait assister à un match interscolaire, à une vente de charité ou à une banale réunion, j'étais vert de rage.

— Comment avez-vous réussi à tenir le coup ?

— Grâce à Maria. Elle m'a expliqué que l'envie était un poison et que plus je jalouserais mes copains, plus je serais malheureux.

— Vous avez de la chance qu'elle se soit occupée de vous et qu'elle vous ait aidé à oublier votre rancœur.

— Oh ! je n'ai rien oublié du tout. J'ai juste appris à gérer mes émotions et à ne pas me laisser guider ou aveugler par elles.

— Pendant les trois années qui ont suivi le décès de ma mère, j'ai éprouvé une colère noire, mais personne n'a essayé de l'apaiser. Pour punir mon père de son indifférence, j'ai fait un tas de bêtises : j'ai fumé du hasch, bu de l'alcool, fréquenté des punks et passé des nuits entières à errer dans les rues de Londres avec une bande de délinquants. Un jour, je suis même allée voir un tatoueur professionnel et je lui ai donné carte blanche.

Un sourire espiègle arqua les lèvres sensuelles de Nathaniel.

— Sur quelle partie de votre corps a-t-il exercé ses talents ? demanda-t-il à Theresa.

— Devinez !

— S'il avait choisi vos bras, vos épaules ou vos chevilles pour y planter son stylet, je m'en serais aperçu.

— A moins que je ne me sois débarrassée de son chef-d'œuvre après avoir quitté la Grande-Bretagne.

— Vous avez osé consulter un dermatologue dès votre arrivée aux Etats-Unis ?

— Oui, parce que j'avais honte de mes…

— … erreurs de jeunesse ?

— C'est ça.

— J'aurais bien aimé pouvoir admirer votre tatouage, déclara Nathaniel, l'air rêveur. Que représentait-il ? Un adorable petit chien qui semblait s'être échappé des studios de Walt Disney ?

— Un adorable petit chien ! répéta Theresa, faussement indignée. Non, mais vous plaisantez ! J'étais une dure à cuire, pas une ado B.C.B.G. La preuve : mes amis m'avaient surnommée Tess-la-Terreur.

— Oh ! mille excuses, mademoiselle. Je ne voulais pas vous froisser.

— Si vous n'avez pas envie que je vous arrache les yeux

et que je vous torde le cou dans un accès de colère, soyez un peu plus perspicace.

— Comme je ne tiens pas à ce que vous m'étrangliez, je préfère donner ma langue au chat. Qu'est-ce que votre virtuose du stylet avait dessiné ?

— Un superbe cœur au milieu duquel il avait écrit : « Embrasse-moi ici. »

— Qui était censé obéir à cet ordre ?

— Le premier venu. J'étais tellement déboussolée à l'époque que j'aurais été capable de coucher avec n'importe qui.

— Mais vous ne l'avez pas fait ?

— Non. A croire que j'avais encore un gramme de bon sens !

Nathaniel se pencha vers Theresa et la gratifia d'un nouveau sourire.

— Serait-ce sur votre joli postérieur que se trouvait votre tatouage ? l'interrogea-t-il.

— Oui, répondit-elle, les pommettes brûlantes.

— Si vous l'aviez gardé, je n'aurais pas demandé mieux que de dévorer de baisers cette partie très… voluptueuse de votre anatomie.

— Vous connaissant, je n'en doute pas. Hélas pour vous, il y a longtemps que ma période punk est terminée.

— Hum ! ça reste à prouver.

— Vu le châtiment que mon père m'a infligé la veille de mon quinzième anniversaire, il est normal que j'aie fini par m'assagir.

— Quelle punition vous a-t-il donnée ?

— Il m'a chassée de la maison et confiée à la sœur de ma mère, qui m'a menée à la baguette jusqu'à ma majorité.

— Vous êtes-vous réconciliée avec lui par la suite ?

— Même pas ! Il a essayé de se rapprocher de moi dès mon entrée à l'université, mais j'ai refusé de le rencontrer parce que je lui en voulais à mort de m'avoir délaissée.

— Et aujourd'hui, vous vous reprochez votre manque d'indulgence ?

— Terriblement. Depuis que j'ai appris que j'étais enceinte, j'ai mûri. Quand je repense à ce qui s'est passé autrefois, je regrette d'avoir été aussi bête et j'aimerais pouvoir effacer mes erreurs d'un coup de gomme magique.

Nathaniel essuya du bout de l'index la grosse larme qui roulait sur la joue de Theresa et lui effleura les lèvres d'un chaste baiser.

— Lorsqu'on est jeune, dit-il d'une voix lénifiante, on traite les adultes de vieux croûtons et on les accuse d'avoir une seule idée en tête : nous priver de liberté. Et puis, en grandissant, on s'aperçoit qu'ils ont eu raison de nous recadrer. Les policiers qui ont failli m'expédier derrière les barreaux, par exemple, n'étaient ni de sales fachos ni des imbéciles patentés. Ils voulaient juste m'empêcher de provoquer un accident et me remettre dans le droit chemin avant qu'il ne soit trop tard.

— Merci de m'avoir écoutée et réconfortée. Je ne sais pas ce qui m'a pris de pleurnicher. D'habitude, je suis moins émotive que cela.

— Peut-être est-ce à cause de votre état que vous n'avez pas réussi à vous maîtriser.

— Peut-être, en effet. Il paraît que les hormones jouent un rôle capital dans le fonctionnement du système nerveux, d'où les crises de larmes des futures mamans.

Après avoir aidé Theresa à rattacher sa ceinture de sécurité, Nathaniel tourna sa clé de contact et fit vrombir le moteur de son 4x4.

— On y va ? demanda-t-il d'une voix impersonnelle.

— On y va ! répondit-elle, étonnée de ce brusque changement de ton.

12

— Allô, madame McBride ? Theresa Tremaine à l'appareil. Vous allez bien ?

— Très bien, je vous remercie. Et vous ?

— Le mieux du monde. Pourriez-vous me passer Nathaniel ?

— Hélas ! non. Il est en train de présider une importante réunion et m'a demandé de ne le déranger sous aucun prétexte.

— Encore une réunion ? Chaque fois que j'ai essayé de le joindre ces trois dernières semaines, il était toujours trop occupé pour me répondre.

— Ne lui en veuillez pas. Il est débordé de travail en ce moment.

— C'est ce que j'ai cru comprendre.

— Avez-vous un message à lui transmettre ?

— Oui. Informez-le que j'ai rendez-vous avec le Dr Hillier demain matin, à 10 heures, et qu'il est prié d'assister à la consultation.

— Je le lui dirai, comptez sur moi.

Il y eut un long silence au bout de la ligne, puis la voix vibrante de curiosité de Jenny McBride résonna de nouveau dans l'écouteur.

— Bien que M. Graystone soit quelqu'un de très discret, il m'a confié que vous vous étiez installée à San Revelle. Vous y plaisez-vous ?

— Enormément. L'hacienda qu'il a eu la gentillesse de me prêter est spacieuse et le panorama, époustouflant.

— Il paraît que la ville la plus proche se trouve à huit kilomètres du domaine. La solitude ne vous pèse-t-elle pas certains jours ?

Si, elle se sentait parfois bien seule, reconnut Theresa qui garda sa réponse pour elle.

Lorsque Nathaniel l'avait raccompagnée chez Eva et Nick trois semaines auparavant, elle s'était imaginé qu'il resterait en contact avec elle et qu'il viendrait lui rendre visite de temps en temps. Mais, depuis ce soir-là, il ne lui avait pas donné une seule fois de ses nouvelles.

Le week-end où elle avait quitté Haight Ashbury, il s'était borné à lui envoyer une demi-douzaine de déménageurs, qui avaient vite chargé dans leur gros camion les quelques valises qu'elle leur avait confiées.

— Ton P.-D.G. adoré n'a pas fait les choses à moitié, dis donc ! s'était exclamée Eva en apercevant le poids lourd au bas de son perron. Vu la longueur de ce mastodonte, on croirait que tu possèdes encore plus de meubles que tous les antiquaires de San Francisco réunis.

— Primo, Nathaniel Graystone n'est *pas* mon P.-D.G. adoré, avait rectifié Theresa. Secundo, je déteste les frimeurs qui préfèrent me jeter de la poudre aux yeux que de se salir les mains.

— Ce qui t'embête, en réalité, ce n'est pas que Nate ait embauché une équipe de professionnels, c'est qu'il n'ait pas jugé utile de se déplacer.

Trop fière pour reconnaître qu'il lui manquait, Theresa avait pris congé d'Eva et était montée s'asseoir à l'arrière du camion. Dès son arrivée à l'hacienda, le régisseur du domaine lui avait offert un magnifique bouquet de roses blanches de la part de Nathaniel, mais ce dernier s'était bien gardé de venir l'accueillir en personne à San Revelle.

— Vous êtes toujours là, mademoiselle Tremaine ?

Ramenée au présent par la voix perçante de Jenny McBride, Theresa enroula le fil du téléphone autour de son poignet.

— Oui, oui, lâcha-t-elle distraitement.

— Lorsque la réunion dont je vous ai parlé sera achevée, je transmettrai votre message à M. Graystone. Et j'espère que, malgré ses nombreuses obligations, il trouvera le temps de vous répondre.

— Je l'espère aussi.

— Passez une bonne fin de matinée et n'hésitez pas à me rappeler en cas de besoin.

— Merci.

Après avoir raccroché, Theresa alluma son ordinateur et rédigea un tract pour promouvoir Les Banquets de la Baie, sa future entreprise. Sobre et élégante avec son liseré bleu et or, la brochure aurait toutes les chances de séduire les hommes et les femmes d'affaires auxquels elle serait bientôt distribuée.

Dès qu'elle eut illustré le fichier de superbes photographies, Theresa l'enregistra sur une clé USB et glissa celle-ci dans le sac à bandoulière qu'elle avait suspendu au dossier de son fauteuil. Le lendemain matin, avant de se rendre au cabinet du Dr Hillier, elle la confierait à un imprimeur de Pacific Heights et irait déposer les statuts de sa société au tribunal de commerce.

— Ta maman va t'épater, bout de chou, murmura-t-elle en caressant son ventre légèrement arrondi. Quand tu viendras au monde, elle aura déjà terrassé les deux tiers de ses concurrents. Et si ton papa veut continuer à l'héberger, elle sera tellement riche qu'elle pourra lui payer un très gros loyer.

Depuis qu'elle avait emménagé dans l'hacienda, Theresa n'avait plus envie d'élever son enfant ailleurs qu'à l'endroit où Nathaniel avait grandi. Tout lui plaisait à San Revelle : les chemins bordés de palmiers et de citronniers qui vagabondaient à flanc de colline, les falaises ocre pâle au pied desquelles l'océan brassait ses eaux avec de longs frissons argentés, la petite plage privée qu'elle avait découverte au hasard d'une promenade et les lointains azurés qu'elle ne se lassait pas d'admirer.

Bon sang, ce qu'elle était jolie ! songea Nathaniel en pénétrant dans le hall d'accueil du cabinet médical le lendemain et en voyant Theresa au fond de la salle d'attente.

Vêtue d'une jupe de percale fleurie et d'un corsage à manches ballon dont elle avait défait les deux premiers boutons, elle était le symbole même de la grâce et de la féminité.

Au cours des trois semaines précédentes, il avait failli lui téléphoner chaque soir, mais le souvenir de leur dernière conversation l'en avait empêché. Quand elle lui avait parlé de son adolescence tumultueuse, il s'était aperçu qu'ils avaient beaucoup de choses en commun — une sensibilité à fleur de peau, des blessures mal cicatrisées, un vide affectif difficile à combler… — et qu'il pourrait bien s'attacher un peu trop à elle s'il n'y prenait pas garde. Alors, plutôt que de se mettre à conjuguer le verbe « aimer » au futur proche et de risquer ensuite des désillusions, il avait préféré s'étourdir de travail jusqu'à en oublier son propre nom.

— Que désirez-vous, monsieur ?

Emergeant de ses pensées, Nathaniel salua la secrétaire de Patricia Hillier d'un bref signe de tête.

— Je suis un ami de Mlle Tremaine, lui dit-il. Elle a rendez-vous avec le Dr Hillier à 10 heures et m'a prié d'assister à la consultation.

— Allez la rejoindre dans la salle d'attente, lui conseilla son interlocutrice. Il y a déjà cinq bonnes minutes qu'elle est arrivée.

Après avoir traversé le hall d'accueil en trois enjambées, Nathaniel s'approcha de Theresa et s'assit à côté d'elle.

— Tiens, vous voilà ! lui lança-t-elle du bout des lèvres. Je croyais que vous auriez encore une R.T.I. ce matin et que vous ne réussiriez pas à vous libérer.

— Qu'est-ce qu'une R.T.I. ?

— Une Réunion Très Importante. Selon Mme McBride, vous êtes submergé de travail en ce moment.

— Jenny ne vous a pas menti. J'essaie de prendre le contrôle d'une société qui bat de l'aile et j'ai dû rencontrer très souvent les avocats de l'actuel dirigeant ces dernières semaines.

— Que vous ayez été occupé, je n'en doute pas, mais vous auriez certainement eu le temps de m'appeler si vous l'aviez voulu.

« Exact ! », reconnut à part lui Nathaniel.

— Vous plaisez-vous à San Revelle ? demanda-t-il, impatient de détourner la conversation.

— Beaucoup, oui, répondit Theresa avec enthousiasme. Je n'aurais pas pu rêver d'un cadre de vie plus agréable.

— Et la Porsche de Zane, comment la trouvez-vous ?

— Superbe, mais elle n'avait que cinquante-trois kilomètres au compteur quand il me l'a prêtée.

— Rien d'étonnant à cela ! Je vous ai déjà expliqué qu'il collectionnait les bolides.

— L'ennui, c'est que je ne suis pas habituée à conduire des voitures neuves et que j'ai peur d'abîmer la carrosserie.

— Vous n'êtes pas assurée tous risques ?

— Si.

— Vous n'avez donc aucune raison de vous faire du mauvais sang. En cas de problème, Zane sera intégralement remboursé.

— N'empêche ! J'aurais préféré qu'il soit moins généreux et qu'il se borne à…

— Le Dr Hillier vous attend, mademoiselle Tremaine, interrompit la secrétaire du médecin.

Une lueur d'angoisse au fond des yeux, Theresa se leva et invita Nathaniel à l'accompagner.

— Vous paraissez soucieuse, dit-il en quittant sa chaise. Que craignez-vous ?

— Que l'échographie ne révèle une grave malformation, murmura-t-elle. J'ai beau me répéter à longueur de journée que le bébé se porte comme un charme et que j'ai tort de me tracasser, je n'arrive pas à m'en persuader.

— J'ignorais que vous étiez d'un naturel aussi inquiet. D'où vous viennent ces crises d'anxiété ?

— De mon adolescence. Quand on a perdu sa mère à douze ans, on sait que la vie est fragile et qu'il ne faut jamais se croire à l'abri des coups durs.

Honteux de ne pas avoir deviné que Theresa avait besoin d'être réconfortée, Nathaniel lui entoura la taille d'un bras protecteur et se jura de lui offrir bien plus que son aide matérielle dorénavant.

13

Après avoir abaissé l'un des gros spots au néon qui éclairaient la table d'auscultation, Patricia Hillier enduisit le ventre de Theresa d'une crème lubrifiante et y promena la plaque métallique de son échographe.

— Voici les bras et les jambes de votre enfant, mademoiselle Tremaine ! s'exclama-t-elle, un doigt pointé vers le moniteur vidéo.

Theresa fixa l'image un peu floue qui venait d'envahir l'écran et sentit des larmes lui brûler les paupières.

— C'est merveilleux, vous ne trouvez pas ? dit Nathaniel.

— Si, lâcha-t-elle dans un murmure étranglé. Merveilleux et très émouvant.

— L'appareil dont je me sers est ultrasophistiqué, déclara la gynécologue. Grâce à lui, je peux zoomer avec une remarquable précision sur n'importe quelle partie du corps de votre bébé.

— Quel est ce bruit mat que nous entendons, docteur Hillier ? interrogea soudain Theresa, la mine anxieuse et l'oreille aux aguets.

— Les battements du cœur de votre enfant.

— Son rythme cardiaque n'est-il pas beaucoup trop rapide ?

— Non, ne vous en faites pas. Il est tout ce qu'il y a de plus normal.

— Vous me le certifiez ?

— Oui. Pourquoi voudriez-vous que je vous raconte des histoires ?

— Pour ne pas m'alarmer.

— Si j'avais la moindre inquiétude, vous pensez bien que j'aurais déjà procédé à d'autres examens.

Pendant que Nathaniel s'entretenait avec la gynécologue, Theresa admira le profil délicat de son bébé et crut qu'elle allait mourir d'un trop-plein de bonheur.

Dire qu'elle aurait pu se priver d'une telle joie ! songea-t-elle, les yeux de nouveau brouillés de larmes.

Lorsque Nathaniel quitta le cabinet médical à la suite de Theresa et qu'il la vit se diriger vers le parking d'un pas chancelant, il la rattrapa et lui ôta des mains le trousseau de clés qu'elle avait sorti de son sac.

— Laissez-moi conduire la Porsche de Zane, lui proposa-t-il. Vous avez l'air épuisée.

— Ce n'est pas la fatigue qui me fait tituber, c'est l'émotion, précisa-t-elle. Je n'avais encore jamais vécu une expérience pareille.

— Moi non plus. Quand j'ai aperçu les bras minuscules de notre enfant sur l'écran du moniteur, j'ai eu l'impression de rêver tout éveillé.

— Regrettez-vous d'avoir annulé une ou deux R.T.I. et d'être venu me rejoindre à Pacific Heights ?

— Pas une seconde. Si j'avais été assez bête pour refuser d'assister à la consultation, j'aurais manqué quelque chose d'exceptionnel.

— Maintenant que l'échographie est terminée, vous pouvez retourner au siège de votre société et présider des dizaines de réunions. Je n'ai pas besoin de votre aide.

— Navré de devoir insister, mais vous n'êtes pas en état de conduire. La route qui relie Half Moon Bay à San Revelle est sinueuse et vous risquez de rater un virage.

Theresa s'approcha de la splendide décapotable qu'elle avait garée à l'ombre d'un vieux platane et poussa un soupir de résignation.

— Comme je ne tiens pas à mettre la vie de notre enfant en danger, je veux bien que vous preniez le volant, maugréa-t-elle. Seulement, je vous avertis : le jour où je vous pardonnerai de m'avoir ignorée pendant trois semaines, les éléphants auront des ailes.

Nathaniel essaya d'imaginer un troupeau de pachydermes rasant du bout de leur trompe les remparts de son château et eut toutes les peines du monde à museler le fou rire qui lui taquinait la gorge.

Dès son arrivée à l'hacienda, Theresa se précipita vers le réfrigérateur et interdit à Nathaniel de la suivre. Si cet obsédé projetait encore une fois de lui faire l'amour sur le plan de travail, il allait être déçu. Jamais, au grand jamais, elle ne l'autoriserait à franchir le seuil de la cuisine !

— Pourquoi n'avez-vous pas apporté vos propres meubles ? lui demanda-t-il quand elle le rejoignit à l'entrée du living-room.

— Parce que j'en possède très peu et que j'ai préféré les laisser chez Eva et Nick, répondit-elle en lui offrant l'un des deux gobelets qu'elle avait remplis de limonade. Etes-vous souvent venu dans cette maison depuis que vous avez hérité du domaine ?

— Non. Je n'y ai mis les pieds que le jour de la mort de votre Chevy et je n'ai même pas eu le temps de la visiter en entier. A l'époque où Maria et Zane y habitaient, il y avait au fond de la bibliothèque de gros coffres bardés de ferrures qui dataient du XVIIe siècle et qui semblaient s'être échappés d'un galion espagnol. Mano les a-t-il conservés ?

— Oui. Ils sont tellement beaux que personne n'aurait eu le cœur de s'en débarrasser. Voulez-vous que je vous fasse faire le tour du propriétaire avant que vous ne rentriez à San Francisco ?

— Avec plaisir.

Theresa vida son verre à lentes gorgées et ouvrit une à une les portes dont les battants délicatement sculptés s'alignaient le long du vestibule.

— Rien n'a changé ici, dit Nathaniel après avoir embrassé chaque pièce d'un regard circulaire.

Puis, un sourire malicieux aux lèvres, il ajouta :

— Qu'y a-t-il derrière ce panneau de chêne que j'aperçois là-bas ?

— Comme si vous ne le saviez pas ! s'exclama-t-elle, agacée de ne pas avoir anticipé la question.

— Auriez-vous peur de me montrer votre chambre ?

— Pas du tout !

— Pour quelle raison ne me l'avez-vous pas fait visiter ?

— Parce que vous devez avoir hâte de retourner travailler et que je n'ai pas voulu vous retarder.

— Merci de votre sollicitude.

— Je vous en prie.

— Me permettez-vous d'oublier mes obligations professionnelles pendant cinq ou dix minutes et d'aller admirer votre lit ?

— Bien sûr, mais je me demande à quoi cela va vous avancer.

Ignorant la réplique, Nathaniel ouvrit en grand la porte que Theresa fixait d'un air irrité et laissa échapper un petit sifflement.

— Votre couvre-pied est superbe, lui dit-il. Et votre matelas, est-il dur ou moelleux ?

— Vous n'êtes pas près de le savoir, jeta-t-elle, à bout de patience.

— On parie ?

— Non. Je vous défends d'entrer dans ma chambre.

— Supposons que je refuse de vous obéir et que je décide d'y passer toutes mes nuits à partir de ce soir. Que ferez-vous ?

— J'appellerai la police et je vous accuserai de violation de domicile.

— Comme l'hacienda m'appartient et que nous n'avons pas signé de bail, personne n'acceptera d'enregistrer votre plainte. Pour pouvoir m'attaquer en justice, il faudrait que vous soyez ma locataire.

Manifestement ravi d'avoir eu le dernier mot, Nathaniel pénétra dans la pièce et s'adossa à l'une des quenouilles du baldaquin.

— Puisque vous avez eu la bonne idée de choisir un lit à deux places, venez me rejoindre et testons le matelas ensemble, suggéra-t-il avec une telle désinvolture que Theresa eut envie de l'écharper.

— Si vous vous imaginez que je vais vous pardonner votre muflerie et vous laisser me toucher, vous n'êtes pas au bout de vos surprises, riposta-t-elle en s'approchant de lui d'un pas belliqueux. Vous n'avez pas honte de n'avoir répondu à aucun de mes appels ces trois dernières semaines ?

— Non. J'ai préféré garder mes distances parce que j'avais besoin de réfléchir.

— A quoi ?

— A nos relations. Je ne voulais pas qu'elles évoluent trop vite et que vous vous fassiez des idées.

— Quel genre d'idées ?

— Vous le savez très bien. Après ce qui s'était passé dans ma Jeep, vous auriez pu vous monter la tête et croire qu'il y avait suffisamment de points communs entre nous pour que j'envisage de vous épouser.

Outrée par l'insupportable fatuité de Nathaniel, Theresa crispa ses poings et faillit l'assommer d'un crochet du droit.

— Même si vous vous prosterniez à mes pieds et que vous me demandiez ma main, je refuserais de vous suivre à l'autel, répliqua-t-elle d'un ton acerbe. Ce n'est pas parce que nous avons eu tous les deux une adolescence agitée que je vais tomber amoureuse de vous et quitter le club des célibataires endurcies.

— Vous ne rêvez pas de vous marier un jour ?

— Non. J'aime mieux rester libre que de laisser un homme m'imposer ses choix.

— D'habitude, les femmes ont hâte de trouver le prince charmant et de lui passer la corde au cou.

— Les autres peut-être, mais pas moi. Et puis, qui vous a dit que vous ressembliez à un héros de conte de fées, espèce de prétentieux ?

— Une petite voix intérieure.

— La prochaine fois qu'elle flattera votre ego, faites-la taire. Cela vous évitera d'attraper la grosse tête.

A la vue du sourire amusé qu'esquissait Nathaniel, Theresa sentit sa colère se dissiper.

— Pourquoi avez-vous cru que je voulais vous épouser et que j'allais réussir à vous enchaîner ? demanda-t-elle.

— Parce que je m'étais confié à vous dans un moment de faiblesse et que vous aviez découvert mon talon d'Achille, ce qui vous mettait en position de force.

— Ce sont les circonstances qui vous ont délié la langue et incité à me parler de votre père. J'ai lu dans un traité de psychologie que, quand on s'apprêtait à fonder une famille, on songeait très souvent à sa propre enfance.

— Est-ce une bonne ou une mauvaise chose ?

— Une bonne chose. Si on a eu des parents modèles, on se dit qu'on prendra exemple sur eux après la naissance du bébé. Et si on a été malheureux comme les pierres jusqu'à sa majorité, on sait tout de suite quelles erreurs on devra éviter de reproduire.

— Des erreurs, votre mère en a-t-elle fait beaucoup autrefois ?

— Non. Elle était douce, généreuse et attentionnée.

— Maria n'avait également que des qualités. Lorsque j'étais petit, il m'arrivait même de l'appeler « maman » certains jours.

— Maintenant que Zane et vous avez grandi, pourquoi n'osez-vous pas vous avouer que vous êtes demi-frères ?

— Parce que le passé est le passé et qu'il ne sert à rien de l'exhumer. Ce qu'il faut, ce n'est pas regarder en arrière et ruminer son chagrin, c'est profiter du présent.

Voyant une lueur de désir enflammer les yeux clairs de Nathaniel, Theresa se plaqua contre lui et le gratifia d'un sourire impertinent.

— Comment allez-vous « profiter du présent », monsieur le philosophe ? lui demanda-t-elle.

— Comme ceci, mademoiselle l'aguicheuse, répondit-il avant de la saisir aux épaules et de la faire basculer sur le velours du lit. Que penseriez-vous si je vous proposais de signer un pacte d'amitié avec moi et de le sceller par un long baiser ?

— Que c'est une idée de génie, à condition que ce baiser soit inoubliable.

— Oh ! il le sera, n'ayez crainte.

— Et ensuite, que se passera-t-il ?

— Vous souhaitez que je vous l'explique en détail ?

— Non. Je préférerais que vous me le montriez.

— Vos désirs sont des ordres, Majesté.

— Merci de votre obligeance, preux chevalier.

Le regard enfiévré, Nathaniel se pencha vers Theresa et l'embrassa jusqu'à ce qu'elle en perde le souffle. Puis, avide d'autres voluptés, il la déshabilla en un tour de main et se débarrassa à la hâte de ses propres vêtements.

— Stop ! s'exclama-t-elle lorsqu'il vint la rejoindre entre les rideaux de dentelle du baldaquin et qu'il voulut apaiser d'un coup de reins énergique la faim qui les tenaillait. Pour une fois que nous ne sommes pas dans une cuisine ni dans les toilettes d'un restaurant, j'ai envie que nous prenions notre temps et que vous me laissiez diriger les… opérations.

— Vous n'êtes pas impatiente de vous donner à moi ?

— Si, mais pas au point de brûler les étapes. Vous êtes tellement beau que j'aimerais d'abord vous admirer.

— Je ne suis pas beau, protesta Nathaniel en s'allongeant sous le dais et en croisant ses doigts derrière sa nuque. Je suis banal.

— Oh ! que non ! Bien que ce brave Poséidon ne manque ni de charme ni de muscles, il est moins séduisant que vous.

— Ce n'est pas ce que vous m'avez dit il y a trois semaines.

— Forcément ! Je n'allais quand même pas vous flatter dès mon arrivée à San Revelle. Vos chevilles, déjà très enflées, auraient fini par exploser.

— Pourquoi m'accusez-vous toujours d'avoir un ego hypertrophié ?

— Parce que vous êtes l'homme le plus orgueilleux et le plus arrogant que je connaisse.

— Quel programme ! Qu'est-ce qui vous plaît donc chez moi, en dehors de mes défauts ?

— Votre virilité.

Theresa s'agenouilla à côté de Nathaniel et s'empara de son membre gonflé. Puis, du bout des doigts et de la langue, elle attisa la fièvre qui le consumait.

— A mon tour de mener les opérations ! décréta-t-il en se redressant, le souffle court. Avez-vous demandé à votre gynécologue s'il était prudent de faire l'amour lorsqu'on attendait un bébé ?

— Oui, jeta-t-elle d'une voix haletante. Je suis allée la consulter à la mi-septembre et je lui ai posé la question.

— Que vous a-t-elle répondu ?

— Que rien ne m'empêchait d'avoir des rapports à ce stade de ma grossesse.

— Quelle merveilleuse nouvelle !

— N'est-ce pas ?

Quand Nathaniel pénétra en elle avec la même force que le soir de leur première rencontre, Theresa vit des milliers d'étoiles se mettre à tournoyer sur le velours cramoisi du dais. Eperdue, pantelante, elle se cambra jusqu'à ce que leurs deux corps soudés s'épousent à la perfection et qu'elle se noie dans le flot du plaisir.

14

— Ohé, Tess ! s'exclama Nathaniel en franchissant le seuil de l'hacienda le mercredi suivant. Je t'ai apporté un assortiment de sushis et de sashimis dont tu me diras des nouvelles.

Après leur étreinte passionnée de la semaine précédente, il avait pris l'habitude de venir dîner chaque soir avec Theresa et de dévaliser des traiteurs en cours de route pour lui éviter de se mettre aux fourneaux. Dès qu'il arrivait chez elle, ils se jetaient dans les bras l'un de l'autre et réinventaient à l'infini les gestes du bonheur sans se préoccuper des beignets de crevettes ou des croustades de homard qui refroidissaient à l'entrée du vestibule.

— Ohé, Tess ! répéta-t-il. Tu es là ?

Etonné qu'elle ne se soit pas déjà élancée vers lui, il inspecta tour à tour la cuisine, le living-room, les chambres et la bibliothèque. Puis, voyant que toutes ces pièces étaient vides, il sentit une sourde inquiétude le gagner.

— Où te caches-tu ? cria-t-il juste avant que des gémissements ne s'échappent de la salle d'eau.

— Je vais bien, dit Theresa quand il poussa la porte du cabinet de toilette.

Mais, courbée au-dessus du lavabo, une main posée sur son ventre, elle semblait au bord de la syncope.

— Veux-tu que j'appelle ta gynécologue ? lui demanda-t-il en s'efforçant de ne pas céder à la panique.

— Non, il est inutile que tu la déranges, lâcha-t-elle dès que les spasmes qui la secouaient se furent apaisés. Les deux tiers des femmes enceintes ont des nausées matinales et sont prises de vomissements.

— Des nausées *matinales* ! releva Nathaniel, éberlué. A 18 heures ?

— Si tu trouves bizarre que notre enfant se manifeste le soir, tu n'auras qu'à lui reprocher son manque de ponctualité le jour de sa naissance.

— Il t'arrive souvent d'avoir des haut-le-cœur ?

— Oui, mais il n'y a pas lieu de s'alarmer. Le Dr Hillier m'a dit que cela finirait par s'estomper.

— Quand ?

— A partir du troisième mois de ma grossesse.

— Pourquoi ne m'as-tu pas parlé de tes problèmes plus tôt ?

— Parce qu'il s'agit de banals désagréments, pas de véritables problèmes.

— Ne joue pas sur les mots, je t'en prie. Je suis le père de ton bébé et j'ai le droit de savoir ce que tu…

— Ne pourrions-nous pas remettre cette conversation à demain ? coupa Theresa, le teint livide. Je… je crois que je vais m'évanouir.

Fou d'inquiétude, Nathaniel la souleva de terre à la seconde même où elle allait s'effondrer, puis la porta jusqu'à un canapé dans le living-room et s'assit à côté d'elle, au coin de la cheminée.

— Ne reste pas là, lui ordonna-t-elle dès qu'elle eut recouvré ses esprits. Je me sens déjà mieux.

— A te regarder, on ne le dirait pas. Tu es d'une pâleur cadavérique et tu trembles comme une feuille. Veux-tu que j'allume un feu ?

— A cette époque de l'année ? Tu plaisantes ! Il fait vingt-sept degrés dehors et vingt-quatre à l'intérieur de la maison.

— Si je n'étais pas venu à San Revelle ce soir, que se serait-il passé ?

— J'aurais attendu la fin de mon malaise et je serais sortie tranquillement de la salle d'eau.

— Tu n'es pas soulagée que je sois arrivé plus tôt que d'habitude ?

— Non. J'aurais préféré que tu restes au siège de ta société jusqu'à 19 heures et que tu ne me voies pas vomir.

A peine Theresa avait-elle lancé le dernier mot que ses joues s'enflammèrent.

— Pourquoi rougis-tu ? lui demanda Nathaniel en effleurant de l'index ses pommettes incendiées.

— Parce que j'ai honte d'avoir eu la nausée devant toi, avoua-t-elle. Je n'aime pas me donner en spectacle.

— Quand nous faisons l'amour et que tu cries de plaisir dans mes bras, tu es moins pudique que cela.

— Comment peux-tu faire une telle comparaison ? Lorsque tu m'as aperçue dans le cabinet de toilette, tu aurais dû te retirer discrètement et me laisser reprendre mon souffle au lieu de t'incruster.

— Si j'étais ressorti à pas de loup et que tu t'étais évanouie, je me serais reproché pendant des semaines de ne pas t'avoir porté secours.

— Ma santé te préoccupe à ce point ?

— Quelle question ! Dès que je suis arrivé ce soir, je t'ai cherchée partout et je me suis fait un sang d'encre. J'ai cru que tu étais partie te promener au bord des falaises et que tu avais basculé dans le vide.

— Tu as trop d'imagination. Chaque fois que je me balade autour de l'hacienda, je suis tellement prudente que je ressemble à une mamy craignant de se fracturer le col du fémur !

Après avoir planté un tendre baiser sur le bout du nez de Theresa, Nathaniel se leva du canapé et regagna le vestibule à longues enjambées.

— Je t'ai acheté des sushis et des sashimis, mais je ne pense pas que tu aies envie de manger du poisson cru dans l'état où tu es, jeta-t-il par-dessus son épaule. Qu'aimerais-tu que je te serve ?

— Une infusion et deux toasts sans beurre ni confiture, répondit-elle. Le Dr Hillier m'a conseillé de ne pas abuser des bonnes choses les soirs où j'avais la nausée.

— Ne bouge pas d'ici. Je vais aller te chercher un plateau-repas et te l'apporter.

— Ce n'est pas la peine. Je peux me débrouiller toute seule.

— Non, je préfère que tu te reposes et que tu me laisses préparer le dîner.

— Tu sais où j'ai rangé mes sachets de camomille et mes paquets de biscottes ?

— Pas encore, mais je n'aurai pas de mal à les trouver. Le buffet et les placards de la cuisine ne sont pas si grands que cela.

— Quel plaisir de t'admirer dans la glace chaque matin et de voir ton ventre s'arrondir ! s'exclama Nathaniel un mois plus tard.

Theresa, qui était en train de se maquiller devant le miroir de la salle d'eau, le regarda sortir de la cabine de douche et lui sourit. Depuis des semaines, il venait passer ses nuits avec elle par mesure de prudence et retournait à San Francisco au lever du soleil.

— Comment va le bébé ? l'interrogea-t-il en lui encerclant la taille de ses deux bras.

— Très bien, répondit-elle d'un ton léger. A cette heure-ci, il doit dormir à poings fermés.

— Tandis que sa maman, elle, est déjà debout. Tu ne m'en veux pas de t'avoir tirée du lit aux aurores ?

— Non. Je sais que tu as une assemblée générale à présider et que tu ne peux pas te permettre de rester à San Revelle jusqu'à midi.

— Qu'as-tu décidé de faire aujourd'hui ?

— Eva était tellement impatiente de voir à quoi ressemblait ton château de conte de fées que je l'ai invitée à déjeuner. Après son départ, j'irai visiter l'auberge de Half Moon Bay dont je t'ai parlé hier soir. L'un de mes nouveaux clients m'a chargée d'organiser son repas de noce dans un cadre exceptionnel et je suis sûre que ce serait l'endroit idéal. A en croire l'épicière chez laquelle j'ai l'habitude d'aller m'approvisionner, il n'y a rien de plus beau au monde que le parc de cet hôtel.

— Les brochures que tu avais distribuées le mois dernier ont-elles eu du succès ?

— Oui, mais il va falloir que je travaille d'arrache-pied dans les semaines à venir si je veux rembourser le prêt qu'Eva et Nick m'ont consenti.

— Au lieu d'abuser de tes forces, tu devrais souffler un peu et me laisser investir une grosse somme dans ta société. J'ai de l'argent à ne savoir qu'en faire et je serais très heureux de le mettre à ta disposition.

Theresa lâcha le tube de rouge à lèvres qu'elle tenait à la main et tourna vers Nathaniel un regard courroucé.

— Nous avons déjà parlé de tout cela le week-end dernier, lui rappela-t-elle, et je t'ai dit que ton offre ne m'intéressait pas.

— Pourquoi refuses-tu que je sois ton principal bailleur de fonds ?

— Parce que je n'ai pas besoin de ton aide et que je ne tiens pas à être dépendante de toi.

— Ce que je souhaite, ce n'est pas te donner un simple coup de main, c'est réaliser une opération financière et en retirer des bénéfices substantiels. Je suis chef d'entreprise, pas philanthrope.

— Si tu ne cherches que la rentabilité et le profit, comment se fait-il que tu m'empêches de te payer un loyer à la fin de chaque mois ?

Dédaignant la question, Nathaniel alla s'habiller dans le dressing et ne vint rejoindre Theresa qu'au bout de vingt minutes.

— Qu'est-ce que tu fabriquais ? lui demanda-t-elle, étonnée qu'il n'ait pas déjà quitté l'hacienda.

— J'essayais de nouer ma cravate, grommela-t-il, mais je n'y suis pas arrivé.

— Approche, je vais t'aider, lui dit-elle avant de rajuster le nœud qu'il n'avait pas réussi à serrer correctement. Et voilà ! Tu ressembles à une gravure de mode.

— Merci d'avoir volé à mon secours. Sans toi, j'aurais eu l'air d'un épouvantail.

— Bah ! ce n'est rien. Entre amis, il est normal de se rendre service de temps en temps.

— Ravi de constater que nous sommes enfin sur la même longueur d'onde. Puisque nous avons signé un pacte début octobre, tu devrais accepter sans rechigner le coup de pouce que je veux te donner. Plus le montant de ton capital disponible sera élevé, moins tu risqueras d'être acculée un jour à la faillite.

— Jusqu'à présent, je n'ai pas eu besoin d'énormes fonds de roulement. Mes frais ont été tellement limités que l'argent d'Eva et de Nick m'a suffi.

Une moue agacée plissa les lèvres de Nathaniel.

— Ce que tu peux être têtue ! s'exclama-t-il en la foudroyant du regard.

— Pas si têtue que ça, riposta-t-elle du tac au tac. Une vraie cabocharde t'aurait interdit de payer ses primes d'assurance maladie et d'ouvrir un compte d'épargne au nom de son bébé.

— Vu les trésors de patience que j'ai déployés pour te persuader de me laisser déposer deux millions et demi de dollars sur ce fichu compte, tu n'as pas de quoi te vanter. A t'écouter pousser des cris d'orfraie chaque fois que je me permettais d'aborder le sujet, on aurait cru que je voulais t'étriper.

— Le plus obstiné de nous deux, c'est toi. Depuis que j'habite à San Revelle, tu refuses de me faire signer un bail et de me réclamer une caution.

— Encore heureux que je ne te demande rien ! Tu es mon invitée et il n'est pas question que je te traite comme une locataire.

— Je ne suis pas ton invitée, je suis ton *obligée*, rectifia Theresa d'une voix suraiguë. Nuance !

— Non, tu es la mère de mon enfant et la femme qui a partagé ma vie ces quatre dernières semaines, corrigea à son tour Nathaniel. Tu n'as donc pas à te sentir redevable envers moi.

— Tu penses réellement que tout est pour le mieux dans le meilleur des mondes ?

— Oui. Nous passons de bons moments ensemble chaque soir et, l'an prochain, nous serons des parents comblés. Que pourrions-nous désirer de plus ?

— Nous ne nous entendons pas trop mal, c'est vrai, mais cela ne va pas durer. Quand je serai enceinte jusqu'au cou, tu préféreras aller dormir dans la chambre d'amis que de me faire l'amour. Et, après la naissance du bébé, je serai tellement occupée à pouponner que nous nous éloignerons l'un de l'autre.

A l'idée qu'un jour viendrait peut-être où Nathaniel se lasserait d'elle, Theresa sentit des larmes lui piquer les paupières.

— Si tu ne te dépêches pas de partir, lui dit-elle en chassant sa tristesse d'un battement de cils, tu arriveras en retard à San Francisco et tu seras obligé d'écourter la réunion que tu dois présider.

— Il vaut mieux que j'évite de lambiner, tu as raison, répondit-il avant de la prendre dans ses bras et de lui donner un baiser.

— A quelle heure rentreras-tu ce soir ? demanda-t-elle dès que leurs lèvres se furent séparées.

— A 19 h 30. Tu es sûre de ne pas t'ennuyer d'ici là ?

— Sûre et certaine ! Eva et le petit Carmy me tiendront compagnie jusqu'au début de l'après-midi. Et ensuite, j'irai visiter l'auberge dont je t'ai parlé.

— Tu as de la chance de ne pas avoir à emprunter l'A1 tous les matins. Plus les jours passent, plus il y a de circulation sur cette autoroute. Hier, les voitures roulaient pare-chocs contre pare-chocs et j'ai mis un temps fou à traverser Rockaway Beach.

— Puisque tu en as marre des embouteillages, reste à San Francisco la nuit prochaine et…

— Impossible ! Je me sentirais trop seul loin de toi.

Electrisée par cet aveu, qui résonnait à ses oreilles comme un chant d'espoir, Theresa glissa une main audacieuse sous la ceinture de Nathaniel et laissa ses doigts papillonner le long de son boxer.

— Trop seul ou trop frustré ? lui demanda-t-elle en le sentant frémir.

— Les deux, répondit-il d'une voix saccadée. Tu devrais

avoir honte de m'infliger ce genre de torture juste avant mon départ.

— Si tu ne tiens pas à ce que je te martyrise pendant des heures, sauve-toi.

— Le trajet va me paraître interminable. Chaque fois que je serai coincé dans un bouchon, je songerai aux choses merveilleuses que nous aurions pu faire ensemble et j'aurai du mal à rester zen.

Après avoir échangé un nouveau baiser avec Theresa, Nathaniel sortit prestement du cabinet de toilette, puis empoigna l'attaché-case qu'il avait laissé à l'entrée du hall et se précipita vers son 4x4.

L'espace d'un battement de cœur, elle faillit s'élancer derrière lui et le supplier de ne pas s'en aller, mais sa fierté lui cloua les pieds au sol. Le marché qu'ils avaient passé un mois plus tôt était un pacte d'amitié, pas un contrat de mariage en bonne et due forme. Vouloir le retenir à l'hacienda et l'empêcher de vivre sa vie serait donc le comble du ridicule.

Au lieu de rêver du grand amour comme une adolescente attardée, elle ferait mieux de profiter de son séjour à San Revelle pour stocker de jolis souvenirs au fond de sa mémoire, songea-t-elle en finissant de se maquiller.

Des souvenirs qui adouciraient son chagrin une fois que Nathaniel se serait détourné d'elle et aurait cessé de faire la navette entre le siège de sa société et son domaine.

Le bain de minuit qu'ils avaient pris sous un ciel criblé d'étoiles le samedi précédent, le pique-nique qu'ils avaient organisé au pied d'une falaise le lendemain et les baisers qu'ils avaient échangés à l'ombre d'un palmier après le repas avaient été tellement fabuleux qu'elle ne pourrait jamais les oublier.

— Quel panorama ! s'extasia Eva lorsqu'elle pénétra dans l'hacienda trois heures plus tard et que, par la porte-fenêtre du living-room, elle vit l'océan créneler la ligne à peine perceptible de l'horizon.

— Ah, ah, ah ! s'écria Carmine en battant l'air de ses petits pieds.

— Toi aussi, tu penses que j'ai de la veine d'habiter ici ? lui demanda Theresa.

— Ah, ah, ah ! répéta le bambin, les joues creusées de deux adorables fossettes.

— Ce qui veut dire « oui », traduisit sa mère. Pour ne pas trouver le paysage grandiose, il faudrait que ce chenapan soit très difficile.

— Attends que je te montre la piscine et tu en resteras baba, lui lança gaiement Theresa. La première fois que je l'ai aperçue, je me suis crue victime d'une hallucination.

— Elle est si longue que ça ?

— Ce n'est pas la taille du bassin qui est impressionnante, c'est la beauté du décor. Il y a une statue en marbre de Carrare et une autre en albâtre à l'entrée du solarium.

— Que représentent-elles ?

— Le dieu de la mer dans toute sa splendeur et une jolie sirène.

— J'ai hâte de les admirer.

— Tu aimerais qu'on aille se baigner avant de déjeuner ?

— Pourquoi pas ? Comme je croyais que nous irions pique-niquer sur la plage privée dont tu m'as parlé au téléphone, j'ai eu la bonne idée d'apporter un maillot.

Eva s'assit au coin de la cheminée et promena autour d'elle un regard ébloui.

— Je comprends que tu aies une mine resplendissante, dit-elle. Quand on a la chance de vivre dans un endroit pareil, on ne peut que rayonner de joie. Nate a-t-il accepté que tu lui paies un loyer ?

— Non. Je n'ai pas encore réussi à le convaincre de me faire signer un bail, mais je ne désespère pas d'y arriver. Il a beau être aussi têtu qu'un troupeau de mules, il finira bien par flancher un jour ou l'autre. Quand il verra que je gagne correctement ma vie, il aura moins de scrupules à me réclamer de l'argent qu'à l'époque où je n'avais pas un sou vaillant.

— Nick et moi sommes très heureux de t'avoir aidée à créer ta propre société et à sortir de la précarité. Quels sont tes principaux clients depuis que tu as fondé Les Banquets de la Baie ?

— Des habitants de la région. Plutôt que d'envoyer mes tracts à des chefs d'entreprise de San Francisco, comme je l'avais décidé, j'ai préféré les distribuer dans les cafés et les galeries d'art de la côte. Entre Rockaway Beach, Half Moon Bay et Redwood City, il y a plein de traiteurs, de fleuristes et d'hôteliers qui ne demandent pas mieux que de collaborer avec une organisatrice de réceptions. A la mi-octobre, j'ai été interviewée par un journaliste de la presse locale et j'ai reçu de nombreux appels après la parution de son article.

— Qui t'a téléphoné ?

— De riches retraités qui souhaitaient donner de grandes fêtes dans leur villa de star et un couple de parapentistes dont le rêve était de se marier en plein ciel, à Big Sur.

— Tu as réussi à trouver un prêtre qui accepte de les unir à cinq cents pieds au-dessus de l'océan ?

— Oui, mais il a fallu que j'aille frapper à la porte de toutes les églises des environs et que je me montre très persuasive.

— J'aurais aimé être une petite souris et pouvoir me cacher dans les sacristies pour t'écouter plaider la cause de tes clients, lança Eva, hilare. Maintenant que ta société est bien implantée à San Revelle, Nate te rend-il visite plus souvent qu'au début ?

— Un peu plus, répondit évasivement Theresa.

De crainte que son amie ne la croie amoureuse de Nathaniel, elle n'avait pas osé lui avouer qu'ils vivaient ensemble depuis un mois.

— Qu'entends-tu par « un peu plus » ?

— Qu'il lui arrive de quitter San Francisco et de s'inviter à l'hacienda. Comme son château est en cours de restauration, il est normal qu'il vienne surveiller les travaux.

— T'a-t-il accompagnée chez ta gynécologue ces dernières semaines ?

— Oui. Il a assisté à tous les examens prénatals et tenu son rôle de futur papa sans la moindre fausse note. A l'écouter bombarder le Dr Hillier de questions, on aurait juré qu'il portait lui-même notre enfant.

— Ah ! je savais bien qu'il ne pouvait pas être aussi égoïste et insensible que tu l'imaginais. Quel genre de relations as-tu avec lui ?

— Des relations courtoises, mais superficielles. La seule chose qui nous lie l'un à l'autre, c'est notre amour pour le bébé.

— Tu n'aimerais pas qu'il s'installe définitivement à San Revelle et qu'il te demande de l'épouser avant Noël ?

Impatiente de mettre un terme à l'interrogatoire que lui faisait subir Eva, Theresa empoigna un panier en osier et y fourra deux draps de bain.

— Va enfiler ton maillot dans le cabinet de toilette pendant que je m'occupe de Carmy, ordonna-t-elle à son amie. Le pauvre doit en avoir marre de nous entendre jacasser comme des pies.

— Si tu veux le changer, tu trouveras là-dedans des couches-culottes, une boîte de talc et plein d'autres choses très utiles, dit Eva en désignant l'énorme sac qu'elle avait posé à l'entrée du living-room. Plus tôt tu apprendras à pouponner, moins tu seras débordée par les événements après la naissance de ton enfant.

Heureuse d'avoir réussi à quitter le terrain bourbeux où elle avait failli s'enliser, Theresa serra Carmine sur son cœur et se dirigea vers sa chambre d'un pas allègre.

— Tu as vu avec quelle habileté j'ai réussi à abréger la conversation ? glissa-t-elle au bambin. Quand ta maman viendra nous rejoindre, j'espère qu'elle aura oublié de quoi nous avons parlé et qu'elle arrêtera de nous échauffer les oreilles.

— Hou, hou ! s'écria-t-il de toute la force de ses petits poumons.

— Merci de ton soutien, bonhomme. Je savais que ses questions indiscrètes t'avaient énervé, toi aussi.

— Il y a longtemps que tu te sers de ce truc, Tess ? demanda Eva en sortant du cabinet de toilette dix minutes plus tard et en brandissant un flacon d'after-shave presque vide.

— Tu… tu as osé fouiller dans mes placards ? bredouilla Theresa, rouge comme une pivoine.

— Non, je n'en ai pas eu besoin. Il m'a suffi de jeter un œil sur l'étagère de ta cabine de douche.

— Au lieu de me montrer ta trouvaille, tu aurais pu faire semblant de n'avoir rien vu.

— Et te laisser me raconter des blagues jusqu'à mon départ de l'hacienda ?

— Je ne t'ai pas raconté de blagues. Je t'ai juste caché une ou deux petites choses.

— Lesquelles ?

— A quoi bon te répondre puisque tu as l'air d'avoir déjà tout deviné ?

Eva vint s'asseoir à côté de Theresa, sous les festons de velours du ciel de lit, et posa le flacon d'after-shave au pied de la table de chevet.

— A qui appartient cet après-rasage ? lui demanda-t-elle.

— A Nate. Nous avons vécu ensemble ces quatre dernières semaines. Si je ne te l'ai pas avoué plus tôt, c'est parce que je ne voulais pas que tu me croies éperdument amoureuse et que tu me vantes les joies du mariage.

— Tu n'as pas envie de fonder un foyer ?

— Non. Je n'éprouve rien d'autre pour Nate qu'une banale attirance physique.

— Mon œil ! Je suis sûre que tu l'aimes à la folie et que tu rêves de l'épouser.

— Qu'est-ce qui te fait proférer de telles idioties ?

— Ta mine rayonnante et la petite lueur qui se met à briller dans tes yeux chaque fois que tu parles de lui. Quand tu sortais avec Dan, tu t'ennuyais comme un rat mort et tu n'avais aucun projet tandis que maintenant, tu es radieuse et pleine d'énergie.

— Qu'y a-t-il d'étonnant à cela ? J'habite dans un endroit idyllique, je viens de créer ma propre société et je suis enceinte de quatre mois. Alors, de quoi pourrais-je me plaindre ?

— De ne pas avoir encore réussi à pousser Nate vers un autel, pieds et poings liés. S'il te demandait en mariage avant la naissance de votre bébé, aurais-tu le cœur de le rembarrer ?

— Probablement pas.

— Ah ! tu vois que j'ai raison de te croire raide dingue de lui.

Theresa s'adossa à l'une des quenouilles chantournées de son baldaquin et soupira à fendre l'âme.

— Que tu aies tort ou raison ne change rien au problème, jeta-t-elle à Eva. Nate et moi ne sommes pas faits l'un pour l'autre.

— Parce qu'il est trop autoritaire et que tu tiens à ton indépendance ?

— Oui. Au lit, nous nous entendons à merveille, mais il y a des choses beaucoup plus importantes dans la vie que le sexe.

— Hum ! ça se discute. Quand une femme et son mari ont l'habitude de se quereller, c'est en général sur l'oreiller qu'ils se réconcilient.

— Comme Nate n'est pas près de me passer la bague au doigt, je n'aurai pas l'occasion de mettre cette belle théorie en pratique.

— Lui as-tu dit que tu l'aimais ?

— Pas encore. Et je ne pense pas que j'oserai un jour le lui avouer. J'aurais trop peur qu'il ne m'accuse de vouloir l'enchaîner.

— Lorsque je suis tombée amoureuse de Nick, je me suis bien gardée, moi aussi, d'exprimer ce que je ressentais parce que j'étais terrorisée à l'idée de le perdre. Le soir où il m'a annoncé qu'il allait quitter San Francisco, je n'ai même pas essayé de le retenir, tellement j'étais timide et craintive. Mais, à son retour, j'ai enfin eu le cran de lui parler et tout s'est arrangé entre nous.

Theresa ramassa le flacon d'after-shave qui gisait au pied de sa table de chevet et en dévissa le bouchon d'une main fébrile.

— Qu'essaies-tu de me faire comprendre ? demanda-t-elle à Eva.

— Que tu devrais avoir une longue conversation avec Nate le plus vite possible, répondit son amie. Puisqu'il est le père de ton bébé, il a le droit de savoir ce qu'il y a au fond de ton cœur.

— S'il ne m'aime pas et qu'il refuse de s'engager, de quoi aurai-je l'air ?

— D'une jeune femme honnête et courageuse qui a décidé de se battre pour son bonheur et celui de son enfant. Ce n'est pas en vous cachant la vérité que Nate et toi réussirez à bâtir quelque chose de solide, c'est en la proclamant haut et fort.

15

Surpris d'entendre sonner son Interphone, Nathaniel laissa tomber la cuillère qu'il allait porter à ses lèvres et tacha de sauce tomate son sweat-shirt préféré.

— Ah, la barbe ! s'exclama-t-il avant de quitter son living-room et de regagner sa cuisine.

Qui pouvait bien lui rendre visite un jeudi soir, à 22 h 30 ? se demanda-t-il en épongeant le ketchup à l'aide d'une serviette en papier. L'un de ses employés ? Non ! Aucun d'eux ne connaissait son adresse personnelle. Zane ? Certainement pas ! Il était parti en mission à Seattle et ne rentrerait en Californie que le week-end suivant. Theresa ? Peut-être…

Pour la première fois depuis des semaines, il avait décidé de passer trois ou quatre nuits d'affilée à San Francisco et de s'offrir ce que ses amis auraient appelé une « cure de désintoxication ». Conscient que ses corps à corps éperdus avec Theresa étaient devenus une drogue, il s'était dit que le meilleur moyen de guérir de cette étrange addiction serait de s'imposer une courte période d'abstinence. Mais, quand il était sorti de son bureau à la tombée du jour, il avait éprouvé un tel sentiment de solitude qu'il avait failli bondir dans sa Jeep et foncer à l'hacienda.

S'il avait eu hâte d'aller rejoindre Theresa, ce n'était pas uniquement parce qu'il brûlait d'envie de lui faire l'amour, c'était avant tout parce que leurs dîners en tête à tête et leurs conversations à bâtons rompus lui manquaient.

Quand il s'était retrouvé seul dans son living-room, sa télécommande à la main et un plateau-repas sur les genoux, il avait sélectionné une chaîne sportive sans grand enthousiasme et s'était préparé à passer la plus ennuyeuse des soirées.

— Pourvu que j'arrive à tenir le coup jusqu'à la fin de la semaine ! marmonna-t-il en s'approchant de son Interphone et en pressant le bouton d'un doigt irrité.

— Salut, Nate ! lança une voix qu'il aurait reconnue entre mille. Navrée de venir chez toi à l'improviste, mais j'ai quelque chose à te dire. Puis-je monter ?

Dès que Theresa eut pénétré dans l'appartement de Nathaniel, elle embrassa du regard la salle de séjour et crut avoir franchi le seuil d'un mausolée. Très différents des méridiennes de bois blond et des bergères aux coussins tendus de velours chatoyant qui meublaient l'hacienda, le canapé anthracite et les fauteuils en cuir noir alignés le long d'un mur gris ardoise n'auraient pas déparé les chambres mortuaires d'un funérarium.

— J'espère que tu ne t'es pas mis en tête de retourner à San Revelle ce soir, car il est hors de question que je te laisse repartir, grommela Nathaniel après avoir refermé la porte du vestibule avec un claquement sec.

— Merci de ton amabilité, riposta Theresa, tout sourire. Je savais que tu serais ravi de me voir et que tu me réserverais un accueil très chaleureux.

— Pardon d'avoir été un peu brusque, mais la route qui relie Half Moon Bay au domaine est dangereuse la nuit et je ne veux pas que tu prennes le moindre risque.

— Si tu m'obliges à rester ici, où vais-je dormir ? Dans ton lit ou sur le sofa ?

— Dans mon lit, évidemment ! Tu m'as beaucoup manqué aujourd'hui.

— Et toi, encore plus.

— Allons vite nous coucher. Tu dois être fatiguée et impatiente de…

— Non ! Il faut d'abord que je te parle.

— De quoi ?

— De nous deux.

« Seigneur, faites que je trouve les mots justes ! », implora Theresa en silence.

Après la longue discussion qu'elle avait eue la veille avec Eva, elle avait passé des heures à analyser ses sentiments et décidé de suivre les conseils de son amie.

— Je sais que nous avons signé un pacte d'amitié au début du mois d'octobre et qu'il est malhonnête de ne pas respecter les clauses d'un contrat, mais j'aimerais que nous rédigions un avenant.

— C'est pour ça que tu as sauté dans ton cabriolet et parcouru une cinquantaine de kilomètres en pleine nuit ?

— Oui. Comme tu m'avais avertie par SMS que tu ne rentrerais pas à la maison ce soir, je n'ai pas eu d'autre choix que de prendre le volant.

— Au lieu de quitter San Revelle, tu aurais dû m'envoyer un texto.

— Et résumer en quelques phrases ce que j'avais sur le cœur ? Ah ! non. Il y a des choses qu'on ne peut pas expliquer rapidement.

Nathaniel se pencha vers Theresa et scruta son visage avec inquiétude.

— Tu as l'air éreintée, lui dit-il à la vue de ses traits tirés et des larges cernes qui bleuissaient ses paupières. Viens dans ma chambre, je t'aiderai à…

— Pas déjà ! interrompit-elle. Je n'irai me coucher qu'après t'avoir parlé.

— De cette mystérieuse clause que tu souhaites ajouter à notre contrat ?

— Entre autres.

— Vas-y, je suis tout ouïe.

Theresa aspira une grande bouffée d'oxygène, puis lança, la voix haute et claire :

— J'aimerais que tu emménages à San Revelle et que tu y restes pour de bon.

— Jusqu'à la naissance du bébé ? Ou jusqu'à ce qu'il soit en âge de marcher ?

— Jusqu'à la fin de ta vie. Je sais que tu es fatigué de prendre l'autoroute matin et soir, mais je voudrais que nous formions un couple uni et que nous offrions à notre enfant la chaleur d'un vrai foyer.

— Un couple uni ! répéta lentement Nathaniel, comme si le sens des mots lui échappait. Qu'essaies-tu de m'expliquer, Tess ?

— Que je suis tombée amoureuse de toi, avoua-t-elle en le regardant droit dans les yeux. Et que je n'hésiterais pas à t'accorder ma main au cas où l'idée te viendrait de me la demander.

— Je croyais que tu étais une fervente adepte du célibat et que tu ne supporterais pas de renoncer à ta précieuse liberté.

— Qui te parle d'y renoncer ? On peut très bien se marier et conserver une certaine autonomie.

— Ce n'est pas ce que tu affirmais au début de notre relation.

— Et après ? Il n'y a que les sots qui ne changent pas d'avis.

Nathaniel s'adossa à la bibliothèque en ronce de noyer qui occupait tout un angle de son living-room et secoua la tête d'un air mi-incrédule, mi-horrifié.

— Il est impossible que tu m'aimes et que tu veuilles m'épouser, répliqua-t-il. Une jeune femme aussi indépendante que toi a mieux à faire que de se mettre la corde au cou.

Theresa, qui avait rêvé de mots d'amour tendrement chuchotés, eut l'impression qu'une flèche lui transperçait la poitrine et que, sous le choc, son cœur se brisait en mille morceaux.

— Oublie ce que je t'ai dit, Nate, murmura-t-elle. Je n'aurais pas dû venir t'ennuyer avec mes bavardages.

— Tu ne m'as pas ennuyé, au contraire ! Je suis heureux que nous ayons pu discuter.

— Maintenant que chacun de nous sait à quoi s'en tenir, je vais rentrer à l'hacienda et…

— Non, ne pars pas déjà, je t'en prie. Tu es tellement fatiguée que tu risques d'avoir un accident si tu ne te reposes pas.

— Aucun danger ! Je suis toujours très prudente au volant.

Après avoir rassemblé le peu de dignité qu'il lui restait, Theresa sortit du living-room à reculons, puis pivota d'un quart de tour et se rua vers l'ascenseur.

— Attends-moi, Tess, hurla Nathaniel juste avant que la porte de la cabine ne se referme derrière elle dans un léger chuintement.

Alors, abrutie de chagrin, elle se laissa glisser le long de la paroi et éclata en sanglots.

16

Dès que Theresa se fut engouffrée dans l'ascenseur, Nathaniel dégringola les centaines de marches qui menaient au hall de son immeuble avec le fol espoir de la rattraper. Mais, lorsqu'il arriva au rez-de-chaussée, elle avait déjà regagné son cabriolet et quitté le parking.

Malade d'inquiétude, il remonta chercher son trousseau de clés et ses papiers au soixante-quinzième étage, puis alla se couler derrière le volant de sa Jeep et prit la direction de l'A1 à la vitesse du son.

Si elle avait eu un accident à cause de lui, il ne se le pardonnerait pas, se répéta-t-il inlassablement jusqu'à la sortie de Half Moon Bay.

Regrettant de ne pas avoir prononcé les mots qu'elle rêvait d'entendre, il s'engagea sur la route de la corniche à pleine vitesse, heurta une glissière de sécurité à quelques kilomètres de San Revelle et faillit plonger dans l'océan Pacifique du haut d'une falaise.

— Du calme, mon vieux, du calme ! se conjura-t-il avant de s'obliger à ralentir.

Mais, quand il aperçut au loin les volets clos de l'hacienda, il sentit son angoisse redoubler et enfonça de nouveau la pédale d'accélérateur.

Après s'être arrêté en catastrophe sous les fenêtres de la bibliothèque, il bondit de son 4x4 et tambourina à la porte d'entrée. Seules les grenouilles qui vocalisaient dans le parc lui répondirent, aussi ouvrit-il le battant d'un coup d'épaule, avant de traverser le vestibule à pas de géant… et de se retrouver face à face avec Theresa.

— Ah ! c'est toi, Nate, s'écria-t-elle en allumant le plafonnier et en lâchant le dictionnaire qu'elle brandissait au-dessus de sa tête. Tu m'as fait une de ces peurs !

Vêtue d'un négligé en dentelle qui ne masquait rien ou presque de ses charmes, elle était tellement sexy que Nathaniel en resta muet.

— Tu as avalé ta langue ? lui demanda-t-elle d'un ton corrosif.

— Non, murmura-t-il, les yeux rivés sur le doux renflement de ses seins. Je… j'essayais juste de reprendre mon souffle et mes esprits.

— Qu'est-ce que tu fabriques ici ?

— Je suis venu m'assurer que tu étais arrivée à San Revelle saine et sauve.

— Si tu n'étais pas entré dans la maison par effraction et que tu ne m'avais pas terrorisée, je serais en pleine forme. Quand je t'ai entendu enfoncer la porte du vestibule, j'ai cru que des cambrioleurs voulaient dévaliser l'hacienda et j'ai failli mourir d'une crise cardiaque.

— Est-ce parce que tu espérais les assommer à coups de dictionnaire que tu es allée chercher le plus gros livre de la bibliothèque ?

— Cette question ! Tu aurais préféré que je les laisse me trucider, peut-être ?

— Non. Ce que j'aurais voulu, c'est que tu passes la nuit à San Francisco et que tu te reposes avant de te remettre au volant.

— Après l'accueil que tu m'avais réservé, je ne vois pas quel intérêt j'aurais eu à rester en ta compagnie.

Aveugle au regard furibond que lui décochait Nathaniel, Theresa pirouetta sur elle-même et traversa le hall à grandes foulées.

— Où vas-tu ? demanda-t-il.

— Dans ma chambre, répondit-elle sans se retourner. Et je te défends de me suivre.

— Si tu t'imagines que je suis venu à l'hacienda pour coucher avec toi, tu fais fausse route.

— Ah bon ! Qu'y a-t-il d'autre entre nous qu'une simple

attirance physique ? De l'amour ? De l'affection ? Allons donc ! Tout ce qui t'intéresse en dehors de ta réussite professionnelle et des millions de dollars que tu gagnes chaque année, c'est le sexe.

— Ne trouves-tu pas ce raisonnement un peu trop réducteur ?

— Non, hélas ! Jusqu'à aujourd'hui, je pensais que tu avais une ou deux qualités. Mais, vu la manière dont tu t'es conduit ce soir, il est évident que je t'avais mal cerné. Bien que tu saches te montrer généreux de temps en temps, tu es un rustre, un ignoble despote et le pire des…

— Pourrais-tu arrêter de me descendre en flammes et me suivre dans le living-room ? interrompit Nathaniel, fatigué de cette longue diatribe.

— Pour quoi faire ? Pour te laisser m'humilier encore une fois ?

— Comme si j'avais l'habitude de mettre les gens plus bas que terre !

Theresa pivota tout d'un bloc sur ses talons et le fusilla des yeux.

— Quand je t'ai ouvert mon cœur et que tu as pris un air horrifié, qu'ai-je éprouvé, à ton avis ? lança-t-elle. De la joie ou de la honte ?

— Ce n'est pas d'un air horrifié que je t'ai regardée à ce moment-là, c'est d'un air *effrayé*, rectifia-t-il en l'entraînant vers une méridienne et en s'asseyant à côté d'elle. Depuis ce lointain week-end où j'ai tenté de persuader Zane qu'il était mon demi-frère et où il a refusé de m'écouter, j'ai l'impression que je n'arriverai jamais à avoir une vraie famille. Lorsque j'étais petit, je pensais que mes parents me négligeaient parce que je ne méritais pas d'être aimé. Et l'attitude bizarre de Zane n'a fait que me conforter dans cette opinion. Si je te demandais de m'épouser et que tu avais l'imprudence d'accepter, je suis sûr que je trouverais le moyen de tout gâcher entre nous et de te rendre malheureuse. Il vaut donc mieux que nous n'ajoutions aucun avenant à notre pacte d'amitié.

Emue par l'évidente détresse de Nathaniel, Theresa sentit des larmes lui monter aux yeux.

— Pourquoi pleures-tu ? demanda-t-il. J'ai dit quelque chose qui t'a blessée ?

— Non, non, répondit-elle en sortant un mouchoir de sa poche et en essuyant ses paupières humides. C'est quand j'ai quitté ton appartement ce soir que j'ai eu beaucoup de chagrin. Maintenant que j'ai compris ce qui t'était passé par la tête, je suis soulagée. Au lieu de te croire égoïste et cynique, j'aurais dû deviner que tu étais terrorisé à l'idée de fonder un foyer et de voir un jour tes rêves se briser.

— Tu n'as pas peur des échecs, toi ?

— Si, comme tout le monde. Je ne suis ni naïve ni bêtement romanesque. Je sais que la vie à deux n'est pas un long fleuve tranquille et que des remous peuvent déstabiliser les couples les plus unis. Lorsqu'un homme et une femme décident de se marier, ils ignorent ce que l'avenir leur réserve, mais cela ne les empêche pas de se lancer dans l'aventure.

— Quitte à divorcer au bout de quinze ou vingt ans ?

— Oui. Rien n'est garanti ici-bas. Et le bonheur conjugal encore moins que le reste.

— Pourquoi veux-tu m'épouser, dans ce cas ?

— Parce que je t'aime à la folie et que j'ai une confiance absolue en nous. Quelles que soient les difficultés qui nous attendent, je suis certaine que nous arriverons à les surmonter ensemble et qu'aucun écueil, aucune tempête ne nous fera chavirer.

Un sourire illumina les traits de Nathaniel.

— Mon arrogance et mon autoritarisme forcené ne t'effraient plus ? demanda-t-il.

— Plus du tout ! répliqua-t-elle joyeusement. La seule chose qui m'est insupportable, c'est cette manie que tu as de me couver. Tu ne t'es pas rendu compte que j'étais majeure et vaccinée ?

— Si, mais il est de mon devoir de veiller à ta sécurité.

— Une fois que nous serons mariés, nous n'aurons qu'à nous protéger l'un l'autre. Comme cela, nous serons deux à avoir un ange gardien.

— D'accord. Je suis tellement amoureux de toi que rien

ne pourra m'empêcher de t'épouser. Pas même tes idées farfelues.

— Ce que je viens de te dire n'était pas farfelu, protesta Theresa juste avant qu'une drôle de sensation ne la réduise au silence.

— Qu'y a-t-il ? lui demanda Nathaniel d'une voix inquiète.

— Le bébé me… m'a donné un coup de pied, balbutia-t-elle en lui prenant la main et en la posant sur son ventre.

— Quel cogneur, ce galopin ! s'exclama-t-il avec une fierté toute paternelle. Dès qu'il saura marcher, je lui enseignerai le taekwondo.

Puis, les yeux pleins d'étoiles, il bondit de la méridienne et aida Theresa à se lever.

— Allons vite nous mettre au lit, mon cœur, lui glissa-t-il à l'oreille. J'ai hâte de me lancer dans cette formidable aventure dont tu m'as parlé.

Epilogue

Quatre mois et demi plus tard

Quand une douleur aiguë lui déchira l'abdomen, Theresa laissa échapper une plainte rauque, à peine un gémissement, puis se mit à compter tout bas :

— Dix secondes… vingt secondes… trente secondes…

Pétrifiée entre les courtines de son baldaquin, elle glissa un œil vers les aiguilles fluorescentes de sa montre et comprit que le grand jour était arrivé. Bientôt, très bientôt, elle aurait l'immense joie de pouvoir embrasser son enfant.

— Il va falloir que je réveille ton papa, mon ange, murmura-t-elle en caressant d'une main légère son ventre rebondi. Et, tel que je le connais, ça m'étonnerait qu'il garde son sang-froid. Alors, ne t'inquiète pas si tu l'entends crier et claquer les portes de l'hacienda. Il est un peu bruyant, mais tu t'y feras.

Après avoir tâtonné dans l'obscurité, Theresa alluma sa lampe de chevet et tapota l'épaule de Nathaniel, qui dormait béatement.

— Debout, mon amour ! lui dit-elle. Le travail a commencé.

— Quel travail ? demanda-t-il, les paupières lourdes de sommeil.

— « Le » travail. A moins que tu n'aies envie de te déguiser en sage-femme et de me voir accoucher à San Revelle, tu as intérêt à te remuer.

— La dernière fois que je t'ai accompagnée chez ta gynécologue, elle nous a certifié que le bébé naîtrait le

16 avril et nous ne sommes que le 9. Tu n'as pas peur que nous ayons l'air ridicules si nous débarquons à la maternité avec une semaine d'avance ?

— Non. Cela fait quatre heures que j'ai des contractions à intervalles rapprochés.

— Quatre heures ! répéta Nathaniel en se redressant d'un bond et en sautant à bas du lit. Pourquoi ne m'as-tu pas réveillé plus tôt ?

— Parce que je ne voulais pas que tu te mettes à hurler et à courir dans tous les sens. Tu es tellement angoissé depuis quelques jours que tu n'aurais pas pu t'empêcher de crier et de gesticuler.

— Alors que toi, tu as été un modèle de sérénité, je suppose ?

— Exactement ! Au lieu de m'affoler, j'ai suivi les conseils du Dr Hillier et gardé mon calme.

— Mais quand la douleur s'intensifiera, arriveras-tu à rester stoïque ?

— Je ne sais pas. On verra le moment venu.

Après avoir ouvert à toute volée la porte du dressing, Nathaniel enfila le premier jean et le premier sweat-shirt qui lui tombèrent sous la main.

— Où est ta valise ? demanda-t-il d'une voix impatiente.

— Au pied du lit, à droite de ma table de chevet, répondit Theresa, le ventre déchiré par une nouvelle contraction. Aïe ! hurla-t-elle en s'agrippant à son oreiller comme à une planche de salut. Ce que j'ai mal, nom d'un chien !

— Encore une contraction ?

— Oui. Tellement violente que j'ai failli m'évanouir.

— A ta place, il y a déjà quatre heures que j'aurais tourné de l'œil.

— Ça, je veux bien le croire. Les hommes ne sont que des mauviettes.

— Toi, en revanche, tu es très courageuse.

— Merci du compliment. La prochaine fois que nous nous disputerons, je te répéterai ce que tu viens de me dire.

— Tu n'en auras pas besoin : nous sommes toujours du même avis.

— Tu parles ! Depuis que tu as emménagé dans l'hacienda et transféré le siège de ta société à Half Moon Bay, nous n'arrêtons pas de nous chamailler. Quand nous avons dû fixer la date de notre mariage, nous avons été à deux doigts de nous entretuer.

— A deux doigts seulement. Et notre fabuleuse réconciliation, tu l'as oubliée ?

— Non. Il aurait fallu que je sois frappée d'amnésie pour pouvoir la rayer de ma mémoire.

Pendant que Nathaniel allait chercher sa voiture, Theresa se rappela les multiples querelles qui l'avaient opposée à lui et s'octroya un sourire. Malgré leur tempérament volcanique, ils avaient appris à négocier et à ne jamais franchir la ligne rouge au-delà de laquelle leur couple aurait risqué de faire naufrage. L'amour indestructible qu'ils éprouvaient l'un envers l'autre avait dissipé les ombres du passé, ébranlé les hautes murailles qu'ils avaient jadis érigées autour d'eux dans un réflexe d'autoprotection et repeint leur vie aux couleurs de l'arc-en-ciel.

Dès qu'il eut garé sa Jeep devant la porte du vestibule, Nathaniel aida Theresa à s'allonger sur la banquette arrière du 4x4 et se mit au volant.

— Comment te sens-tu ? lui demanda-t-il en démarrant, le pied au plancher.

— Comme ci, comme ça, répondit-elle faiblement. Quand arriverons-nous à la maternité ?

— Dans une quinzaine de minutes. Tu vas être capable de tenir jusque-là ?

— Oui. Ce n'est pas la souffrance physique que je redoute, c'est le reste. J'ai l'impression d'être au seuil d'une nouvelle aventure et je suis morte de trac.

— Pas moi. Maintenant que j'ai trouvé ma compagne de voyage idéale, je suis prêt à entreprendre toutes sortes de périples et à soulever des montagnes.

— Aucun obstacle ne t'effraie ?

— Aucun !

*
* *

Brandon Zane Tremaine Graystone naquit seize heures plus tard et fit la fierté de ses parents.

— Quel petit goinfre ! s'extasia Theresa en offrant son sein droit au bébé et en le regardant téter avec une amusante gloutonnerie. A qui ressemble-t-il ?

— A nous deux, répondit Nathaniel, le visage rayonnant de joie. Il a hérité de mon menton carré, de tes magnifiques yeux verts…

— … et de ton appétit d'ogre.

— Si je lui ai également légué mon sale caractère, il va nous mener la vie dure pendant les dix-huit prochaines années.

— Mais nous formerons une famille très unie, n'est-ce pas ?

— Bien sûr, mon amour ! Nous nous installerons dans notre château dès que les artisans de Half Moon Bay auront fini de le restaurer et nous y serons heureux pour l'éternité.

Nathaniel et Theresa contemplèrent leur fils, un sourire émerveillé aux lèvres, puis échangèrent au-dessus de sa petite tête brune le plus doux des baisers.

CAROLINE ANDERSON

Liés par un enfant

Traduction française de
MARIE-CHRISTINE DERMANIAN

HARLEQUIN

Titre original :
THE VALTIERI BABY

Ce roman a déjà été publié en 2014

1

— *Signore Valtieri !* S'il vous plaît, *signore*, écoutez-moi !

La voix affolée eut un écho particulier dans le crépuscule où les ombres s'allongeaient. Gio se sentit soudain accablé.

Oh non, de grâce, pas maintenant, songea-t-il.

Il n'avait pas la force — et encore moins le temps — de faire preuve de diplomatie envers Camilla Ponti. A cause d'elle, il avait déjà dû retarder son départ en vacances et n'envisageait pas de le différer encore.

La *signora* Ponti avait été sur le point d'entamer une procédure contre Marco Renaldo, mais ce dernier, sur les conseils de Gio, avait insisté pour lui parler avant que l'affaire n'aille en justice, et elle avait consenti à entendre raison.

Non sans mal.

Elle s'était acharnée, l'avait supplié, avait pleuré même. Marco, auquel elle avait été associée, ne lui avait cependant pas laissé le choix : soit elle en restait là, soit il révélait ses tentatives de fraude et de détournement de fonds. Elle avait fini par céder, tout en reprochant à Gio son influence sur Marco, qui, pensait-elle, lui avait coûté ses parts dans l'entreprise.

Gio avait essayé de lui faire entendre raison. C'était absurde. Elle s'était elle-même sabotée. Comment avait-elle pu d'ailleurs imaginer un court instant que son cas soit défendable ?

A la fin de ce rendez-vous, il avait envoyé un SMS à Anita pour la prévenir qu'il passerait la chercher à 18 heures, et, pressé de quitter la ville, il était rentré chez lui. Il avait enlevé son costume griffé, son élégante cravate de soie et ses boutons de manchettes gravés à ses initiales qu'Anita lui avait offerts à Noël dernier, et pour finir, sa chemise d'un blanc éblouissant. Après s'être déchaussé, il avait machinalement repoussé sous l'armoire ses mocassins en cuir faits main, puis s'était dirigé vers la salle de bains.

Revigoré par le jet puissant de la douche, il avait ensuite mis son jean et son pull favoris, ainsi qu'un blouson en cuir et des boots qui avaient connu des jours meilleurs. Avant de quitter les lieux, il avait pris le temps de sortir de la poubelle le sac à ordures, d'y vider les restes que contenait le réfrigérateur, et, avant de le refermer, d'y ajouter une bouteille de vin vide.

Suite à quoi il avait enfin refermé derrière lui la porte à clé, en lâchant un long soupir. Il avait hâte de quitter Florence. Ses bagages étaient d'ailleurs déjà dans le coffre de sa voiture. Il allait passer deux semaines sur les pentes enneigées avec sa famille, à skier, profiter des bons moments, et reléguer les problèmes au fond de son esprit.

Anita serait là elle aussi.

Le simple fait de penser à elle lui procura un curieux frisson dans tout le corps. Elle lui avait manqué, ces derniers temps. Il avait cherché à l'éviter depuis le soir du mariage de son frère, quand la situation entre eux était devenue de nouveau un peu complexe. Mais pendant ces vacances, la présence des nombreux membres de sa famille dissiperait toute éventuelle tension.

Il ne se leurrait pas. Savoir qu'Anita serait des leurs contribuait largement à lui rendre attirante la perspective de ce séjour.

Il lui tardait de prendre la route. Pour une raison qu'il avait du mal à définir, l'exercice de son métier lui semblait parfois pesant, ces derniers temps. Après une journée comme celle-ci, il se sentait fatigué, désabusé.

Et voilà qu'il recevait maintenant cette visite impromptue ! Camilla Ponti s'était arrangée pour trouver son adresse et l'attendait, bien décidée à poursuivre leur conversation. Or il n'en avait pas la moindre envie. Il considérait en avoir déjà entendu bien assez.

— *Signora* Ponti, il n'y a plus rien à ajouter, déclara-t-il d'une voix calme mais ferme.

— Vous ne comprenez pas ! Il faut que vous m'aidiez. S'il vous plaît, écoutez-moi ! J'ai besoin de cet argent…

— Tout le monde a besoin d'argent. Mais vous ne pouvez pas prendre ce qui ne vous appartient pas, et, comme l'a souligné le *signore* Renaldo, vous avez déjà volé bien assez…

— Ça ne s'est pas passé de cette façon. J'avais des raisons de…

— Tout le monde a des raisons, l'interrompit-il de nouveau, avec lassitude cette fois. Et maintenant, si vous voulez bien m'excuser… J'ai rendez-vous, et je suis déjà en retard.

— Mais… je vous dis que je l'ai gagné, cet argent !

Elle se rapprochait de lui en sanglotant, les mains tendues pour essayer de le retenir.

— S'il vous plaît, il faut que… que vous m'écoutiez…

A bout de patience, Gio s'écarta d'elle.

— Je vous le répète, je crois bien en avoir assez entendu !

Tenant toujours le sac d'ordures, il repartit.

— Noooon ! Restez !

La voix stridente venait de retentir juste derrière lui. Du coin de l'œil, il vit la femme lever le bras, mais il était trop tard pour esquiver le coup. Il se couvrit instinctivement le visage de son bras gauche, pour se protéger. Et ce fut à ce moment-là qu'il sentit le coup sur la tête. Quelque chose de lourd venait de s'abattre avec force sur son crâne. Il chancela, trébucha contre le rebord du trottoir et se tordit la cheville. Une douleur fulgurante lui traversa la jambe, l'empêchant de retrouver son équilibre, et, comme dans un film au ralenti, il tomba…

Dans sa chute, il lâcha le sac d'ordures. Le bruit du verre qui se brisait résonna dans sa tête comme une sirène d'alarme. Il voulut s'écarter, rouler sur le côté, mais il était trop tard. La violente douleur qu'il ressentit à la cuisse lui coupa le souffle. Au prix d'un effort qui lui parut surhumain, il réussit à se décaler de quelques centimètres, et leva la tête vers celle qui venait de l'agresser, s'attendant à voir pleuvoir d'autres coups.

Camilla Ponti le regardait, l'air hagard, et il comprit qu'il serait inutile de chercher à lui faire entendre raison. Elle n'était de toute évidence pas en état de comprendre quoi que ce soit.

Pendant un long moment, il resta immobile, en état de choc. Ce n'était pas possible ! La scène qui venait de se produire était-elle bien réelle ? Il grimaça. La douleur qui irradiait dans sa jambe droite ne laissait aucun doute là-dessus.

Il eut alors la sensation que quelque chose de chaud coulait entre ses doigts, et, dans une sorte d'état second, il baissa les yeux sur sa main. Il comprit sur-le-champ que la situation était sérieuse.

A en juger par l'expression de son visage, Camilla Ponti partageait cet avis.

— Oh non… Non ! lança-t-elle d'une voix brisée. Je n'avais pas l'intention de… *Non…*

Sur ce, elle se mit à sangloter de plus belle, tourna les talons et repartit aussi vite que le lui permettaient ses escarpins. Gio la suivit un instant du regard puis baissa les paupières, infiniment soulagé. Au bout de quelques secondes, il eut la sensation que toutes ses forces le désertaient, et se laissa aller contre le mur qui se trouvait juste derrière lui.

La douleur était lancinante.

Il baissa les yeux sur son pied, qui, à demi sorti de la bottine, présentait une cambrure étrange. Serrant les mâchoires, il porta son attention sur sa cuisse, où était planté un morceau de verre. Il hésita. Le retirer n'était peut-être pas très judicieux, mais la blessure saignait, et ce débris de verre l'empêchait d'exercer une pression sur la jambe pour arrêter le saignement. Il se résolut donc à l'enlever.

Et il ne fut pas long à s'interroger sur la pertinence de ce geste, face au flot de sang qui se mit à couler.

Après avoir réussi tant bien que mal à serrer autour de ses doigts tailladés un mouchoir, il pressa fort le poing sur la cuisse. Puis, de sa main libre, il chercha son portable. Il allait appeler Anita. Essayer de joindre ses frères ne lui serait pas d'un grand secours, puisqu'ils se trouvaient avec leurs familles respectives au chalet, tout comme ses sœurs et ses parents. Anita, elle, l'attendait. Son rendez-vous avec une cliente prendrait bientôt fin, et il était censé passer la chercher sous peu.

Elle l'aiderait. Elle l'avait toujours aidé. Elle savait comment agir lorsqu'il se trouvait dans une situation délicate. Cette fois aussi elle viendrait à son secours. Comme à son habitude. La sensation de douleur lui parut soudain moins forte tandis que, de la main gauche, il réussit à appeler la jeune femme.

La voix aux inflexions douces qui lui répondit était bien celle d'Anita… mais enregistrée sur la messagerie. Profondément déçu, il se mordit la lèvre pour refouler le cri de désespoir qui lui montait à la gorge. Il attendit la fin du petit message plein d'entrain, pour lancer, narquois :

— C'est quand même bizarre ! Nous nous voyons sans arrêt, et la seule fois où j'ai *vraiment* besoin de toi, impossible de te joindre !

Après avoir appuyé sur le bouton d'arrêt, il posa le regard sur sa cuisse, qui saignait toujours, un peu moins abondamment toutefois. Au bout de quelques secondes, il se résolut enfin à faire ce qu'il aurait dû faire en tout premier lieu : appeler une ambulance.

Cela étant fait, il s'adossa une fois de plus au mur et ferma les yeux. Puis il tenta de nouveau sa chance auprès d'Anita. Sans plus de succès. Il recommença cependant. Une fois. Et une autre encore. Le seul son de sa voix avait sur lui un effet réconfortant.

Quelqu'un cherchait à la joindre.

Anita allait mettre fin à ce rendez-vous quand elle sentit son portable vibrer dans la poche de son blaser. Encore. Et encore.

Elle réprima une grimace. C'était sans doute Gio, qui commençait à s'impatienter.

— Parfait. Vous m'avez fourni tous les détails nécessaires, dit-elle à sa cliente. Je vais y réfléchir, et je vous soumettrai mes idées à mon retour de vacances.

— Oh… je croyais que nous commencerions déjà à tracer les gros traits de la cérémonie…

Le sourire d'Anita se figea tandis que le téléphone vibrait de nouveau dans sa poche.

— Désolée, mais ça ne va pas être possible. Je suis déjà en retard. En fait, je n'ai pu vous recevoir aujourd'hui que parce que mon départ a été retardé d'un jour. Mais ne vous inquiétez pas, nous aurons largement le temps de tout organiser à mon retour. Le mariage n'a lieu que dans sept mois.

Refermant son classeur, elle se leva, ignorant la mine dépitée de la jeune femme, à qui elle tendit la main. Celle-ci soupira et se leva à son tour.

— C'est-à-dire que… j'aimerais que ça avance le plus vite possible.

— Comme tout le monde ! répliqua Anita avec un petit rire. Rassurez-vous. Nous nous reverrons dans quinze jours, promis. Je vous appellerai pour prendre rendez-vous.

— D'accord. En tout cas, merci d'avoir accepté de me caser si rapidement dans vos rendez-vous, puisque je vous ai seulement appelée hier. Et excusez-moi… si je vous ai donné l'impression d'être un peu insistante.

— Mais non ! Il n'y a aucun souci, je vous l'assure. A très bientôt, donc ?

Avec un dernier sourire, Anita se dirigea vers la porte du café où elle avait retrouvé sa cliente. Elle attendit d'être hors de portée de vue pour sortir son téléphone de sa poche. L'écran affichait six appels manqués. Tous de Gio !

Elle soupira. Elle était très en retard, ce qui avait dû l'excéder.

Pourtant, il n'avait pas l'air en colère. Plutôt…

S'il l'avait appelée plusieurs fois, il ne lui avait laissé qu'un seul message, qu'elle réécouta, déroutée.

C'est quand même bizarre ! Nous nous voyons sans arrêt, et la seule fois où j'ai vraiment besoin de toi, impossible de te joindre !

Il y avait dans sa voix des intonations étranges. *Drôle de message*, songea-t-elle, *il n'a pas l'air très à l'aise*. Que se passait-il ?

Avec des gestes nerveux, elle tenta une fois de plus de le joindre. Un déclic retentit dans l'écouteur, signifiant que son appel allait enfin aboutir. L'espoir qui venait de l'assaillir fut aussitôt balayé par la voix féminine qui venait de retentir dans l'appareil.

— Allô ? Etes-vous Anita ?

Soucieuse, elle fronça les sourcils.

— Ou… oui. Anita Della Rossa. Où est Gio ? Qui êtes-vous ?

— Une infirmière du service des urgences.

Prise de panique, Anita sentit le sang bourdonner à ses oreilles et n'entendit rien de ce qui suivit.

— Allô ? répéta l'infirmière, face à son silence.

— Je… me doutais bien qu'il s'était passé quelque chose. Qu'est-il arrivé à Gio ? Un… accident ?

— Etes-vous de la famille, mademoiselle Della Rossa ?

Abasourdie, Anita ne sut que répondre.

Sur le point de mentir, elle se ravisa. A quoi bon ? Les Valtieri étaient connus.

— Non, mais j'en suis une vieille amie. Je connais Gio depuis des lustres.

Sentant sa voix se briser, elle inspira profondément avant d'ajouter :

— En fait, il n'y a aucun membre de sa famille ici en ce moment. Ils sont tous partis au ski. Nous devions d'ailleurs les y rejoindre ce soir même. S'il vous plaît… expliquez-moi ce qui s'est passé.

— Ce monsieur a été victime d'un… accident, et doit être opéré sans tarder. Voilà tout ce que je suis en mesure de vous dire. Maintenant, pouvez-vous me donner son nom complet, je vous prie ? Ainsi que les coordonnées téléphoniques de ses proches ? Il faudrait que nous puissions les joindre le plus rapidement possible.

Anita retint sa respiration.

Le plus rapidement possible ? Ce devait être vraiment très grave.

Son cœur se mit à cogner contre sa poitrine, et elle eut l'impression que le sol se dérobait sous ses pieds.

— Euh… oui, bien sûr. Il s'appelle Giovanni Valtieri. Son frère, Luca, est médecin à l'hôpital. Professeur, même. Il est lui aussi parti en vacances avec la famille. Voici son numéro personnel.

Elle égrena les quelques chiffres puis, avec des gestes d'automate, regagna sa voiture, s'installa au volant et partit en direction de l'hôpital. Une fois arrivée au service des urgences, elle se heurta à un autre mur, érigé par le même protocole.

— Je viens d'avoir l'une de vos infirmières au téléphone. J'appelais Giovanni Valtieri, et la personne qui m'a répondu m'a dit qu'il se trouvait ici. Est-ce que je peux le voir ?

— Etes-vous un membre de sa famille ?

Cette fois encore, elle fut tentée de mentir mais n'en fit rien.

— Non, mais je suis une vieille amie de la famille. Nous avons toujours été très proches, le *signore* Valtieri et moi. Un peu comme un frère et une sœur.

Elle se garda bien de préciser que Gio avait aussi été son amant.

Gio avait l'impression que la douleur s'insinuait dans les moindres recoins de son corps. Les paupières serrées, il réussit toutefois à la localiser. C'était surtout sa main droite qui le faisait souffrir. En dépit du bandage qui lui enserrait les doigts, il chercha à les plier et ne fut pas long à le regretter.

Il inspira plusieurs fois à petits coups, tandis que se rappelaient à son souvenir les terribles sensations de douleur à la jambe et à la cheville. L'équipe médicale avait découpé son jean pour pouvoir mettre la blessure à nu. Ils avaient aussi voulu sectionner sa bottine, mais, dans un sursaut de lucidité, il avait réussi à les en empêcher, alléguant qu'il était très attaché à ses boots. S'ils avaient paru surpris, ils s'étaient toutefois arrangés d'une autre façon pour extraire son pied de la chaussure. Et la douleur s'était alors faite si aiguë, qu'il avait sans doute perdu connaissance.

Gio ne gardait en tout cas aucun souvenir du reste de la scène. Maintenant, il avait de violents maux de tête. Se serait-il cogné en tombant ? A moins que le maudit sac à main avec lequel l'avait assommé Camilla Ponti n'ait été rempli de gros cailloux…

Les notes fleuries d'un parfum qui lui était familier éveillèrent son attention.

— Anita ?

Se tournant vers la porte, il reconnut la jolie silhouette féminine. Anita lui souriait, mais ses yeux, dont la couleur chaude rappelait celle du chocolat, reflétaient l'inquiétude. Et ses lèvres pleines, bien dessinées, tremblaient un peu. En cet instant précis, elle lui parut absolument irrésistible.

— Bonsoir Gio, murmura-t-elle avant de se pencher vers lui pour effleurer sa joue d'un baiser. Comment te sens-tu ?

— Bien.

— Ah ? railla-t-elle, un sourcil levé. Ce n'est pourtant pas l'impression que tu donnes.

— Si, je t'assure. Il y a eu plus de peur que de mal !

— A te voir, on a plutôt l'impression que tu sors du bal des vampires !

— Très drôle !

Il tourna la tête afin de ne plus être confronté à ce regard inquiet.

— J'ai appelé Luca, reprit-elle.

A ces mots, Gio reporta aussitôt son attention sur elle.

— *Comment ?*

— Oui, tu as bien entendu, j'ai appelé Luca. On refusait de me dire quoi que ce soit concernant ton état, et même de me laisser entrer sous prétexte que je ne faisais pas partie de la famille… Il fallait bien que je trouve un moyen de franchir ces barrages.

Gio soupira.

— Bon. Et que t'a-t-il dit ?

— Qu'il voulait venir tout de suite.

— Quoi ? Mais c'est ridicule ! Pour seulement quelques égratignures ?

— Gio… on ne t'aurait certainement pas conduit aux urgences juste « pour quelques égratignures » !

— Mais…

— De toute façon, l'interrompit-elle, ta mère ne lui a pas laissé le temps de s'exprimer. Elle lui a pris presque aussitôt le téléphone des mains. Comme tu l'imagines, elle est très préoccupée. Je lui ai d'ailleurs promis que tu lui téléphonerais dès que possible.

Un long soupir s'échappa de ses lèvres, et il ferma les yeux. Il n'aurait pas dû appeler Anita.

N'oublie pas que tu étais censé passer la chercher, songea-t-il en son for intérieur. Ne le voyant pas arriver, elle aurait fini par remuer ciel et terre pour connaître le motif de son absence.

— J'aurais préféré que tu n'appelles pas Luca, reprit-il.

— Ecoute, à mon arrivée, l'hôpital avait déjà joint ton frère. La première infirmière que j'ai eue au téléphone quand je cherchais à *te* joindre, m'a demandé les coordonnées de tes proches. J'ignorais ce qui s'était produit, mais elle a insisté sur l'urgence de la situation, et je n'ai pas jugé très pertinent de discuter, conclut-elle d'un ton plutôt sec.

Gio souleva les paupières avec lenteur. Evidemment. De toute façon, si Anita n'avait pas appelé au moment où il venait d'être admis à l'hôpital, il aurait suffi à n'importe quel membre du personnel d'ouvrir son portefeuille pour découvrir son identité. Le lien aurait alors vite été établi entre Luca et lui. Son propre frère, qui travaillait à l'hôpital, et que tout le monde ici connaissait.

Voilà que celui-ci envisageait maintenant de le rejoindre. Sa mère elle-même était très inquiète. Tout cela à cause d'une espèce de folle qui s'était lancée à sa poursuite ! Les vacances au ski semblaient bien compromises !

— Bien, reprit Anita, si tu m'expliquais ce qui s'est passé ?

Se rapprochant de lui, elle voulut lui prendre la main, mais elle y renonça vite en voyant le gros pansement qui lui enserrait les doigts.

— C'est très simple. Comme je ne voulais pas l'écouter, l'ancienne associée de l'un de mes clients s'est servie de son sac à main pour m'asséner un grand coup sur la tête, lâcha-t-il du bout des lèvres.

Stupéfaite, Anita écarquilla les yeux.

— Je ne suis pas sûre d'avoir bien compris. Avec son…

Comme un petit rire incrédule franchissait ses lèvres, Gio hocha la tête, les mâchoires crispées.

— Oui, c'est bien ça : avec son sac ! Grotesque, n'est-ce pas ?

— Disons que c'est assez inhabituel… voilà pourquoi j'ai ri.

— Et je peux te certifier qu'elle n'y est pas allée de main morte ! A tel point que j'ai trébuché contre le bord du trottoir, et que j'ai fini par tomber sur le sac d'ordures que je m'apprêtais à jeter avant de partir. Voilà qui devrait me servir de leçon. Crois-moi, je serai désormais un ardent défenseur du recyclage !

Anita roula les prunelles.

— Je me demande comment tu peux avoir envie de plaisanter ! La personne qui m'a reçue m'a expliqué que tes prétendues égratignures, comme tu le dis si bien, sont en fait des blessures assez sérieuses. Si tu me racontais ce qui t'est arrivé ?

— Je viens de le faire, répliqua-t-il avec un rire sec. Et il n'est pas impossible en effet que ces blessures soient « assez sérieuses ». Une chose est sûre en tout cas : ça fait horriblement mal !

— J'imagine, murmura-t-elle.

Anita était convaincue de ne pas posséder tous les éléments de cette affaire pour le moins curieuse.

— Mais dis-moi, comment a-t-elle procédé, Gio ? Je veux dire réellement bien sûr.

— Bon sang ! Je te l'ai déjà dit, Anita. Un grand coup de sac sur la tête, rien de plus. Ça a largement suffi ! Je me demande ce qu'elle a bien pu y mettre d'ailleurs, dans ce sac, pour qu'il pèse aussi lourd. Comme je te l'ai expliqué, ce coup m'a déstabilisé, et comble de malheur, je suis tombé sur le sac à ordures, que je venais de lâcher. Pour finir, j'ai eu la malencontreuse idée de retirer le morceau de verre.

Les sourcils froncés, Anita essayait de visualiser la scène. Mais quelque chose lui échappait.

— Quel morceau de verre ? Et le retirer… mais d'où ?

— J'avais mis une bouteille de vin vide dans ce sac à

ordures. Quand je l'ai lâché, juste avant de tomber, j'ai entendu le verre se briser. Voilà comment je me suis tailladé la main, et comment un morceau de verre s'est fiché dans ma cuisse. J'ai voulu l'enlever, mais ce n'était pas très judicieux, parce qu'il avait entaillé l'artère fémorale. J'ai vraiment cru bien faire. Mais on vient de me dire que, si ça se reproduisait, il ne fallait surtout toucher à rien. J'espère ne pas devoir m'assurer de sitôt du bien-fondé de cette consigne…

Anita le dévisageait, le regard sévère.

— Ce n'est vraiment pas drôle, Gio. Tu te rends compte ? Tu aurais pu te vider de tout ton sang et mourir !

Il voulut lui prendre la main, ce qui s'avéra impossible puisqu'elle était bandée.

— Viens plutôt par ici.

Comme elle se déplaçait de l'autre côté du lit, il s'aperçut que ce ne serait guère mieux, puisqu'il était sous perfusion. Pourtant, il se sentit bel et bien *mieux* lorsqu'elle se fut rapprochée de lui, et eut posé sa main sur la sienne. La chaleur de sa peau lui apporta une sensation de bien-être immédiat. La tension qui n'avait cessé de monter en lui tout au long de la journée, pour finir en apothéose, se dissipa comme par magie. Leurs doigts se cherchèrent, s'entrelacèrent, et il savoura cette soudaine sérénité.

Ce fut Anita qui rompit le silence.

— Mais pourquoi cette femme t'a-t-elle attaqué ? Qui est-elle ? S'agit-il d'une amoureuse éconduite ?

Amusé par cette suggestion, Gio rit doucement.

— Non ! C'est juste une femme très déçue. J'avais rendez-vous avec elle aujourd'hui. C'est d'ailleurs la raison pour laquelle j'ai retardé d'un jour notre départ au ski. Mais il se trouve que les choses ne se sont pas déroulées comme elle l'espérait. Elle est persuadée qu'à cause de moi, elle a été bernée.

— Et alors, c'est vrai ?

— Absolument pas ! Je me suis borné à conseiller à mon client de lui donner ce qu'elle méritait… c'est-à-dire, *rien* !

Il la vit écarquiller de nouveau les yeux.

— Et elle t'a attaqué pour *ça* ?

— En réalité, je suis en grande partie responsable de ces blessures. Je n'en serais pas là si je n'avais pas trébuché contre le bord du trottoir, et si je n'étais pas ensuite tombé sur ce sac d'ordures, où j'avais eu la brillante idée de mettre une bouteille vide. Il semblerait que j'aie réchappé à une fracture de la cheville, ce qui est plutôt une bonne nouvelle. A en croire le personnel qualifié, ce serait seulement une entorse.

Seulement… Il allait rire, quand la douleur se fit soudain plus aiguë, lui en enlevant toute envie.

Anita remarqua que ses traits s'étaient crispés.

— Gio, souffla-t-elle.

— Ça va, ne t'inquiète pas.

Elle ne dit rien, mais son regard exprimait le scepticisme. Quelques instants s'écoulèrent avant qu'elle ne désigne du menton sa main droite, bandée. Le pansement laissait apparaître le bout des cinq doigts.

— Comme tu peux le constater, fit-il, narquois, ils sont tous là !

— Tu es infernal ! Plaisanter en pareilles circonstances…

— Pleurer ne me serait pas d'un grand secours, ironisa-t-il encore.

— Certes, mais…

Elle en resta là et haussa les épaules avec un petit soupir, avant de lui lâcher la main.

— J'ai croisé à l'accueil des représentants de la police, qui attendent que tu aies un peu récupéré pour te poser quelques questions. Et n'oublie pas surtout que tu dois appeler ta mère.

Il hocha la tête.

— C'est ce que je vais faire en premier lieu. Je veux bien que tu composes son numéro, et que tu me la passes. Je m'entretiendrai ensuite avec la police. Cette femme ne s'est rendue coupable d'aucun crime.

— Soit, mais elle t'a quand même agressé. Si elle n'avait pas décidé de t'assommer, nous ne serions pas ici maintenant !

— Elle n'a jamais fait que me donner un coup sur la tête avec son sac. Je ne vois pas pourquoi la police devrait s'en mêler.

— Bon. Et supposons qu'elle décide de ne pas en rester là ?

Gio haussa les épaules.

— J'en doute. Et quand bien même, je serais cette fois prêt à la recevoir.

Préférant ne pas insister, Anita afficha le numéro de téléphone de Mme Valtieri, et tendit le portable à Gio avant de quitter la chambre pour partir à la recherche de la cafétéria. Assise à une petite table, elle commanda un thé et un sandwich club, qu'elle mangea machinalement, sans lui trouver aucun goût.

L'image de Gio étendu sur ce lit d'hôpital, relié à des fils, ne quittait pas un seul instant son esprit. Si seulement elle avait répondu à son premier appel…

Il aurait pu mourir. Se vider de tout son sang avant de pouvoir joindre une ambulance, ou avant qu'elle n'arrive. Elle imaginait qu'il avait joint les urgences avant de lui téléphoner toutes les minutes ou presque. A moins qu'il n'ait mis son numéro en appel automatique ? Quoi qu'il en soit, elle n'avait pas répondu, et cela aurait pu lui coûter la vie. Elle s'en voulait et ne parvenait pas à se débarrasser de ce sentiment de culpabilité.

Incapable d'avaler une bouchée de plus, elle se leva, pressée de retourner à son chevet. Elle le trouva bien sûr dans la même position, mais les traits plus tendus, le teint cireux.

— Alors, qu'a dit la police ?

— Ils vont aller lui parler. Apparemment, elle a appelé une ambulance après s'être enfuie, ce qui prouve qu'elle a quand même une conscience. Son numéro de portable a donc été enregistré, mais elle ne répond pas au téléphone.

— Elle a… appelé une ambulance ?

— Oui. Pourquoi ?

Anita soupira.

S'il était passé de vie à trépas, ce n'aurait donc pas été à cause d'*elle* ! Infiniment soulagée, elle se laissa tomber sur le petit fauteuil situé près du lit.

— Pour rien. Disons que… ça me surprend. Comment te sens-tu maintenant ?

— Pareil. Le médecin vient de passer. Ils vont me garder ici cette nuit, et il m'examinera de nouveau demain matin.

Il pense que je devrais pouvoir rentrer chez moi ensuite. Je vais avoir droit à une autre transfusion. Les vampires étaient affamés !

Il sourit, mais ébranlée par les récents événements, Anita se trouva dans l'incapacité de répondre à ce sourire. Elle baissa les yeux sur sa montre. Il était minuit.

— Je vais devoir partir. Je reviendrai demain matin. Veux-tu que je te rapporte des vêtements propres ?

— Oui, s'il te plaît. Mes bagages sont dans ma voiture. Le plus petit des sacs contient tout ce dont j'aurai besoin. J'avais rangé dans le grand mes affaires de ski… qui ne sont plus trop d'actualité. Avant de prendre quoi que ce soit dans le coffre, je te conseille de prévenir la police. J'imagine que mon véhicule doit être sous bonne surveillance. Je leur ai dit qu'à mon avis, ils donnaient à cette affaire bien plus d'importance qu'elle n'en a, mais apparemment ils cherchent à recueillir des éléments de preuve. Tu trouveras les clés dans la poche de ma veste. Ce sont celles d'un petit coupé Mercedes.

— Et la Ferrari ?

Il sourit de nouveau.

— Je circule beaucoup en ville, et ce n'était pas très commode dans les petites rues. La Mercedes est un choix beaucoup plus raisonnable.

— Ça ne te ressemble pas.

— Qui sait… j'ai peut-être changé ?

En entendant ces mots, Anita lâcha un petit rire. Giovanni Valtieri ne changerait jamais. Elle avait cessé d'espérer un miracle. Après avoir récupéré les clés, elle se pencha vers lui et embrassa sa joue, qu'une barbe naissante rendait rugueuse. Curieusement, ce contact la réconforta, l'apaisa, même. Il tourna la tête pour lui effleurer à son tour la joue d'un baiser.

— A demain, murmura-t-elle en se redressant.

— *Ciao* Anita. Et merci.

— Je t'en prie. Promets-moi d'être sage, cette nuit. Ne t'avise plus de te bagarrer avec une femme, compris ?

Arrivée à la porte, elle se tourna vers lui pour lui faire un petit signe de la main, et remarqua que ses traits accusaient soudain la fatigue.

— Essaie aussi de te reposer, tu en as besoin, dit-elle avant de sortir.

Une fois dans le couloir, elle avança vers le policier qui montait la garde devant la porte, et lui demanda d'avertir ses collègues qu'elle allait passer chercher un sac dans la voiture de Gio. Sans attendre de réponse, elle tourna les talons. Elle se sentait épuisée, aussi bien d'un point de vue émotionnel que physique. Elle n'avait désormais qu'une hâte : rentrer chez elle.

Mais il fallait d'abord qu'elle récupère les affaires de Gio. Comme il l'en avait avertie, le coupé Mercedes était sous surveillance, et elle dut se faire escorter pour mener à bien sa mission. Munie enfin du sac de voyage en cuir noir, elle regagna son domicile, où elle se déshabilla rapidement avant de se glisser sous l'édredon.

Mais comme elle le redoutait, elle ne parvint pas à trouver le sommeil et à accéder au repos tant espéré. De sombres pensées se bousculaient dans son esprit. Ce stupide accident aurait pu coûter la vie à Gio. Elle l'aurait ainsi perdu à tout jamais.

Il n'est plus « à toi », se morigéna-t-elle. *Et cesse de te torturer, tout danger est écarté à présent.*

Mais la vue du visage blême aux traits tirés revenait constamment la hanter. L'aube pointait quand elle sombra enfin dans la torpeur.

— Tu peux donc partir ?

— Oui. Mais… *où* ? Dans mon état, impossible de conduire. Impossible aussi de monter l'escalier qu'il y a chez moi. De toute façon, la police m'a déconseillé d'y retourner tant que Camilla Ponti n'aura pas été retrouvée. Ils veulent lui parler et s'assurer qu'elle est en possession de toutes ses facultés mentales. Ils pensent même qu'il serait préférable que je quitte Florence.

Anita hocha la tête. Ces recommandations ne lui semblaient pas dénuées de fondement.

— Dans ce cas, pourquoi ne pas partir en vacances, comme nous l'avions initialement prévu ?

— Au ski ? Eh bien, je n'en vois pas trop l'intérêt, si je dois passer la plupart de mon temps assis. Mais tu peux bien sûr rejoindre les autres. Ne t'inquiète pas, je comprends tout à fait. Pour ma part, je vais plutôt m'installer au *palazzo*. Carlotta s'occupera de moi.

— Mais Carlotta et son mari sont partis eux aussi. Ils voulaient profiter de l'absence de ta famille pour rendre visite à leurs petits-enfants, à Naples. Il n'y a donc plus personne au *palazzo*.

Gio fronça les sourcils.

Bon sang ! Il avait oublié ce détail… Que faire, en pareilles circonstances ? Les solutions étaient fort limitées.

— Ecoute, déclara Anita après une courte pause, puisque nous sommes en congés tous les deux, je suggère que tu viennes avec moi à la villa. Je veillerai sur toi.

— Il n'en est pas question, Anita ! Tu as pris quinze jours de vacances pour les passer sur les pentes, pas pour m'assister !

Elle salua ces propos d'un petit rire.

— Si mes souvenirs sont bons, j'ai commencé à voler à ton secours dès que tu as été en âge de grimper aux arbres ! Alors pourquoi pas maintenant ? Tu n'es en mesure ni de conduire, ni de marcher, ni de cuisiner. Tu n'auras rien d'autre à faire que de te reposer en attendant que la police retrouve cette charmante dame. Je ne vois pas d'autre solution.

Gio soupira. A vrai dire, lui non plus. Il y avait d'ailleurs songé, mais s'était vite empressé de chasser cette idée de son esprit. Une idée qui semblait parfaite en soi… si ce n'est qu'elle impliquait quinze jours en tête à tête avec Anita.

2

Il fallut signer un certain nombre de documents avant de quitter l'hôpital, et on le conduisit enfin en fauteuil roulant jusqu'à la sortie, devant laquelle l'attendait Anita, assise au volant de la voiture dont le moteur tournait. Il ne lui restait plus qu'à s'extraire du fauteuil et à rejoindre le véhicule.

Même avec l'aide de l'infirmier qui l'avait accompagné, ces gestes simples ne furent pas longs à prendre l'allure d'un cauchemar. Gio parvint toutefois, non sans mal, à se redresser et à parcourir la faible distance. C'était surtout son pied droit, rigide puisque enveloppé dans un bandage serré, qui le gênait dans ses mouvements. La blessure à la jambe aussi le faisait souffrir. Et comme si cela ne suffisait pas, il y avait aussi cette main enveloppée d'un gros pansement, dont il pouvait à peine se servir.

Comble de malchance, il pleuviotait. Il se félicita donc de voir avancer vers lui un autre infirmier muni d'un parapluie, qui l'aida à s'installer aussi confortablement que possible.

— Ça va ? lui demanda Anita au moment où la portière se refermait.

Elle s'était adressée à lui d'un ton un peu brusque, mais la connaissant depuis plus de trente ans, il n'eut aucun mal à distinguer dans sa voix une certaine inquiétude. Inquiétude qui, curieusement, le réconforta.

Les mâchoires serrées, il hocha la tête.

— Oui… mais partons d'ici au plus vite.

Comme elle démarrait, il remonta le col de son blouson maculé de sang, et s'enfonça dans le siège. Il n'était pas mécontent de quitter la ville. S'il restait persuadé que Camilla

Ponti ne représentait pas un véritable danger, il préférait ne faire courir aucun risque à Anita.

Quelques minutes plus tard, ils atteignaient la périphérie de Florence.

— Tu te sens mieux ? lui demanda-t-elle avec un bref regard accompagné d'un sourire.

— Beaucoup mieux, ne t'en fais pas.

Il s'enfonça un peu plus encore dans le siège et s'assoupit presque aussitôt.

Soucieuse, Anita observait Gio. Il dormait à présent.

Tant mieux ! La perte de tout ce sang l'avait certainement vidé de ses forces, et il avait besoin de récupérer. D'autant qu'il n'avait pas dû vraiment se reposer la veille, dans cette chambre d'hôpital.

Après un dernier regard dans sa direction, Anita s'efforça de rester concentrée sur sa conduite, ce qui ne s'avéra pas très facile. Même endormi, Gio réussissait à capter son attention. Elle entendait le moindre de ses soupirs, distinguait du coin de l'œil le moindre de ses mouvements. Ce corps, tout près d'elle, elle le connaissait par cœur. Et elle l'aimait.

Sans espoir de retour, bien entendu. La seule fois où elle avait cru une relation possible entre eux, elle n'avait pas été longue à déchanter. La chute avait été brutale, lui laissant l'horrible sensation que son cœur venait d'être brisé en mille morceaux.

Que lui était-il donc passé par la tête ? Aucune femme dotée d'un tant soit peu de raison n'aurait proposé à un ex-petit ami, auquel elle tenait toujours, de l'accueillir chez elle pendant quinze jours. Elle lui aurait certainement suggéré de trouver une solution, et serait peut-être même partie au ski. Mais Anita se sentait incapable d'agir ainsi.

Elle ne s'imaginait pas partir, quitter Gio ainsi. Jamais elle n'y était parvenue. Ce n'était pas faute d'avoir essayé, mais quelque chose la retenait. Au fond d'elle-même, elle restait convaincue que, quoi qu'il prétende, il l'aimait.

Et un jour, peut-être…

A l'instant même où cette pensée lui vint à l'esprit, un rire désabusé franchit ses lèvres.

Un jour ? Que pouvait-il donc bien se passer ? *Rien*. Absolument rien du tout ! Elle se berçait d'illusions. C'était tout simplement ridicule.

— Mm…

Elle se tourna brièvement vers Gio, qui avait à présent les yeux grands ouverts et la fixait.

— Bien dormi ? Tu te sens mieux ? demanda-t-elle en fixant la route.

— Je ne dormais pas, en fait je me reposais.

— Ah oui, en ronflant ?

— Je ne ronflais pas !

— Si, je t'assure.

Anita ne mentait pas. Il avait une respiration forte, proche du ronflement, qui, bizarrement, avait le pouvoir de la rassurer. Elle l'avait constaté pendant ces quelques semaines idylliques qu'ils avaient passées ensemble, cinq ans auparavant.

— Alors, pourquoi riais-tu ? demanda-t-il.

— Qui, moi ?

— Evidemment, *toi* ! Qui d'autre ? Je t'ai entendue rire. C'était d'ailleurs un drôle de rire. Pas très joyeux.

— Je pensais… à mon rendez-vous d'hier. La future mariée s'imaginait que tout serait réglé en une heure ! Elle était contrariée quand je lui ai dit que je la rappellerais dans dix jours.

— Tu étais donc avec elle quand je t'ai appelée ?

Anita se mordilla les lèvres, en proie à un nouvel accès de culpabilité.

— Anita… tu n'es responsable de rien, voyons !

— Ce rendez-vous n'aurait pas dû durer aussi longtemps. Et je… j'aurais dû te répondre.

— Arrête ! Je ne t'aurais pas non plus répondu si j'avais été en rendez-vous avec un client, tu le sais bien.

Elle en était convaincue. Mais cela ne changeait rien aux faits. S'il avait perdu la vie…

Comme s'il avait lu dans ses pensées, Gio tendit la main

gauche et la posa sur la sienne pour y exercer une douce pression.

— Hé, calme-toi, tout va bien… L'ambulance est arrivée très vite, puisque la *signora* Ponti avait eu la présence d'esprit de l'appeler.

— Mais supposons qu'elle ne l'ait pas fait ? Que…

— Ce n'était pas un problème. J'en avais moi aussi appelé une, l'interrompit-il, et je ne saignais plus beaucoup.

Gio toussota. Il valait mieux lui mentir. Lui dire la vérité ne servirait à rien, sinon à accentuer son sentiment de culpabilité. Et il n'avait certainement pas envie de la mettre encore plus mal à l'aise, alors qu'elle lui avait spontanément proposé son aide.

— Ecoute, il n'y a rien d'alarmant, dit-il en lui lâchant la main. Je serai bientôt remis, et je pourrai de nouveau galoper partout ! Je me demande bien s'ils ont retrouvé Camilla Ponti.

— Crois-tu qu'ils vont la mettre en prison ?

— Pour m'avoir donné un coup de sac à main sur la tête ? lança-t-il avec un rire sec. Ça m'étonnerait ! Tu sais, elle n'avait pas vraiment l'intention de me faire du mal, Anita.

— Peut-être, mais tu as tout de même atterri à l'hôpital ! Je te trouve bien indulgent.

— Non. Bien sûr, je suis contrarié parce que je n'aurais pas dû être là mais au ski. Et d'autant plus contrarié que ce départ, je l'ai retardé à cause d'elle. En fait, ce qui est terrible, c'est que ce n'est pas à moi qu'elle en veut, mais à Marco. J'avoue que c'est assez agaçant.

Stupéfaite, Anita le fixa. Agaçant ? Voilà donc comment il qualifiait cette affaire, qui aurait pu très mal finir ? Partagée entre la colère et le rire, elle se contenta finalement de hausser les épaules.

— As-tu averti ton client ? Elle risque de s'en prendre à lui, maintenant…

— Ne t'inquiète pas, Marco a quitté depuis hier le territoire italien. Il était prévu qu'il parte en voyage juste après notre rendez-vous. Et de toute façon je ne me fais pas de souci pour lui, c'est un homme d'affaires bien entouré.

— Vu les risques que comporte ton métier, tu devrais

peut-être envisager de t'installer dans un endroit moins exposé. D'après ce que tu m'en dis, cette femme n'est pas vraiment dangereuse, mais il pourrait bien t'arriver un jour ou l'autre de tomber sur quelqu'un de plus coriace.

Gio haussa une épaule. Cette idée lui était déjà venue à l'esprit, et bien sûr, il lui était arrivé de songer à déménager. Mais il n'en avait pas envie. Il aimait la vue imprenable qu'il avait de son appartement, qui surplombait la ville. Quelquefois, il s'asseyait sur sa petite terrasse et contemplait les collines aux formes arrondies qui se découpaient sur le ciel. Il avait l'impression que c'était là-bas « chez lui ». Une illusion, il le savait, mais cela ne l'empêchait pas d'avoir de temps en temps envie d'y retourner.

Il s'imaginait mal s'installer dans un complexe d'appartements sécurisé. Jamais il n'y jouirait d'une vue pareille.

— Je vais y réfléchir, dit-il enfin d'une voix monocorde.

Il n'en ferait rien, bien entendu. Fermant de nouveau les yeux, il se laissa bercer par le léger bruit des essuie-glaces sur le pare-brise.

Gio dormait toujours quand Anita s'engagea dans la longue allée de gravier qui conduisait à sa villa. Considérée pendant un certain temps comme l'habitation principale de la ferme, elle avait fini par être remplacée par une maison beaucoup plus grande.

Anita adorait cet endroit, petit, sans prétention, mais *à elle*. La vue extraordinaire dont jouissait la villa ajoutait à son charme. Bâtie de plain-pied, elle serait parfaite pour Gio, qui n'aurait ainsi aucun escalier à monter.

Les phares balayèrent la façade de la maison, et elle ralentit pour s'arrêter devant l'entrée. Faisant le moins de bruit possible afin de ne pas réveiller son passager, elle ouvrit sa portière et descendit du véhicule.

Dès qu'elle eut passé le seuil de la maison, Anita alluma le chauffage. Non qu'il y fasse très froid, mais il régnait dans les pièces une certaine humidité. Par chance, il avait cessé de pleuvoir depuis une bonne demi-heure. Elle prit des draps dans l'armoire à linge et se dirigea vers la chambre d'amis. C'était une pièce agréable, assez spacieuse, dont la fenêtre donnait sur la superbe campagne toscane. En face, au sommet de la colline qui barrait l'horizon, se trouvait le *palazzo* Valtieri, qui appartenait depuis des siècles à la famille de Gio.

Ses occupants l'ayant désertée, aucune lumière n'éclairait la magnifique demeure qui d'habitude se distinguait parfaitement depuis la villa. Combien d'heures avait-elle passées, postée à la fenêtre, ou même allongée dans son lit, à l'observer ? A se demander si Gio s'y trouvait. S'il était réveillé. S'il regardait en direction de la villa.

En général, elle se reprochait très vite le cours de ses pensées. Pourquoi aurait-il guetté sa présence à la villa ? Il ne partageait pas ses sentiments, et le lui avait d'ailleurs dit de façon très claire lorsqu'il avait décidé du jour au lendemain de mettre fin à leur relation. En outre, il ne venait plus qu'occasionnellement dans la maison familiale, puisqu'il habitait désormais Florence, où se trouvait son cabinet. Certains soirs, elle avait cependant du mal à détourner le regard du *palazzo*.

Soupirant, elle déplia les draps avec de grands gestes. A quoi bon se torturer l'esprit avec les souvenirs ? C'était inutile. Tout aussi inutile que scruter le *palazzo*, la nuit, comme une adolescente qui découvre l'amour.

Après tout ce temps, elle se sentait pourtant toujours bel et bien dans la peau d'une adolescente éperdument amoureuse. Rien n'avait changé. Si ce n'est qu'elle n'imaginait plus ce qu'elle ressentirait dans ses bras. Elle le savait, à présent.

Elle tira une dernière fois sur l'édredon, puis quitta la chambre et alluma les lumières de la véranda avant de retourner à sa voiture.

Gio était réveillé. Elle le devinait, bien qu'il ait les yeux fermés. Comme elle avançait sur l'allée en gravier, il les ouvrit lentement et la fixa à travers le pare-brise.

Il n'avait pas envie d'entrer dans la villa. Elle le devinait aussi. Et pour être honnête, elle n'avait pas elle non plus envie de le voir passer le seuil de la maison. Cela marquerait le début d'un impossible simulacre d'indifférence destiné à durer deux semaines. Et elle n'était plus du tout certaine de parvenir à jouer le jeu.

Ils n'avaient cependant plus le choix à présent.

Gio se passa en soupirant la main sur la nuque.

Il devait s'y résoudre. A quoi bon remettre à plus tard ce moment fatidique ? Il fallait qu'il descende de voiture, qu'il avance cahin-caha vers la maison, tout en s'efforçant de ne pas penser à la dernière fois qu'il était venu là.

C'était le soir du mariage de son frère Massimo, neuf mois plus tôt.

Neuf mois. Le temps d'une gestation.

Curieuse pensée, songea-t-il, tandis que les souvenirs affluaient. Qui sait, s'il n'avait pas soudain trouvé la force de mettre un terme à leurs étreintes, de regagner sa voiture pour partir aussitôt en direction de Florence, peut-être qu'un bébé serait sur le point de…

Il secoua la tête, mais les images continuèrent à défiler dans son esprit.

Ils avaient passé une excellente journée. Le mariage s'était déroulé dans l'intimité, avec la famille et les proches. A la fin de la cérémonie, ils s'étaient tous retrouvés dans un restaurant tenu par un cousin de Carlotta, la gouvernante, pour déguster un repas simple mais délicieux.

Une fois le dessert terminé, les jeunes mariés s'étaient éclipsés et Luca avait suggéré que tout le monde aille chez lui. Considérant que la journée avait été assez remplie, Gio avait décliné l'invitation de son frère. Anita ayant fait de même, il lui avait proposé de la raccompagner chez elle, et elle avait voulu lui offrir un café avant qu'il ne reparte pour Florence.

Ce café, ils ne l'avaient jamais bu.

— Gio ?

La voix suave d'Anita le tira de ses pensées.

Les mâchoires serrées, il réussit à extraire lentement sa jambe blessée de la voiture, et pivota sur le siège avant de se redresser en se tenant à la portière. Il y resta appuyé quelques instants, jusqu'à ce qu'Anita intervienne.

— Tu ne te sens pas bien ?

— J'ai… la tête qui tourne un peu.

Elle n'hésita pas plus d'une seconde avant de se rapprocher de lui.

— Passe ton bras gauche autour de mon épaule, lui dit-elle d'un ton ferme.

Comme il s'exécutait, elle le prit par la taille et se dirigea vers l'entrée de la villa, s'efforçant d'ignorer les réactions que faisait naître en elle le contact de ce corps serré contre le sien. C'était à peine croyable. Il réussissait à la troubler même en de telles circonstances !

Gio avançait à pas lents. Il veillait à peser le moins possible sur la jeune femme, dont il appréciait l'aide.

Hypocrite, que tu es ! songea-t-il.

Il appréciait aussi, bien sûr, la tiédeur de son torse pressé contre lui. Ainsi que les accents fleuris de son parfum, qui montaient jusqu'à lui, l'enveloppaient. Ce parfum, il le lui avait maintes fois offert pour Noël ou à l'occasion de son anniversaire. Lorsqu'il lui tendait le paquet-cadeau, il haussait les épaules, déplorant son manque d'imagination… et recommençait la fois suivante. Parce qu'il aimait ces senteurs printanières, qui représentaient pour lui Anita.

— Pas trop dur ? lui demanda-t-elle, alors qu'ils n'étaient plus qu'à un mètre de l'entrée.

Perdu dans ses pensées, il lui répondit par un simple hochement de tête.

— Tu ne dois vraiment pas être au mieux de ta forme, Giovanni Valtieri, pour accepter mon aide sans rechigner. Quand je t'ai proposé de t'accueillir ici pour m'occuper de toi, je m'attendais à t'entendre pousser des cris d'orfraie !

Elle s'interrompit pour chercher son regard, qui s'était fait narquois.

— Ne me dis pas que tu es devenu aimable, avec le temps ? railla-t-elle.

— Je ne te le dirai donc pas !

De sa main valide, il lui tapota la joue en un geste condescendant qui lui était familier, et qu'elle trouvait exaspérant.

— Ne fais pas trop le malin, Gio.

Ils venaient de passer le seuil de la villa, et elle le lâcha brusquement pour se diriger vers la cuisine. Bien que surpris et déstabilisé, il ne put s'empêcher de la suivre du regard, fasciné par le balancement de ses hanches.

— Café ? lança-t-elle.

Il rassembla ses forces pour lui emboîter le pas, et concentra toute son attention sur la difficulté de la tâche.

— Seulement si tu as fait l'acquisition d'une cafetière décente. Je suppose qu'il n'y a rien à manger dans cette maison ?

— Pas encore. Les courses sont dans le coffre de la voiture. Je vais mettre le café en route avant de le décharger. Tu préfères t'allonger un moment, ou t'installer là ?

D'un geste du menton, elle désigna le canapé en cuir fauve qui avait connu des jours meilleurs. Gio songea à celui où il avait été sur le point de perdre la tête. Il hésita, puis s'y dirigea d'un pas lent. Très confortable, le divan était situé face à des portes-fenêtres derrière lesquelles scintillaient les lumières de cette vallée qu'il connaissait si bien. Quelque part dans l'obscurité se trouvait sa maison. S'il ne pouvait y loger, du moins s'en était-il rapproché.

— Je serai très bien ici, dit-il dans un dernier effort pour atteindre le sofa, et s'y installer prudemment.

Bien calé contre le dossier, il étendit sa jambe droite et poussa un petit soupir de soulagement.

— Tu te sens mieux ?

— Oui. Alors, est-ce que ce café est bientôt prêt ?

— Tu es bien impatient ! Je croyais pourtant que tu n'aimais pas mon café.

— Oui, je ne l'aime pas, mais j'ai besoin de caféine, et il sera sûrement meilleur que l'infâme breuvage qui m'a été servi à l'hôpital sous le nom trompeur de café !

Préférant éviter tout commentaire, Anita remplit deux

tasses, qu'elle posa sur un petit plateau avec des biscuits trouvés au fond d'une boîte métallique.

— Voilà de quoi te faire patienter. Le dîner sera bientôt prêt. J'ai acheté un plat préparé, qu'il n'y aura plus qu'à réchauffer quand tu voudras passer à table.

— Tant mieux. Je suis mort de faim !

Elle éclata de rire.

— Je t'ai toujours connu « mort de faim ». C'est d'ailleurs un vrai miracle que tu ne sois pas gros !

— Ce n'est pas ma faute mais celle de mon énorme cerveau, qui a besoin de toute cette énergie.

— Bien sûr ! rétorqua-t-elle, goguenarde.

Gio sourit, puis, réprimant un soupir, tourna la tête. La vie aurait été tellement plus simple, sans cette terrible attirance physique qui avait commencé à s'exercer entre eux dès l'âge de quatorze ans. Ils auraient pu rester amis, comme ils l'avaient toujours été avant l'adolescence. Continuer à être inséparables, à faire ensemble les quatre cents coups. Mais leur relation avait pris une tournure plus complexe, et Anita avait commencé à passer plus de temps avec des copines. Lui-même s'était alors davantage tourné vers ses copains.

Leur amitié avait toutefois su surmonter toutes ces situations gênantes. Aujourd'hui encore, vingt ans après, le lien qui les unissait restait très fort. C'était elle qu'il appelait s'il avait une nouvelle à partager, qu'elle soit bonne ou mauvaise. Il savait qu'il pouvait compter sur son soutien.

Mais depuis qu'ils avaient un soir laissé libre cours au désir fou qui les tenaillait, et passé ensemble quelques semaines vertigineuses, plus rien n'avait jamais été « comme avant ».

Cette parenthèse grisante remontait à cinq ans.

Cinq ans durant lesquels il avait évité de l'appeler aussi souvent, de compter sur elle comme il l'avait toujours fait jusque-là. Pendant lesquels il s'était aussi efforcé, si elle le sollicitait, de se comporter comme un ami et rien d'autre.

Tout au long de ces cinq ans, il s'était évertué à maintenir entre eux une distance qu'il jugeait salutaire. A quoi bon encourager des rapports trop intimes, s'il se savait incapable d'offrir à la jeune femme ce qu'elle voulait ? Il avait réussi à ne pas s'écarter de cette ligne de conduite… jusqu'au mois de juin dernier. Le soir du mariage de Massimo, tout avait failli basculer.

Depuis cette date, il l'avait vue le moins possible. Et elle lui avait manqué bien plus qu'il ne consentirait jamais à l'admettre.

En entendant un long soupir, Anita se tourna en direction du canapé. Toujours dans la même position, Gio avait la mine sombre, et elle s'interrogea sur le cours de ses pensées. Songeait-il à celle qui l'avait agressé la veille ? Ou plutôt à sa dernière visite à la villa, le soir où ils avaient failli… non, il avait dû tourner la page, c'était évident.

Se penchant vers la table basse, elle poussa les biscuits dans sa direction.

— Sers-toi… avant de défaillir !

Ne se faisant pas prier, il tendit la main sur-le-champ. Leurs doigts se frôlèrent et elle se figea. Comme il la dévisageait en souriant, elle recula aussi naturellement que possible.

Pourquoi fallait-il qu'il produise sur elle encore et toujours un tel effet ?

— Il n'y a pas de biscuits au chocolat ? lui demanda-t-il, sans se départir de son sourire.

Elle roula les prunelles.

— Décidément ! Tu es un vrai gamin capricieux !

Elle repartit en cuisine et fouilla le placard à provisions, où elle trouva un paquet de gaufrettes nappées de chocolat, qu'elle rapporta dans le salon.

— Voilà ! Je les gardais pour une occasion spéciale, mais vu que tu es incapable d'attendre…

Elle ouvrit le paquet et le lui tendit, évitant cette fois de lui effleurer la main. Comment était-il possible qu'elle réagisse ainsi au moindre contact ? Pourquoi persistait-il encore en elle une lueur d'espoir ?

Un espoir qui n'avait pas toujours été illégitime, puisqu'ils avaient eu pendant quelques semaines une relation intense.

A cela s'ajoutait cette soirée de juin, l'année précédente, où ils avaient bien failli…

— Délicieuses, ces gaufrettes, dit-il alors, interrompant sa songerie.

— N'est-ce pas ? Voilà pourquoi je les gardais… Evite de manger le paquet entier, sinon tu n'auras plus faim à l'heure du dîner.

— Ça m'étonnerait.

Tout en souriant, il se laissa glisser sur le dossier du canapé afin de prendre une position plus confortable. Comme Anita le regardait, elle ne put s'empêcher de penser que la forme de son corps s'adaptait parfaitement au sofa, qui semblait avoir été fait pour lui. Les images de la soirée de juin lui vinrent alors à l'esprit, et, troublée par le souvenir de leurs étreintes folles, elle s'empressa de reporter son attention sur un sujet plus matériel.

— Alors, comment trouves-tu mon café ? Est-il meilleur que la dernière fois ?

Fixant la tasse, désormais presque vide, Gio haussa les épaules.

— C'est du café. J'en ai bu de bien meilleurs, c'est certain. Bon, et si nous allions acheter une cafetière ?

— Maintenant ?

Il éclata de rire.

— Non, pas maintenant. Demain, par exemple. Je ne suis pas sûr de tenir deux semaines sans boire du vrai café, Anita.

— *C'est* du vrai café ! Tu fais des manières, tu n'es qu'un snob en matière de café.

— Pas du tout. Je sais seulement ce que j'aime.

— Et tu ne peux pas faire un petit effort pour ménager ma susceptibilité ?

— Allons, ne sois pas ridicule, répliqua-t-il avec ce sourire en coin qu'elle aimait tant.

Résolue à ne rien montrer de l'effet qu'il produisait sur elle, Anita prit un coussin et le lui lança en riant. Ces quinze jours allaient décidément lui paraître bien longs. Avant de reprendre la parole, elle avala une longue gorgée de café.

— Je me demande s'ils vont mettre du temps à retrouver

cette femme. J'avoue que la savoir courir en liberté me rend nerveuse.

— Calme-toi, Anita, nous ne sommes pas dans un James Bond ! La *signora* Ponti n'est jamais qu'une femme en colère, qui doit en ce moment même avoir très peur.

— Sans doute. Mais qu'attendait-elle de toi, au juste ?

— De l'argent, je suppose. Mon client et elle étaient associés. Pendant des années, elle a abusé de la confiance de Marco en subtilisant des sommes qui ont fini par chiffrer. Mais un jour, il s'en est aperçu. Il lui a alors demandé de partir sans faire d'esclandre, et bien sûr a mis un terme à leur partenariat. A ce moment-là, elle a décidé qu'elle voulait récupérer ses parts. Il lui a alors présenté les documents qu'il avait en sa possession, preuves flagrantes de sa malhonnêteté, et, consciente qu'elle n'aurait pas gain de cause, elle a consenti à abandonner l'affaire. Et au lieu de gagner de l'argent, elle se retrouve aujourd'hui à devoir payer des frais juridiques, et me rend responsable de ce dénouement.

Anita secoua la tête en riant.

— Elle ne s'attendait quand même pas à avoir gain de cause, avec un dossier pareil ?

— Apparemment, si.

— Dans ce cas, elle a une approche assez particulière de la réalité ! Ou alors elle ne connaît pas ta réputation. Elle aurait dû s'en tenir à la proposition de son ex-associé : partir sans faire d'esclandre.

— Je ne sais qu'en penser, elle était bouleversée, Anita. Bien plus que j'aurais pu l'imaginer. Et elle tenait absolument à me parler. En fait, quand j'y réfléchis, je me dis que... qu'elle n'avait pas une attitude normale. Si j'avais pris la peine de l'écouter, je ne serais peut-être pas dans cet état, maintenant.

Le regard lointain, Gio donnait l'impression de revivre la journée de la veille, de chercher à comprendre ce qui avait bien pu déclencher une telle réaction chez la *signora* Ponti. Il avait l'air si désemparé que, sans réfléchir, Anita se rapprocha de lui et lui posa la main sur l'épaule en un geste qui se voulait rassurant. Lorsqu'il redressa la tête et chercha son regard, elle regretta de ne pas avoir gardé ses distances.

Désormais elle n'avait qu'une envie : s'asseoir à son côté, se blottir tout contre lui, poser la tête sur son épaule.

Le temps parut s'arrêter tandis qu'ils se dévisageaient.

Troublée, Anita baissa les yeux.

— Je vais décharger le coffre de la voiture et préparer à manger, dit-elle d'une voix tendue.

Sous le regard attentif de Gio, elle sortit silencieusement.

Une fois dehors, elle inspira longuement l'air frais de la nuit, essayant de s'imprégner du calme environnant.

Comment était-ce possible ? Gio l'attirait toujours autant, et l'amour qu'elle lui portait était toujours aussi fort. Cinq ans s'étaient écoulés depuis leur rupture, et elle croyait avoir surmonté cette épreuve, être allée de l'avant. Ce soir pourtant, elle avait la terrible impression que rien n'avait changé.

Ces quinze jours risquaient bien d'être les plus longs de sa vie.

Lorsqu'elle rentra dans la villa avec les sacs de provisions, Gio était au téléphone. La patience avec laquelle il s'exprimait et l'indulgence que reflétait son regard ne laissaient aucun doute quant à l'identité de la personne avec laquelle il parlait : sa mère.

— Tout va bien, ne t'inquiète pas. Anita s'occupe de moi. Comment ? Mais oui, je serai gentil avec elle. Oui, maman, je sais que c'est quelqu'un de bien.

Redressant la tête, il adressa un clin d'œil à la principale intéressée. Sa mère dit alors quelque chose qui l'incita à tourner la tête.

— Ne sois pas bête… Non, évidemment.

Non, évidemment ?

Perplexe, Anita se figea.

A quelle question Gio venait-il de répondre en ces termes ? La *signora* Valtieri lui avait-elle demandé s'ils étaient *ensemble* ? Une situation dont elle se réjouirait certainement, tout comme sa propre mère d'ailleurs.

Mais pas autant qu'elle-même, cependant. Personne ne pourrait être aussi heureux qu'elle, si leur relation prenait un nouveau départ. Au fond d'elle-même, n'était-ce pas ce qu'elle attendait secrètement ? Mais se laisser aller à imaginer un dénouement pareil représentait une perte de temps, d'énergie. Gio avait été suffisamment clair, elle devait se résigner et accepter sa décision.

Après être entrée dans la cuisine, elle posa les sacs sur le comptoir, résolue à ne prêter aucune attention aux propos de Gio. Plus facile à dire qu'à faire ! Impossible d'ignorer sa voix grave assez forte ! Pressée de s'éloigner, elle partit en direction de la salle de bains, et vérifia que tout était en ordre avant de poser des serviettes propres sur les portants.

Lorsqu'elle regagna la cuisine, Gio parlait toujours au téléphone. Cette fois, c'était de toute évidence à Luca qu'il avait affaire. Elle l'entendit énumérer les médicaments qui lui avaient été prescrits, puis évoquer certains symptômes et réactions. Et elle ne fut pas longue à constater qu'il minimisait la gravité de la situation.

En un instant, elle fut à son côté et lui prit le téléphone des mains.

— Luca ? Bonsoir, Anita à l'appareil. Ton frère te ment. Il souffre, il a une mine épouvantable, il ne tient pas debout, il... Non, Gio, reste à ta place je te prie. Et je n'envisage pas de te rendre le téléphone. Pas tout de suite, en tout cas, Calme-toi !

Elle s'écarta de lui, pour écouter attentivement les consignes du médecin.

— Très bien, je lui donnerai des aliments riches en fer pour compenser la perte de sang. Oui, de la viande rouge, des légumes verts, certains féculents.

D'un geste de la main, elle imposa le silence à Gio qui s'agitait sur le canapé, n'appréciant visiblement pas qu'on prenne, sans le consulter, des dispositions à son égard.

— Et fais en sorte qu'il se serve le moins possible de cette jambe droite, reprit Luca.

— D'accord. J'essaierai, parce qu'on ne peut pas dire que ton frère soit un patient facile ! Tu le connais... Il est d'ailleurs en train de s'impatienter, là, et je vais donc te le repasser.

— Une seconde, Anita. J'imagine bien que cette situation

n'est pas… évidente pour toi. Sache que nous te sommes tous très reconnaissants de t'occuper de Gio. Mais prends aussi soin de toi. Protège-toi. Et si tu sens que ça devient trop difficile, appelle-moi, l'un de nous viendra te remplacer.

Elle avala sa salive.

— Ne t'inquiète pas, tout va bien se passer.

Après avoir rendu le portable à Gio, qui fulminait, elle retourna en cuisine. Et tout en vidant les sacs, elle se prit à regretter d'avoir acheté un repas tout prêt. Elle aurait finalement préféré être occupée en cuisine plutôt que tourner en rond en attendant que les lasagnes cuisent.

Après avoir enfourné le plat, elle songea aux recommandations de Luca en matière d'alimentation : le dîner prévu apporterait au convalescent un peu de viande rouge et des céréales complètes. Voilà qui devrait convenir pour la soirée. Elle ferait d'autres courses le lendemain.

Elle préparait une salade quand un bruit de voix provenant du salon attira son attention. Gio avait allumé la télévision.

— Ah non ! s'exclama-t-il soudain. Ils ne peuvent donc pas me laisser en paix ?

Elle le rejoignit aussitôt.

— Qu'y a-t-il ?

— Regarde. Ma mésaventure passe au journal télévisé de la chaîne locale ! Les policiers m'avaient pourtant assuré qu'ils mettraient tout en œuvre pour que la nouvelle ne se répande pas…

Intriguée, elle se rapprocha encore, s'asseyant sur l'accoudoir du sofa.

— D'après nos sources, disait le journaliste, Giovanni Valtieri a quitté aujourd'hui l'hôpital aux alentours de midi. Il avait été admis aux urgences la veille, en fin d'après-midi, après avoir été victime d'une agression. Aujourd'hui, à sa sortie de l'hôpital, on l'a vu monter dans une voiture conduite par une femme. Celle-ci serait Anita Della Rossa, amie de longue date de la famille Valtieri, et ancienne compagne de l'avocat. Elle serait restée hier un certain temps au chevet du patient.

— Comment ?

Stupéfaite, Anita se laissa glisser le long de l'accoudoir pour se retrouver assise à côté de Gio.

— Ce n'est pas possible ! Mais d'où tiennent-ils toutes ces informations ?

— Ils sont partout, Anita ! Ecoute.

Apparut alors à l'écran un journaliste posté devant l'hôpital, qui décrivit les allers et retours de la jeune femme durant ces dernières vingt-quatre heures, avant de passer au descriptif de leur relation.

— Tout le monde a bien sûr déjà entendu parler de Giovanni Valtieri, fils cadet de Vittorio et Elisa Valtieri, l'une des familles les plus anciennes et respectées de Toscane. Le jeune et impétueux avocat avait déjà eu une relation avec Anita Della Rossa il y a quelques années. Ce rebondissement peut laisser croire que le couple serait sur le point de se reformer. Alors Giovanni Valtieri va-t-il renouer avec Anita Della Rossa, connue pour organiser les mariages les plus originaux de la région ? Mais surtout, le prochain sur la liste sera-t-il… le leur ?

L'écran devint noir. Anita se tourna vers Gio, qui venait d'arrêter la télévision. Les mâchoires serrées, il lança la télécommande sur la table basse et s'enfonça un peu plus dans le sofa. Il était furieux, il n'y avait aucun doute là-dessus. Et inquiet, aussi.

— Je n'aurais jamais dû t'entraîner dans cette affaire, qui est maintenant entrée dans le domaine public. Ton nom va passer et repasser à l'antenne, associé au mien, et… qui sait, Camilla Ponti risque de te prendre pour cible.

— Ne te fais pas de souci, répliqua-t-elle avec un petit sourire, la villa est mon refuge, une cachette secrète dont personne ou presque ne connaît l'existence. Je vis d'habitude soit dans mon appartement de Florence, soit avec mes parents. Crois-moi, il y a peu de chances qu'elle établisse un lien entre cet endroit et moi. Même l'adresse postale est restée au nom de mes parents.

— Puisque nous parlons de tes parents, il faudrait peut-être que tu les préviennes, non ? S'ils sont en train de regarder le journal télévisé…

Au moment même où il prononçait ces mots, le téléphone d'Anita sonna. Elle passa les cinq minutes suivantes à expliquer à sa mère qu'elle allait bien, qu'ils se trouvaient tous les deux à la villa, et que les spéculations de ce journaliste étaient parfaitement fantaisistes. Elle s'occupait de son ami d'enfance, rien de plus.

— Et tu voudrais que je te croie sans doute ? Allons, ma fille… il n'y a pas de fumée sans feu !

Gênée, Anita sentit ses joues s'embraser. Sa mère n'était pas au courant de la nature particulière qu'avait prise leur relation, cinq ans plus tôt. A vrai dire, très peu de gens l'avaient su. Ils s'étaient bien gardés d'en informer quiconque. Seuls Luca et Massimo avaient perçu quelque chose de différent entre eux.

Et grâce à la presse, il y avait maintenant toute la moitié de la Toscane qui était aussi au courant.

— Ce ne sont que des rumeurs, maman, répliqua-t-elle d'un ton léger. Il faut les ignorer. Excuse-moi, mais je ne peux pas rester trop longtemps au téléphone, je suis en train de préparer à dîner.

Anita soupira. Sa mère n'était pas stupide. Elle ne la connaissait que trop bien !

— Bon, surtout, prends bien soin de toi, *carissima*.

— Oui maman, ne t'inquiète pas. Je t'embrasse, et embrasse aussi papa.

Après avoir terminé la conversation, Anita redressa la tête et croisa le regard de Gio, qui la fixait.

— Alors ? fit-il.

— Alors, elle se fait du souci.

— Evidemment. C'est ta mère ! Je suis d'ailleurs surpris qu'elle ne soit pas déjà ici en train de vérifier où chacun de nous va dormir…

— Elle serait certainement déçue, puisque la chambre d'amis est prête à t'accueillir. Où préfères-tu dîner ? Ici ou dans la salle à manger ?

— Ici, si ça ne t'ennuie pas. J'aime autant me déplacer le moins possible, pour le moment.

Il accompagna ces mots d'une grimace, et elle comprit

qu'en dépit des antalgiques qu'il venait d'avaler avec le café, la douleur persistait. Elle disparut en cuisine et revint avec un plateau où elle avait posé une assiette remplie de salade composée, avec des tranches de *ciabatta*, et un verre de vin.

— Merci, Anita. Ça a l'air très bon.

Elle avait découpé les légumes en menus morceaux, afin qu'il puisse manger en ne se servant que de sa main valide. Installée en face de lui, elle commença elle aussi à manger, remarquant que chacune de ses bouchées s'accompagnait d'un petit soupir de plaisir. Lorsque son assiette fut finie, elle retourna en cuisine servir les lasagnes, qu'elle prédécoupa pour lui et qu'il mangea aussi d'un bel appétit.

— Mm… c'était délicieux, dit-il, la dernière bouchée avalée. Rien à voir avec ce qu'on m'a servi à l'hôpital !

Anita secoua la tête en riant.

— Je veux bien le croire. Je suis contente que ça t'ait plu.

— Anita, fit-il, soudain sérieux, sache que ça m'ennuie vraiment que tu sois mêlée à cette aventure. Tu devrais en ce moment être au ski, en train de profiter de tes vacances, au lieu de jouer les gardes-malades. Et en prime, tu vas subir les commérages sur notre relation !

— Je me moque de ce que les gens peuvent dire à notre sujet.

— Pas moi. Et par-dessus le marché, ça ne m'amuse pas du tout que les journalistes fournissent des pistes à Camilla Ponti.

— Je doute qu'elle se lance à ta recherche, déclara-t-elle avec une confiance feinte. Elle se cache sans doute quelque part dans Florence, pour échapper à la police. De toute façon, tu m'as bien laissée entendre qu'elle n'était pas vraiment animée de mauvaises intentions ?

— Exact ! Je suis intimement convaincu qu'elle ne cherchait pas à me faire du mal.

— Dans ce cas, nous n'avons rien à craindre. De toute façon, les lumières de l'extérieur s'allument automatiquement quand quelqu'un arrive. Nous ne serons donc pas pris au dépourvu. Je vais aussi garer la voiture dans le garage, et brancher l'alarme, si ça peut te rassurer.

Ce qui le rassurerait surtout, ce serait d'apprendre que Camilla Ponti avait été retrouvée, et examinée par un médecin. En attendant, il devrait se contenter des mesures annoncées par Anita.

— Parfait.

Elle se leva pour rapporter les assiettes en cuisine. Lorsqu'elle eut terminé, elle se plaça devant Gio et, aussi naturellement que possible, déclara que l'heure du coucher avait sonné.

— Tu as besoin de te reposer, je crois.

Gio ne protesta pas, et elle vint à son secours quand il voulut s'extraire du canapé. Puis elle le guida jusqu'à la chambre d'amis, où elle avait posé ses affaires, qu'elle avait pris soin de laisser à portée de main après les avoir sorties du sac. Il remarqua que les antalgiques se trouvaient sur la table de nuit, ce dont il lui sut gré, car il sentait déjà la douleur commencer à se réveiller.

— Cette pièce est très agréable, Anita. Merci.

— Je vais maintenant rentrer la voiture au garage et brancher l'alarme. Ensuite, je t'apporterai un verre d'eau pour que tu puisses prendre des cachets dans la nuit. La salle de bains est en sortant, à gauche.

Elle marqua une pause avant d'ajouter, d'un air qui se voulait détaché :

— Arriveras-tu à te déshabiller seul, ou as-tu besoin d'aide ?

Cette question fut saluée par un rire étouffé.

— Je ne suis pas bien sûr que ce soit une excellente idée.

Pendant quelques secondes, leurs regards restèrent rivés l'un à l'autre. Ce fut elle qui finit par rompre le silence.

— Il m'avait semblé deviner une certaine fatigue…

— Que je ne chercherai pas à nier. Mais il faudrait que je sois à l'article de la mort, pour te permettre de me déshabiller, Anita Della Rossa !

Et il lui tourna le dos sur un « *Buonanotte, cara !* ».

3

Debout au milieu de la pièce, Gio entendit la porte d'entrée claquer. De toute évidence, Anita était furieuse.

Rien de très surprenant, vu l'accueil que tu lui as réservé alors qu'elle te proposait simplement de t'aider ! songea-t-il en son for intérieur.

Secouant la tête, il lâcha un juron. Ce huis clos avec Anita finissait par le rendre fou. La douleur provoquée par ses blessures n'atténuait en rien le désir qu'elle faisait jaillir en lui dès qu'ils étaient dans la même pièce.

Il était donc hors de question qu'elle l'aide à se déshabiller, aussi louables soient ses intentions ! Les liens qui les unissaient avaient dépassé le stade de l'amitié cinq ans plus tôt, et plus rien ne serait jamais comme avant entre eux.

Avec des gestes saccadés, Anita referma la porte du garage et rentra dans la villa pour brancher l'alarme. Ainsi donc, pour Gio, se déshabiller devant elle ne pouvait être qu'un prélude à…

Mais de qui te moques-tu, Anita ? se dit-elle intérieurement. *Vas-tu feindre d'avoir oublié cette incroyable attirance physique qui vous poussait dans les bras l'un de l'autre, dès que vous vous retrouviez en tête à tête ?*

Elle soupira et entreprit de remettre un peu d'ordre dans la cuisine. Lorsqu'elle eut terminé, elle dressa l'oreille. Aucun bruit ne lui parvenait de la chambre d'amis. Un silence absolu régnait dans la villa. Etrange ! Gio aurait-il été victime d'un malaise ?

Le cœur battant, elle quitta la pièce pour emprunter le couloir et s'arrêter derrière la porte de la chambre d'amis. Celle-ci s'ouvrit sur-le-champ, laissant place à Gio, dont le visage trahissait la douleur, la fatigue et un certain agacement. Lorsqu'il posa les yeux sur elle, tout cela fut balayé par la culpabilité.

— Je suis désolé, Anita…

Il tendit les bras pour l'attirer contre lui, et elle sentit des larmes lui brûler les paupières. Après la tension accumulée durant ces dernières vingt-quatre heures, elle avait l'impression que ses nerfs lâchaient.

— C'est moi qui suis désolée, dit-elle d'une voix mal assurée. Je n'aurais pas dû réagir comme je l'ai fait. Partir en te laissant seul, alors que tu es affaibli…

— Arrête, Anita ! Je t'ai quasiment mise à la porte. Ecoute, je suggère que tu ailles nous préparer un chocolat chaud. Je me suis reposé quelques minutes, et je me sens maintenant prêt à me déshabiller.

Elle s'écarta de lui en soupirant.

— Je… d'accord. Je me sens vraiment idiote.

— Certainement pas. J'ai beaucoup de chance d'avoir une amie comme toi.

Anita sursauta. Une amie ! Voilà qui était dit ! Elle ne représentait rien d'autre pour Gio. Elle s'efforcerait de s'en souvenir. Au prix d'un effort, elle parvint à sourire et repartit vers la cuisine.

Gio regarda alors son pied bandé. Il n'avait pas fallu moins de deux infirmières pour l'aider à mettre son pantalon sans se faire mal. Comme arriverait-il à l'enlever, seul, et avec une seule main ?

Il allait devoir accepter la proposition d'Anita, malgré ses réticences.

Assis au bord du lit, il attendit qu'elle revienne avec un plateau contenant les tasses de chocolat.

— Un problème ? lui demanda-t-elle, face à sa mine renfrognée.

— Eh bien… en fait, je pense que je vais avoir du mal à enlever mon pantalon.

Réprimant un sourire, elle posa le plateau sur la table de nuit et hocha la tête.

— Je me doutais bien que ça ne serait pas très facile.

Après avoir calé les oreillers contre la tête du lit, elle lui demanda de s'allonger.

— Voilà, railla-t-elle. Je n'ai maintenant plus qu'à attendre ta mort pour passer à l'action !

— Anita… je t'ai déjà dit que j'étais désolé. C'était une réaction parfaitement stupide de ma part.

Pas si stupide que cela, rectifia-t-il en son for intérieur. Mais il n'avait pas le choix. En l'état actuel des choses, ne pas accepter l'aide de la jeune femme le condamnerait à rester dans cette même tenue pendant quelques jours.

Imagine que tu as affaire à une infirmière, songea-t-il. *Ce n'est quand même pas bien sorcier !*

Cette consigne en tête, il défit son ceinturon et commença à baisser le pantalon. Anita, qui tirait doucement le vêtement vers le bas, fronça les sourcils à la vue de sa blessure, située assez haut sur la cuisse.

— Il s'en est fallu de peu que…

— Ne t'inquiète pas pour moi, le siège de ma virilité n'a pas été atteint ! ironisa-t-il.

— Je pensais surtout à ta descendance.

— Quelle descendance, *cara* ? Il n'y en aura pas. Je ne suis pas taillé pour être père.

Surprise, elle redressa brusquement la tête.

— Tu plaisantes, je suppose ? Tu ferais un père merveilleux. J'ai bien vu comment tu te comportais avec les enfants de tes frères, Gio. Ils t'adorent tous.

— Et alors ? C'est normal : je suis leur oncle, je les gâte. Mais les enfants représentent une responsabilité dont je ne veux pas. Si ce n'était pas le cas, j'en aurais déjà.

Anita réprima un soupir. En aurait-il eu avec elle ? C'était peu probable. Au moment où leur relation avait commencé à devenir « confortable », à prendre une tournure semi-permanente, il s'était empressé d'y mettre fin.

— Tu changeras sans doute d'avis. Ce serait dommage de perdre tout le potentiel que tu portes dans tes gènes.

— Potentiel pour quoi ? lança-t-il avec impatience. Je suis décidé à ne pas avoir d'enfants, et aucune femme au monde ne me fera changer d'avis !

Elle interpréta aussitôt la réplique — *y compris toi, Anita Della Rossa !* — et décida de se réfugier dans l'humour.

— Dommage, parce que tu n'es ni trop moche ni trop bête… sauf, bien sûr, quand tu te prends les pieds dans ton sac à ordures ! Tu pourrais donc avoir des enfants charmants, en supposant qu'ils n'héritent pas de ton caractère.

Comme elle s'y attendait, il fut prompt à réagir.

— Ça te va bien ! Tu crois peut-être avoir toujours bon caractère, toi ?

— Il est en tout cas peu probable que tes enfants héritent de mon caractère. Tu me l'as bien fait comprendre il y a cinq ans, Gio !

Après avoir accusé le coup, Gio tendit la main vers son visage pour lui caresser la joue.

— Anita…

— Nous ne parlions pas de moi, mais de toi, déclara-t-elle, veillant à ne rien laisser paraître de ses émotions. Et maintenant, passons à l'action !

S'étonnant elle-même du détachement dont elle faisait preuve, elle réussit à faire glisser le pantalon le long des jambes, et, opération plus délicate, à le retirer complètement.

— Voilà qui est fait. Et je ne t'ai même pas entendu te plaindre !

— Le jour où tu voudras changer de métier, celui d'infirmière te tend les bras, fit-il avec un sourire. Merci, Anita.

— De rien. Pour le haut…

— Non, ça ira, il suffit que j'enlève mon gilet, je dormirai avec ce polo. Je me changerai demain. J'irai sûrement mieux, du moins je l'espère, conclut-il avec une grimace comique.

— Et tes pansements, faut-il les changer ?

— Ils m'ont donné tout un réassort, et m'ont précisé qu'il valait mieux attendre un jour ou deux pour les changer.

Comme elle hochait la tête, il ajouta, narquois :

— Enfin, comme tu as eu la gentillesse de me le rappeler, je n'en serais pas là si je n'avais pas trébuché bêtement en promenant mon sac à ordures !

Il sourit avant de reprendre :

— Ecoute, je propose un arrêt des hostilités, Anita. Viens t'asseoir à côté de moi, et buvons tranquillement ce chocolat.

Elle hésita un instant à peine avant de lui tendre une tasse, et de le rejoindre avec la sienne. Le lit était placé face à la fenêtre, derrière laquelle s'étendait la vallée piquetée de lumières.

— J'aime beaucoup cette vue, dit-il après quelques secondes de silence. Les nuits sont merveilleuses ici. En ville, elles n'ont jamais cette intensité, cette profondeur…

— J'adore moi aussi la vue qu'il y a d'ici. C'est d'ailleurs l'une des raisons pour lesquelles j'ai voulu faire rénover cette villa. Il m'arrive quelquefois de passer de longs moments à regarder ce paysage. Mais il y manque quelque chose, ce soir : le *palazzo* n'est pas éclairé.

— Ah ? Tu observes donc le *palazzo* ? Tu m'espionnes ?

Il ne croyait pas si bien dire.

— Certainement ! riposta-t-elle néanmoins avec aplomb. Et puis quoi encore ?

Pressée de changer de sujet, elle ajouta :

— Tu n'as pas oublié de prendre tous les médicaments qui t'ont été prescrits ?

— Oui, Anita, cesse donc de t'inquiéter.

Elle se mordit la lèvre.

— Je ne peux pas m'en empêcher. Quand je pense que je n'ai pas répondu à tes appels…

— Arrête aussi de culpabiliser. Tu n'es pour rien dans cette affaire. J'en suis seul responsable.

— Pas tout à fait. Permets-moi de te rappeler que cette femme y a joué un rôle important.

Il changea de position en soupirant.

— Je le sais bien. Et pour ne rien te cacher, ça m'ennuie de la savoir en liberté. Je… préférerais donc que tu dormes ici ce soir, avec moi.

— Pour te protéger ? ironisa-t-elle.

Il lâcha un petit rire.

— Ce serait plutôt l'inverse !

Ce fut elle qui rit, cette fois.

— Gio… tu peux à peine bouger.

— Ça ne m'empêcherait certainement pas, le cas échéant, de m'interposer si elle s'en prend à toi, rétorqua-t-il, sérieux.

Si cette conduite chevaleresque la touchait, le ridicule de la situation ne lui échappait pas pour autant.

— Camilla Ponti ne viendra pas jusqu'ici, allégua-t-elle, s'efforçant de le raisonner.

— Tu n'en sais rien. J'étais de cet avis quand nous sommes arrivés à ta villa. Mais dans la mesure où les journalistes ont divulgué certaines informations, je ne suis plus sûr de rien.

Les yeux toujours rivés sur la fenêtre, Anita finit par acquiescer. Gio tenait à veiller sur elle, et, vu son état, elle préférait ne pas le contrarier. Ce n'était pourtant pas la *signora* Ponti, qu'elle considérait comme un danger, mais bien lui.

— Si tu insistes…, murmura-t-elle. Laisse-moi juste le temps de prendre mon pyjama.

Elle se leva et allait quitter la pièce quand il lança :

— Tout est bien fermé dans la maison ?

— Heureusement que tu es là pour me rappeler les mesures élémentaires de prudence ! asséna-t-elle avant de quitter la pièce.

Dans sa chambre, elle se déshabilla en soupirant. D'un côté, elle aimait autant rester auprès de Gio, qui venait de sortir de l'hôpital. De l'autre, bien sûr, partager son lit…

Tu n'as pas grand-chose à craindre de lui, se rassura-t-elle. *Il est en ce moment hors d'état de nuire !*

Au début, tout se déroula à merveille.

Elle rejoignit Gio vêtue d'un pyjama. Un *vrai* pyjama en tissu épais, pas l'une de ces tenues affriolantes dont la plupart des magazines féminins vantent le pouvoir de séduction. Précaution qu'elle ne tarda pas à juger inutile, chacun restant cantonné à son côté de lit.

Mais au beau milieu de la nuit, elle fut réveillée par les gémissements de Gio qui s'agitait.

Elle tendit la main pour la poser sur son torse.

— Gio, souffla-t-elle, calme-toi…

Comme il geignait de plus en plus fort, elle se redressa sur un coude et le secoua doucement.

— Ce n'est qu'un mauvais rêve. Réveille-toi…

Il sursauta.

— Que… Anita ?

— Oui, je suis là, tout va bien. Comment te sens-tu ?

— Mieux… maintenant. Viens. Viens près de moi.

De son bras valide, il la chercha dans le noir puis l'attira contre lui. La tête posée sur sa poitrine, Anita entendit les battements accélérés de son cœur. Peu à peu ils ralentirent, jusqu'à retrouver un rythme normal.

Quel genre de rêve avait pu déclencher en lui une telle réaction ? Sans doute l'agression dont il avait tout récemment été victime.

De sombres pensées affluèrent dans son esprit. Que se serait-il produit si cette femme n'avait pas eu la présence d'esprit d'appeler une ambulance, ou si l'ambulance était arrivée trop tard ? Ce n'était pas à l'hôpital qu'elle aurait retrouvé Gio, mais *à la morgue* !

Elle sentit sa respiration se bloquer, et dut inspirer profondément. Le perdre à cause d'une rupture était certes dur, mais le perdre à tout jamais…

Frissonnant, elle se serra plus fort contre lui. Comme s'il n'attendait que ce signal, Gio pencha la tête vers elle. Comme aimantées, leurs lèvres se frôlèrent puis se joignirent en un long baiser fougueux. Tandis qu'ils s'embrassaient passionnément, elle sentit sa main gauche se glisser sous son haut de pyjama et frémit. Mais quand ses doigts cherchèrent ses seins, elle se raidit.

Anita, as-tu perdu la tête ? souffla en elle une petite voix.

Au prix d'un effort, elle réussit à s'écarter de lui, pour rouler vers le bord du lit et se lever.

— Je crois que… qu'il vaut mieux que j'aille dormir dans ma chambre, fit-elle d'une voix altérée.

Gio émit un petit grognement avant de répondre :

— Peut-être, en effet…

Mais Anita ne se rendormit pas. Etendue dans son lit, elle se laissa aller à revivre encore et encore cette étreinte folle. Folle, oui, car c'était une folie de ne pas avoir cherché avant à s'y soustraire.

Désormais, cette cohabitation allait s'avérer bien plus difficile qu'elle ne l'avait imaginé.

Ce fut la sonnerie de son portable, posé sur la table de chevet, qui réveilla Gio en sursaut à 7 h 30. En temps normal, cet horaire lui aurait paru tout à fait décent. La nuit précédente n'avait toutefois rien eu de « normal », et il ne s'était rendormi que très tard.

Tenté de ne pas prendre la communication, il ne regretta cependant pas de l'avoir fait quand, après s'être présenté, un policier lui annonça que Camilla Ponti avait été retrouvée. Il précisa qu'elle était affolée, qu'elle clamait avoir failli le tuer.

— Ecoutez, cette femme n'est pas vraiment responsable de mon état actuel. Il s'agit d'un accident. Mais je pense qu'elle doit consulter un médecin, parce qu'elle avait un comportement… bizarre. Voulez-vous que j'aille la voir pour lui parler ?

— Ce n'est pas nécessaire. Prenez soin de vous, monsieur Valtieri, nous nous occupons de la *signora* Valtieri.

— D'accord. Mais n'hésitez pas à m'appeler si vous avez besoin de quoi que ce soit.

Après avoir reposé le téléphone, il se laissa aller contre les oreillers.

Camilla Ponti se trouvait donc maintenant en lieu sûr. De ce fait, il n'était plus obligé de « se cacher » à la villa. Plus rien ne justifiait réellement sa présence chez Anita. Il attendit les premières manifestations du soulagement que ne manquerait pas de provoquer en lui la nouvelle. Mais rien ne vint. Il se sentait au contraire éteint, éprouvait même une curieuse sensation de vide.

Agacé, il haussa les épaules et entreprit d'échafauder des projets pour les jours à venir. Il allait retourner à Florence, reprendre sa vie où il l'avait laissée. Peut-être même rejoindrait-il sa famille au ski.

Si ce n'est que, au départ, il était prévu qu'Anita soit de la partie.

Un long soupir s'échappa de ses lèvres. Cette situation devenait décidément de plus en plus compliquée. Après s'être redressé, il s'assit au bord du lit avec des gestes mesurés. Il allait en tout premier lieu s'arrêter dans la salle de bains pour se rafraîchir. Qui sait, cela l'aiderait peut-être à y voir plus clair.

S'aidant de sa main valide, il rassemblait ses forces pour se lever, quand un petit coup fut frappé à la porte restée entrouverte.

— Oui ?

Vêtue d'un peignoir en éponge et les cheveux enveloppés dans une serviette, Anita apparut sur le seuil de la chambre, devancée par les notes fleuries de son parfum.

— J'ai entendu ton téléphone sonner, alors je viens aux nouvelles.

— C'était un appel de la police. Camilla Ponti a été retrouvée, apparemment dans un drôle d'état.

— Ah…

Elle se tut, et ils se dévisagèrent en silence.

— Gio… à propos d'hier soir…

— Inutile d'en parler, fit-il en secouant la tête. Nous étions tous les deux dans un demi-sommeil.

Si tu étais Pinocchio, ton nez aurait traversé le mur! songea-t-il, sans se départir de son regard impassible.

— Et il est de toute façon peu probable que cela se reproduise, puisque je retourne à Florence.

— Ah ? Mais pourquoi ? Et comment vas-tu faire ? Gio… tu comprends très bien ce que je veux dire ! Le côté droit de ton corps est un brin abîmé. Tu ne peux te servir que d'une main, ce qui est assez handicapant, tu en conviendras.

Comment t'y prendras-tu, ne serait-ce que pour changer tes pansements ? Tu envisages peut-être de sonner à la porte de tes voisins pour leur demander de l'aide ? Et comment t'arrangeras-tu pour les repas ?

— Comme d'habitude, en passant un coup de fil ! Ne t'inquiète pas pour moi.

— Et tu descendras ouvrir aux livreurs, n'est-ce pas ? Tu emprunteras l'escalier dans un sens ou dans l'autre, sans le moindre problème ?

Il haussa un sourcil. Difficile de la contredire.

— Tu as peut-être raison. Je n'avais pas envisagé tous les cas de figure. Dans ce cas, je rejoindrai ma famille à la montagne.

— Vu ton état, c'est en effet une excellente idée de partir au ski, rétorqua-t-elle. Tu en profiteras bien, c'est certain.

Gio serra les mâchoires. Insupportable Anita, qui avait réponse à tout !

— Ecoute, je n'ai pas une foule d'options. Carlotta et Roberto étant eux aussi partis, j'ai le choix entre mon appartement et le chalet.

— C'est faux. Tu as également une troisième option : tu peux rester ici.

Ces mots parurent résonner dans la pièce. Gio se passa lentement la langue sur les lèvres. La proposition était dangereuse. Et alléchante.

Terriblement alléchante.

— C'est d'accord, mais à une condition, fit-il.

— Laquelle ?

— Que nous allions ce matin acheter une cafetière !

Elle le fixa, les yeux écarquillés, puis éclata de rire.

— D'accord, finit-elle par dire, mais laisse-moi d'abord le temps de m'habiller. Voudras-tu que je t'aide ?

— Non merci.

Quoi qu'il lui en coûte, il se débrouillerait sans elle.

Tournant les talons, elle lança par-dessus son épaule :

— Comme tu voudras. Si tu as besoin de moi…

Gio préféra ne pas répondre. Ces vingt dernières années, jamais il n'avait cessé d'avoir besoin d'elle. Mais il n'était pas fait pour elle. Dès qu'elle rencontrerait un homme gentil et fiable avec lequel elle aurait des enfants — qui n'hériteraient donc pas de *son* caractère ! — il s'en réjouirait pour elle.

Les sourcils froncés, il chassa de son esprit les images de bébés potelés et souriants, puis se dirigea en claudicant vers la salle de bains. La douche attendrait le lendemain, mais il se sentait prêt à tout mettre en œuvre pour regagner son indépendance. S'il tenait à avoir la situation en main, il fallait qu'il demande le moins d'aide possible à Anita.

Il en était capable. Il pouvait garder ses distances, se cantonner à des rapports amicaux pendant les deux semaines à venir.

Ce ne serait peut-être pas facile… mais possible.

4

Ils ne prirent pas de petit déjeuner.

Anita savait bien que l'attrait d'un double espresso était plus fort que tout pour Gio, au réveil, et qu'il serait grognon tant qu'il n'aurait pas sa dose de caféine. Le bar où ils avaient décidé de se rendre servait en outre de délicieuses pâtisseries, et elle avait besoin ce matin-là du réconfort du sucre. Le souvenir de leur étreinte ne lui laissait aucun répit. En dépit de ses blessures et de l'effet des antalgiques, Gio lui avait manifesté une fougue identique à celle qui…

Ça suffit ! songea-t-elle. Inutile de se faire des idées.

Mais plus le temps passait, plus l'épreuve de ces quinze jours lui paraissait insurmontable. Pourquoi ne pas l'avoir laissé repartir pour Florence ? Il aurait très bien pu se tirer d'affaire sans elle, en faisant appel aux services d'une infirmière. Ses moyens le lui permettaient d'ailleurs.

Elle se gara le plus près possible du bar, qui jouxtait un magasin d'électroménager vendant des cafetières modernes et sophistiquées, où Gio trouverait sûrement son bonheur. Elle n'en avait jamais acheté, parce que contrairement à lui, le café ne jouait pas dans sa vie un rôle primordial.

Lorsqu'ils entrèrent dans le bar, il huma l'air chargé de senteurs de café et sourit.

— Ah… je me sens déjà mieux ! J'aperçois une table près de la fenêtre, va t'y asseoir tant qu'elle est libre. Pendant ce temps je passerai la commande. Que veux-tu ?

— Un capuccino, s'il te plaît.

— Et comme pâtisserie ?

— Eh bien… je ne sais pas trop.

— D'accord, je vais donc demander un assortiment de petits gâteaux. Le serveur nous les apportera à notre table.

— Tu ne veux pas que je t'aide ?

— Anita, je crois être encore capable de passer une commande !

— D'accord ! Je te laisse.

Anita partit donc en direction de la table, à laquelle elle s'assit en attendant que Gio la rejoigne. Les minutes s'écoulèrent sans qu'il apparaisse, et le serveur avançait vers elle quand elle reconnut enfin sa longue silhouette à l'entrée de la salle. Elle constata, non sans surprise, qu'il se déplaçait déjà avec bien plus de facilité que la veille. Gio était exceptionnel, elle l'avait toujours su.

— Désolé si j'ai un peu tardé, mais le patron, qui avait eu vent de mes mésaventures, est venu prendre de mes nouvelles.

— Je m'en doutais un peu. Et ce ne sera certainement pas la dernière fois, Gio. Tu as grandi ici, tous les gens te connaissent, donc tu intéresses tout le monde.

— Oui, mais il n'y a pas que moi qui suscite de l'intérêt, Anita. Il voulait aussi savoir si tu avais prévu notre mariage, si c'était toi qui l'organiserais…

Elle lui répondit par un haussement de sourcils, et but une gorgée de capuccino avant de tendre la main vers l'assiette de pâtisseries.

Me marier avec Gio ? Certainement pas… bien qu'elle y ait songé, et plus d'une fois, pendant les merveilleuses semaines passées avec lui.

— Mm… délicieux, ce biscuit aux amandes, dit-elle, ignorant son commentaire précédent. Alors, que voudrais-tu faire aujourd'hui ?

Gio parut un peu surpris qu'elle élude le sujet, puis avala lentement une longue gorgée de café qui lui soutira un soupir de plaisir.

— Aujourd'hui ? A part acheter une cafetière, je ne sais pas trop. As-tu envie que nous allions nous promener ? Je me sens comme un lion en cage.

— Déjà ?

— Tu sais bien que j'ai l'impression de tourner en rond,

quand je ne fais rien. Alors, est-ce que ma proposition te convient ? Nous pourrions nous arrêter déjeuner quelque part.

— Quoi ? Tu ne changeras donc jamais ? Tu penses au déjeuner, alors que tu n'as pas encore pris de petit déjeuner ? Ne t'inquiète pas, je ne te laisserai pas mourir de faim ! lança-t-elle en riant. Et pour répondre à ta question, pourquoi ne pas partir en promenade ? Il y a cette jolie route sur la crête, qui se trouve face au Monte Amiata. La vue est superbe. Nous pourrions passer par le val d'Orcia, et nous arrêter déjeuner à Pienza.

Il acquiesça sans pour autant paraître enthousiaste, et elle se demanda comment elle s'y prendrait pour occuper un homme qui, au bout d'un jour à peine, avouait se sentir « comme un lion en cage ».

— J'ai une bien meilleure idée, reprit-il, en tendant la main vers l'assiette de pâtisseries.

Anita se réjouit de l'apprendre, car elle n'en avait aucune, elle. Aucune, du moins, qui ne soit pas apte à déclencher une foule d'ennuis.

— Ah oui ? Et laquelle ? demanda-t-elle, intriguée.

— Allons chez moi récupérer une cafetière. J'en ai une dont je ne me sers plus, puisque j'ai acheté récemment un modèle dernier cri, qui fait des espresso à se damner. Tu pourras donc garder l'autre pour la villa. Je voudrais aussi prendre quelques vêtements, des chaussures de sport — pour mieux caser mon pied bandé — et aussi mon ordinateur portable. Ça me permettra d'avancer sur la dernière affaire qui m'a été confiée.

Anita acquiesça, plutôt soulagée. S'il était occupé, ce tête-à-tête prolongé s'avérerait moins dangereux. Et la *signora* Ponti ayant été retrouvée, il ne lui proposerait plus de partager son lit pour la protéger.

Car le danger pour elle venait bien de là. C'était de *lui* qu'elle devait se protéger.

— Tu as l'air bien songeuse, Anita. Aurais-je dit quelque chose qui t'a déplu ?

— Oh... pas du tout, je me demandais juste quelle pâtisserie manger maintenant !

Pour cacher son malaise, elle tendit la main vers l'assiette et prit un beignet en forme de losange qu'elle porta à sa bouche. Après l'avoir observée quelques instants, Gio se concentra sur son café. Mieux valait éviter de suivre le mouvement de ses lèvres.

Ils partirent donc pour Florence sitôt le petit déjeuner terminé. Arrivée devant l'immeuble, elle se gara à côté de la Mercedes. Gio réprima un soupir à la vue du coupé. Lui qui se faisait un plaisir de partir dans les Alpes avec son tout nouveau jouet…

Coupant court à ces pensées moroses, il descendit prudemment de voiture. Et son regard fut aussitôt attiré par un morceau de verre sur le trottoir. Comme il se penchait pour le ramasser, il sentit son sang se glacer dans ses veines.

— Je me demande pourquoi elle tenait à tout prix à me parler…, murmura-t-il, fixant le débris de verre qu'il tenait entre le pouce et l'index. Je me suis borné à faire mon travail. Elle n'avait aucun droit sur cet argent, et elle devait bien le savoir. Qu'avait-elle besoin de me dire absolument ?

— Comment le savoir ? Gio, d'après ce que tu m'as raconté, cette femme est une menteuse, une voleuse.

Sur ce, elle le prit par le bras et le guida vers l'entrée de l'immeuble. Lorsqu'ils furent au bas de l'escalier, elle leva la tête vers lui.

— Veux-tu que je te porte ? lui demanda-t-elle avec un sourire insolent.

— Je devrais pouvoir m'en passer ! Merci !

Agrippé à la rampe, Gio parvint, non sans mal, à se hisser jusqu'à l'étage qu'il occupait. Il était essoufflé et avait les traits crispés lorsqu'il entra dans l'appartement, et elle le soutint de nouveau pour arriver jusque dans le salon. Là, il s'installa en grimaçant sur le canapé, et lui tendit le morceau de verre qu'il avait gardé à la main.

— Je veux bien que tu le jettes à la poubelle, s'il te plaît. Et surtout, prends bien soin de l'envelopper dans du papier.

Il doit y avoir des vieux journaux près de la poubelle. Et tant que tu es dans la cuisine, j'aurais bien besoin d'un café…

— Tu as *toujours* « bien besoin d'un café » ! lança-t-elle en partant vers la cuisine. Et je me demande d'ailleurs pourquoi je t'écoute !

L'aménagement de la pièce avait changé depuis sa dernière visite, qui remontait à cinq ans. Après avoir jeté le morceau de verre, elle regarda autour d'elle.

— Et où se cache cette fameuse cafetière dernier cri, pour reprendre ton expression ?

— Dans le petit placard de verre qui se trouve près de l'évier.

Anita sortit la machine, d'apparence simple, qui la laissa toutefois perplexe.

— Je l'ai trouvée. Mais où se trouve le mode d'emploi ?

— Oh ! Anita… Tu sors du café en grains du réfrigérateur, tu le places dans le doseur, tu mets une tasse dessous, et tu appuies sur le bouton « on ». Ce n'est pas sorcier ! Le reste se fera tout seul.

Il aurait pu se lever et préparer lui-même le café, mais de sa place, il pouvait l'observer et prenait plaisir à la voir s'affairer dans sa cuisine. Cela lui rappelait…

Tandis qu'elle suivait les consignes de Gio, Anita était assaillie par les souvenirs. Cinq ans plus tôt, jamais il ne l'aurait laissée préparer le café seule en cuisine. Il l'aurait rejointe, prise par la taille et serrée contre lui. Il aurait couvert sa nuque de baisers, jusqu'à ce qu'elle se tourne vers lui pour l'embrasser. Toujours enlacés, ils seraient partis vers la chambre, oubliant le café.

— Monsieur est servi, dit-elle sèchement, en posant devant lui une tasse de café fumant.

— Tu vois bien, ce n'était pas si compliqué ?

En guise de réponse, elle darda sur lui un regard noir. De sa main gauche, Gio entreprit de remuer le café. Elle paraissait vraiment en colère. Mais pour quelle raison ? A cause de son attitude suffisante, ou plutôt parce qu'elle était dans son appartement ? Etait-ce parce qu'elle se rappelait la dernière fois qu'elle y était venue, et où il lui avait annoncé qu'il souhaitait mettre un terme à leur relation ?

— Désolé, je suis vraiment stupide, fit-il, sincère. Et merci pour le café, Anita.

— Inutile de te confondre en excuses maintenant. As-tu quelque chose à manger ?

— Non, puisque je pensais partir pour quinze jours.

— Si tu veux, je peux sortir faire quelques courses.

— Inutile, si ça te convient, je vais commander une pizza.

Anita ne fut pas surprise que le numéro soit enregistré sur son portable, ni que le livreur se manifeste moins d'un quart d'heure plus tard. Bien entendu, ce fut elle qui descendit le recevoir. De retour dans la cuisine, elle découpa en plusieurs parts la *quattro stagioni* à l'allure très appétissante, et les mit dans une assiette qu'elle apporta dans le salon.

— Elle est absolument délicieuse ! s'exclama-t-elle, la première bouchée avalée. Où se trouve cette pizzeria ?

— Au coin de la rue, pour ainsi dire.

— Et ils te connaissent bien apparemment.

— Ne le répète surtout pas à ma mère ! lança-t-il avec un sourire espiègle. Elle qui a toujours peur que je m'alimente mal…

Tout en mangeant, elle l'examina. Cette barbe de deux jours lui donnait des allures de mauvais garçon. Mais un mauvais garçon dangereusement attirant.

— Ne t'inquiète pas. Si je devais dire à ta mère tout ce qu'elle n'est pas censée savoir, la liste serait longue, Giovanni Valtieri !

Il éclata de rire, puis engloutit quasiment une première part de pizza, avant d'en prendre une autre, puis une autre encore. Face à cet appétit féroce qu'elle connaissait si bien, Anita lui laissa le dernier morceau.

— Je ne me rappelle plus à quand remonte la dernière fois que j'ai mangé une pizza, mais celle-ci était vraiment fameuse, admit-elle.

— Toutes leurs spécialités sont bonnes. Ils utilisent nos olives d'ailleurs.

— Ah ? Je me demande bien pourquoi, lança-t-elle sur le ton de la plaisanterie.

— Parce que ce sont les meilleures !

— Mon père contesterait sans doute cette opinion, mais Massimo serait ravi de t'entendre. Il travaille dur pour que le nom de la famille soit un symbole de qualité, et il en est très fier.

— Et ton père, qu'en pense-t-il ?

— Que ce sont *ses* olives les meilleures, mais il veut bien admettre que vous êtes les meilleurs pour le vin et le fromage.

— Evidemment, tout ça parce qu'il n'en produit pas !

Anita haussa les épaules en souriant, et Gio eut un pincement au cœur. Ils avaient passé ensemble quelques semaines extraordinaires, pendant lesquelles il avait cru que l'avenir leur ouvrait les bras. Et puis la réalité avait fini par le rattraper, par lui rappeler qu'il n'avait rien de bon à lui offrir.

Il était incapable de donner à une relation tout ce qu'elle méritait. Il n'en avait jamais été capable, et ne le serait sans doute jamais, pas même avec Anita. De ce fait, il avait préféré interrompre la leur. Sans trop tarder, pour éviter qu'elle n'en soit anéantie, comme cela s'était passé avec Kirsten. Et pas seulement Kirsten.

Il n'avait pas la conscience légère, loin de là. Y ajouter la douleur d'Anita, qu'il aimait tant, lui avait soudain semblé impensable.

Et en ce moment même, assis en face d'elle, il n'éprouvait que des regrets. Egoïstement, il en convenait. Ce n'était pas son bonheur qui était en jeu, mais celui d'Anita. Il allait donc devoir se montrer particulièrement vigilant pendant les deux semaines à venir. Il n'avait pas le droit de tirer parti de la situation, quels que soient les sentiments et le désir qu'il avait pour elle. Cela pourrait de plus l'empêcher de se tourner vers un autre que lui.

Il finit sa tasse de café d'une traite. Cette pensée lui était insupportable.

— Il est peut-être temps d'y aller, non ? fit-il d'un ton rêche.

— Peut-être, en effet.

Après s'être levée, Anita rapporta leurs couverts en cuisine pour les laver. Quand elle eut fini, elle se tourna vers lui.

— Alors, où se trouve cette cafetière, qui était au départ l'objet de notre visite ?

— Tu la trouveras dans le placard du fond.

Elle l'ouvrit et resta quelques instants à observer la machine imposante. Elle risquait d'occuper une bonne partie de sa cuisine et serait en outre assez lourde à transporter.

— Dis-moi, elle n'est pas un peu… démesurée ?

— En termes de café, rien n'est jamais démesuré. Les dosettes sont rangées dans le tiroir du dessous.

Anita les prit avec la cafetière, puis se dirigea vers sa chambre, qui avait été quelques années auparavant le théâtre de leurs ébats amoureux. La pièce était identique au souvenir qu'elle en gardait, et son cœur se mit à cogner contre sa poitrine. C'était dans ce décor simple, dans des tons sable, qu'elle avait vécu les plus beaux moments de sa vie. Dans ce grand lit, elle avait été la plus heureuse des femmes. Elle y avait connu l'extase.

— Bien, de quoi as-tu besoin ? lui demanda-t-elle d'une voix ferme, pressée de changer le cours de ses pensées.

— De sous-vêtements, et de vêtements confortables : pulls, chemises, joggings. Tout est dans l'armoire.

Elle trouva sans mal les vêtements énumérés, bien rangés sur des étagères.

— Tu es toujours aussi ordonné, observa-t-elle.

Il la rejoignit tandis qu'elle pliait les vêtements.

— Fais attention à ne pas trop froisser les chemises.

— Tu viens de me dire que tu avais besoin de tenues « confortables », pas que tu allais à un défilé de mode !

— Peut-être, mais il est inutile qu'elles soient toutes fripées avant même que je ne les ai portées !

— Si tu veux t'en occuper toi-même, ne te gêne pas. Dans le cas contraire, laisse-moi faire !

Sur le point de rétorquer, il referma la bouche, et elle sourit avant de se remettre à l'œuvre. Quelques minutes plus tard, ils redescendaient l'escalier. Gio ne pouvant pas porter grand-chose, elle dut faire deux voyages. Lorsqu'elle revint, chargée de l'énorme cafetière, elle remarqua qu'il avait les yeux fermés.

— As-tu apporté des antalgiques avec toi ?

— Tout va bien, grommela-t-il. Partons, maintenant.

Sur le chemin du retour, elle s'arrêta devant un supermarché, puisqu'elle n'avait acheté la veille que le nécessaire pour le dîner. Elle insista pour qu'il reste dans la voiture tandis qu'elle parcourait les rayons, décidée cette fois à ne pas acheter de plat préparé. Sachant Gio non loin d'elle, elle préférait s'occuper en cuisine.

Comme elle quittait le magasin avec deux gros sacs remplis, elle s'en voulut d'avoir laissé Gio seul si longtemps. Mais elle fut rassurée de le voir occupé à pianoter sur son ordinateur portable, qu'il referma à son arrivée.

— Ça va, je n'ai pas trop tardé ?

— Non, ne t'inquiète pas. J'en ai profité pour avancer un peu dans mon travail.

— Excuse-moi, mais n'es-tu pas censé te reposer ?

— D'un point de vue physique, ce que je fais n'est pas vraiment exténuant, répliqua-t-il d'un ton sec.

Anita préféra en rester là. A quoi bon insister ? Elle n'aurait pas le dessus de toute façon, comme toujours ou presque. L'avocat Giovanni Valtieri avait l'art et la manière de jongler avec les mots, aucun doute là-dessus. Bien qu'elle ne se considérât pas comme quelqu'un de faible ou résigné, elle avait depuis longtemps renoncé à lui tenir tête sur certains sujets.

Si seulement elle avait pu renoncer aussi à l'aimer.

Quand ils furent arrivés à la villa, Gio déclara être fatigué et se dirigea aussitôt vers sa chambre. Après avoir déballé et rangé les courses, Anita se lança donc dans la confection du ragoût de veau aux légumes qu'elle avait décidé de servir ce soir-là. Et lorsqu'il sortit de la chambre, elle regretta de s'être mise en cuisine si tôt. Puisque tout était prêt à présent, elle n'avait rien à faire.

Se sentant désœuvrée, elle prit dans sa chambre un roman sur la pile des livres qu'elle avait sélectionnés. Mais la manœuvre destinée à la distraire ne lui fut pas d'un grand secours. Une demi-heure plus tard, elle relisait pour la énième fois les premières pages, qu'elle avait parcourues sans y comprendre grand-chose. Voir Gio, installé en face d'elle avec son ordinateur, réduisait à néant sa capacité de concentration.

— Ce roman n'a pas l'air de te passionner, dit-il en levant les yeux de son écran.

— Comment ?

— Le roman. S'il ne te plaît pas, pourquoi t'obstiner à le lire ?

Sans prendre la peine de répondre, elle le referma et le lança sur la table avant de se lever pour repartir en cuisine.

— Que fais-tu ? lui demanda-t-il, intrigué.

— Je cherche quelque chose à cuisiner.

Ou plus exactement, je cherche à m'occuper, songea-t-elle.

— Ah ? Il me semblait pourtant que tu avais déjà préparé un plat. En tout cas, ça sent drôlement bon. J'espère que c'est pour ce soir.

— Tout juste. Nous dînerons d'un ragoût de veau aux légumes. J'ai découpé la viande et son accompagnement en morceaux assez petits pour que tu puisses les manger sans problème. Et maintenant, je pensais me lancer dans la confection d'un dessert. Une mousse au chocolat, par exemple.

— Tu sais faire ce genre de chose ?

— Voyons, est-ce que je sais ? Evidemment, Gio, sinon je ne le proposerais pas !

Elle sortit un petit livre de recettes, les ingrédients nécessaires, et se concentra sur la tâche qu'elle avait décidé d'entreprendre. Après avoir suivi scrupuleusement les instructions, elle remua une dernière fois le mélange crémeux, et le versa dans des ramequins qu'elle contempla avec satisfaction. Puis elle les mit au réfrigérateur et, avant de laver le récipient, décida qu'il restait assez de mousse au chocolat pour bien le nettoyer d'abord avec la spatule, qu'elle lécherait. Préparer un dessert comportait bien des plaisirs, et celui-ci n'était pas des moindres !

La mine gourmande, elle raclait les bords du saladier, quand elle entendit du bruit et se tourna. Gio, qui venait d'entrer dans la cuisine, posait sur l'ustensile couvert de chocolat un œil luisant d'espoir.

— Ne te fais aucune illusion ! Il n'en est pas question ! C'est la cuisinière et personne d'autre qui jouit de ce genre de privilège.

Au lieu de protester, il resta immobile à la regarder lécher la spatule.

— C'était bon ? lui demanda-t-il d'une voix un peu rauque, quand elle plaça le tout dans l'évier.

— Sublime ! Si tu en voulais, il fallait me le demander.

— Tu m'as bien précisé que ce genre de privilège était réservé à la cuisinière.

— Si tu avais demandé gentiment, je t'aurais sans doute laissé goûter…

Elle accompagna ces mots d'un petit sourire malicieux.

— Je pense que je devrais survivre, déclara-t-il avant de repartir vers le salon. En revanche… je ne survivrai pas bien longtemps si je n'ai pas un café !

— *Encore ?*

— Alors un verre de vin, si tu préfères. Il n'est pas trop tôt ? Non, la nuit est en train de tomber.

Anita le dévisagea. Cette suggestion la tentait bien aussi. Mais allait-elle s'asseoir en face de lui et déguster un verre de vin, qui affaiblirait davantage des défenses déjà bien fragiles ? Non, il ne fallait pas qu'elle perde le contrôle !

— Si tu veux, répondit-elle. Pour ma part, je prendrai plutôt un thé.

— Bien, dans ce cas, fais-en pour deux.

— D'accord, mais n'oublie surtout pas les mots magiques : « *S'il te plaît* ».

— S'il te plaît, répéta-t-il dans un grognement.

Anita lui tourna le dos pour qu'il ne la voie pas sourire. Apparemment, il lui en voulait de ne pas lui avoir laissé de mousse au chocolat. Tant pis !

*
* *

Le ragoût de veau s'avéra succulent, et elle dut resservir Gio à deux reprises. Comme la mousse au chocolat n'était pas assez ferme, ils décidèrent d'attendre encore un peu pour le dessert. Compte tenu de la nature du plat, Anita avait préféré qu'ils dînent dans la salle à manger. Gio ne se fit cependant pas prier quand elle l'invita à retourner dans le salon pendant qu'elle débarrassait.

Le voyant grimacer tandis qu'il reprenait place sur le canapé, elle le fixa, les sourcils froncés.

— Ça va ?

Il étendit tout doucement la jambe droite avant de croiser son regard.

— Anita… combien de fois au juste m'as-tu posé cette question depuis que je suis sorti de l'hôpital ?

Ses traits se durcirent sur-le-champ.

— Oh… désolée de te déranger. Je te prie de m'en excuser.

— Non, c'est *moi* qui te prie de m'excuser, fit-il en soupirant. J'ai bien conscience de ne pas être un patient très facile…

— Ne t'attends pas à m'entendre protester, Gio ! Que voudrais-tu que je fasse, au juste, quand je te vois grimacer ? Cette question-là me vient machinalement aux lèvres. Je suppose que je n'attends qu'une seule chose : t'entendre dire que tu te sens mieux !

— Non, je ne me sens pas mieux, Anita. Ne le prends pas mal, mais je m'ennuie. Je vais devenir fou si je ne peux pas faire quelque chose, et vite !

— Ah ! Et à quel genre de « chose » penses-tu ?

— Eh bien… aller me promener avec toi, par exemple. Mon Dieu, suis-je bête, je ne peux pas marcher ! ajouta-t-il avec un rire sarcastique.

— Très drôle ! En tout cas, je n'y suis pour rien. Ce n'est pas moi qui ai cherché à t'assommer avec mon sac… bien que tu le mérites parfois !

— A mon tour de te trouver très drôle !

— Ecoute, Gio… pourquoi ne pas allumer la télévision pour te distraire ?

— Il n'y a aucun programme intéressant. Si nous avions au moins un jeu d'échecs, nous pourrions y jouer.

— Pour que tu me pulvérises ?

Il sourit lentement.

— Tu voulais que je me sente mieux, non ?

— Oui, mais pas à mes dépens !

— Voyons, Anita, ce n'est qu'un jeu. Je regrette de ne pas y avoir pensé plus tôt, sinon nous aurions rapporté celui que j'ai chez moi, à Florence.

Elle hésita quelques instants avant de reprendre la parole.

— J'en ai un ici. C'est même toi qui me l'as offert, il y a longtemps.

— Tu l'as toujours ? fit-il, l'enveloppant d'un regard incrédule.

— Bien sûr.

Gio l'avait fabriqué spécialement pour elle un hiver, avec les outils de son père, sculptant chaque pièce avec une habileté dont elle ne l'aurait pas cru capable. Et il le lui avait offert pour Noël, l'année de ses seize ans. Bien qu'elle ne l'ait que rarement utilisé, ce jeu d'échecs comptait parmi les objets auxquels elle tenait le plus.

Après avoir posé la vaisselle dans la cuisine, elle ouvrit le placard dans lequel elle gardait ce précieux cadeau, et le posa sur la table du salon. Gio tendit la main vers la pièce qui représentait le cavalier, et rit doucement.

— J'ai passé un temps incroyable à sculpter ces oreilles ! Elles se cassaient sans arrêt, il fallait que je découpe et taille chaque fois une nouvelle pièce…

— Je comprends mieux pourquoi ils ont l'air furieux, avec leurs oreilles rabattues en arrière.

Cette fois, il éclata de rire.

— Impossible de faire autrement. Le bois n'était pas assez dur, et aurait, à un moment ou un autre, fini par casser. C'est ton père lui-même qui m'a suggéré cette solution.

Son front se plissa tandis qu'il reposait la pièce sur l'échiquier. Il remontait le temps, retrouvait une époque insouciante où il vivait pleinement heureux.

Prenant dans chaque main une pièce de bois de couleur différente, Anita le regarda en souriant.

— Bon, commençons. Quelle main choisis-tu ? La droite ou la gauche ?

Comme Anita l'avait imaginé, il ne fut pas long à prendre le dessus sur elle. Pas long non plus à l'accuser de ne faire aucun effort.

— C'est faux ! protesta-t-elle.

— Voyons Anita, concentre-toi un peu plus !

— Mais je suis concentrée.

Elle l'était, en effet. Mais pas sur le jeu.

— Ah ? Ce n'est pourtant pas l'impression que tu donnes !

Elle s'efforçait bel et bien de prêter attention à sa stratégie, tâche qui s'avérait particulièrement difficile avec Gio, à demi allongé sur le sofa, si près d'elle.

— Echec et mat ! s'exclama-t-il alors en déplaçant son roi avec maestria.

— Mais… Que… Comment est-ce possible ?

Les yeux écarquillés, Anita fixa l'échiquier, avant de hausser les épaules et de ranger les pièces.

— Comment est-ce possible ? C'est très simple : j'avais en face de moi un adversaire inexistant !

— Si ça peut te faire plaisir, je ne vais pas te contrarier ! dit-elle en se levant. Bon, veux-tu ou non de la mousse au chocolat maintenant ?

— Quelle question ! Oui, bien sûr… si tu ne me la renverses pas sur la tête !

Elle secoua la tête en riant, et se dirigea vers la cuisine. *Un adversaire inexistant ?* songea-t-elle. *Distrait, plus exactement…*

Quand Gio porta à sa bouche la première cuillerée de la mousse onctueuse au goût intense, il baissa les paupières.

— Mm… c'est tout simplement somptueux ! murmura-t-il.

— A ce point ?

— Oui !

Gio prit une autre cuillerée, qu'il savoura avec lenteur cette fois. Et comme elle faisait de même, le goût du chocolat lui sembla soudain un peu fade, comparé aux sensations qu'elle éveillait en lui. Sa gorge se serra tandis qu'il la regardait déguster le dessert, en se passant la langue sur les lèvres. Dieu du ciel ! Il n'avait qu'une envie : se lever, s'emparer de ces lèvres sucrées, puis la soulever dans ses bras et la porter jusqu'à sa chambre.

Mais cela relevait de l'impossible. Et pas uniquement à cause de sa cheville et de ses différentes blessures. Anita était hors de portée. Il s'était promis de ne plus l'approcher de trop près. Une promesse bien difficile à tenir et il avait bien failli manquer à ses engagements, quelques mois plus tôt.

Si seulement il avait pu vivre avec elle une relation sans lendemain… Mais au fond d'elle-même, Anita était convaincue qu'amour rimait avec toujours. Elle était prête à s'investir, à s'engager. Ce n'était sans doute pas par hasard si elle avait choisi le métier qu'elle exerçait : organiser des mariages, tout mettre en œuvre pour que le rêve de ses clientes devienne réalité.

Quant à lui, apparemment, il était voué à transformer ces rêves en cauchemars.

Reportant son attention sur la mousse au chocolat, qui lui parut soudain amère, il termina la coupe et la repoussa sur la table basse. Il ne pensait plus à présent qu'à Kristen, à la perte tragique d'une vie.

— Bien… je vais me doucher. As-tu un sac en plastique et du sparadrap, ou même du scotch, pour que je protège mon pied bandé ?

Anita cligna les paupières, un peu surprise par son brusque changement d'attitude. Mais elle connaissait bien Gio : c'était là une de ses spécialités. Une tendance qui s'était d'ailleurs accentuée ces derniers temps.

— Oui. Et que comptes-tu faire concernant tes blessures à la jambe et à la main ?

— Ça ne devrait pas poser de problème. Les pansements sont imperméables, si j'évite de les tremper, bien sûr.

Elle ne fut pas longue à lui apporter ce qu'il avait demandé.

— Vas-tu avoir besoin d'aide ?

— Non merci.

— Même pour dérouler et mettre le sparadrap ?

— Oui, ne t'inquiète pas. J'arrive maintenant à me servir un peu de mes doigts. Tout se passera bien. A demain, Anita.

Après s'être levé, il partit vers le couloir. Attentive, Anita observa sa démarche peu assurée. Certes il claudiquait toujours, mais beaucoup moins que la veille. Il avait de réelles facultés de récupération. Quelques instants plus tard, elle entendait la porte de la salle de bains se refermer, puis le bruit de l'eau qui résonnait.

S'il se trouvait en difficulté, il n'hésiterait tout de même pas à l'appeler ?

Cesse donc de t'inquiéter ! ne cessait-elle de se répéter.

On ne lui aurait certainement pas permis de quitter l'hôpital si on avait douté de sa force et de ses capacités à se rétablir.

Elle passa plus de temps que nécessaire dans la cuisine pour tout remettre en ordre, puis regagna le salon. Elle allait prendre ce livre auquel elle n'avait pas réussi à s'intéresser, aller dans sa chambre et attendre qu'il ait terminé. Non que ce soit nécessaire, puisqu'elle disposait d'une salle de bains d'appoint, mais elle savait qu'elle ne réussirait pas à se détendre avant de le savoir en sécurité.

Le bruit de l'eau avait cessé depuis un certain temps. Il devait être en train de se sécher. Ce devait être difficile, avec une seule main. Les pansements avaient-ils résisté à l'épreuve de la douche ?

Elle en était là de ses pensées, quand un cri résonna. Son sang ne fit qu'un tour. La seconde suivante, elle était devant la porte de la salle de bains.

— *Gio !* Gio… tout va bien ?

Elle l'entendit pester de l'autre côté du battant.

— Oui, grommela-t-il enfin.

— Est-ce que je peux faire quelque chose ?

— M'expliquer par exemple comment les femmes peuvent bien supporter de s'épiler les jambes !

Elle comprit alors la raison de ce cri : il était en train de changer ses pansements, et en tirant sur les bandes adhésives, il avait dû s'arracher quelques poils. Imaginant la scène, elle se mordit la lèvre pour ne pas pouffer de rire.

— Veux-tu que je t'aide ?

— Non, je veux que tu me laisses tranquille ! Je vais m'en sortir tout seul.

Elle leva les yeux au ciel. Il était décidément charmant ! Au moment où cette idée lui traversait l'esprit, elle comprit que c'était sa fierté masculine qui l'incitait à la tenir à distance.

— D'accord. Dans ce cas, il ne me reste plus qu'à te souhaiter bonne nuit.

Sur ces mots, elle s'éloigna d'une démarche ferme. Il n'avait pas besoin d'elle, ce soir-là, et c'était aussi bien, vu ce qui s'était passé la nuit dernière. Qu'il reste donc seul, à…

Arrête de penser à lui ! lui dit une petite voix intérieure. *Va te coucher, maintenant.*

Quand elle remonta la couette sur elle, elle se sentait exténuée. La tension générée par cette situation la vidait de ses forces, et elle sombra dans la torpeur peu de temps après avoir éteint la lumière.

Au beau milieu de la nuit, elle fit un rêve…

5

Elle était en retard.

Elle devait partir au ski avec Gio, qui l'attendait chez lui. Elle avait du mal à avancer dans les ruelles, chargée de ses skis et de son sac.

Elle n'était plus qu'à une cinquantaine de mètres quand elle entendit un cri.

— Anita… viens vite ! Aide-moi. Je suis blessé !

— J'arrive !

Mais ses pieds paraissaient cloués au sol. Il fallait pourtant qu'elle se dépêche de rejoindre Gio.

Et soudain, des gens affluèrent de toute part. Elle avait du mal à se frayer un chemin entre eux. Certains se mirent à lui parler. D'autres à la secouer. Ils l'empêchaient de porter secours à Gio.

Elle poussa un cri.

— Anita ! Anita, réveille-toi. Chut, calme-toi… là, ça va aller. Ce n'est qu'un rêve, *cara*. Tout va bien, je suis là.

Reconnaissant sa voix, elle ouvrit les yeux et le fixa, désorientée. La lumière du couloir filtrait par la porte de sa chambre. Dans la pénombre, elle tendit la main pour toucher ce visage qui lui était si cher.

— C'est… bien toi, murmura-t-elle d'une voix hachée. J'ai eu si peur, Gio… Tu étais blessé, tu m'appelais, et je ne pouvais pas te rejoindre. C'était… affreux !

Elle fondit en larmes, répétant encore et encore le mot

« affreux ». Il s'assit alors au bord du lit et, de son bras gauche, l'attira contre lui.

— C'est fini, calme-toi. Ce n'était qu'un mauvais rêve.

Tout en lui caressant le dos, il murmura des mots apaisants, jusqu'à ce qu'elle cesse de trembler et lui raconte par bribes l'horrible rêve dont les images restaient gravées dans son esprit.

— Il y avait des gens partout. Le sol était jonché de débris de verre. Tu criais mon nom, et je ne pouvais pas avancer.

— Chut, c'est fini maintenant.

Après un dernier sanglot, elle resta blottie contre lui.

— Je n'aurais pas dû aller chez moi avec toi, aujourd'hui.

— Ce n'est pas ta faute, Gio. Il a suffi que je voie ce morceau de verre pour que mon imagination s'emballe.

Tout doucement, elle s'écarta de lui pour se caler contre les oreillers. En dépit de ses efforts pour lui montrer qu'elle allait mieux, Gio savait qu'elle était encore choquée. Elle aurait du mal à se rendormir, et si elle y parvenait, ce même rêve reviendrait sans doute la tourmenter. Il ne connaissait que trop ce phénomène.

— J'ai une idée. Je vais nous préparer une tasse de chocolat chaud.

— Toi ? fit-elle, les yeux arrondis de surprise.

Il sourit.

— Bon… supposons que je te demande de t'en charger ? Parce que le tien est meilleur que le mien.

Elle repoussa la couette et se leva. Il remarqua alors qu'elle portait le même pyjama que la veille. Dans son sommeil agité, le premier bouton s'était défait, révélant la naissance de sa poitrine, et il sentit sa gorge se sécher.

— Je vais mettre ma robe de chambre, dit-il, avant qu'elle ne remarque l'effet qu'elle lui produisait.

Gio repartit aussi vite que le lui permettait sa jambe, qu'il n'avait pas ménagée quand le cri d'Anita avait retenti dans la nuit. La douleur, qui s'était atténuée en fin de journée, se manifestait de nouveau. Et il s'en réjouit presque. Voilà qui l'empêcherait de fantasmer sur le corps de son exquise hôtesse !

*
* *

Mais il se trompait.

Lorsqu'elle arriva dans le salon avec un plateau, il ne put s'empêcher de plonger le regard dans son décolleté. Elle avait reboutonné le haut de pyjama, et s'était même couverte d'un gilet, mais la savoir si peu vêtue tout près de lui attisait son désir. Un désir dont il n'avait jamais réussi à se défaire.

Soudain oppressé par le silence qui les entourait, il regarda autour de lui.

— Est-ce que tu as de la musique ?

— Oui. J'ai un lecteur de CD.

D'un geste du menton, elle désigna l'appareil à l'autre bout de la pièce. Face à son air déçu, elle ajouta :

— La télécommande est sur la table. Appuie sur « on ». Il y a très certainement un CD, mais je ne sais plus lequel.

Quelques instants plus tard, un air de jazz résonnait. En entendant les accents langoureux du saxophone, il se prit à regretter le silence. Cette musique n'était certainement pas faite pour apaiser ses sens. Il se rencogna sur le canapé en poussant un petit grognement.

— Si ça ne te plaît pas, on peut changer, proposa Anita. Je vais te montrer mes autres CD.

— Non, non, c'est très bien. Je… j'avais juste une crampe.

— Bon. Comme tu veux.

Gio tendit sa main gauche vers la tasse de chocolat. Si la droite lui semblait plus souple d'heure en heure, il préférait ne pas prendre de risques. A l'hôpital, on lui avait recommandé de s'en servir le moins possible pendant quinze jours, pour ménager les tendons.

Pourtant poser lentement la main sur les seins d'Anita ne lui ferait pas mal. Bien au contraire…

Elle venait de s'installer à l'autre bout du canapé, plus confortable que le fauteuil où elle s'asseyait d'habitude, et replia les jambes sous elle. Après avoir bu une gorgée de chocolat chaud, elle soupira.

— Je suis désolée de t'avoir réveillé…

— Ne le sois pas. Je ne dormais pas vraiment.

— Ah bon ? A cause de la douleur ?

— Non. Je ne dors jamais très bien les premiers jours, dans un lit que je ne connais pas. Sauf si je suis avec toi bien sûr.

Interloqué par ses propres propos, Gio se figea. Les mots avaient franchi spontanément ses lèvres. Pendant les instants qui suivirent, le son du saxophone emplit la pièce, voluptueux, envoûtant.

Anita s'éclaircit la voix avant de déclarer, avec un naturel parfaitement simulé :

— Eh bien… je crois avoir trouvé une solution à ce problème, Gio. Après avoir revu ton appartement, je pense que tu peux te réinstaller chez toi. Il te suffira de commander tes repas à la pizzeria, et comme tu disposes maintenant d'un Interphone, ça ne devrait pas poser de problèmes. Si tu as besoin d'autre chose, tu peux te servir d'internet ou du téléphone… Je pense que tout devrait bien se passer ainsi.

Ces mots furent suivis d'un long silence, pendant lequel il la dévisagea, avec un regard impénétrable.

— En effet, dit-il enfin. C'est une bonne idée.

Puis il but d'une traite la moitié de la tasse de chocolat, encore brûlant. Après l'avoir posée sur la table, il se leva.

— A demain !

Et il s'éloigna vers le couloir, sans même lui dresser un seul regard.

Anita ne put se rendormir. Chaque fois qu'elle fermait les yeux, elle avait l'impression d'être allongée à côté de Gio. Il l'attirait contre lui, cherchait ses lèvres…

Elle ralluma la lumière et reprit son livre sans parvenir, cette fois encore, à comprendre ce qu'elle lisait. Comment s'intéresser à ce roman, alors que, à l'autre bout du couloir, se trouvait celui qui lui avait tellement manqué, pendant cinq ans ? Cinq ans pendant lesquels elle avait feint des rapports d'amitié chaque fois qu'ils se voyaient.

Exaspérée, elle lança le livre par terre. Elle allait se lever et regarder la télévision. A cette heure, il n'y aurait sans doute aucun programme intéressant, et il faisait certainement froid dans le salon, comme elle avait éteint le chauffage. Mais elle ne pouvait pas rester allongée là jusqu'au lever du jour, à ressasser ce genre de pensées.

Elle finit donc par se lever, et, après avoir remis son gilet, se glissa à pas furtifs vers le couloir. Pour regagner le salon, elle devait passer devant la chambre de Gio. Il avait laissé la porte grande ouverte, et, sur le seuil de la pièce, elle hésita. Il y avait dans cette chambre un grand fauteuil très confortable. Elle pouvait entrer, s'y lover, et regarder Gio. Seulement quelques minutes, pas plus. Il repartirait le lendemain, et il allait tellement lui manquer.

Quel mal y avait-il à cela ? Il ne le saurait pas. A l'heure qu'il était, il s'était sans aucun doute rendormi.

La veilleuse du couloir lui permettait de distinguer la forme de son corps immobile dans le lit. Sur la pointe des pieds, elle avança jusqu'au fauteuil. Il y avait posé méticuleusement ses vêtements. Elle les prit et, comme elle les mettait sur l'accoudoir, un petit bruit métallique retentit.

Etait-ce la boucle de la ceinture sur le bois ? Elle se figea, l'oreille aux aguets. Mais il resta dans la même position, ne réagit pas, et rassurée, elle prit place dans le fauteuil en repliant ses jambes sous elle pour avoir moins froid. Remontant le col de son gilet, elle regretta de ne pas avoir pensé à prendre un plaid.

Idiote ! Le froid va t'empêcher de t'endormir, songea-t-elle.

— Que fais-tu, Anita ?

La voix calme et patiente de Gio la fit tressaillir. Dans sa surprise, elle lâcha un petit cri. Il s'était soulevé sur un coude. Si elle ne distinguait pas l'expression de son visage, il pouvait la voir, lui, dans le rai de lumière provenant du couloir. Et sa gêne était très certainement évidente.

— Excuse-moi. Je n'arrivais pas à dormir, et comme à cette heure, la télévision… Je suis désolée, Gio. Je ne sais pas ce qui m'est passé par la tête…

Elle se levait déjà, prête à repartir, quand il reprit la parole.

— Non. Viens, Anita. Viens avec moi dans le lit. Tu dois être gelée.

Elle frissonnait en effet, mais de là à…

— Viens, répéta-t-il en soulevant la couette.

Elle se mit à frissonner de plus belle.

— Gio, je ne suis pas sûre que ce soit une très bonne idée...

— Tu as froid, nous sommes tous les deux réveillés. Allez. Qui sait, nous réussirons peut-être à retrouver le sommeil.

Les paupières serrées, elle avala sa salive. Si elle le rejoignait, elle savait ce qui finirait par arriver. Elle ne pourrait résister.

Pourtant, elle le rejoignit.

En prenant toutefois soin de rester le plus loin possible de lui. Mais comme elle le redoutait — et l'espérait — il tendit la main vers elle.

— Mais tu grelottes de froid. Viens près de moi.

L'instant suivant, il se rapprochait d'elle et l'attirait contre lui.

— Tu t'es fait mal ? murmura-t-elle, l'entendant lâcher un long soupir.

— Non. Je... tu m'as tellement manqué, Nita.

— Oh Gio...

Sa voix n'était qu'un souffle. Elle se tourna vers lui et lui caressa le visage.

— Tu m'as manqué aussi. Nous étions si bien ensemble. Pourquoi, Gio ? Pourquoi... avoir voulu rompre ?

Il ne lui répondit pas. Il ne pouvait pas lui répondre et lui dire la vérité, et plutôt que mentir, il préférait se taire.

— Je ne suis pas celui qu'il te faut, répondit-il néanmoins d'un ton bourru. Tu as besoin d'avoir auprès de toi quelqu'un de... sensé, capable d'avoir une vraie relation. Je ne suis pas cet homme, *bella*. Je ne voulais pas te faire de mal, sois-en certaine. Et si je t'ai blessée, sache que je le regrette.

Il le regrettait en effet. Il regrettait aussi qu'elle l'ait rejoint dans cette chambre, et qu'il n'y ait maintenant aucune barrière entre eux.

Mais quand il prit ses lèvres offertes, toute trace de regret s'envola sur-le-champ. Comme s'ils étaient aimantés, leurs corps se rapprochèrent l'un de l'autre. La passion dévorante qu'ils avaient vécue pendant quelques semaines rejaillit soudain, balayant sur son passage toute trace de raison.

*
* *

Le lendemain, ils passèrent la journée au lit, ne se levant que pour se nourrir. Mais la faim qui les habitait était tout autre : c'était celle de la passion. Ils ne semblaient jamais rassasiés l'un de l'autre. A tel point que Gio ne prêtait quasiment plus attention à ses blessures, dont ils s'accommodaient très bien.

Le soir venu, la famille Valtieri appela pour prendre de ses nouvelles. Il les rassura, affirmant que tout allait pour le mieux, et quand il raccrocha enfin, il posa la main sur son ventre.

— Si je te dis que je suis affamé, j'imagine que ça ne te surprendra pas ?

Elle éclata de rire, et avança vers lui pour l'embrasser.

— Il faut alimenter ce pauvre corps, que tu ne ménages pas, ajouta-t-il avec un rire complice.

— J'ai pourtant eu l'impression que ça ne te déplaisait pas…

— Ah ? Tu es très perspicace ! répliqua-t-il en lui mordillant le lobe de l'oreille.

— Gio… je croyais que tu mourais de faim.

— Exact. Et je propose que nous dînions au restaurant.

— Pourquoi pas ? C'est une excellente idée ! Je vais me préparer.

Comme elle partait vers sa chambre, il suivit du regard la gracieuse silhouette, songeur.

— Tu ne t'habilles pas ? lança-t-elle, tournée vers lui.

— Oh… si, bien sûr.

La tête penchée en arrière, il inspira profondément. Ils s'étaient donnés l'un à l'autre avec fougue, comme avant. Non. Pas tout à fait « comme avant ». Il y avait dans leurs étreintes une dimension nouvelle. Quelque chose de plus profond, qu'il préférait ne pas analyser.

Les jours passaient, idylliques. Les nuits aussi.

Pourtant Anita percevait parfois en Gio quelque chose de différent. Par moments, il lui semblait lointain. Ce n'était pas le cas, mais elle avait parfois l'impression qu'il lui échappait, du moins en partie. Ces moments d'intimité lui faisaient découvrir un nouvel homme. Il lui démontrait quelquefois une tendresse qu'elle n'aurait jamais soupçonnée. Non ! Ce n'était pas vrai. Elle l'avait déjà vu faire preuve d'une immense tendresse, quand il était entouré de ses neveux et nièces, par exemple.

Sa sœur Carla, qui vivait en Ombrie avec son mari artiste et leurs enfants, ne rendait pas très souvent visite à sa famille. Mais Luca habitait sur les terres du domaine familial avec sa femme Isabelle et leurs deux enfants. Et son autre frère Massimo, qui dirigeait à présent le domaine, était installé au *palazzo* avec ses trois enfants et sa nouvelle épouse, Lydia, dont l'accouchement était prévu dans les semaines à venir. Et elle savait que Gio suivait de près la naissance du bébé. Il s'occuperait certainement de lui, comme il l'avait toujours fait pour tous ses autres neveux, elle n'en doutait pas.

Non, parfois, elle ne le reconnaissait pas. Etait-ce bien ce même homme qui disait pourtant ne pas vouloir d'enfants et ne pas vouloir s'investir dans une relation amoureuse ?

Ces derniers temps, en croisant son regard par surprise, il lui était arrivé d'y percevoir quelque chose qu'elle n'y avait jamais lu jusque-là. Un trouble indéfinissable, peut-être même du regret ?

Comment interpréter ces changements, parfois à peine perceptibles ?

Pendant des années, elle s'était contentée de ce qu'il avait à lui donner. Mais cela ne lui suffisait plus, maintenant. Ils pouvaient être heureux ensemble, elle le savait. Elle voulait l'épouser, qu'il soit le père de ses enfants. Et elle se sentait prête à tout mettre en œuvre pour atteindre son but.

Et si ses efforts n'aboutissaient pas, elle aurait au moins essayé. Mais elle ne le laisserait pas fuir sans qu'il lui fournisse une explication.

Il ne lui restait plus qu'à attendre le moment adéquat pour aborder le sujet. Ce qui, avec Gio, ne serait pas facile.

6

Rien ne dure éternellement.

Gio le savait bien, mais la fin de ces quinze jours approchait à la vitesse d'un avion supersonique. Et l'issue de cette période signifierait également la fin de leur aventure.

S'ils en étaient tous deux conscients, ils faisaient comme si de rien n'était.

Ils allèrent un jour déjeuner chez les parents d'Anita, où ils mirent tout en œuvre pour ne pas trahir leur secret. Habitués comme ils l'étaient à échanger des regards complices, des caresses, des petits mots doux, ces quelques heures prirent pour eux l'allure d'une véritable épreuve. Tant et si bien qu'ils se promirent de ne pas réitérer.

Ils se promenaient, dînaient de temps en temps au restaurant, mais passaient le plus clair de leur temps à la villa. Elle aimait cuisiner pour lui, et il appréciait ses repas. Ils écoutaient de la musique, regardaient des DVD, jouaient aux échecs. S'il gagnait la plupart du temps, il lui arrivait aussi de perdre. En général, parce qu'il était distrait par la seule présence de son adversaire, et avait envie de terminer la partie pour qu'ils puissent se livrer ensemble à d'autres jeux.

Un matin, le téléphone sonna. C'était Luca.

— Bonjour Gio ! Je t'appelle parce qu'apparemment, Lydia va accoucher plus tôt que prévu, donc nous rentrons.

Ces mots firent à Gio l'effet d'un coup de poing à l'estomac.

— Mais… ce n'est pas dangereux qu'elle voyage dans ces conditions ?

— Je ne pense pas. Les voitures sont déjà chargées.

Est-ce que tu peux appeler Carlotta et Roberto pour leur demander de rentrer ?

— Bien sûr. Nous pouvons aussi faire quelques courses, si ça peut te rendre service.

— Je veux bien. Des choses basiques, au moins pour les enfants.

— Très bien. Nous laisserons tout ça dans la cuisine du *palazzo*. Soyez prudents sur la route, et embrassez bien Lydia de notre part.

Après avoir raccroché, Gio se tourna vers Anita, qui le regardait fixement. Ses efforts pour sourire se soldèrent par une grimace.

— Ils reviennent, dit-il d'une voix éteinte. Il semblerait que Lydia soit sur le point d'accoucher.

Décontenancée, Anita regarda vers la fenêtre.

— Mais le voyage dure au moins cinq heures, c'est long. Ce n'est pas trop risqué ?

— Mon manque d'expérience en la matière ne me permet pas de te répondre.

Au moment où Gio prononçait ces mots, il sentit un mélange de culpabilité et de regret monter en lui.

— D'après Luca, non, ça devrait aller, ajouta-t-il, en se reprenant.

— Bien. Et ils ont besoin que nous fassions des courses avant leur arrivée ?

Il hocha la tête.

— Bien, répéta-t-elle. Je vais me préparer.

— Anita…

Il se tut, ne sachant que dire. A quoi bon parler, d'ailleurs ? Le sourire froid dont elle l'enveloppa était éloquent. Avec un long soupir, il reprit le téléphone pour appeler Carlotta.

Puis il se dirigea vers sa chambre et commença à ranger ses affaires.

C'était terminé.

Anita savait que ce moment arriverait, mais croyait disposer de trois jours encore. Trois jours à s'aimer, à rire, à déguster des desserts. Elle avait même prévu un dîner spécial le dernier soir.

Elle voulait aussi lui parler de leur relation. Car ils avaient bel et bien une relation, même s'il refusait de l'admettre.

Elle désirait connaître le motif de cette rupture, qu'il lui avait annoncée de but en blanc, cinq ans plus tôt. Pourquoi s'empêchait-il d'aimer une femme, et pas seulement *elle* ? Car il ne manquait pas d'amour. Il suffisait de le voir dans les réunions avec les siens pour en être convaincu.

Gio n'appartenait pas à cette catégorie de gens qui ne supportent pas la famille, mais il refusait simplement d'en fonder une. Pour quelle raison ?

Toutes ces questions allaient une fois de plus rester sans réponse. Cette fois encore, leur histoire ne serait qu'une parenthèse. Une merveilleuse parenthèse certes, mais sur le point de se refermer.

Elle n'avait plus qu'une envie : se réfugier dans un coin et pleurer.

— Tu es prête ? demanda Gio en la cherchant.

Anita se ressaisit. Non, elle ne pleurerait pas. Cette fois, elle se battrait.

— Oui. J'arrive !

Gio l'attendait derrière la porte de sa chambre, et fouilla son regard lorsqu'elle l'ouvrit. Mais il ne dit rien. Chargé de ses bagages, il se dirigea en boitillant vers la voiture, et les mit dans le coffre. Pendant le trajet jusqu'au supermarché, il ne desserra pas les lèvres.

Lorsqu'ils arrivèrent au *palazzo*, il se dérida un peu devant Carlotta, qui le plaisanta sur ses blessures avant de les faire asseoir pour manger le gâteau qu'elle avait préparé.

— Si tu veux te rétablir vite, il faut bien manger, lui dit-elle avec entrain.

Face au morceau de gâteau, il ne ressentit aucun appétit, ce qui ne lui était pas arrivé depuis fort longtemps.

— Merci, Carlotta, mais je n'ai pas très faim. Anita s'est chargée de me nourrir plus que convenablement, à la villa.

Anita, qui découpait la pâtisserie en petits morceaux, sans y toucher, ne dit rien. Contrariée, elle n'esquissa même pas un sourire. Elle se sentait si frustrée par ce brusque changement de programme. Comment s'y prendrait-elle, à présent, pour avoir avec Gio cette conversation qui revêtait pour elle une importance capitale ? Il allait rester quelque temps au *palazzo* avec sa famille, et l'occasion ne se représenterait pas de sitôt.

Mais elle n'envisageait pas pour autant d'y renoncer. Ce qu'elle avait vécu avec lui ces derniers jours méritait qu'elle ne baisse pas les bras. Il était capable de donner bien plus qu'il ne voulait l'admettre. Et elle comptait bien le lui démontrer.

— Anita, tu ne manges pas ? fit alors Carlotta, un sourcil levé.

— Désolée, mais j'ai pris un énorme petit déjeuner et je n'ai plus du tout faim.

Carlotta ne dit rien, mais Anita sentit à son regard qu'elle avait compris la difficulté de la situation. Chez les Valtieri, l'amour qu'elle portait à Gio n'était un secret pour personne. Elle l'avait toujours aimé, l'aimerait toujours, et ce séjour en tête à tête à la villa n'avait fait qu'aggraver la situation.

Lydia, qui avait décidé depuis longtemps d'accoucher à la maison avec une assistance médicale, mit au monde un magnifique petit garçon, trois heures à peine après son retour au *palazzo*.

Anita se trouvait encore là quand les voitures étaient arrivées, et l'événement paraissant imminent, elle avait décidé de ne pas repartir. Elle aurait eu l'impression de quitter un mariage avant que la cérémonie ne soit prononcée.

Elle se retrouva donc dans la cuisine, à attendre avec toute la famille réunie.

Jusqu'à ce que Massimo, qui avait assisté à la naissance avec son frère médecin, apparaisse, un sourire rayonnant aux lèvres, le regard ému.

— Et voilà ! La famille vient encore de s'agrandir ! Tout s'est déroulé à merveille, et ils vont très bien tous les deux. J'ai pris une photo, vous allez pouvoir le voir.

Il sortit son smartphone de sa poche, et l'appareil circula

entre toutes les mains. Les « oh » et les « ah » émerveillés résonnèrent dans la pièce, face à l'adorable petit visage rond du nouveau-né à peine fripé.

— Oh ! Comme il est beau ! s'exclama Carlotta, juste avant de fondre en larmes.

Très beau, songea Gio, à qui on venait de remettre le portable. Le cœur serré, il ne garda que quelques secondes l'appareil à la main, avant de le tendre à Massimo.

— Tiens, je te rends ton fils.

Il poussa un soupir. Il n'aurait jamais de fils, puisque c'était ce qu'il avait décidé. La scène émouvante qui se déroulait dans cette cuisine ne serait jamais consacrée à la naissance de *son* enfant. Il préférait d'ailleurs ne pas courir le risque.

Luca, qui avait remarqué le sérieux de son frère, fronça imperceptiblement les sourcils et échangea un regard avec Anita.

— Gio… ça va ? murmura-t-elle en se rapprochant de lui.

— Il faut que je sorte d'ici. Peux-tu me ramener à Florence ?

— *Comment ?* Tu ne vas pas rester ici, maintenant que ta famille est revenue ?

— Personne ici n'a besoin de moi.

— Bien sûr que si ! Et toi, tu as besoin d'eux. Vu ton état, il vaut mieux que tu ne restes pas seul.

— Je t'assure que je vais bien, Anita.

Pauvre imbécile, te voilà réduit au mensonge ! songea-t-il. Il lui était en fait rarement arrivé de se sentir aussi mal. Les nerfs à vif, il avait pour la première fois de sa vie l'impression de ne pas avoir sa place dans ce cercle familial. Il lui tardait de rentrer chez lui et de s'y terrer pendant un moment. Un long moment.

Anita le fixait, stupéfaite.

— Mais c'est impossible, voyons ! Il faut que tu voies le bébé, que tu félicites ton frère, que tu portes un toast à cette naissance…

Sa mère, qui n'avait rien perdu de leur échange, se rapprocha d'eux.

— Voyons, mon garçon, as-tu perdu la tête ? Tu ne vas quand même pas t'éclipser alors que toute la famille est réunie pour cet heureux événement ? Va donc chercher le prosecco, que nous trinquions à la santé de cette petite merveille.

Gio allait protester, quand Luca lui tendit une bouteille et un tire-bouchon. Le bruit des verres qu'on posait sur la table retentit au milieu de la liesse générale. La mort dans l'âme, il accomplit la tâche qui lui avait été confiée, et commença le service.

Il reposait la bouteille vide sur la table quand Massimo revint, tenant dans ses bras le précieux fardeau. Les exclamations fusèrent de nouveau, plus discrètes pour ne pas effrayer le nouveau-né.

— Nous avons été mis à la porte, déclara l'heureux papa en riant. Les hommes ne doivent pas assister à certains spectacles, paraît-il.

Il s'assit, aussitôt entouré par les enfants qu'il avait eus de son premier mariage, et à la vue de cette scène, Gio sentit sa gorge se nouer. La naissance de ce bébé représentait pour son frère une étape importante. Après la mort tragique de sa femme, Massimo avait retrouvé le bonheur auprès de Lydia. Ce décès était survenu un an avant son histoire avec Anita, et il se rappelait ne pas avoir été très présent à ce moment-là. Il avait allégué une surcharge de travail, alors qu'en réalité il ne supportait pas de voir son frère anéanti par la perte de sa femme. Il s'en voulait toujours de ne pas avoir été capable de le soutenir davantage, et prenant sur lui, il avança vers lui pour accomplir son devoir.

— Félicitations, Massimo ! dit-il d'un ton bourru, le regard rivé sur la petite forme blottie dans les bras de son frère. Il est magnifique.

Le bébé ouvrit alors les yeux, et les planta dans ceux de Gio. Surpris par ce regard innocent, il recula.

— Tu diras de ma part à Lydia qu'elle a vraiment fait du beau travail.

— Tu le lui diras toi-même, Gio.

— Impossible. Je dois partir. Anita va me conduire à Florence.

Les sourcils froncés, Massimo le dévisagea.

— Es-tu bien sûr que ce soit raisonnable de retourner déjà chez toi, après les événements de ces derniers jours ?

— Certain. Je vais bien, maintenant. On devrait m'enlever bientôt les points, il ne me reste donc plus que ce problème de cheville foulée, qui ne me gêne presque plus. Et j'ai du travail qui m'attend.

Massimo hocha la tête avec lenteur, posant sur lui un regard sceptique, mais comme les enfants réclamaient son attention, il en resta là. Gio profita de l'agitation pour s'écarter et rejoindre Anita.

— Prête à partir ? lui demanda-t-il, la mine butée.

Elle allait protester quand Luca, qui se tenait près d'elle, intervint.

— Raccompagne-le, Anita, dit-il d'une voix douce.

Gio lui adressa un regard reconnaissant.

Luca, comme le reste de la famille, ignorait tout de la nature de leur relation durant ces derniers jours, mais il perçut chez son frère une véritable détresse, qui l'incitait à lui venir en aide.

Ils reprirent donc les bagages pour remonter en voiture. Et c'est à ce moment-là, consciente que l'occasion ne se représenterait sans doute pas de sitôt, qu'Anita décida de passer à l'action.

— Gio, il faut que nous parlions, toi et moi.

— Non. Il n'y a rien à dire. Nous avons passé quelques jours ensemble, voilà, c'est tout. Il n'y a plus rien à rajouter.

— C'est faux ! Je t'aime, et je sais que tu m'aimes.

— Tu ne sais rien du tout, Anita.

— Il y a en effet certaines choses que je ne sais pas, et pour lesquelles j'aimerais avoir des réponses. Pourquoi veux-tu mettre un terme à notre relation maintenant ? Et pourquoi as-tu décidé de rompre, il y a cinq ans ?

— Il n'y a rien à expliquer, répliqua-t-il, évitant son regard.

Il s'était à présent tourné vers les collines, et Anita décida de ne pas insister. C'était là ce qu'il souhaitait ? Soit. Elle allait donc le raccompagner jusqu'à chez lui, où, comme il venait si bien de l'affirmer, il serait tout à fait à même de se prendre en charge.

Aucun mot ne fut prononcé durant tout le trajet.

Après l'avoir laissé à l'appartement, Anita refit le chemin inverse. Et sitôt arrivée à la villa, elle se dirigea vers la chambre d'amis. Celle où ils avaient vécu de merveilleux moments. Là, elle se coucha dans ces draps qui portaient encore l'odeur de son corps, et laissa libre cours à son chagrin.

Après avoir réussi à se convaincre que tout oublier ne serait peut-être pas si difficile, Anita dut vite déchanter.

Elle avait sans arrêt envie d'appeler Gio pour savoir s'il allait bien. Puis elle se rappelait qu'il avait sa famille pour veiller sur lui. Elle se répétait qu'elle n'avait pas à s'impliquer de la sorte.

Impliquée ? Elle l'était déjà, et depuis bien longtemps.

Pour se distraire, elle chercha à s'immerger dans son travail. Mais la vue de ces futures mariées radieuses, pleines d'espoir, ravivait son chagrin.

— Arrête de te morfondre ! Tu ne peux pas te permettre de perdre des clientes, se dit-elle un matin avec fermeté.

Décidée à se ressaisir, elle rapprocha les rendez-vous qu'elle avait fixés. Ce rythme lui laisserait peu de temps libre, ce qui lui convenait très bien. A quoi bon du temps libre d'ailleurs ? Pour le passer à pleurer sur le canapé ?

Quand elle revit la future mariée qu'elle avait rencontrée juste avant ces événements, cette dernière ne manqua pas de lui poser des questions sur Gio.

— J'ai vu ces reportages sur M. Valtieri et vous. Je ne savais pas que vous étiez si proches…

— En fait, nous nous connaissons depuis toujours, quasiment. Il est ce qu'on appelle un vieil ami.

— Ah bon ? Les journalistes laissaient pourtant entendre qu'il s'agissait d'un autre genre de relation.

— Eh bien…

Remarquant que ce commentaire la mettait mal à l'aise, la future mariée changea de sujet.

— Excusez-moi, je me mêle de ce qui ne me regarde pas. Comment va-t-il, après ce malheureux accident ?

— Aussi bien que possible, rassurez-vous.

Et moi, aussi mal que possible, songea-t-elle, amère.

Sur les exhortations de Luca, Gio se rendit à l'hôpital le lendemain de son retour à Florence, où on lui retira les points. L'examen complet s'étant avéré satisfaisant, il retourna chez lui, pressé de se doucher et d'enlever les dernières traces de ce fâcheux incident.

Mais comme il réglait la température de l'eau, les souvenirs affluèrent. Il se rappela cette soirée où ils s'étaient retrouvés, Anita et lui, dans la salle de bains de la villa. Ils s'étaient déshabillés avec des gestes impatients, pressés de se donner l'un à l'autre. Sous le jet de la douche, agrippés l'un à l'autre, ils avaient fait l'amour avec cette ardeur qui semblait ne jamais les quitter. Il lui semblait entendre encore ses gémissements de plaisir.

A vrai dire, les souvenirs jaillissaient à la moindre occasion. Les nuits étaient particulièrement éprouvantes. Quand il réussissait enfin à s'endormir, il la cherchait dans le lit sitôt réveillé. Il passait des heures sur son balcon, dans le froid, à fixer les collines et à se demander comment elle allait.

Un matin, Luca sonna à sa porte. Après l'avoir longuement observé devant une tasse de café, il secoua la tête.

— Tu as une mine épouvantable, Gio. Pire encore que celle d'Anita.

Gio se mordit la lèvre pour ne pas demander des nouvelles de la jeune femme. A en croire Luca, elles n'étaient pas très bonnes.

— Mais non. Je suis fatigué, rien de plus.

— C'est le moins qu'on puisse dire. Je ne t'ai jamais vu les yeux aussi cernés, et on croirait que tu n'as rien mangé depuis quinze jours.

— Une semaine et six jours, rectifia-t-il d'une voix morne.

— Exact ! Bon, ça suffit ! Va préparer tes affaires, je t'emmènc au *palazzo*.

— Non ! Je reste ici.

— Ce n'était pas une question, Gio. Soit tu le fais, soit je m'en charge.

— Ça m'est égal. Je n'irai pas.

— Pourquoi ? Parce qu'Anita est là-bas ?

Comme il détournait le regard, Luca se rapprocha de lui et lui posa la main sur l'épaule.

— Allez… Isabelle te préparera de bons petits plats, et tu pourras donner un coup de main à Massimo au bureau, ce qui lui permettra de passer plus de temps avec Lydia et les enfants.

— J'ai du travail. Tu sais bien que je ne peux pas m'absenter ainsi.

— Ce n'est pas ce que m'a dit ta secrétaire. D'après elle, le dossier dont tu es censé t'occuper n'avance pas vraiment. Elle affirme d'ailleurs n'avoir aucune nouvelle de toi.

— Je préfère travailler chez moi, répliqua-t-il avec obstination.

— Tu en es sûr ?

Incapable de mentir plus longtemps, Gio soupira et glissa la main dans ses cheveux emmêlés.

— Non.

— Alors file dans ta chambre, et va préparer tes affaires, Giovanni Valtieri !

Anita soupira en observant les collines. Gio était revenu au *palazzo*. Il aidait Massimo dans les tâches concernant la gestion du domaine, avait-elle entendu dire.

Le soir, postée à la fenêtre, elle observait la demeure éclairée.

— C'est ridicule ! s'exclama-t-elle, seule dans le noir. Tu n'as plus quinze ans !

Comme elle retournait dans le salon, son regard fut attiré par le jeu d'échecs. Elle prit l'un des cavaliers, et à la vue de ses étranges oreilles, sentit sa gorge se nouer. D'une main tremblante, elle le reposa sur l'échiquier et essuya ses joues inondées de larmes. Puis, pareille à un automate, elle se dirigea vers la chambre. Et là, allongée sur ce lit, témoin de leurs ébats amoureux, elle pleura tout son soûl.

Quand elle se redressa enfin, elle enleva les draps et les porta jusqu'au lave-linge, qu'elle mit en marche avant de changer d'avis.

Non. *Non !*

C'était impossible.

Réveillée ce matin-là par de violentes nausées, elle n'avait eu que le temps de traverser le couloir pour atteindre les toilettes.

Mais… non ! Ce n'était pas possible ! Ils avaient toujours pris leurs précautions. Pas une seule fois ils n'avaient fait l'amour sans préservatif.

Non. Il s'agissait sans doute d'un virus. Si ce n'est que les symptômes étaient très différents, cette fois.

Elle entra dans la cuisine pour se préparer un toast. Et comme la seule odeur du pain grillé lui redonnait la nausée, elle s'habilla pour aller sans tarder à la pharmacie.

Incapable d'attendre le retour à la villa pour faire le test, elle s'arrêta dans un café et commanda un thé au citron avant de se rendre aux toilettes.

Quelques minutes plus tard, le front couvert de gouttes de sueur, elle s'adossait au mur.

Le test était positif !

Elle était enceinte !

C'était absolument incroyable ! Elle portait un enfant de Gio ! Mais la vague de joie qui la submergea fut de courte durée. Elle allait devoir lui annoncer la nouvelle.

Assise devant la tasse de thé, où elle tournait machinalement sa petite cuiller, elle essaya de mettre un semblant d'ordre dans ses idées.

Ils seraient bien obligés d'avoir une vraie conversation, à présent. Ils n'avaient pas le choix. Mais comment réagirait Gio, lui qui clamait ne pas vouloir d'enfants ?

Elle devrait aussi annoncer la nouvelle à ses parents. Bon, elle avait le temps pour cela.

Dans l'immédiat, elle avait surtout besoin de se confier à quelqu'un. Quelqu'un qui les connaisse bien tous les deux, qui les aime, et qui soit à même de lui porter conseil, de la guider dans ce moment particulièrement difficile.

Luca ! Il saurait certainement trouver les mots pour la réconforter.

Elle remonta en voiture pour se rendre au *palazzo*, et ralentit après avoir passé l'entrée du domaine. Isabelle et Luca habitaient une maison indépendante, située en haut du chemin. A la vue de la voiture du médecin, elle se sentit rassurée. Celle d'Isabelle n'était pas garée là. Elle était sans doute allée au *palazzo*, tout en haut de l'allée, voir Lydia et les enfants.

A cette heure de la journée, il était peu probable qu'elle croise Gio, ce dont elle se réjouissait.

Après s'être garée à côté de la berline, elle se dirigea d'une démarche mal assurée vers la porte, qui s'ouvrit avant même qu'elle ne frappe.

— Anita ? dit Luca de sa voix douce et calme.

Et il n'en fallut pas plus pour qu'elle éclate en sanglots. Il lui passa le bras autour des épaules et la fit entrer dans la cuisine, où il entreprit de préparer du thé.

Lorsqu'il posa une tasse devant elle, elle inspira profondément.

— Je… je suis sincèrement désolée de venir t'importuner, Luca.

— Ne t'inquiète pas. Apparemment, tu en avais besoin. Par contre, Isabelle n'est pas à la maison. Veux-tu que je l'appelle ?

Elle secoua la tête.

— Non. C'est à toi que je veux parler…

Anita soupira. Seigneur, par où commencer ? En un geste instinctif, elle posa la main sur son ventre, et Luca devina sur-le-champ l'objet de sa visite.

— Oh ! Anita… comment est-ce arrivé ?

— De la façon habituelle ! lui répondit-elle.

Elle n'avait pourtant aucune envie de plaisanter. La situation n'avait rien de drôle.

— Aucune idée, Luca, ajouta-t-elle avec un haussement d'épaules qui trahissait la lassitude. Nous avons pourtant toujours été prudents.

— Bon, ce sont des choses qui arrivent, et c'est moins rare qu'on ne le croit. J'ai reçu un certain nombre de patientes dans ce cas. Et alors ? Que va-t-il se passer maintenant ?

— Je ne sais pas. Je dois dire que je suis en état de choc pour le moment. Je viens tout juste de le découvrir, et je me sens complètement perdue. Voilà pourquoi je suis venue te trouver.

Luca mit un morceau de sucre dans sa tasse, et la dévisagea.

— As-tu réfléchi à ce que tu as envie de faire ?

Moi ? C'est simple : vivre heureuse avec ton frère jusqu'à la fin de mes jours, songea-t-elle.

— Ce que je veux faire ? Il faudrait plutôt... *défaire*, Luca ! Je n'aurais jamais dû proposer à ton frère de venir habiter chez moi, mais vu les circonstances, je m'imaginais mal le déposer à son appartement et repartir.

Sa voix flancha tandis qu'elle ajoutait :

— Résultat... me voilà enceinte, et il va certainement me détester !

— Non, Anita, il ne te détestera pas.

— Si ! Il risque même d'imaginer que je lui ai tendu un piège, ce qui me paraît d'ailleurs tellement invraisemblable ! Je l'aime, Luca. Mais il a décidé qu'il ne voulait pas avoir d'enfants. Ni de femme, de ce fait ! Chaque fois que j'ai l'impression que nous nous rapprochons l'un de l'autre, il prend la fuite.

Les paupières irritées par ses larmes, elle ajouta :

— J'ai retourné le problème dans tous les sens. J'en arrive à cette conclusion : je ne peux pas lui annoncer que je suis enceinte. Ce... c'est impossible !

Luca marqua une pause avant de prendre la parole.

— J'ai bien peur pourtant que tu doives en passer par là, Anita. Non seulement parce que tu auras bientôt du mal à cacher ton état... mais aussi parce qu'il est juste derrière toi.

— Oh non !

Prise de panique, Anita porta la main à sa gorge. Perdue dans ses pensées, elle n'avait pas entendu Gio arriver, et maintenant, elle aurait voulu que la terre s'ouvre sous elle et l'engloutisse. Mais il était bien là. Et il fallait réagir.

Luca se leva et passa à côté d'elle. Avant de quitter la pièce, il lui posa une main réconfortante sur l'épaule. L'instant suivant, c'était Gio qui s'asseyait en face d'elle. Son visage paraissait taillé dans le marbre.

— J'ai bien entendu ? fit-il d'une voix qu'elle eut du mal à reconnaître. Tu attends un enfant de moi ?

Incapable de parler, elle lui répondit par un hochement de tête.

— Et peux-tu me dire quand est prévue sa naissance ?

Anita avala sa salive. Cette conversation lui paraissait tellement invraisemblable.

— Difficile de te répondre de façon exacte. Je dirais dans… sept mois et demi, peut-être huit.

Soudain incapable de se concentrer et de compter de tête, Gio utilisa ses doigts.

— Ce qui nous mènerait donc à novembre ? Début novembre si je ne me trompe pas ?

— Sans doute. Je ne peux pas être plus précise dans l'immédiat. Je sais seulement que ça s'est produit pendant notre séjour à la villa.

Compte tenu des circonstances, elle s'étonnait de pouvoir parler normalement.

Gio hocha la tête avec raideur. Il allait être père. *Lui*. Et Anita, mère. Mère de son enfant !

Oppressé, il dut s'y reprendre à deux fois avant de déclarer :

— Nous allons devoir nous marier. Je te laisse le soin de tout organiser, c'est ton domaine après tout. Inutile de faire les choses en grand, je suggère plutôt un mariage intime, rapide…

— Non, l'interrompit-elle.

— Non ? demanda-t-il, surpris. Tu préfères une cérémonie suivie d'une grande fête ?

— Non, c'est juste que je ne veux pas me marier.

Il écarquilla les yeux.

Ne sois pas ridicule, Gio, songea-t-elle. *Il y a quelques semaines à peine, tu m'expliquais que tu ne voulais pas t'investir dans une relation, que tu ferais un mauvais père, et maintenant tu me proposes le mariage ? Je suis enceinte, mais pas folle ! Il est hors de question que je t'épouse pour ce motif.*

— Mais Anita, reprit-il en s'éclaircissant la voix, nous *devons* nous marier.

— Non, répéta-t-elle. Rien ne nous y oblige.

Tout à coup, le chemin à parcourir ne lui semblait plus terrifiant, parsemé d'embûches. Elle se sentait prête à aller de l'avant.

Redressant le menton, elle ajouta :

— Je ne tiens pas à épouser un homme qui ne m'aime pas, qui se dit incapable de s'engager pour la vie. Mais bien sûr, tu pourras voir cet enfant aussi souvent que tu le voudras, il connaîtra ta famille et la mienne, et je ferai en sorte qu'il soit fier de son père — même si celui-ci a du mal à l'aimer. Pour ma part, je le chérirai jusqu'à la fin de mes jours.

Sur ces mots, elle se leva. Gio l'imita, faisant grincer sa chaise sur le carrelage.

— Anita, s'il te plaît…

— *Non.* Je ne profiterai certainement pas de la situation pour te mettre au pied du mur, t'obliger à mener une vie dont tu ne veux pas, Gio. Quel genre de mariage ce serait ?

Un mariage réussi, pensa-t-il.

Mais rien ne lui permettait d'affirmer une chose pareille. Les relations qu'il avait eues jusque-là s'étaient toutes soldées par des échecs. L'une d'elles, tout particulièrement. Pourquoi celle-ci serait-elle différente ?

Il garda donc le silence, et la laissa partir.

7

Gio était toujours debout au milieu de la cuisine, quand Luca le rejoignit quelques minutes plus tard. Ce dernier avança vers lui et le prit dans ses bras. Et Gio laissa couler les larmes qu'il retenait depuis longtemps.

Puis il s'écarta de son frère pour avancer vers la fenêtre et regarder les collines. Ce n'était cependant pas le paysage vallonné qu'il voyait, mais le visage d'une femme, ravagé par le chagrin. Une femme qu'il avait failli tuer. Et aussi…

— As-tu envie d'en parler, Gio ?

— Non. Je ne préfère pas.

Il retourna s'asseoir, ne sachant que faire. Luca lui servit un verre de whisky qu'il posa devant lui.

— Vas-y, je t'écoute, dit-il après en avoir bu une longue gorgée.

— Pardon ? demanda Luca, surpris.

— Eh bien, j'attends ton sermon sur l'irresponsabilité.

— Ah, je vois ! Je n'envisage certainement pas de te faire la morale. D'autant qu'Anita m'a bien précisé que vous preniez des précautions. Non, en fait, je me demandais ce qui avait bien pu t'arriver par le passé. Ce qui t'avait blessé, au point de fuir aujourd'hui dès qu'il faut t'engager.

Gio avala une autre gorgée de whisky et tourna la tête.

— Absolument rien.

— Je ne te crois pas.

— C'est bien dommage.

— Gio, tu es mon petit frère. Je te connais presque aussi bien que je me connais. Et je sais que tu souffres.

Il secoua la tête.

— N'insiste pas, s'il te plaît. Et si tu ne peux pas t'en empêcher, ramène-moi immédiatement à Florence.

— Non, il faut que tu restes ici. Anita a besoin de toi.

— Apparemment pas, rétorqua-t-il avec amertume. Je lui ai proposé le mariage et elle a refusé. Elle m'a dit que…

Il se sentit incapable de répéter les mots de la jeune femme. Ils l'avaient tellement meurtri.

— Que t'a-t-elle dit ? insista Luca, de son habituelle voix douce.

— Qu'elle n'épouserait pas un homme qui ne l'aimait pas. Et qu'elle apprendrait à l'enfant à être fier de son père même si… même si le père en question avait du mal à l'aimer. Tu te rends compte ? *Du mal à l'aimer.* Ce sont ses mots, Luca.

Prenant le verre entre ses mains, il le fit tourner, les yeux rivés sur le liquide ambré.

— Pourtant tu l'aimes. Tu l'as toujours aimée. Depuis l'âge de quinze ans.

— Bien sûr, mais pas comme tu l'entends. C'est compliqué…

— Peux-tu me dire au juste quand les histoires d'amour ne sont pas compliquées ? Ce n'est jamais simple, mais ce n'est pas une raison pour baisser les bras.

— Je ne baisse pas les bras.

— C'est pourtant l'impression que tu me donnes. Celle de quelqu'un qui prend la fuite.

Gio but une autre gorgée de whisky, puis, reposant bruyamment le verre sur la table, il se leva.

— Ça n'a rien à voir avec Anita. Et de toute façon, c'est juste une amie. C'est ce qu'elle a toujours été pour moi, rien de plus.

— Si tu veux me mentir, ça ne me gêne pas. Mais ne te mens pas à toi-même. Si Anita n'était pour toi qu'une amie, nous n'aurions pas ce genre de conversation !

Luca avait raison. Incapable de prétendre le contraire, Gio se leva, monta dans la camionnette du domaine et partit, sans but précis. Le véhicule semblait en avoir un, lui, car cinq minutes plus tard, il se garait devant la villa d'Anita, à côté de sa voiture.

*
* *

Anita n'était de toute évidence pas disposée à changer d'avis.

Après avoir décliné sa demande en mariage, elle avait refusé de le laisser entrer chez elle. Il remonta donc dans la camionnette et attendit. Pendant des heures.

Elle finirait bien par sortir.

A moins que…

Une peur effroyable l'assaillit soudain. Le sang se glaça dans ses veines. Et si… si elle se sentait incapable d'affronter la situation ? Si elle décidait de commettre…

La seconde suivante, il sortait du véhicule et tambourinait à la porte. Cette fois, elle ne lui ouvrit pas.

Elle n'est peut-être pas en mesure de le faire, songea-t-il.

Affolé, il contourna le petit bâtiment pour frapper à la porte de service. Il secoua la poignée, qui, à son grand étonnement, s'ouvrit. Après avoir traversé la cuisine en deux enjambées, il s'arrêta net.

Assise dans un coin du sofa, un coussin serré contre sa poitrine, elle avait les joues couvertes de larmes. Ce qui ne l'empêcha pas de poser sur lui un regard glacial.

— Je suis ici chez moi, et je ne me rappelle pas t'avoir invité. Va-t'en, s'il te plaît.

Il retourna fermer la porte, et revint s'asseoir en face d'elle. La douleur à la cheville, qu'il avait presque oubliée, se manifesta soudain. Mais il s'en moquait bien.

— Non, Anita. Il faut que nous parlions, que tu le veuilles ou non.

Elle lança le coussin au milieu de la pièce, et se leva d'un bond.

— Ah, tiens donc, c'est toi qui veux parler, maintenant ? Sache que nous n'avons plus rien à nous dire, Gio. Je ne t'épouserai pas, mais je m'occuperai de cet enfant. Voilà le résumé de la situation.

— Non. Tu refuses de m'épouser ? Soit. Mais je ne te laisserai pas seule dans cette situation. Je veux être à tes côtés pour m'occuper de notre enfant. Et je ne suis pas disposé à changer d'avis.

Les yeux plissés, Anita le scruta. Il avait un regard implacable, en accord avec l'expression de son visage. Et elle le connaissait assez pour savoir que, quand il avait une idée en tête, il n'en démordait pas.

Mais elle pouvait elle aussi se montrer entêtée, et, comme elle venait de le lui dire, cette maison était la sienne.

— Veux-tu que j'appelle la police ?

— On risque de ne pas te prendre très au sérieux, si tu portes plainte contre le père de ton enfant parce qu'il veut s'occuper de toi.

— Dans ce cas, je peux appeler mon père.

— Si tu veux. As-tu d'ailleurs annoncé la nouvelle à tes parents ?

Anita fit non de la tête.

Ce n'était qu'une menace. Si elle téléphonait à ses parents, son père ne se réjouirait sans doute pas d'apprendre qu'elle était enceinte, et ne le cacherait pas. Or, elle tenait pour le moment à ce qu'on la laisse en paix.

— S'il te plaît, Gio, va-t'en.

— Il n'en est pas question. Je refuse de te laisser, dans cet état.

— Dans quel état ? Enceinte ? Tu envisages donc de passer les huit mois à venir assis sur ce fauteuil, à attendre l'accouchement ? *Va-t'en !* répéta-t-elle, plus fort.

— C'est impossible.

— Pourquoi ?

— Parce que j'ai des devoirs envers mon enfant et envers toi.

Elle poussa un soupir et revint s'asseoir sur le sofa.

— Giovanni Valtieri… je t'ai entendu maintes fois exposer tes positions envers le mariage et la paternité. Tu voudrais maintenant me faire croire que tu as changé ? De grâce… Allez, tu peux partir, rassure-toi, je vais bien.

— Vraiment ? Moi pas. J'ai l'impression que ma vie entière est sens dessus dessous. Je n'ai plus la même façon de penser et de réagir. Tout en moi est chamboulé, et si tu ressens la même chose que moi, je préfère rester près de toi.

Sans le quitter du regard, Anita changea de position. C'était bien la première fois qu'elle l'entendait exprimer ce qu'il ressentait. Jusque-là, il s'était toujours arrangé pour éluder le sujet.

Oui, il ne se trompait pas, elle avait elle aussi l'impression que son existence venait de changer de cap. Du tout au tout. Pendant des années, elle avait caressé le rêve de porter son enfant. Et ce rêve s'était enfin réalisé... mais dans une version bien moins romantique que ce qu'elle espérait.

Luttant contre les larmes, elle secoua la tête.

— Je n'envisage pas de t'épouser, Gio.

— Je l'ai bien compris. Mais il se trouve que ce bébé est aussi le mien, et que je n'envisage pas de te laisser vivre cette grossesse sans soutien.

— Eh bien... achète-moi des sous-vêtements pour femme enceinte pour commencer !

Ce qui se voulait un trait d'humour ne lui soutira pas même un sourire.

— Fais-moi confiance, insista-t-il, les traits tendus.

— Gio... comment veux-tu que je te fasse confiance, alors que tu n'as pas, toi, assez confiance en moi pour m'expliquer ce qui te perturbe à ce point ?

Il se passa la main sur le visage avant de murmurer :

— Non, Anita. Je... ne peux pas en parler, mais sache que ça ne te concerne pas. Il s'agit de moi. C'est quelque chose que j'ai fait... ou pas. Que j'aurais dû faire différemment, en tout cas... et que je ne peux plus défaire.

En entendant ces mots, qui avaient un caractère irrévocable, Anita frissonna. Il paraissait si malheureux.

— Que t'est-il arrivé, Gio ? insista-t-elle à voix basse. Dis-moi, je t'en prie ! J'ai besoin de comprendre.

— Pas maintenant. Un jour peut-être. Mais cette fois-ci, je n'ai pas droit à l'erreur. Je veux être présent pour notre enfant, ce qui signifie être auprès de toi.

Cette fois-ci ? s'interrogea Anita, intriguée.

— Ecoute, ce n'est pas nécessaire. Comme je te l'ai déjà dit, tu le verras aussi souvent que tu voudras.

— Ça me semble difficile. Si nous ne vivons pas ensemble, forcément, nous ne partagerons pas tous les moments importants. Je désire passer le plus de temps possible avec lui. Suivre de près son évolution dans ton corps. Sentir ses premiers coups de pied dans ton ventre. Etre présent pour les échographies. Assister à sa naissance.

Sa voix était empreinte d'une conviction dont elle ne pouvait pas douter.

— Si mes souvenirs sont bons, lança-t-elle néanmoins d'un ton vif, tu n'as pas toujours eu envie d'être « auprès de moi », comme tu t'obstines à me le répéter. Tu es parti un matin, et en rentrant le soir, tu m'as annoncé que tout était fini entre nous. Sans la moindre explication. T'es-tu déjà interrogé sur ce que j'ai pu ressentir ?

Gio soupira. Ses épaules s'affaissèrent. En cherchant à la protéger, il l'avait blessée bien plus qu'il ne l'avait imaginé.

— Je suis… désolé. Je n'ai jamais eu l'intention de te faire du mal. Jamais.

— J'ai cru mourir de chagrin, Gio. Tout se passait merveilleusement bien entre nous, et hop, du jour au lendemain, tu as décrété que c'était terminé ! Aujourd'hui, parce que je suis enceinte, tu décides de reprendre place dans ma vie, alors que tu es toujours incapable de me dire que tu m'aimes. Pourquoi ?

Gio frissonna. Cette voix, qui vibrait toujours de chagrin cinq ans après, lui allait droit au cœur.

— La situation est différente, répondit-il avec un soupir. Il ne s'agit pas cette fois de « vouloir » mais de « devoir ». Un enfant *doit* avoir ses deux parents. Il a besoin de se sentir aimé et protégé par eux.

Anita l'écoutait, perplexe. Après avoir décrété à maintes reprises ne pas vouloir d'enfant, il souhaitait à présent qu'ils apportent au leur tout ce qu'il lui faudrait pour s'épanouir pleinement.

Mais elle était davantage intriguée par les mots qu'il avait prononcés un peu plus tôt.

Cette fois-ci.

Un enfant serait-il lié à cet épisode de sa vie qu'il s'obstinait à lui cacher ? Si seulement il avait consenti à lui parler, à lui expliquer ce qui l'empêchait d'avoir avec elle une *vraie* relation. Les choses auraient certainement été plus simples.

— Concrètement, que souhaiterais-tu, au juste, Gio ?

Une flamme traversa soudain son regard brun.

— M'installer ici et veiller sur toi. M'assurer que tu vas bien, que tu ne manques de rien.

— Un peu comme… si nous étions mariés ?

— Pas si ce n'est pas ce que tu veux. Je dormirai dans l'autre chambre.

— A ce stade, ça me semble un peu superflu.

Il ne dit rien, et, la tête posée sur le dossier du canapé, elle ferma les yeux. Si elle acceptait qu'ils fassent chambre à part, elle ne serait jamais assez proche de lui pour qu'il lui raconte les événements de sa vie qu'il gardait secrets.

— Qui plus est, les draps de ta chambre sont dans le lave-linge.

Elle se garda bien de préciser qu'il suffirait de faire tourner la machine puis de les mettre au sèche-linge pour qu'ils soient prêts le soir même.

— En d'autres termes, si tu restes ici ce soir, il faudra que tu dormes dans ma chambre.

— Je n'ai rien contre. Il ne me reste donc plus qu'à retourner au *palazzo* récupérer mes affaires. Et n'appelle pas tes parents en mon absence, Anita. Je préférerais qu'on soit ensemble quand tu leur annonceras la nouvelle.

— Mon père te poursuivra sûrement avec un fusil ! railla-t-elle.

Gio lui sourit.

— J'ai toujours su que je pouvais compter sur lui dans les moments difficiles ! A plus tard. Je n'en ai pas pour longtemps.

Lorsque Gio entra dans la cuisine du *palazzo*, la famille au grand complet y était réunie. D'un même geste, ils se tournèrent tous dans sa direction, et le silence se fit dans la pièce.

— Que t'arrive-t-il, mon garçon ? dit doucement sa mère. Tu as une drôle de tête…

— Non, ça va, mais je… j'ai quelque chose à vous dire.

A ces mots, Luca se leva de table.

— Attends ! Suivez-moi, les enfants, j'ai quelque chose à vous montrer.

— Mais nous on veut voir Gio ! protesta l'aînée de Massimo.

— Pas maintenant, vous le verrez un peu plus tard.

Lorsque le petit groupe se fut éloigné, tous les regards convergèrent de nouveau vers Gio.

— Eh bien ? fit son père. De quoi s'agit-il ? Nous t'écoutons.

— Voilà… j'ai une importante nouvelle à vous annoncer : nous attendons un bébé, Anita et moi. Et avant même que vous ne posiez la question, nous n'allons pas nous marier.

Sa mère qui s'était déjà levée pour le serrer dans ses bras, s'immobilisa.

— Mais… je ne comprends pas pourquoi ? Tu l'aimes !

Il rit doucement.

— Non maman, je ne l'aime pas. Pas de la façon dont tu le penses, en tout cas. Mais disons que…

Préférant ne pas entrer dans les détails, il haussa les épaules.

— Et comment est-ce arrivé ? Vous n'avez pas pris de précautions ? grommela son père, l'œil sévère.

— Détrompe-toi. Et inutile de me faire la morale, papa, dois-je te rappeler comment Massimo est né « prématurément » ?

Il prit un air gêné, mais sa mère ne fut pas longue à réagir.

— Ça n'a rien à voir. Il se trouve que nous étions fiancés, ton père et moi. Vous pas, bien que tu l'aimes, quoi que tu prétendes. Et j'ajouterai que je suis profondément déçue que tu ne l'aies pas demandée en mariage.

Après s'être assis à la place de Luca, il but une gorgée de vin dans son verre.

— Eh bien, ne sois pas déçue pour cette raison-là, parce qu'il se trouve que je lui ai proposé de m'épouser, mais elle a refusé.

Voyant le désarroi de sa mère, Massimo prit à son tour la parole.

— Et alors, quels sont tes projets à présent ?

— Je vais m'installer à la villa. Elle refuse de m'épouser, mais veut bien que j'habite là-bas pour veiller sur elle.

Perplexe, Isabelle arqua un sourcil.

— C'est bizarre, ça ne ressemble pas du tout à Anita.

— Elle n'est pas à l'origine de cette décision, je te l'accorde. Je la lui ai imposée.

— J'imagine bien, observa Massimo avec un rire sec. Et ça ne t'a pas traversé l'esprit, une seule seconde, de lui dire que tu l'aimes ?

— Mais enfin, qu'est-ce que vous avez tous, ce soir ? Je viens de vous le dire : je ne l'aime pas, voyons !

Après une dernière gorgée de vin, il se leva.

— Bon, il ne me reste plus qu'à vous souhaiter une bonne soirée. A demain.

La porte était ouverte lorsque Gio revint à la villa. Il y entra en criant son nom. Anita ne lui répondit pas. Il la trouva dans la cuisine, un morceau de pain à la main, l'air abattu.

— Je croyais que les nausées n'étaient que matinales, murmura-t-elle, affaiblie.

— Appelle Isabelle, elle aura sûrement des conseils à te donner. Ou Lydia.

— Tu m'as bien dit que tu allais t'occuper de moi ?

— Oui. Mais il se trouve que je manque singulièrement d'expérience en la matière, Anita.

Après s'être assis, il fit des recherches sur son smartphone avant de citer quelques aliments, pour la plupart insipides, à consommer dans cette situation.

— Va t'asseoir et repose-toi, lui dit-il en ouvrant les portes des placards.

— Mais que fais-tu ?

— Je vais te préparer quelque chose à manger.

Anita roula les prunelles mais ne protesta pas, et quand il lui apporta un peu plus tard une assiette de pâtes avec des lamelles de jambon cru, elle mangea avec appétit, après quelques premières bouchées prudentes.

— J'avais faim, dit-elle après avoir reposé l'assiette vide sur la table du salon. Je n'ai presque rien pu avaler de la journée.

— Tu te sens mieux, maintenant ?

— Beaucoup mieux.

— Assez pour appeler tes parents ?

— J'ai bien peur de ne pas avoir le choix. Je ne peux pas retarder indéfiniment ce moment…

Ses parents réagirent bien mieux qu'elle ne l'avait imaginé, puisqu'elle était la dernière de la fratrie à ne pas avoir d'enfants. Par ailleurs, les ayant vus maintes fois ensemble, ils avaient fini par « flairer quelque chose », comme le dit sa mère. Gio voulut leur parler à son tour, et elle admira l'habilité dont il fit preuve en présentant la situation. Elle remarqua aussi qu'il glissait à plusieurs reprises dans la conversation le refus qu'il avait essuyé, après l'avoir demandée en mariage.

Ils se promirent de se voir bientôt, et, une fois le téléphone raccroché, elle lâcha un long soupir de soulagement.

— Voilà qui est fait ! Et bien fait.

— Bien, que dirais-tu maintenant d'un bain relaxant ?

Anita hésita avant de hocher la tête, un peu surprise par tant de sollicitude. Comme il était agréable de le voir si attentionné ! Après cette journée fertile en émotions, elle était ravie qu'on prenne soin d'elle.

Gio lui prépara un bain moussant peu parfumé, afin qu'elle ne soit pas indisposée par l'odeur, et quand elle en sortit, elle n'eut qu'à s'asseoir pour prendre l'infusion digestive qui l'attendait.

Ils se couchèrent tôt ce soir-là. Comme elle s'était endormie sur le canapé, face à la télévision, il la porta jusqu'à la chambre et l'installa sur le lit, avant de la couvrir avec des gestes délicats.

— Gio ? fit-elle d'une voix lourde de sommeil, tandis qu'il commençait à se déshabiller en faisant le moins de bruit possible.

— Oui ?

— Tu as baissé le chauffage ?

— Oui, et vérifié que toutes les portes étaient fermées. Rendors-toi, *cara*. Tout va bien.

Il ne ménagerait pas ses efforts pour que *tout aille bien*, cette fois.

Dans la nuit, elle vint se blottir contre lui, et il la garda dans ses bras jusqu'au matin. Il s'était engagé à veiller sur elle, et ne dévierait pas de cette voie.

Comme il respirait son parfum fleuri, il se demanda si sa réaction aurait été pareille avec une autre. Sans doute pas. Anita était différente. Elle avait toujours occupé une place particulière dans sa vie.

Dans ton cœur aussi peut-être, songea-t-il. Sa famille avait-elle raison de le prétendre ?

8

Ce premier matin, Anita se réveilla dans les bras de Gio, et pour ne pas faire de bruit, elle refoula le soupir de bien-être qui lui montait aux lèvres. Bien que platonique, cette étreinte lui apportait un plaisir infini.

Elle finit par se rendormir. Au réveil, une odeur de pain grillé flottait dans la maison, mais elle constata, ravie, que ces effluves ne lui soulevaient pas le cœur. Elle rejoignit Gio, qui, l'ayant entendue se lever, l'attendait et lui avait préparé un petit déjeuner adapté à la situation : thé et toasts à peine beurrés.

De crainte de réactiver les nausées, elle mangea et but lentement, ce qui sembla porter ses fruits. Il en fut de même toute la journée, et les quelques jours suivants.

Une très agréable routine s'était installée à la villa, et Anita prit vite l'habitude d'être dorlotée. Si les nausées s'étaient apaisées, l'immense fatigue associée au début de grossesse était bien là, et elle devait souvent s'allonger dans la journée pour faire une sieste. Il lui fallut donc reporter quelques rendez-vous.

Gio, pour sa part, travaillait sur son portable.

— Je vais ruiner ta carrière ! lui dit-elle un après-midi en riant.

— Je ne pense pas. J'ai adopté une cadence plus souple, mais je n'avais pas pris de vacances depuis bien longtemps. J'ai donc de la marge.

La tête inclinée de côté, elle l'observa en souriant :

— Eh bien ! Pour quelqu'un qui prétend être réfractaire aux relations, je te trouve parfait dans ce nouveau rôle.

Il eut un geste nerveux et manqua faire tomber son ordinateur, qu'il rattrapa de justesse.

— Gio… qu'y a-t-il ?

— Rien. Rien du tout.

Il se leva, mettant ainsi fin à la conversation.

Le lendemain, il lui dit qu'il devait aller à Florence, et elle se demanda si sa remarque était à l'origine de cette décision. Il lui précisa qu'il partirait avec Luca, et reviendrait avec sa propre voiture. Mais dans l'après-midi, il l'appela pour la prévenir qu'il rentrerait plus tard que prévu.

— Camilla Ponti souhaite me voir, précisa-t-il.

— Comment ? Et tu as accepté un rendez-vous avec cette femme ?

— Oui. Quel mal pourrait-elle me faire ? Il semblerait qu'elle veuille me présenter des excuses.

— Ou te convaincre de ne pas porter plainte contre elle ?

— Je n'en ai de toute façon jamais eu l'intention. Je verrai bien ce qu'elle a à me dire. Désolé de te fausser compagnie, Anita.

— Ne t'inquiète pas. J'irai sans doute passer la soirée au *palazzo*, pour m'entraîner avec le bébé de Lydia et Massimo !

— Très bonne idée. Je t'appellerai quand je quitterai Florence. Sois prudente, *bella*. A plus tard.

Anita passa une excellente soirée avec le petit Léo, qui était un véritable poupon, et écouta les précieux conseils de sa maman et d'Isabelle. Quand elle repartit pour la villa, il était presque 22 heures et Gio n'avait toujours pas donné signe de vie. Elle finit par l'appeler, et après avoir eu accès à sa messagerie, raccrocha sans avoir laissé de message. Qu'aurait-elle pu lui dire ? « Où es-tu ? » Elle n'était pas sa femme, et ne tenait certainement pas à l'être — pas en tout cas sous les conditions qu'il lui proposait. Il était donc hors de question de se comporter comme une épouse inquiète.

Soucieuse, elle se coucha et ne put s'endormir, se demandant ce qui avait bien pu se produire.

*
* *

— Je vous remercie infiniment d'avoir accepté ce rendez-vous, signore Valtieri.

Debout devant lui, Camilla Ponti triturait nerveusement les anses de son sac. Un sac très différent de celui dont elle s'était servie comme arme. Il l'observa attentivement. Comme lors de leur première rencontre, tout en elle trahissait un profond désarroi.

— Asseyez-vous donc, *signora* Ponti. J'imagine que vous désirez me rencontrer pour me présenter des excuses ?

— Bien sûr. Mais aussi pour solliciter votre aide, parce que… en fait, je ne sais pas à qui m'adresser.

— Mon *aide* ? répéta-t-il. Je ne vois pas en quoi il me serait possible de vous aider.

— Il faudrait que vous demandiez à Marco de revenir sur sa décision. *S'il vous plaît.*

— Ecoutez, nous en avons déjà discuté, *signora* Ponti. Et vous savez bien que c'est impossible.

Elle posa sur lui un regard noyé de larmes, et soudain, les mots se bousculèrent sur ses lèvres. Il dut se concentrer pour saisir le fil conducteur de ses propos décousus.

— Je suis désolée de… d'avoir agi avec vous comme je l'ai fait. Je ne sais pas ce qui m'est passé par la tête. Mais je voulais que vous m'écoutiez. Rien… rien n'est aussi simple que vous le croyez.

Elle marqua une pause avant d'ajouter, d'une voix tremblante :

— Avez-vous des enfants, signore Valtieri ?

Il se raidit, puis fit non de la tête.

— Dans ce cas, vous ne pourrez pas me comprendre. Vous ignorez tout ce qu'on est capable de faire pour un enfant.

Elle posa d'un geste sec sur la table la photo qu'elle tenait serrée dans sa main.

— Voici mon fils.

*
* *

Anita ne cessa de s'agiter dans le lit jusqu'au retour de Gio. Puis elle l'entendit enfin ouvrir la porte, mais au lieu de venir dans la chambre, il resta dans le salon. Intriguée, elle attendit quelques minutes avant de le rejoindre. Elle le trouva assis dans le noir, le regard tourné vers la vallée qu'éclairait la pleine lune.

— Anita… viens t'asseoir près de moi.

Après avoir allumé une petite lampe, il tapota de la main le canapé, l'invitant ainsi à le rejoindre.

— Tu rentres tard, fit-elle.

Gio soupira. En effet, son rendez-vous avec Camilla Ponti avait duré bien plus longtemps que prévu.

— Désolé de t'avoir réveillée.

— Je ne dormais pas, Gio. J'étais très inquiète. J'ai essayé de t'appeler.

— Je le sais. Excuse-moi de ne pas avoir répondu. J'étais plongé dans mes pensées.

— A ce point ? Alors, comment s'est déroulé ce rendez-vous ?

— Comme tu t'en doutes, elle m'a bien sûr présenté des excuses. Mais elle était défaite, Anita. Et j'ai compris pourquoi.

Comme il se taisait, songeur, elle l'invita d'un geste de la tête à poursuivre.

— Elle m'a expliqué que cet argent volé était destiné au centre de soins où se trouve son fils. Il a été blessé dans un accident de voiture *avant sa naissance*. Elle ne peut pas s'occuper de lui, et il a besoin de soins spéciaux. Des soins qui coûtent extrêmement cher. Voilà pourquoi elle a volé son associé pendant toutes ces années.

— Quoi ? Et tu crois qu'elle te dit la vérité ?

— Je pense. Elle m'a montré une photo, Anita. Il est adolescent maintenant, mais il ne peut pas parler, et à peine bouger. Avant que tu ne me poses une autre question, je précise que j'ai appelé le centre en question pour m'assurer qu'elle ne mentait pas. Le fils Ponti y est bien inscrit.

— Oh, Gio… Cette histoire paraissait si incroyable. Pauvre femme ! Et pauvre garçon… Elle n'a pas de mari qui puisse l'aider ?

— Non. Il a perdu la vie dans cet accident de voiture.

Enceinte de huit mois, Camilla Ponti était bien sûr assise à côté de lui. Comble de malchance, il n'avait pas renouvelé son assurance, et de ce fait, elle n'a pas pu encaisser un seul centime. Voilà pourquoi elle s'est éhontément servie dans les caisses de l'entreprise pendant toutes ces années. Pourquoi aussi elle cherche à récupérer ses parts.

— C'est affreux. Et maintenant, que va-t-il se passer ? Que comptes-tu faire ?

— Je vais parler à Marco et essayer de trouver une solution…

Il se passa la main sur la nuque. Dans la pénombre, elle remarqua que ses traits accusaient la fatigue. Elle se leva et le prit par la main.

— Il est tard. Viens, il faut aller se coucher. Tu as besoin de repos.

Lorsqu'il rentra cet après-midi-là, Gio trouva Anita endormie sur le canapé. Abandonnée dans le sommeil, elle paraissait si innocente, si fragile. Une fois de plus, il s'en voulut de l'avoir fait souffrir cinq ans plus tôt.

Ne viens-tu pas de t'engager sur le même chemin ? songea-t-il. *Elle risque de s'attacher de nouveau à toi. Plus encore, peut-être. Et donc de souffrir, puisque tu n'as toujours rien à lui offrir. Et si tu lui parlais enfin ? Si tu lui expliquais ?*

Le soir venu, veillant toujours à éviter les plats trop lourds, il prépara un risotto aux légumes dont elle se délecta.

— En fait, tu as des talents cachés ! Tu es un véritable cordon-bleu ! Je ne m'en doutais pas.

— Tu imagines peut-être que Carlotta nous a laissés grandir sans nous apprendre à nous nourrir ? C'est bien mal la connaître !

— En effet. Gio, ajouta-t-elle avec une petite grimace, sache que je culpabilise un peu de t'imposer mon « régime ».

— Tu n'as pas à culpabiliser, j'en profite au contraire pour manger un peu plus sainement.

Elle avait levé vers lui son ravissant visage, et il lui en coûta de ne pas se pencher vers elle pour l'embrasser. La sagesse de cette cohabitation lui pesait. A Anita aussi, parfois, s'il se fiait à certains regards.

Et si l'heure était venue de…

Il perdit ce soir-là une première partie d'échecs. Puis une deuxième.

— Mais enfin, que se passe-t-il, Gio ?

— Je n'arrive pas à me concentrer. Il faut que je te parle.

Anita laissa échapper un long soupir. Enfin elle allait avoir une explication concernant l'attitude de Gio. Elle pourrait peut-être comprendre également pourquoi il avait aussi peur de s'engager.

Se laissant aller contre le dossier du canapé, elle l'invita à la rejoindre.

— Ne t'inquiète pas. Quelle que soit la nature de ce secret, nous réussirons à le surpasser.

Il l'espérait ardemment.

9

Gio vint s'asseoir à côté de la jeune femme et lui passa le bras autour des épaules. Elle le sentit terriblement tendu.

— Sache que ça ne changera rien aux sentiments que j'ai pour toi, insista-t-elle. Raconte-moi ce qui s'est passé, et nous en parlerons ensemble.

Gio déposa un baiser sur son front. A l'entendre, tout paraissait si facile. Et si elle avait raison après tout ? Peut-être en effet se sentirait-il plus léger, s'il parvenait à formuler ce qui le tourmentait.

— Ça s'est passé il y a cinq ans, commença-t-il d'une voix lointaine. Avant que nous… ne sortions ensemble. C'était le mois de septembre, et il faisait un temps magnifique. J'ai rencontré une jeune personne qui s'appelait Kirsten. Australienne, elle était venue à Florence étudier l'histoire de l'art. Elle était jolie, brillante, et nous avons eu ensemble une petite aventure. Rien de bien sérieux. Pour moi du moins. Mais pour elle, c'était important. Pourtant, je ne l'ai jamais amenée chez moi, je n'ai jamais fait avec elle le moindre projet, je ne lui ai jamais laissé entendre que peut-être…

Il eut un geste vague de la main, et se tut quelques instants. Anita, qui était suspendue à ses lèvres, ne dit rien.

— Bref, quand j'ai décidé de mettre un terme à cette histoire, elle l'a mal pris. Elle me suivait partout, jusqu'au jour où je lui ai demandé très fermement de me laisser en paix. Ne la voyant plus dans les parages, j'en ai déduit qu'elle avait fini par comprendre. C'est à ce moment-là que je suis allé au mariage de ton frère. Nous avons passé la soirée ensemble à danser, boire du champagne, parler…

Le lendemain, nous revenions à Florence et je t'invitais à dîner. Je t'emmenais ensuite chez moi, et, pour la première fois, nous faisions l'amour ensemble.

La tête penchée vers elle, il l'embrassa sur la tempe.

— C'était une expérience étonnante. J'en avais depuis longtemps envie, et ça a largement dépassé mes espérances. Cette communion parfaite de corps et d'esprit est tellement rare… Nous avions envie des mêmes choses au même moment. Nous adorions nous amuser, rire. Nous passions ensemble tous nos moments libres. Et puis un jour…

Sa voix se fit plus grave.

— … j'ai reçu au cabinet une lettre des parents de Kirsten. Elle était hospitalisée à Adélaïde. Apparemment, elle nous avait vus ensemble et avait décidé de repartir pour l'Australie, où elle avait avalé plus de calmants qu'il n'en fallait. La moitié d'un flacon exactement.

— Oh, Gio…

Stupéfaite, Anita le fixa droit dans les yeux. Elle s'attendait à une nouvelle choquante, mais à ce point ?

— Est-ce que… qu'elle a survécu ? balbutia-t-elle.

— Oui, rassure-toi. Elle a expliqué à ses parents qu'elle avait fait une tentative de suicide pare qu'elle n'arrivait pas à m'oublier. Mais je ne t'ai pas tout raconté. En faisant des examens, pendant qu'elle était à l'hôpital, les médecins se sont aperçus qu'elle était enceinte.

Anita eut un haut-le-cœur. *Enceinte ?*

Elle eut l'impression que les murs se mettaient à tanguer autour d'elle.

— Tu as donc un enfant ? s'entendit-elle demander, d'une voix étonnamment normale.

— Non. Non, elle a perdu le bébé. Mais elle a perdu cet enfant parce que je n'étais pas capable de l'aimer comme elle le désirait. Je ne comprends pas comment c'est arrivé. Je prenais pourtant des précautions, et elle prétendait être sous pilule, mais le risque zéro n'existe pas. Et qui sait, ce bébé n'était peut-être pas le mien. Je n'en aurai jamais la certitude. Mais cela ne change rien aux faits : elle a voulu mettre fin à ses jours à cause de moi… ce qui a entraîné la mort d'un bébé. Je ne me le pardonnerai jamais.

Elle prit sa main et la serra dans la sienne, cherchant son regard.

— Non, Gio. C'est la tentative de suicide de sa mère, qui a causé la mort de cet enfant. *Pas toi.* Tu ne lui as jamais fait de promesses ? Tu ne lui as jamais dit que tu l'aimais ?

— Bien sûr que non… puisque je ne l'aimais pas !

— Dans ce cas, tu n'es pas responsable des illusions qu'elle a pu se forger durant votre relation. C'est très facile de tomber dans ce genre de piège, crois-moi. Je suis bien placée pour en parler, puisque c'est ce qui m'est arrivé pendant les quelques semaines que nous avons passées ensemble. Jusqu'à ce que… tu arrives et réduises tout à néant en quelques mots.

Il baissa la tête.

— Je venais de recevoir cette fameuse lettre d'Australie, et j'étais en état de choc. Je n'avais qu'une peur, que tu suives le même chemin que Kirsten.

— Mais pourquoi ne pas m'avoir parlé de cette lettre, Gio ?

— Je ne sais pas. J'ai pris peur. Pour moi, le plus urgent à ce moment-là était de mettre de la distance entre nous, avant que tu sois amoureuse, que tu risques d'envisager un geste pareil à celui de Kirsten. Me sachant incapable d'aimer…

— Pourquoi dis-tu cela ? Peut-être n'as-tu jamais essayé ?

— Oh si, et bien avant de rencontrer Kirsten. Crois-moi, les histoires sentimentales ne sont pas faites pour moi.

— Voyons, Gio, réponds-moi franchement : combien de fois dans ta vie as-tu dit à une femme que tu l'aimais ?

Il soutint son regard, puis tourna la tête en murmurant :

— Jamais.

— Est-ce parce que tu n'as jamais aimé personne, ou par peur de t'engager ?

Il hésita quelques instants avant de répondre :

— Je n'ai jamais vraiment aimé, Anita. Les femmes que je rencontre me plaisent, nous passons de bons moments ensemble, mais je n'ai jamais ressenti avec elles…

Ce que je ressens avec toi, se dit-il en son for intérieur.

Au moment où cette phrase lui traversait l'esprit, il se figea. Etait-ce possible ?

— Qui sait, tu t'es peut-être freiné jusqu'ici parce que tu ne voyais pas l'intérêt de t'investir, parvint-elle à dire. Mais cet intérêt, il est réel, aujourd'hui. Pourquoi ne pas essayer ?

— Supposons que je n'y arrive pas ? Que nous finissions par nous détester ?

Un sourire aux lèvres, elle tendit la main vers son visage pour le caresser.

— Je crois bien t'avoir toujours aimé, et il est peu probable que ça change. Pourquoi ne pas nous lancer dans cette aventure ? Pour notre enfant. Pour nous.

Il regarda nerveusement autour de lui.

— Supposons que nous courions à l'échec, Anita. Que je te fasse souffrir. Que l'enfant aussi souffre… J'ai déjà bien assez de choses sur la conscience.

A ce moment-là, tout se fit clair en elle.

— Voilà donc pourquoi tu as tellement insisté pour rester près de moi ? Parce que tu avais peur que je fasse une bêtise, et que le bébé… Mais tu n'as aucune crainte à avoir, Gio. Je suis quelqu'un de solide, et comme je te l'ai dit, élever cet enfant seule ne me fait pas peur.

Son sourire se fit plus tendre tandis qu'elle ajoutait :

— Mais je préférerais bien sûr tenter l'expérience à deux. Réfléchis, qu'as-tu à perdre, au juste ?

Gio haussa les épaules. Un célèbre dicton lui revint à la mémoire. « Qui ne risque rien n'a rien. » Anita aurait-elle raison ?

Comme il se penchait pour l'embrasser, elle sourit. Elle se sentait confiante. Gio l'aimait, elle n'en doutait pas. Il ne lui restait plus qu'à attendre qu'il veuille bien l'admettre.

Ce soir-là, il ne se contenta pas de la garder serrée contre lui. Ils se donnèrent l'un à l'autre, lentement, savourant chaque instant de ces retrouvailles, et il en éprouva un plaisir profond, intense. Une merveilleuse sensation de plénitude.

Etait-ce donc cela, l'amour ?

*
* *

Gio ne vit pas passer les semaines qui suivirent.

Lorsqu'il n'était pas au domaine ou à Florence, il s'empressait de retrouver Anita. Ils allaient se promener à pied pour qu'elle fasse de l'exercice, et il continuait à s'occuper de ses menus. Pendant ses absences, Gio lui envoyait des SMS et des bouquets de fleurs. Ils allèrent ensemble faire du shopping, car la silhouette d'Anita commençait à se modifier.

Il prenait aussi de plus en plus de plaisir à seconder Massimo dans le travail administratif du domaine, ce qui permettait à son frère de se consacrer davantage à leur production.

Mars céda la place à avril. Les journées rallongeaient, devenaient de plus en plus belles.

Mais Gio ne parvenait toujours pas à prononcer les mots magiques. Anita n'y prêtait pas grande importance. Elle ne doutait plus de son amour, et après avoir attendu si longtemps de l'entendre déclarer sa flamme, quelques semaines de plus ou de moins ne comptaient guère…

Un après-midi, il aborda un sujet qui ne manqua pas de l'étonner.

— Que penserais-tu de réaménager la villa ? demanda-t-il avec enthousiasme. A moins que tu ne préfères, bien sûr, que nous nous installions à Florence ?

Surprise, Anita se figea. *Nous ?* Avait-elle bien entendu ?

— Non, je me sens très bien ici. Qui plus est, nous sommes tout près du *palazzo*, donc de ta famille.

— Parfait, ça me convient très bien. Dans ce cas, nous pourrions prévoir un agrandissement, ce qui nous permettrait d'avoir une chambre pour notre enfant, et d'en garder une pour nos amis.

Perplexe, Anita le regarda fixement. Etait-il possible que ces propositions viennent de Giovanni Valtieri, qui jusque-là se disait incapable de passer plus de quelques semaines avec la même femme ? Et qui était plus que réticent à l'idée de fonder une famille ?

— Au fait, je ne t'ai pas dit… l'affaire Camilla Ponti est réglée !

— Ah ? Et comment t'y es-tu pris ?

— J'en ai parlé à Marco Je lui ai tout raconté. Et il est même prêt à la reprendre dans l'entreprise.

— Quoi ? C'est aussi simple que ça ? demanda-t-elle, étonnée.

La question le fit rire.

— Pas vraiment, pour tout te dire. En réalité, Marco ignorait l'existence de cet enfant handicapé, car la *signora* Ponti a toujours été très discrète sur sa vie privée. Je lui ai bien entendu expliqué toute la situation. Il a maintenant compris l'origine de ce besoin d'argent, et dans la mesure où il n'en manque vraiment pas, il s'est déclaré prêt à l'aider.

— Mais c'est un vrai conte de fées ! Tout est bien qui finit bien.

Songeuse, Anita soupira. Mais pour que leur histoire prenne elle aussi l'allure d'un conte de fées, il fallait maintenant que Gio soit prêt à revêtir son costume de prince charmant.

— As-tu très faim ? lui demanda-t-il un peu plus tard.

— Non. J'ai grignoté des biscuits pendant une partie de l'après-midi.

— Très bien, parce que je te réserve une surprise.

— Ah ? Laquelle ?

— Tu verras bien. Si je te le dis, ça ne sera plus une surprise !

Quand ils arrivèrent dans les bois de châtaigniers du domaine, baignés d'une belle lumière dorée à cette heure, elle ouvrit grand les yeux.

— Comme c'est beau ! Quelle bonne idée, Gio ! J'adore cet endroit. Nous y venions si souvent, quand nous étions petits…

Les collines, verdoyantes en cette saison, semblaient jouer à cache-cache derrière les troncs d'arbres. De là, on apercevait aussi l'élégante silhouette du *palazzo*, et en contrebas, la maison de Luca et Isabelle.

— Je sais bien que tu aimes ces bois. Chaque fois qu'il y avait un problème, c'est ici que tu venais te réfugier.

Il étendit une couverture par terre, puis sortit du coffre le panier pique-nique préparé par ses soins, et pendant qu'ils mangeaient dans ce décor de rêve, ils se mirent à égrener les souvenirs en riant.

Gio tendit à Anita un verre avec un doigt de vin à peine, pour célébrer la soirée surprise.

Leur passé regorgeait de si belles images. L'avenir qui les attendait serait-il aussi souriant ?

10

— Ça y est, j'ai la date de la prochaine échographie, annonça Anita.

Gio, qui venait d'arriver, accrocha sa veste au portemanteau.

— Génial ! Si je ne suis pas libre, je décalerai mon rendez-vous.

Sortant son smartphone de sa poche, il lui fit répéter la date et vérifia son agenda.

— Tout juste, je n'aurai qu'à déplacer un rendez-vous pour me libérer.

Le jour venu, Gio passa la chercher à la villa pour la conduire à l'hôpital, où les attendait Luca. Ce dernier les conduisit jusqu'au service.

— Je suppose que tu veux assister à l'examen ? demanda le médecin à son frère.

Il n'hésita pas un quart de seconde.

— Bien sûr !

Tout excité par cette perspective, Gio emboîta le pas à son frère. Plus le temps passait, plus augmentait son attachement pour le petit être qui grandissait en Anita. Un attachement que l'épisode Camilla Ponti avait d'ailleurs renforcé. Ses dernières rencontres avec elle lui avaient permis de mesurer toute l'importance des relations filiales, et d'apprécier aussi la chance d'avoir des enfants en bonne santé.

S'il n'avait aucune appréhension particulière vis-à-vis du

bébé à naître, il éprouva néanmoins une véritable sensation de joie quand apparurent les images de l'embryon.

— C'est absolument incroyable, murmura-t-il.

Anita lui répondit par un hochement de tête. C'était incroyable en effet de voir pousser ce bébé en elle. Incroyable aussi de voir changer à ce point, jour après jour, le père de son enfant.

Luca les rejoignit à la sortie de la salle d'examens.

— Alors, lança-t-il en souriant, quelles sont vos impressions, chers parents ?

— C'est extraordinaire, dit Anita avec un grand sourire émerveillé. Voir le bébé bouger, entendre les battements de son cœur…

— Comme Anita, j'ai été saisi par ces images. Je n'arrive toujours pas à y croire.

Luca hocha la tête, et, la main posée sur l'épaule de son frère, éclata de rire.

— Prépare-toi à être plus saisi encore quand tu seras réveillé par les cris du bébé, un dimanche matin à 6 heures !

— On reconnaît bien là la voix de l'expérience ! s'exclama Anita, et ils rirent en chœur.

Ils remercièrent le médecin, et se dirigèrent vers la sortie de l'établissement. Comme ils traversaient les couloirs immaculés, Gio se prit à penser à Kirsten, à ce qu'elle avait enduré.

— Gio ? fit Anita en le prenant par la main. Qu'y a-t-il ? Tu as l'air si sérieux, tout à coup…

Tourné vers elle, il lui sourit et se pencha pour l'embrasser au coin des lèvres.

— Tout va bien, déclara-t-il. *Très bien* même.

Empli d'une joie intense, Gio la serra très fort dans ses bras. Le passé appartenait au passé, et il était temps à présent de tourner la page. Il ne se sentait d'ailleurs en rien responsable de la mort de ce bébé, dont il ignorait l'existence. Jamais il n'avait fait la moindre promesse à la jeune Australienne.

— Et toi ? Comment te sens-tu ? demanda-t-il à Anita.

— Je crois ne m'être jamais sentie aussi bien.

Elle ponctua ces mots d'un soupir de bien-être, qui le fit rire.

— Rassure-moi, tu as bien les clichés dans ton sac, *cara* ?

— Oui, je ne les ai pas oubliés, rassure-toi. Je me demande bien si ce sera une fille ou un garçon ?

— Quelle importance ?

— Aucune, bien sûr. Mais… je pense juste qu'une fille doit être plus facile à élever.

— Jusqu'à l'adolescence du moins, observa-t-il avec un rire sec. Allons vite fêter cette première échographie au restaurant !

Sur le balcon de son appartement, face à ces collines qui faisaient partie de sa vie, Gio contemplait son avenir.

En l'espace de quelques mois à peine, son existence avait pris un tout nouveau tournant. Il envisageait de consacrer de plus en plus de temps aux affaires familiales, pour ne plus revenir que de temps en temps à Florence. Il était le père d'un bébé qui naîtrait bientôt, et qui se portait comme un charme. Mais aussi le compagnon d'une femme qu'il aimait depuis longtemps.

Depuis toujours en fait, s'avoua-t-il.

Il comprenait enfin pourquoi il n'avait jamais voulu s'investir dans une autre relation.

Il aimait Anita, oui.

D'un amour fou même. D'un amour profond. A tel point qu'il ne s'imaginait plus passer une seule journée sans elle.

Et il avait maintenant hâte de lui avouer cet amour.

Un sourire rayonnant aux lèvres, il monta dans son coupé Mercedes et partit vers les collines pour rejoindre la villa. Lorsqu'il arriva, il ne trouva personne. Les sourcils froncés, il réfléchit. C'était bizarre. Elle n'avait pourtant mentionné aucun rendez-vous, ce jour-là. Mais peut-être était-elle sortie faire des courses. A moins qu'elle n'ait rejoint Isabelle et Lydia au *palazzo* ?

Quoi qu'il en soit, elle ne tarderait pas. Il était toutefois déçu de ne pas la trouver au moment précis où il se sentait prêt à lui faire sa déclaration d'amour.

Il l'appela sur son portable, tomba sur la messagerie et l'avertit qu'il rappellerait plus tard.

Après avoir consulté sa montre, il décida de passer au *palazzo*, compléter un dossier en cours. Lorsqu'il posa la question à Massimo, celui-ci lui dit ne pas avoir vu Anita de la journée. Il essaya de la rappeler, sans plus de succès.

Une heure plus tard, il tentait de nouveau sa chance. En vain. Il laissa un autre message vocal.

« Anita ? Où es-tu ? Je commence à m'inquiéter... Appelle-moi. »

Peut-être était-elle sur la route. Il attendrait encore un peu avant de la rappeler.

La tentative suivante ne s'avéra pas plus concluante, et son cœur battait très fort quand il se réinstalla au volant. Il n'allait tout de même pas parcourir toute la campagne environnante pour la retrouver ?

A une croisée de chemins, hésitant un bref instant, il emprunta celui qui traversait la forêt. Roulant à une allure très lente, il regardait de toutes parts. Où donc pouvait-elle bien être ?

Il la rappela encore, de plus en plus inquiet.

« Anita... je ne sais pas où tu es, et je me fais du souci. Rappelle-moi s'il te plaît, *cara*. Je t'aime. »

Il continua d'avancer, envisageant les pires scénarios. Et si elle avait eu un accident ? Peut-être était-elle tombée ? Soudain, une idée lui vint à l'esprit. Peut-être avait-elle simplement décidé de flâner dans la nature, comme elle aimait souvent le faire ?

Sans plus réfléchir, il prit la direction du bois de châtaigniers. Lorsqu'il reconnut sa voiture garée à l'entrée de la forêt, tout près de l'endroit où ils avaient pique-niqué, il se sentit infiniment soulagé. Elle était donc là. Il ne lui était rien arrivé de fâcheux.

Du moins l'espérait-il.

Il descendit de voiture et gagna la clairière à grandes enjambées. Ce fut là qu'il la vit, sous ce même arbre qu'ils avaient tant de fois escaladé autrefois. Tournée dans sa direction, elle lui sourit, et il eut l'impression que son cœur allait exploser de joie.

— Je savais bien que tu finirais par me retrouver, Gio.

Je me suis tordu la cheville. Rien de grave, mais j'étais clouée ici…

— Bon sang, Anita, pourquoi ne pas m'avoir appelé ?

— Parce que j'ai oublié mon téléphone dans la voiture. Tu as essayé de m'appeler, n'est-ce pas ? D'ici, j'ai entendu plusieurs fois mon portable sonner, mais bien sûr, je ne pouvais pas décrocher…

— Partons vite, allons soigner cette cheville.

Il la souleva dans ses bras et l'emmena jusqu'à sa voiture.

— Je m'arrangerai pour revenir chercher la tienne demain. Je récupère ton téléphone, et direction la villa !

Quand il lui remit le portable, elle grimaça.

— Ta cheville te fait mal ?

— Non, ne t'inquiète pas. Je pense qu'une poche avec quelques glaçons devrait suffire. Je grimaçais juste à la vue du nombre d'appels manqués. Ils sont tous de toi ?

— Peut-être bien.

L'appareil posé contre son oreille, elle les écouta un à un. Arriva enfin le dernier : « Anita… je ne sais pas où tu es, et je me fais du souci. Rappelle-moi s'il te plaît, *cara*. Je t'aime. »

Interloquée, elle regarda l'appareil. Avait-elle bien entendu ? Avait-il bien prononcé les mots… ces mots qu'elle attendait depuis si longtemps ?

— Gio, je…

— Qu'y a-t-il ?

— Ai-je bien entendu ? Tu m'as bien dit que tu m'aimais ?

Il se tourna vers elle pour lui sourire, avant de reporter son attention sur la route.

— Oui Anita, je t'aime. *Ti amo !* Ça m'est tout à coup apparu comme une évidence. J'avais tellement hâte de te le dire. Je t'ai cherchée partout, mais impossible de te trouver !

Emue, Anita resta figée. Sa voix vibrait de joie quand elle lui demanda enfin :

— Mais comment en es-tu arrivé à une telle conclusion ?

— C'est simple ! En utilisant mes neurones ! Comment aurais-je pu m'intéresser à une autre femme, alors que c'était toi que j'avais toujours eue en tête ? Les meilleurs moments de ma vie sont ceux que nous avons passés ensemble il y a cinq ans, et ceux que nous partageons depuis que j'ai appris que tu portais mon enfant. Je suis pleinement heureux auprès de toi, Anita. Et j'espère l'être longtemps encore… si tu acceptes, cette fois, de m'épouser !

Comme elle lui passait les bras autour du cou, il dut s'arrêter.

— Tu veux donc bien devenir la *signora* Valtieri ? lui demanda-t-il, ses lèvres tout contre les siennes.

— Bien sûr ! Oui ! J'en rêve depuis l'âge de quinze ans !

— Bien. Et comme tu es une spécialiste, tu te chargeras d'organiser notre mariage ?

— Oh oui ! Avec un immense plaisir ! Ça ne devrait pas être bien long, vu le nombre de fois où je l'ai imaginé.

Cinq semaines plus tard, ils se mariaient dans la chapelle du *palazzo*, entourés de leurs familles respectives et de leurs proches amis. Le ventre de la future maman étant à présent assez rebondi, elle avait opté pour un ensemble en lin écru, assez ample, et portait autour du cou une écharpe en dentelle de son arrière-grand-mère.

Elle était pour Gio la plus belle des mariées au monde, et il la porta dans ses bras pour franchir le seuil de la chambre où ils passeraient leur nuit de noces, dans un ancien et luxueux hôtel de la région, comme la villa était en travaux.

Octobre touchait à sa fin quand naquit leur fils, à qui ils donnèrent le nom de Georgio.

Le lendemain, ils retournaient à la villa, où les ouvriers s'étaient hâtés de terminer les travaux avant l'arrivée du nouveau-né.

Georgio s'assoupissait dans les bras de sa maman, qui venait de le nourrir, quand Gio s'agenouilla devant eux.

— Il est vraiment magnifique, dit-il avec un sourire épanoui. Comme sa mère. T'ai-je déjà dit combien je t'aime, Anita Valtieri ?

Elle posa sur lui un regard espiègle.

— Je n’en suis pas certaine…

— *Ti amo, carissima.*

Et il se pencha pour prendre dans ses bras sa femme et son fils, auprès desquels l’attendait un avenir radieux.

LIZ FIELDING

Un bonheur à saisir

Traduction française de
ADELINE MAGNE

HARLEQUIN

Titre original :
THE BRIDE'S BABY

Ce roman a déjà été publié en 2014

1

Sylvie Smith jeta un coup d'œil à l'horloge de son ordinateur portable : 14 h 45. Trois quarts d'heure ! Cela faisait trois quarts d'heure qu'on l'avait abandonnée dans ce luxueux bureau de réception, devant une tasse de café maintenant froid. Son client, Tom McFarlane, lui avait donné rendez-vous à 14 heures, allait-il encore tarder longtemps ?

A vrai dire, sa grossièreté ne l'étonnait pas. Elle savait qu'elle était la dernière personne au monde qu'il désirait voir. La réciproque était d'ailleurs vraie. Elle n'était guère enthousiaste à l'idée de rencontrer un homme dont le souvenir la hantait depuis qu'elle l'avait vu, six mois plus tôt. Un homme qui avait été à deux doigts d'épouser son ancienne camarade d'école, la ravissante et frivole Candida Harcourt.

Ce que Sylvie ne comprenait pas, c'était pourquoi, alors qu'il l'avait évitée pendant six mois, il lui imposait maintenant une confrontation qui lui serait aussi pénible qu'à elle.

En tout cas, s'il croyait la déstabiliser en la faisant attendre, il se trompait. Elle savait s'occuper, Dieu merci ! Pendant ces trois quarts d'heure d'attente, elle avait mis au point les détails d'un mariage à l'indienne qu'elle organisait pour un top model international. Elle avait également réussi à réconforter une pop-star sur le déclin qui espérait relancer sa carrière par un gala spectaculaire à l'occasion de la sortie de son nouvel album.

14 h 50, et toujours pas de Tom McFarlane. Eh bien, tant pis pour lui ! Elle n'avait plus le temps d'attendre. Elle aussi avait des obligations pressantes, après tout !

La jeune femme éteignit son portable, le rangea et se

dirigea d'un pas décidé vers la réceptionniste qui, depuis son arrivée, l'avait soigneusement ignorée.

— Je ne peux pas rester davantage. Veuillez dire à M. McFarlane que, s'il veut me voir, je serai à mon bureau demain à partir de 10 heures.

— Oh, mais…

— Je suis attendue ailleurs. Si je ne pars pas maintenant…

La réceptionniste l'interrompit par un regard au-dessus de son épaule. Sylvie se retourna, et ses yeux tombèrent sur un large torse caché par une chemise de lin blanc dont les manches retroussées révélaient des avant-bras puissants.

Tom McFarlane.

Etrange… Elle avait passé ces six derniers mois à préparer son mariage, et pourtant, c'était la deuxième fois seulement qu'elle le rencontrait. Qu'il était grand ! songea-t-elle, contrainte de lever les yeux malgré les talons aiguilles qu'elle avait enfilés en prévision d'un après-midi difficile.

Son menton était creusé d'une fossette profonde, plus accentuée que sur les photos. Sans être adepte des mondanités, Tom McFarlane, séduisant milliardaire en passe d'épouser une jeune héritière de petite noblesse, était une cible de choix pour les magazines à scandales.

Cet homme dégageait un magnétisme rare, une aura d'autorité irrésistible et terriblement intimidante. La cravate desserrée et le col de chemise ouvert, il avait l'air d'avoir affronté récemment un problème dont elle ne doutait pas qu'il eût triomphé.

Involontairement, Sylvie baissa les yeux, troublée comme une petite fille.

Et c'était avec cet homme que Candy avait un temps envisager d'accomplir ce qu'elle appelait son « projet de vie »… Car, dès le lycée, son plan de carrière avait été d'épouser un millionnaire. Un mari qui lui offrirait une maison à Westminster, un domaine à la campagne et un titre, peu importe lequel. Seule une question n'était pas sujet à négociations : le volume du compte en banque. Les études ? Très peu pour elle. Elle préférait de beaucoup investir dans ses « atouts naturels » — considérables, de l'avis de tous —, et réussir le mariage parfait. Lorsqu'elle avait dit cela, tout le monde avait ri. Candy avait en effet le chic pour faire rire les gens, mais personne n'avait douté qu'elle ne mette un jour son projet à exécution.

Par deux fois, elle n'avait pas été loin d'y parvenir. Enfin, la trentaine approchant, elle avait tenté le tout pour le tout, sans abandonner toutefois sa motivation principale : l'argent.

Une question demeurait cependant : pourquoi Tom McFarlane avait-il consenti à se faire l'instrument des ambitions d'une femme aussi superficielle, quoique charmante ? *Charmante*... La réponse était là. Comment résister à un sourire de Candy Harcourt ? Belle, drôle, sophistiquée, elle avait tout pour faire tourner la tête à n'importe quel homme.

Et bien qu'il donne l'impression d'être taillé dans le roc, Tom McFarlane n'avait pu être insensible à ses charmes.

Si seulement elle avait pu en dire autant...

Lorsque, six mois plus tôt, leurs regards s'étaient croisés au-dessus des boucles blondes artistement agencées de Candy, une bouffée de désir avait embrasé Sylvie si soudainement que, pendant quelques secondes, elle avait failli perdre toute contenance. Heureusement, sitôt le contrat signé, Tom s'était excusé et avait pris congé.

Maintenant encore, la seule pensée de ces dix longues minutes suffisait à lui mettre le feu aux joues. Pourtant, elle était une femme de tête, une femme d'affaires habituée aux situations délicates.

« Concentre-toi, concentre-toi, et surtout, évite de le regarder dans les yeux. »

— Si vous ne partez pas maintenant... ? répéta-t-il.

— J'aurai de gros ennuis.

Comme si ce n'était pas déjà le cas... Réprimant cette pensée, elle se contraignit à un sourire professionnel et lui tendit la main.

— Bonjour, monsieur McFarlane. J'étais justement en train d'expliquer à votre réceptionniste...

— J'ai entendu, répondit-il sans lui serrer la main. Téléphonez à la personne qui vous a donné rendez-vous et dites-lui qu'elle devra patienter.

Sylvie le regarda, interloquée. Pour qui se prenait-il ? Pensait-il vraiment qu'elle était à sa disposition, comme une simple assistante ?

— Désolée, mais c'est impossible. J'ai rendez-vous avec Delores Castello, la célèbre vedette. En revanche, poursuivit-elle en feuilletant son agenda, j'ai un créneau libre après-demain, à…

— Ce que vous ne comprenez pas, mademoiselle Smith, l'interrompit-il, c'est que je ne vous donnerai pas deux fois la chance de réparer votre fiasco.

Sylvie se mordit la lèvre inférieure.

Un fiasco ? Alors qu'elle s'était démenée pour négocier les meilleures conditions d'annulation possibles ! Et encore, rien ne l'y avait obligée, si ce n'était sa conscience professionnelle.

Et puis, en quoi était-elle responsable de ce qui s'était produit ? Elle comprenait sa colère, mais elle refusait d'endosser les torts de Candy.

— Si vous partez, dit-il encore, je vous promets que vous ne reverrez pas votre argent de sitôt.

Sans attendre sa réponse, il tourna les talons et se dirigea à grands pas vers son bureau.

Sylvie le regarda fixement. Plaisantait-il ? Apparemment non. Glaciale, sa voix accentuait la sécheresse de son visage aux traits de granit. Plus que jamais, il lui faisait penser à un volcan enneigé aux entrailles de lave bouillonnante.

Quelque chose lui disait que Tom McFarlane était fait du même bois que les aventuriers des siècles passés, qui avaient cherché la gloire et la fortune sur des mers inconnues. Ce surdoué des affaires avait très tôt révélé un don pour le commerce : parti de rien, il avait fondé à sa sortie du lycée sa société d'import-export qui n'avait pas tardé à devenir un leader dans son domaine. A 20 ans à peine, il possédait son premier million. L'expression *self-made man* semblait avoir été faite pour lui.

Toutefois, cette réussite fulgurante n'aurait jamais effacé ses origines modestes aux yeux d'une héritière comme Candy. Il lui manquait le savoir-vivre, la distinction d'un homme du sérail. Il n'avait pas de propriété à la campagne, pas de demeure à Mayfair ou aux Barbades. Juste un grand loft, et qui plus est du mauvais côté du fleuve… Lorsque Candy lui en avait fait le reproche, il s'était contenté de rire et de se moquer de tous ceux qui déboursaient une fortune pour avoir le luxe de le regarder de l'autre rive.

Sylvie avait réprimé un sourire lorsque Candy, exaspérée, lui avait rapporté cette anecdote. Elle avait même songé que Tom McFarlane n'était pas le milliardaire le plus facile à manipuler.

Peut-être Candy s'était-elle montrée trop ambitieuse ? Ou alors, peut-être avait-elle tout simplement été séduite par l'odeur de soufre qui entourait sa proie…

Du moins, songea Sylvie, c'était l'effet qu'il exerçait sur elle-même. Sauf qu'elle avait bien plus à perdre que Candy dans toute cette histoire. Sa réputation, notamment. Elle avait des comptes à rendre à tous les prestataires et artisans qu'elle avait engagés pour l'organisation du mariage : des professionnels qui s'étaient acquittés au mieux de leur travail et qui attendaient d'être payés.

Sylvie se trouvait au pied du mur.

D'un geste sec, elle sortit son portable et expliqua à son assistante éberluée qu'elle serait en retard. L'appel ne prit guère plus de 30 secondes, mais lorsqu'elle retrouva Tom, il était déjà assis à son bureau, le front appuyé sur une main, plongé dans la lecture d'un dossier. C'était une copie de celui qu'il lui avait retourné avec une note laconique lui suggérant de le transmettre au nouvel homme de son ex-future épouse.

Mais Sylvie comprenait sa réaction. Il devait avoir reçu ce dossier en même temps que la lettre de rupture de Candy… Elle ne pouvait s'empêcher de ressentir pour lui une certaine compassion. Elle aussi avait été abandonnée juste avant son mariage. Elle était bien placée pour savoir à quel point pareille expérience pouvait être humiliante. C'était d'ailleurs pour cela qu'elle s'était gardée d'une formule creuse du genre « Je comprends ce que vous ressentez ». Car, justement, personne ne pouvait comprendre.

Au lieu de cela, lorsqu'elle avait découvert le pot aux roses, elle s'était contentée de glisser la note ainsi qu'une énorme liasse de copies de factures dans un dossier décoré non de cloches de mariage mais du logo de l'entreprise, et elle lui avait envoyé le tout accompagné d'un courrier poli lui demandant le règlement sous 28 jours.

Mais au lieu du chèque attendu, elle avait reçu un coup de fil de l'intéressé en personne, lui demandant de se présenter à son bureau le lendemain, à 14 heures précises. Il avait raccroché sans lui laisser le temps de répondre, ne lui donnant pas d'autre choix que d'annuler ou de déplacer ses rendez-vous…

Sylvie pénétra dans une vaste pièce et s'arrêta devant un long bureau. Il lui lança un bref regard acéré qui la pétrifia. De nouveau, elle se sentit comme frappée d'un éclair dont la chaleur pénétrait au plus profond d'elle-même et faisait courir des frissons sur sa peau.

Aucun homme n'avait suscité chez elle de telles émotions. Pas même Jeremy.

C'était tellement étrange… En amour comme en tout, elle s'était toujours méfiée du premier regard. Elle connaissait Jeremy, son ex-fiancé, depuis le berceau. Mais à y réfléchir, ce n'était peut-être pas le meilleur exemple…

— Vous devriez vous asseoir, mademoiselle Smith. Nous en avons pour un moment.

A tout autre client, elle aurait aussitôt répondu « Appelez-moi Sylvie », mais les circonstances ne se prêtaient pas à de telles familiarités. Elle s'assit donc en silence, le dos raide contre le dossier de son siège, intimidée comme une écolière par le froid regard fixe de Tom McFarlane. Maladroitement, elle posa son dossier sur ses genoux et sortit un stylo.

Ce regard s'éternisait sur elle, impitoyable. Sylvie sentit ses joues s'enflammer. L'atmosphère lourde comme avant un orage la faisait suffoquer. Sans réfléchir, elle déboutonna le col de sa chemise.

Il attendit qu'elle fût parfaitement immobile pour prendre la parole.

— Avez-vous renvoyé l'honorable Quentin Turner Lyall ?

Sylvie déglutit avec difficulté.

— Monsieur McFarlane, il est difficile de renvoyer un

employé au motif qu'il est tombé amoureux de l'une de nos clientes. Les prud'hommes prendraient très mal la chose.

— Amoureux ? répéta-t-il avec dédain.

— Eh bien, oui. De quoi s'agit-il d'autre, à votre avis ?

En tout cas, ce n'était pas pour l'argent que Candy l'avait préféré.

— Et vos obligations envers votre client ? Car, dans votre courrier, c'est bien ainsi que vous me considérez.

Il la transperça d'un regard glacial.

— Et j'imagine que M. Lyall est parti sans laisser de traces.

Sylvie se sentit rougir jusqu'à la pointe des cheveux.

— En fait, il… Non. Il m'a demandé un congé.

Tom McFarlane se renversa sur son siège, l'air consterné.

— Vous voulez dire que vous lui avez permis de s'enfuir avec une femme dont vous organisiez le mariage ? demanda-t-il après un silence interminable.

Comment lui dire que Quentin lui avait fait croire qu'il devait se rendre au chevet de sa grand-mère mourante ? Lorsqu'il était parti du bureau en compagnie de Candy, soi-disant pour l'aider à porter ses sacs de boutiques, Sylvie avait été à des lieues d'imaginer que son amie lâchait un milliardaire pour son tout jeune assistant. Certes, Quentin était issu d'une famille aristocratique, mais il avait peu de chances d'hériter du titre de son grand-père. Et puis, comment ne pas ressentir une certaine sympathie pour ce garçon ? Si un homme de la trempe de Tom McFarlane avait succombé aux charmes de Candy, quel espoir restait-il pour un innocent comme Quentin ?

Pourtant, innocent ou pas, elle devrait se passer de ses services. Cela ne serait pas de gaieté de cœur : Quentin était un excellent collaborateur, d'une honnêteté irréprochable et qui s'y entendait mieux que personne pour calmer les clientes. Avec cela, il était doux comme un agneau. Il ne lui viendrait même pas à l'esprit de l'attaquer pour licenciement abusif.

Cependant, Tom McFarlane, absorbé par la lecture du dossier, feuilletait les factures d'un air inexpressif. Sylvie, le souffle court, attendait, fascinée par ses longs doigts qui tournaient les pages… Sa main, appuyée sur son front… Son menton anguleux…

La pièce était plongée dans un silence troublé seulement par le lent bruissement des feuilles et la respiration saccadée de la jeune femme.

Tom McFarlane lui jeta un bref regard. Elle était nerveuse ? Il y avait de quoi ! Jamais il n'avait été autant en colère. Ce mariage aurait été le couronnement de son ascension fulgurante, sonnant le glas de sa vie de play-boy, passant son temps à collectionner les voitures de luxe et les jolies filles. Issue d'une famille dont l'arbre généalogique remontait à Guillaume le Conquérant, Candida Harcourt personnifiait tout ce dont il rêvait : reconnaissance, respectabilité. En l'épousant, il aurait tiré un trait définitif sur ses origines modestes. L'amour avait peu de choses à voir dans tout cela. Non, il convenait davantage de parler d'échange de bons procédés : richesse contre titre. L'alliance idéale.

Et pourtant, Candy était partie à la dernière minute avec un type contraint de travailler comme simple assistant dans l'événementiel pour assurer sa subsistance. Certes, il était d'ascendance *aristocratique*… Le titre prenait toujours le pas sur les milliards, ainsi qu'il en avait déjà plusieurs fois fait l'amère expérience.

De toute façon, il aurait toujours été un étranger dans cette caste. Ces gens-là se connaissaient tous depuis l'enfance, se mariaient entre eux… D'ailleurs, cette même Sylvie Smith avait été chargée de l'organisation du mariage pour la simple raison qu'elle était une amie d'école de Candy. Le réseau, toujours…

Sylvie Smith…

Cela faisait six mois qu'il s'efforçait de se libérer de son souvenir. Pendant une heure entière, il avait en vain cherché un prétexte pour la congédier sans avoir à la rencontrer. Et tandis qu'il faisait mine d'examiner les factures étalées devant lui, il ne pouvait s'empêcher de remarquer, sous le col de chemise déboutonné, un soupçon de dentelle brune soulignant une poitrine ronde, ferme. Lorsqu'elle croisa les jambes pour redresser le dossier posé sur ses genoux, il détailla discrètement une cheville fine, un pied menu chaussé d'un soulier de daim sombre d'où dépassait un orteil peint en rouge. D'une main nerveuse, elle repoussait une mèche d'un blond sombre, sa couleur naturelle, à n'en pas douter.

Qu'est-ce qui le retenait de lui rédiger son chèque maintenant ? Autant en terminer le plus vite possible.

Soudain, son regard tomba sur une facture.

— Un canon à confettis ? Mais qu'est-ce que c'est que cette invention ?

Se sentant perdre pied, Sylvie s'efforça de respirer calmement pour maîtriser les battements fous de son cœur.

— En fait, c'est écrit sur le paquet.

Il haussa les sourcils.

— C'est-à-dire ?

— Eh bien, il s'agit de… d'un dispositif qui projette des confettis…

Seigneur, la voilà qui bafouillait, ce qui ne lui était pas arrivé depuis des années, tout simplement parce que monsieur était mal disposé. Du calme !

— Des confettis de toutes tailles et de toutes couleurs. C'est assez… spectaculaire, acheva-t-elle, troublée par son silence.

Il la dévisageait comme si elle était folle. Il avait peut-être raison, après tout. Une femme capable d'écumer l'internet une journée entière à la recherche d'un éléphant à louer ne pouvait être tout à fait saine d'esprit.

— Et les « fontaines de lumière », c'est quoi, au juste ?

— Ce sont des milliers de fibres optiques agitées par une brise, expliqua-t-elle en imitant le mouvement d'un geste léger de la main. Et qui changent de couleur en bougeant.

Il la regarda un instant en silence avant de reprendre d'un ton sec :

— Et s'il n'y a pas de vent ?

— On utilise des ventilateurs.

— Vous êtes sérieuse ?

Sylvie remua sur sa chaise. Avec lui, la magie se dégonflait comme un ballon de baudruche.

— Candy ne vous avait-elle pas expliqué tout cela ?

Il plissa le front. Bien sûr, elle aurait dû y songer : un homme habitué à jongler avec les milliards ne s'occupait pas de telles trivialités. Il s'était contenté de laisser un chèque en blanc à sa fiancée, qui s'était investie dans son rôle avec un enthousiasme dont les seules limites avaient été les contraintes de temps et d'imagination. Si elle avait demandé la lune, elle aurait insisté pour qu'on aille la lui décrocher. Rien n'avait été épargné pour faire de son mariage un véritable rêve, et de cette journée la plus inoubliable de toute son existence.

Mais en l'espace de quelques heures, ce rêve était devenu un cauchemar, tant pour le fiancé abandonné que pour l'organisatrice. Et un cauchemar à six chiffres. Sylvie ne doutait pas qu'en homme d'affaires avisé, il comprendrait qu'elle avait des comptes à rendre à ses fournisseurs et à ses collaborateurs… Quoi qu'il en soit, elle ne repartirait pas de ce bureau sans son chèque, dût-elle y passer la nuit.

Mais devant son regard brûlant comme de la lave, elle se prit à penser que cette perspective n'était pas si désagréable que cela… Elle pencha la tête sur son dossier et fit mine de glisser une mèche derrière son oreille.

Le bureau était de nouveau plongé dans un silence étrange : le téléphone ne sonnait pas, personne ne passait la tête par la porte pour poser une question. Seuls résonnaient à ses oreilles les lourds battements de son sang, à grands coups sourds, et le bruissement des feuilles.

Il s'intéressait maintenant à la facture du chœur…

— Ils n'ont pas chanté, objecta-t-il. Ils ne sont même pas venus.

— Nous les avions réservés depuis des mois. Je n'ai pas pu leur notifier l'annulation suffisamment tôt pour leur permettre de trouver une solution de remplacement, acheva-t-elle avec hésitation.

Il la regarda un instant en silence, puis passa à une autre facture. Celle des carillonneurs… Redoutant qu'il ne renouvelât son objection, elle retint son souffle. Il leva la tête, comme pour lui dire de respirer calmement, puis cocha de nouveau la liste. Sylvie se détendit un peu. Après tout, il ne passerait pas autant de temps sur ces factures s'il n'avait pas l'intention de payer…

La Rolls-Royce 1936 qui devait amener Candy à l'église : O.K.

Bien sûr, il était furieux et, faute de pouvoir s'en prendre à son ex-promise, c'était elle qui essuyait ses foudres. Si ce n'était que cela, ce n'était pas trop grave, songea-t-elle en s'éventant avec une facture.

La calèche pour conduire les mariés de l'église à la salle de réception : O.K. Les serveurs chantants…

C'en était assez !

Tom se passa la main dans les cheveux. Il en avait assez. Allez, signer ce chèque et tirer un trait sur toute cette histoire. Il leva les yeux et considéra avec fixité les joues colorées d'une rougeur délicate.

— Avez-vous trop chaud, mademoiselle Smith ? remarqua-t-il comme elle s'éventait avec l'une de ses maudites factures.

— Non, non, je vais bien, dit-elle en rangeant précipitamment la facture dans le dossier.

La tête baissée, elle ajusta sa jupe étroite et croisa de nouveau ses longues jambes, désireuse, de toute évidence, d'en finir le plus vite possible.

Pas encore, songea-t-il en se dirigeant vers une fontaine à eau fraîche.

Sylvie entendit le craquement du cuir du fauteuil puis, quelques secondes plus tard, le bruit léger d'un verre qu'on remplissait. Machinalement, elle passa la langue sur ses lèvres sèches et regarda son client. A contre-jour, le désordre de sa chevelure ressortait encore mieux. Elle se sentit prise de l'envie étrange de remettre ces longues mèches sombres en place, de le soulager de cette tension qui crispait ses épaules… De le consoler.

Mais le silence était chargé d'une telle électricité qu'une parole, un geste maladroit auraient suffi à causer une explosion. Elle se força donc à baisser les yeux vers son dossier.

— Tenez. Cela vous fera sans doute du bien.

La jeune femme redressa la tête avec un sursaut. Debout devant elle, Tom McFarlane lui tendait un verre d'eau. Elle ne l'avait pas entendu s'approcher. Balbutiant un timide « merci », elle prit le verre en veillant à ne pas toucher ses doigts, mais elle tremblait tellement qu'elle renversa quelques gouttes sur sa jupe. Il se pencha vers elle et enveloppa sa main de la sienne. A ce contact, Sylvie crut que son cœur allait s'arrêter de battre.

— Ça va, ça va, bredouilla-t-elle.

Elle leva les yeux vers lui et, soudain, n'eut plus du tout envie qu'il retire sa main.

— Je vous assure, dit-elle pourtant.

Il se redressa et retourna s'asseoir d'un pas léger de panthère.

Non. Une panthère était loin d'être aussi dangereuse que lui, songea-t-elle en posant le verre froid contre son front fiévreux.

Allons, un peu de sang-froid !

2

— Finissons-en, voulez-vous ? dit-il en retournant à son bureau.

Sylvie fulminait.

En finir ? Mais c'était lui qui laissait traîner cette malencontreuse affaire ! Pourquoi leur imposait-il un tel supplice à tous les deux ? Pour l'argent ? Non. Quoique importantes, les sommes impliquées étaient dérisoires au regard de sa fortune. Alors, quoi ? Désirait-il venger sa fierté blessée ? On aurait dit qu'il compulsait ces factures pour se prouver qu'en amour, toute confiance était impossible… à supposer que Candy lui ait dit qu'elle l'aimait.

— Les serveurs chantants ? demanda-t-il.

Sylvie posa son verre et reprit son dossier.

— J'y suis.

Il y eut un dangereux silence et elle leva les yeux, dans la crainte d'une remarque sarcastique. Mais il se contenta de secouer la tête et de passer à une autre facture. Sylvie poussa un soupir de soulagement… prématuré.

— Des colombes ? C'est si cher que cela ?

Pourquoi diable posait-il cette question ?

— J'en ai bien peur, répondit-elle. Le blé n'est pas gratuit, vous savez…

De nouveau, il la regarda longuement, comme pour lui demander de s'abstenir de tout commentaire ironique. Judicieux conseil, d'autant plus qu'ils arrivaient aux cadeaux des demoiselles d'honneur. N'ayant reculé devant aucune dépense, Candy avait choisi pour chacune des bracelets chez l'un des meilleurs joailliers de Londres.

Pendant quelques secondes, la pointe du stylo hésita sur la liste. Enfin, la sentence tomba :

— Renvoyez-les.

— Quoi ? Non, attendez. C'est impossible !

Il leva les yeux.

— Ah bon ? Et pourquoi donc ?

Incroyable ! S'était-il un tant soit peu intéressé à son mariage ?

Sylvie soupira.

— Parce qu'ils sont gravés de vos deux noms et de la date du mariage.

Il y eut un silence.

— Ils étaient censés être un souvenir.

— Vraiment ? Donc, ajouta-t-il après une courte pause, où sont-ils, ces fameux souvenirs ?

Elle se sentit rougir.

— C'est Candy qui les a, expliqua-t-elle d'une voix précipitée. Elle les avait enveloppés d'un papier cadeau pour que vous les offriez aux demoiselles d'honneur avant la cérémonie. Vous… saviez qu'un dîner de prémariage était prévu, n'est-ce pas ?

— Je l'avais noté dans mon agenda. De même que mon mariage lui-même.

Sylvie leva les yeux vers lui. Quelque chose dans le regard de Tom lui alla droit au cœur, à tel point qu'elle eut toutes les peines du monde à lutter contre l'envie de lui serrer la main, de lui dire que tout finirait par s'arranger.

Mais tout de suite, il reprit une contenance glaciale.

— Il y avait aussi des boutons de manchettes pour les garçons d'honneur. Et pour vous.

— Avec nos noms gravés à l'intérieur ?

— Non, juste la date.

— Utile, si je venais à l'oublier, remarqua-t-il avec une expression inattendue qu'elle interpréta comme un sourire.

Elle avala une nouvelle gorgée d'eau.

— Je suis sûre que Candy vous les rendra.

Oui, lorsqu'elle daignerait réapparaître. A coup sûr, elle n'hésiterait pas une seconde à vendre son histoire au magazine people le plus offrant. Sans les milliards de Tom McFarlane, elle aurait besoin de cet argent.

Cependant, il continuait de regarder Sylvie de cet air étrange.

— Vraiment ? reprit-il après un long silence. Admettons qu'elle me les renvoie, qu'en ferais-je, d'après vous ? Les revendre sur l'internet ? Oubliez ce que je viens de dire, soupira-t-il comme elle ouvrait la bouche pour protester.

Ce fut le gâteau qui eut raison du calme glacial de Tom McFarlane. Au lieu d'une création en chocolat blanc ou d'une de ces mignardises individuelles tellement à la mode, Candy avait opté pour le traditionnel gâteau aux fruits : une merveille à trois étages, nappée d'un glaçage exquis et décorée du blason des Harcourt et du logo de la société de Tom.

Paradoxalement, ce choix avait rassuré Sylvie. Pendant tous les préparatifs du mariage, Candy avait eu l'air de jouer à la mariée, telle une petite fille qui s'amusait avec une boîte à costumes et le maquillage de sa mère, ou, en l'occurrence, avec le compte bancaire d'un milliardaire. Or, ce gâteau laissait suggérer qu'elle envisageait son mariage avec un peu de sérieux. Du moins, peut-être…

— Où se trouve cette monstruosité ?

— Le gâteau, vous voulez dire ?

— Bien sûr, le gâteau ! Quoi d'autre, à votre avis ? Qu'en a-t-elle fait, à part essayer de le refiler à un autre gros naïf ?

— Monsieur McFarlane, je ne vous permets pas ! Mes collaborateurs sont des hommes et des femmes honnêtes, travailleurs et dignes de confiance. Et puis, qui voudrait d'un gâteau de mariage d'occasion ?

— Qui voudrait d'une mariée d'occasion ? marmonna-t-il entre ses dents.

Il marqua une pause pénible avant de reprendre :

— Donc, qu'est-il advenu de ce gâteau ?

« Oh, vraiment, quelle importance ? » fut-elle sur le point de lâcher, exaspérée.

Toutefois, elle ne pouvait lui donner tort. Malgré sa réussite, Tom McFarlane n'avait jamais oublié ses origines modestes et s'effarait des sommes folles gaspillées dans ce fiasco. Pour lui, un « détail » comme ce gâteau avait toute son importance.

— Il attend chez le pâtissier, dit-elle enfin.

— Dans ce cas, téléphonez-lui pour lui dire de me le livrer chez moi ce soir. Immédiatement, mademoiselle Smith, ajouta-t-il comme elle le regardait sans rien faire.

La jeune femme s'exécuta tout en se demandant ce qu'il pourrait bien faire de cinq kilos de fruits confits, de pâte d'amandes et de glaçage. Bah, ce n'était pas son problème… Il aimait peut-être le gâteau aux fruits. Sinon, il n'aurait qu'à le donner aux canards !

La liste continuait avec une multitude de babioles : menus, plans de tables, confettis, bougies, pétards et autres papillotes remplies de petits cadeaux pour chacun des invités… Candy n'avait négligé aucun détail dans l'organisation de ce qu'elle désirait être le mariage le plus incroyable, le plus extravagant de l'année.

Tom survola cette liste sans broncher jusqu'à la dernière facture : celle de ses honoraires, qu'elle avait baissés de vingt pour cent.

— Vous n'offrez pas de garantie de remboursement ?

— Tous les services de ma société comportent une garantie.

— Même contre les vols de fiancée ?

Sylvie s'abstint de sourire.

— Malheureusement, non, monsieur McFarlane. Ce qu'il est advenu de votre fiancée n'est pas de notre ressort.

— C'est vrai. Mais vous passez peut-être à côté d'un créneau commercial, observa-t-il en rédigeant le chèque. Comme les choses seraient simples si l'on pouvait choisir la fiancée idéale dans un catalogue !

— Comme pour une machine à laver ? Une voiture ? demanda-t-elle en s'interrogeant sur ses propres exigences en la matière. Une fiancée qu'on choisirait pour ses performances, pour sa silhouette, son esthétique…

— Tout à fait. Même si, remarqua-t-il en détachant son chèque du carnet, les femmes et les voitures de luxe coûtent très cher à l'entretien et prennent une sacrée décote !

Il regardait le chèque sans le lui tendre.

— Vous avez tout de même fait une bonne affaire, mademoiselle…

— Je ne suis pas cynique à ce point, monsieur McFarlane.

Comme il ne se décidait pas à lui donner son chèque, elle entreprit de ranger ses feuilles avec une lenteur et un calme ostensibles, pour bien lui prouver qu'elle était maîtresse d'elle-même, qu'elle ne songeait pas du tout à prendre son argent et à partir le plus vite possible. Ses affaires enfin rassemblées, elle le regarda de nouveau.

— De toute façon, un mariage organisé par SDS est un événement qui ne se présente pas deux fois dans une vie.

— Heureusement…

Sans la quitter du regard, il plia le chèque et le glissa dans la poche de sa chemise. Incrédule, Sylvie le regarda se lever et se diriger vers la porte.

— Allons-y, voulez-vous, mademoiselle Smith ?

— Où donc ? demanda-t-elle en se levant lentement.

— Eh bien, chercher toutes ces babioles inutiles que je dois vous payer.

Hein ? Etait-ce vraiment nécessaire ? D'autant plus qu'elle avait d'autres engagements. Ses employés pouvaient se débrouiller sans elle, mais Delores Castello ne lui pardonnerait jamais de lui avoir posé un lapin.

— Je… je suis à votre disposition pour vous les faire livrer, dit-elle d'une voix rapide.

— Pourquoi pas, si cela est plus pratique pour vous.

Le soulagement de Sylvie fut de courte durée.

— Je suppose que vous n'allez pas me faire payer la livraison ?

— Non, non.

Il hocha la tête.

— Je quitte le pays ce soir, mais nous pouvons terminer tout ceci le mois prochain, à mon retour. Le chèque peut attendre jusque-là.

Quoi ? !

— Je vous passerai un coup de fil à mon retour. Qu'en dites-vous ?

Un coup de fil !

— Vous plaisantez, j'espère ! J'ai annulé tous mes rendez-vous de cet après-midi pour vous et vous m'avez fait attendre une heure. Et ce soir, je suis invitée à une fête…

— Votre vie sociale ne m'intéresse pas.

— Je n'ai pas de vie sociale !

— Vraiment ?

Il l'enveloppa d'un bref regard qui glissa sur elle comme une caresse intime, infiniment troublante… Tremblante, elle s'efforça de se reprendre.

— Vraiment. Ce genre de sortie fait partie de mon travail. De plus, ma voiture ne peut pas aller à deux endroits à la fois.

Il sourit, un sourire presque imperceptible, qui naissait au coin de sa bouche et allumait dans ses yeux un feu étrange, fascinant.

— Pas de problème, dit-il. Je vous en propose une pour un tarif raisonnable.

Suffoquée, elle le regarda fixement avant d'acquiescer d'un bref signe de tête.

Ils descendirent dans un silence glacial jusqu'à un parking souterrain dans lequel semblait les attendre une camionnette sombre barrée du logo de l'entreprise de Tom McFarlane : TMF, en lettres dorées dans un cartouche. Au passage, la jeune femme remarqua une Aston Martin noire et rutilante : tout à fait le genre du personnage. En matière de voitures comme de femmes, il avait les mêmes goûts, tape-à-l'œil et futiles. Candy avait eu tort de le laisser tomber. Il la méritait bien !

Tom McFarlane ouvrit la portière du conducteur et lui tendit les clés. Elle les regarda un moment sans rien dire. Conduire la camionnette ? Pourquoi pas, après tout, si cela lui permettait de reprendre un tant soit peu le contrôle de la situation. De toute façon, il allait lui facturer l'utilisation du véhicule. Oui, mais d'un autre côté, elle avait également nourri l'espoir qu'en bon macho, il l'aiderait à charger et décharger toute la marchandise. Peut-être se leurrait-elle. Il pouvait aussi bien trouver un malin plaisir à lui compliquer la tâche. Elle regrettait maintenant de lui avoir accordé un rabais. Elle aurait amplement mérité ces vingt pour cent supplémentaires.

— Je vous aurais bien accompagnée mais il faut que j'aille récupérer ce gâteau, dit-il avec un sourire goguenard. Voulez-vous que je vous aide à monter ?

— Non, merci.

Elle lui prit les clés d'un geste sec et jeta son sac sur le siège passager.

— Je possède moi-même une camionnette comme celle-ci et je l'utilise souvent pour les livraisons.

— En jupe de tailleur et talons hauts ?

Comme elle le foudroyait du regard, il haussa les épaules, l'air de dire : « Comme vous voudrez », et recula.

— Ce n'est pas moi qui me plains, de toute façon, remarqua-t-il, narquois.

Bien sûr ! Pour grimper dans l'habitacle, elle avait dû remonter sa jupe et dévoiler ses longues jambes gainées de dentelle. Ce goujat n'avait pas perdu une miette du spectacle.

Sans lui accorder un regard de plus, elle referma la portière, rajusta sa jupe et démarra.

Il ne fallut pas moins de trois heures à Sylvie pour s'acquitter des démarches qu'il lui avait imposées. Etrangement, loin de l'intimider, la perspective de retrouver Tom lui inspirait une impatience mêlée d'excitation. Elle éprouvait un délicieux frisson à l'idée de se livrer au charme électrisant de ce séducteur-né. Pour la première fois depuis des années, elle se sentait féminine, désirable.

Une fois arrivée, elle lui téléphona pour pouvoir accéder au parking. Elle n'eut pas le temps de se garer qu'il était déjà descendu la rejoindre.

— Eh bien, vous en avez mis, du temps !

Elle lui jeta un bref regard de colère.

— Ça va ! Je peux me débrouiller, lâcha-t-elle comme il ouvrait la porte et lui tendait la main pour l'aider à descendre.

— Je sais. Mais comme j'ai déjà vu vos sous-vêtements, cette fois-ci, nous allons procéder à ma manière, d'accord ?

— Goujat ! lança-t-elle.

Il ne jugeait même pas ses jambes dignes d'un second regard !

Les yeux de Tom étincelèrent.

— Tout à fait. Votre amie ne vous avait-elle pas dit ce qu'elle aimait le plus, chez moi, après l'argent ? Le risque… Le sentiment, pour la première fois de sa vie, de flirter avec le danger…

Il s'approcha d'elle si près qu'elle sentit son souffle sur sa joue. Un long frisson parcourut la jeune femme.

— De jouer avec le feu, murmura-t-il.

La bouche sèche, Sylvie le contemplait avec fascination.

— Mais d'un autre côté, vous n'avez rien d'une dame, mademoiselle Smith, sinon, vous auriez accepté mon aide, n'est-ce pas ? Donc, je vous le redemande, avez-vous besoin d'un coup de main ?

Un brusque accès de colère s'empara de la jeune femme.

— Seulement pour décharger ces boîtes.

Elle n'avait pas besoin de remonter sa jupe pour descendre. Il lui suffisait de pivoter les jambes et de se laisser glisser, mais puisqu'il semblait décidé à la pousser à bout, elle n'allait rien faire pour lui simplifier la tâche. Délibérément provocatrice, elle posa les mains sur le bord de sa jupe, comme pour la remonter.

Elle n'en eut pas le temps. Anticipant son geste, Tom lui saisit les hanches et la souleva. Elle s'accrocha à ses épaules en poussant un petit cri de surprise.

Les mains de Tom s'attardèrent sur les formes pleines de la jeune femme. A bout de bras, sa silhouette était encore plus affriolante. Elle aurait été divine dans une tenue moulante… ou sans rien.

Ils demeurèrent un instant immobiles, cramponnés l'un à l'autre, le souffle court. Une longue mèche blonde glissa sur la joue de Tom qui resserra son étreinte. Tout naturellement, sa main s'insinua sous le chemisier de soie chocolat, son pouce caressa la dentelle d'un soutien-gorge bien rempli. Le souffle rauque, Sylvie se laissait faire. Elle s'alanguit contre lui, la bouche entrouverte en une invite muette.

Etait-ce le frisson qui la parcourut ? La langue dont elle humecta sa lèvre pleine ? Le gémissement sourd qui lui échappa ? Ou était-ce l'accomplissement inévitable, explosif, de cette rencontre électrisante dont le souvenir le hantait depuis six mois ?

Leurs lèvres se joignirent et leurs corps s'embrasèrent comme de la paille sèche. Par miracle, ils arrivèrent à l'ascenseur qui monta en flèche jusqu'à l'appartement de Tom tandis qu'ils s'arrachaient leurs vêtements dans un corps à corps frénétique, avides l'un de l'autre.

Posté devant la fenêtre d'un gratte-ciel de Tokyo, Tom McFarlane contemplait d'un œil distrait le panorama. Voilà plusieurs semaines déjà qu'il était parti à l'autre bout du monde, fuyant le souvenir d'une femme. A la dernière minute, il avait annulé son voyage aux îles Moustique pour sauter dans le premier avion. Arrivé en Extrême-Orient, il s'était immédiatement replongé dans le travail.

Un signal sonore annonça l'arrivée d'un courriel. Il s'assit avec un soupir. C'était sa secrétaire qui lui écrivait. La lecture du message lui arracha un juron. Une carte postale représentant l'Opéra de Sydney était posée à côté de l'ordinateur. « J'aurais aimé que vous soyez ici. », lut-il à mi-voix avant de la déchirer.

Tout va bien…

C'était par ces paroles que Sylvie avait pris congé de Tom McFarlane. Des paroles auxquelles ce test de grossesse positif donnait un sens tout à fait ironique…

Lorsqu'elle avait cherché à le joindre pour lui annoncer la nouvelle, sa secrétaire lui avait appris qu'il était parti plusieurs semaines aux îles Moustique. Sylvie avait raccroché avec un serrement de cœur : c'était là qu'il aurait dû passer sa lune de miel avec Candy. Les instants de magie qu'ils avaient vécus ensemble ne voulaient donc rien dire pour lui ?

D'ailleurs, il ne lui avait plus donné signe de vie. Il devait l'avoir oubliée. Sans doute avait-il pensé qu'elle avait pris ses précautions. Auquel cas, il n'avait pas tort : elle avait en effet songé à recourir à une contraception d'urgence en passant devant une pharmacie, mais elle en était sortie avec une nouvelle brosse à dents.

C'est qu'entre-temps, une autre pensée lui était venue. A l'aube de la trentaine, une grossesse n'aurait rien d'une mauvaise nouvelle. Pour elle, du moins.

Quant au père de l'enfant… Autant ne plus y penser.

Elle avait toutefois reçu par la poste un chèque accompagné d'une note écrite à la machine : « Pour solde de tout compte », suivi d'initiales indéchiffrables. Il n'avait pas tenu compte des 20 % qu'elle lui avait pourtant consentis. Histoire d'avoir le dernier mot, sans aucun doute.

Par fierté, elle avait tenu à lui rembourser cette réduction, mais une secrétaire lui avait répondu par courrier que l'erreur était volontaire de la part de M. McFarlane.

Officiellement, donc, elle n'avait plus rien à voir avec lui. Sauf qu'il avait le droit de savoir qu'il allait devenir père… Forte de cette pensée, Sylvie s'arma de courage pour lui téléphoner à son bureau. On l'informa qu'il n'était toujours pas rentré de congé.

A la réflexion, une lettre ferait mieux l'affaire. Installée à son bureau, la jeune femme arracha une page blanche d'un bloc-notes, décapuchonna un stylo dont elle mordit l'extrémité.

Une heure plus tard, la lettre n'était toujours pas commencée.

Comment dire à un homme qu'elle connaissait à peine qu'elle était enceinte de lui ? Comment expliquer à un célibataire qui semblait n'avoir aucun désir d'enfant que cette grossesse était la chose la plus magique qui lui soit jamais arrivée ? Comment lui faire partager sa joie, son émerveillement ? Comment lui faire comprendre que, tout à coup, sa vie avait trouvé un sens ?

Allons, pas de radotages. Mieux valait rester concise, factuelle, neutre. Ensuite, libre à lui de prendre sa décision.

Elle se mit à écrire.

« Cher Tom, »

Non. Trop familier. Trop chargé de souvenirs, aussi. C'était ce nom qu'elle avait crié lorsqu'il l'avait amenée au sommet du plaisir.

S'efforçant de songer aux 20 % d'abattement, elle poursuivit :

« Cher monsieur McFarlane,

» Je vous écris pour vous apprendre qu'à la suite de notre… »

Notre quoi ? Comment évoquer cette tendresse inattendue qu'il avait eue pour elle ? Les larmes qu'elle avait versées ? Il n'avait pas compris pourquoi elle pleurait, mais quoi d'étonnant ? « Tout va bien », avait-elle seulement trouvé à dire. Et c'était vrai, d'ailleurs. Pendant cet instant magique, tout allait si parfaitement, merveilleusement bien. Elle le lui aurait d'ailleurs dit, si le pâtissier n'était pas arrivé sur ces entrefaites pour livrer le gâteau et si son assistante n'avait pas choisi ce moment pour lui téléphoner…

Elle avait donc dû ramasser ses affaires à la va-vite et partir en coup de vent, s'excusant d'un « Il faut que je m'en aille ».

Avec un soupir, elle reprit sa lettre :

» … à la suite de notre récente rencontre, j'attends un enfant pour juillet. »

Voilà ! C'était clair, net et sans ambages. Mais tellement éloigné du tourbillon d'émotions qu'elle avait ressenti en lisant le test de grossesse…

« N'allez surtout pas croire que je vous tiens pour responsable de mon état. Le choix de cette grossesse revient à moi seule, et je suis parfaitement capable de subvenir aux besoins de mon enfant. Je ne vous écris pas pour réclamer quoi que ce soit de vous, mais seulement pour vous informer que vous allez devenir père. Si vous souhaitez faire partie de la vie de cet enfant, j'accueillerai volontiers votre contribution sans aucun sentiment d'obligation envers moi.

» Soyez assuré que je ne chercherai plus jamais à vous joindre et que, si nos chemins devaient se croiser, je n'évoquerai jamais ce sujet. En l'absence d'une réponse de votre part, j'en déduirai que vous ne désirez pas intervenir dans la vie de cet enfant. »

Qu'ajouter d'autre, à part les formules de politesse d'usage ? Qu'elle ne l'oublierait jamais ? Qu'il avait brisé le mur protecteur qu'elle avait érigé autour d'elle depuis que

Jeremy l'avait abandonnée, juste avant leur mariage ? Qu'elle lui en serait éternellement reconnaissante, ainsi que du don qu'il lui avait fait de ce bébé ?

Non. Tout cela ne le regardait pas, au fond. Et puis, elle ne voulait surtout pas qu'il reconnaisse cet enfant par culpabilité. S'il ne lui répondait pas, au moins, elle épargnerait à son enfant la désillusion que son propre père lui avait fait subir.

Une larme tomba sur le papier et brouilla l'encre. Allons, elle était ridicule. Elle n'avait aucune raison de pleurer. Essuyant ses larmes avec ses paumes, elle prit une feuille blanche et recopia son brouillon, puis glissa la lettre dans une enveloppe qu'elle ne timbra pas, préférant la déposer directement dans la boîte de Tom McFarlane pour être sûre qu'elle ne se perdrait pas ou qu'elle ne tomberait pas entre des mains indiscrètes.

Cette besogne effectuée, elle rentra chez elle pour commencer à réfléchir à la manière dont elle allait arranger sa vie. Sa nouvelle vie.

Le prochain vol pour Londres allait partir dans une heure.

Après quatre mois de pérégrinations à travers le monde, Tom rentrait enfin. Cela faisait quatre mois qu'il fuyait le souvenir, gravé dans son cerveau, de Sylvie Smith et de ses larmes silencieuses.

Ils ne pouvaient pas en rester là. Dès aujourd'hui, il allait la retrouver et la supplier de lui pardonner.

Avant de faire vérifier son passeport, il s'arrêta à une librairie pour acheter de quoi lire pendant le long vol qu'il allait prendre et s'immobilisa brusquement dans les rayons : sur une couverture de magazine, le visage qui l'obsédait jour et nuit depuis tant de mois le regardait avec un sourire serein. « Heureux événement pour Sylvie Smith ! », proclamait la légende.

Un bébé ?… *De lui ?* Aussitôt, un irrésistible sentiment de toute-puissance l'envahit. Sur la photo, rien n'indiquait qu'elle était enceinte, mis à part cet éclat particulier qu'ont dans le regard les femmes qui portent la vie.

Il ouvrit le magazine à la page de l'article et reçut un coup au cœur : Sylvie posait en double page en compagnie d'un homme grand et blond. Un texte accompagnait la photo :

LES RETROUVAILLES DE SYLVIE SMITH
AVEC SON AMOUR DE JEUNESSE.

Notre organisatrice d'événements préférée, qui vient d'annoncer qu'elle attend un bébé pour cet été, est vue ici avec Jeremy Hillyer, comte de Melchester, récemment divorcé. Promis l'un à l'autre dès leur enfance, leurs projets de mariage avaient été mis en suspens par le décès brutal du grand-père de Sylvie. Quelle joie de les voir réunis dans le bonheur !

Abasourdi, Tom lut deux fois le court passage avant de reposer le magazine et de se diriger vers le guichet pour changer son billet d'avion.

— Où désirez-vous aller, monsieur McFarlane ?

— Peu importe.

3

Josie Fowler se jeta de tout son long sur le sofa acheté à grands frais pour les clients de Sylvie. Celle-ci la regarda avec un sourire :

— Tu t'es couchée tard ?

— Plus que tard. Mais la fête était une réussite. Tout le monde était ravi ! De toute façon, ta réputation d'organisatrice de mariages n'est plus à faire.

Au mot de *mariage*, Sylvie fit la grimace :

— Je suis avant toute chose une organisatrice d'*événements*, Jo. Je te rappelle que notre entreprise s'appelle SDS *événementiel*. Les mariages sont des missions comme les autres, précisa-t-elle avec un sourire contraint. Donc, à en juger par ta réaction, tout s'est déroulé comme prévu, hier ? En d'autres termes, la mariée n'a pas fait faux bond à la dernière minute…

Josie joignit les mains d'une manière mélodramatique qui jurait avec ses Doc Martens violettes et sa coiffure punk, violette également.

— Oh, je t'en prie ! Quel *événement* SDS pourrait bien ne pas se dérouler comme prévu, je te le demande ?

— Mon grand-père disait toujours que, dans une bataille, la première victime, c'est « le plan ».

Elle posa la main sur son ventre rebondi, preuve vivante de son petit sermon.

— Quel grand-père ? Le colonel en chef ?

— Bien sûr. Je ne parle pas de mon grand-père don Juan. Pour lui, « avoir un plan », cela voulait dire avoir assez de champagne pour tenir un siège et laisser aux autres les soucis.

Et le soin de régler la note. Malgré tout, quel homme adorable…

— Tu finiras par apprendre que, dans notre métier, il faut laisser les émotions de côté, conclut-elle tandis que, une lettre à la main, elle cochait soigneusement les cases d'une des nombreuses fiches qui tapissaient les murs de la pièce.

La main sur le dos, elle se redressa lentement.

— Ça va ? s'enquit Josie. Assieds-toi un peu. Je peux m'occuper de tout cela.

— C'est fait, répondit-elle avec un geste de la main. Parle-moi donc du mariage.

— Mais je t'ai déjà dit : tout était parfait. Tu ne repenses pas encore à cette fille qui a plaqué son fiancé à la dernière minute ? reprit-elle après un silence.

— Non !

Sylvie soupira et se ressaisit.

— Non. Aussi regrettable que soit cet incident, nous ne pouvions en être tenus pour responsables. Même si la mariée est partie avec l'un de nos collaborateurs.

— Et alors ? Ce n'était pas ta faute ! Seigneur, cette histoire remonte à six mois. Je parie que le marié lui-même ne doit déjà plus y penser.

— Tu crois ? soupira-t-elle. Faisons le point sur le mariage d'hier, veux-tu ?

Devant son air absent, Josie la regarda avec inquiétude.

— Ecoute, Sylvie, si tu ne me fais pas confiance, quelqu'un d'autre pourrait aussi…

— Comment ? fit-elle, revenant à la réalité. Oh, Josie… Bien sûr que je te fais confiance ! Autrement, je ne t'aurais pas confié un événement d'une telle importance. Et puis, je savais que tu préférerais organiser un mariage sur la Côte d'Azur plutôt qu'une conférence à Londres sur le droit des femmes. Donc, tout s'est déroulé sans aucune anicroche ? Personne ne viendra contester la note ?

— Si je ne te connaissais pas, Sylvie, je te prendrais pour une cynique.

— Je t'assure que je ne fais pas ce métier pour mon plaisir.

— Bien sûr. Comme si tu ne remuais pas ciel et terre

pour faire en sorte que tout soit parfait jusqu'au moindre détail et que chaque mariage soit inoubliable !

— Je m'applique à bien faire mon travail, Jo. Ni plus ni moins.

— Tu es perfectionniste, c'est sûr. Mais pour un mariage, tu t'investis encore plus.

— Disons que je me fais davantage de souci. Ce n'est pas comme pour une conférence ou une fête d'entreprise. Si quelque chose ne marche pas, on ne peut pas se dire : « Oh, ce n'est pas grave. Les feux d'artifice seront mieux la prochaine fois. » Enfin, je n'espère pas.

— Je le savais ! Derrière cette façade glaciale se cache un cœur d'artichaut !

— Ne dis pas de bêtises. Ce n'est pas avec de bons sentiments qu'on paye ses factures.

Elle se passa la main sur le visage avec lassitude.

— Donc, tout s'est bien passé ?

— Tout s'est *super* bien passé, dit Josie en se levant. Tout était parfait, de l'arrivée de la mariée dans un carrosse de contes de fées au dernier tir de feux d'artifice. Au fait, ajouta-t-elle, tu as eu tout à fait raison de ne pas écouter la mariée au sujet des tresses dans les queues des chevaux.

— Pourtant, si je me souviens bien, lorsqu'elle a piqué une colère, tu m'as dit : « Donne-lui ce qu'elle veut, à cette idiote » !

— Je n'ai pas ton élégance, Sylvie, soupira Josie.

— Dans un mariage, on est toujours tenté d'en faire trop. En cas de doute, pense : « boucles ou plumes ». Si tu portes un chapeau à plumes, qui remarquera tes boucles ?

— Tu vois ? Moi, j'aurais penché pour les deux.

Sylvie sourit. Candy aussi n'avait pu choisir entre les plumes, les boucles et tout le reste. Et pourtant, lorsqu'elle avait rencontré le véritable amour, elle s'était contentée du strict minimum : deux témoins et le maire. Mais l'opposition de la famille de Quentin à ce mariage expliquait sans doute cette sobriété…

Quelques semaines auparavant, ils lui avaient envoyé une photo avec un mot d'excuse de la part de Candy et la lettre de démission de Quentin. Manifestement, il espérait que Sylvie le réintégrerait dans son équipe, mais elle avait résisté à la tentation. De toute façon, peu de temps après, il était entré chez un concurrent.

— Là n'est pas le problème, Jo, reprit-elle en s'efforçant d'écarter le souvenir de Candy et Quentin. Tu en imposes et personne ne songerait à se moquer de toi.

Tom McFarlane, en particulier, ne lui aurait pas posé le moindre problème.

— Et tu t'y entends comme personne pour gérer ce qu'il se passe en coulisses. Je n'ai jamais regretté un seul instant de t'avoir engagée.

Josie ouvrit de grands yeux, avala sa salive et murmura un timide « merci », puis jeta un coup d'œil aux papiers que Sylvie tenait dans sa main.

— Ah, je vois que tu as trouvé un nouveau joueur de cornemuse !

— Oui. Espérons qu'il ne viendra pas à l'idée de celui-ci de se casser une jambe avant le grand jour lors d'une promenade en montagne. Il ne reste plus que le menu à mettre au point et, comme les Rolling Stones ne sont pas vraiment dans nos prix, à trouver un groupe de rock qui jouera leurs reprises pour replonger les invités dans leur jeunesse tumultueuse. Au fait, y a-t-il eu des problèmes avec le traiteur ?

— Enfin, Sylvie, je t'ai dit cent fois que tout était parfait !

— La perfection n'existe pas, sourit-elle. Trouve-moi un tout petit détail qui clochait et j'arrêterai de m'inquiéter.

Josie haussa les épaules.

— Bon, si tu veux vraiment tout savoir, les chevaux se sont soulagés devant l'église. Satisfaite ?

— Tout à fait satisfaite. Quelqu'un a nettoyé ?

Le visage de Josie s'épanouit d'un large sourire.

— Oui ! Par chance, le sacristain espérait une enveloppe pour ses roses et il est arrivé tout de suite armé d'un seau et d'une pelle. Bref, dit-elle, la main levée pour décompter sur ses doigts, pour te rassurer complètement, les roses du sacristain étaient divines, les choristes ont chanté comme des anges, le repas était sensationnel — ce traiteur est une vraie trouvaille —, le quatuor à cordes a joué juste, nous avons eu un soleil magnifique…

Ayant baissé tous ses doigts, elle haussa les épaules.

— Que veux-tu d'autre ?

Sylvie s'apprêtait à énumérer sa propre liste lorsque le téléphone sonna. Elle jeta un coup d'œil à l'appareil pour voir le numéro de l'appel et décrocha.

— Bonjour, Laura. Vous allez bien ?

— Très bien, Sylvie, merci, mais comme d'habitude, j'aurais un petit service à vous demander.

— Laissez-moi deviner. Vous avez besoin d'un « Evénement SDS » pour la vente aux enchères du prochain repas du Club des Rubans Roses ?

— Non… Enfin, si, bien sûr, du moment que vous le proposez. Nous avons fait une quête, l'année dernière, à ce sujet…

— Gardez votre argent. J'agirai à titre bénévole.

— C'est très généreux de votre part, Sylvie. Merci. Je vais le noter dans les comptes.

Elle s'interrompit le temps d'écrire.

— Donc, relança Sylvie, quel est ce petit service ?

— Ah, oui ! En fait, c'est un gros service que je vous demande, même s'il devrait vous permettre de joindre l'utile à l'agréable.

— Ah bon ? Je vous écoute, dit-elle en s'asseyant et en tirant une feuille blanche.

— Vous n'allez pas me croire, mais je viens de recevoir un coup de téléphone du magazine *Célébrités*. Ils veulent rédiger un article sur notre association à l'occasion de notre Fête du Mariage. Ils veulent même nous faire un don généreux en échange de notre coopération.

— Vraiment ? Pourtant, ils ne payent que les exclusivités. Par ailleurs, la presse locale ne va pas être contente.

— Je sais, mais ils n'empiéteront pas sur la couverture locale. Pour les dix ans du Club, nous avons voulu marquer le coup et les gens de *Célébrités* nous ont fait une offre très généreuse. Ils ont toujours eu un faible pour votre mère. Ses fêtes étaient toujours si réussies…

— Oui, c'est vrai… Donc, que voulez-vous de moi ?

— Eh bien, votre mère est la fondatrice de notre organisation caritative.

— Oui.

— Et vous en êtes la présidente honoraire.

A quoi voulait-elle en venir, à la fin ?

— En effet. Eh bien ?…

— Eh bien, vous ne voyez pas ? C'est pourtant simple. Les fêtes de votre mère… Vous-même, à la tête de l'agence d'organisation de mariages que tout le monde s'arrache…

— Organisation d'*événements*, Laura. Les mariages ne sont qu'une partie de nos activités.

— Je sais, je sais, mais ils ont vraiment eu une idée de génie. Je suis sûre que vous allez adorer.

— Ah bon ?

Venant d'un magazine people, Sylvie s'attendait à tout, et surtout au pire.

— Oui. Ils veulent consacrer un dossier à un mariage de conte de fées, dans le cadre de notre anniversaire. Ce « mariage » servirait de vitrine aux exposants locaux, qui auraient l'exclusivité de l'événement.

— Oh, je vois, dit Sylvie, rassurée. Très bien. Vous voulez que je vous donne quelques suggestions pour l'organisation de cette cérémonie, c'est ça ? Je suis tout à fait ravie de…

— A vrai dire, non, Sylvie, je souhaiterais vous demander un peu plus que cela… Beaucoup plus, même. *Célébrités* aimerait vous voir créer *votre* mariage de conte de fées !

— Mon mariage ? Mais… je ne veux épouser personne.

Laura laissa échapper un petit « tsss » impatienté.

— Non, non, non… Enfin, ne voyez-vous pas ? Vous avez organisé tant de mariages de rêve que tout le monde brûlera de savoir ce que vous choisiriez pour le vôtre.

— L'homme que j'aime, deux témoins et le bureau du maire ? proposa-t-elle, pleine d'espoir.

Laura eut un rire poli.

— Je pense que cela ne suffira pas pour *Célébrités*. Il leur faut de la romance ! Imaginez un peu : des costumes de rêve, un repas de gala et toutes ces petites touches dont vous avez le secret. Vous aurez les coudées franches. Plusieurs artisans locaux nous ont d'ores et déjà assurés de…

— Laura. Je suis désolée, mais je ne peux pas donner suite à votre idée.

Un silence stupéfait accueillit cette déclaration. Enfin, Laura reprit d'une voix sèche :

— Je comprends qu'il n'y aura pas de personnalités londoniennes, mais ce n'est pas une raison pour être aussi dédaigneuse.

— Non, Laura, vous m'avez mal…

Trop tard : elle était lancée.

— Votre mère, si elle était encore de ce monde, serait très déçue…

Consternée, Sylvie se prit le front dans une main et se mordit le poing pour réprimer un soupir. Josie la regarda fixement.

— Tu as des ennuis ?

Pour toute réponse, la jeune femme secoua la tête. Des ennuis ? Non, c'était pire : elle allait se mettre à dos tout le réseau des « vieilles copines ».

— Vous êtes sans doute une femme d'affaires importante, mais nous sommes nombreux à ne pas avoir oublié votre famille, poursuivait Laura d'une voix basse et tranchante. Ce n'est pas bien, de négliger l'association caritative de votre mère. Nous avons tous besoin de votre soutien, vous savez. Ce projet ne serait pas seulement pour vous une formidable opportunité de promouvoir votre image, il donnerait à plusieurs artistes et artisans locaux une tribune exceptionnelle pour se faire connaître d'un plus large public.

— Laura…

— Mais, bien sûr, vous ne manquez pas de publicité, de toute façon.

— Laura !

— Quant au don de *Célébrités*, eh bien…

— Laura, vous ne lisez donc jamais *Célébrités* ?

— Eh bien, non, je dois avouer que ce n'est pas mon genre de lecture, mais vous ne le répéterez pas, j'espère ?

— Non, mais là n'est pas le problème. Si vous lisiez ce

genre de journaux, vous sauriez que je ne peux pas accepter votre projet pour la bonne et simple raison que je suis enceinte de six mois.

— Enceinte ?

Il y eut un bref silence, après quoi Laura reprit d'un ton pincé :

— Je ne savais pas. Quand vous êtes-vous mariée ?

— Je ne me suis pas mariée, Laura.

— Ah, très bien ! Dans ce cas, vous pouvez donc…

— Non. Je ne veux pas me marier. Je… je voulais un enfant, c'est tout.

Seigneur, à quelles confessions la contraignait-elle…

Momentanément désarçonnée, Laura eut tôt fait de se reprendre.

— Ah… Bah, quelle importance, au fond ? Vous n'êtes pas obligée de poser pour les photos. Je suis sûre que *Célébrités* pourra nous fournir un sosie.

— Vous croyez ? Dans ce cas, demandez-leur d'en choisir une plus grande et plus mince, plaisanta Sylvie. Au fait, combien vous propose *Célébrités* ?

Laura la renseigna avec la certitude de lui apporter un argument décisif. Elle était pourtant loin du compte. Un bref espoir s'éveilla en Sylvie : peut-être pourrait-elle acheter sa liberté… Sauf qu'il n'était pas seulement question d'argent. Il s'agissait avant tout de l'association caritative de sa mère et de l'audience nationale que pouvait lui donner ce projet. De professionnels qui avaient besoin de publicité. Elle ne pouvait pas se défiler.

Sylvie prit une profonde inspiration.

— Laura, ce n'est pas suffisant.

— Quoi donc ?

— Le don que vous propose *Célébrités*. C'est trop peu.

— Ah bon ? J'aurais pourtant cru qu'ils étaient très généreux.

— C'est sans aucun doute ce qu'ils vous ont raconté, mais pour un article de ce genre…

Pour pouvoir remuer les braises du passé et spéculer sur l'identité du père de son bébé…

— … c'est le double qu'ils doivent débourser.

— Non !

— Oh, si ! C'est moi qui vous le dis.

— Vraiment…, fit Laura d'une voix intéressée. Mais, en tant que présidente honoraire de notre association, vous pourriez peut-être leur parler… Puisque vous connaissez si bien le sujet.

Résistant à l'envie de lui rappeler le sens de l'adjectif « honoraire », Sylvie acquiesça :

— D'accord. Je m'en charge.

Elle en profiterait pour demander à la rédactrice de *Célébrités* de ne pas remuer les vieilles histoires.

— Donc, reprit-elle, où doit se tenir cette réception ?

— Ah, oui ! J'ai laissé le meilleur pour la fin. La fête est prévue à Longbourne Court. Là où tout a commencé. N'est-ce pas merveilleux ? insista-t-elle comme Sylvie restait silencieuse.

— Si… formidable.

— Le domaine a été racheté voici quelques mois par un milliardaire. Nous espérions tous qu'il allait y vivre, mais apparemment, il a demandé à Mark Hilliard… vous savez, l'architecte…

— Mmmh ?

— Eh bien, ce milliardaire a demandé à Mark de transformer le château en centre de conférences.

— Oh ?

— C'est dommage, n'est-ce pas ? Une si belle maison. Enfin, c'est la vie. Toutefois, comme le domaine est inscrit au patrimoine national, ce projet risque d'être retardé. L'article de *Célébrités* sera le chant du cygne de Longbourne Court, en quelque sorte. Il nous a semblé normal d'honorer votre mère dans une telle occasion.

— J'espère que les organisateurs ne seront pas trop difficiles. La maison est restée inhabitée si longtemps…

En effet, la rock star qui avait racheté la propriété n'y avait passé que deux ou trois week-ends avant de tomber du balcon de son loft new-yorkais. Plusieurs années avaient ensuite passé sans que l'on sache ce que le domaine allait devenir.

Mais peu importait à Sylvie. Tout cela, c'était du passé.

— Rien ne se décidera sans l'aval de Patrimoine de l'Angleterre, expliqua Laura. C'est du moins ce que Georges m'a dit — comme vous devez le savoir, il travaille au comité local. J'ai donc songé que notre milliardaire ne refuserait sans doute pas une opportunité de se faire bien voir des voisins.

— Et il a accepté ?

— Je suppose. J'ai parlé à une femme qui semble être son adjointe et elle n'a pas hésité une seconde à nous aider. Elle a été très touchée par l'histoire de votre mère.

— La publicité gratuite dont bénéficiera ce centre de conférences n'a bien sûr rien à voir dans sa décision.

— Oh, Sylvie ! Ne soyez donc pas cynique. D'ailleurs, même si sa société retire bénéfice de ce projet, où est le problème ? Je sais bien qu'il s'agit de votre maison d'enfance, mais les temps ont changé et ce centre de conférences apportera des emplois dans la région. Tout le monde est gagnant.

— Oui, soupira Sylvie, vu sous cet angle, en effet…

Laura avait raison. Tout le monde avait à gagner dans ce projet : l'association de sa mère, les artisans et les commerçants de la région… Pour un peu, on aurait dit que toute l'économie locale dépendait du choix de sa robe pour ce « mariage ».

Enfin, quoi qu'il en soit, puisque ce raout devait se dérouler à Longbourne, *Célébrités* devrait payer le prix fort.

4

Arrivé à Longbourne Court, Tom McFarlane, perplexe, arrêta sa voiture devant la grille en fer ouvragé. Les portes étaient grandes ouvertes et agrémentées d'énormes nœuds de rubans roses.

Il saisit son portable et tapa furieusement quelques touches.

— Tom ? répondit une voix féminine étonnée. Mais il fait nuit, là où vous êtes.

— Pas vraiment, Pam. Je me trouve devant Longbourne Court et des rubans roses sont accrochés au portail. Dites-moi que j'ai des hallucinations.

— Comment cela, vous êtes de retour ? A Longbourne Court ?

Tom poussa un juron, rendu heureusement inaudible par un coup de Klaxon sonore.

— Je suis désolé de perturber les réjouissances. Un camionneur s'énerve derrière moi, alors expliquez-moi vite ce qui se passe ici, à la fin.

— D'abord, on dit « bonjour, Pam ». Je vous laisse finir d'arriver, cela vous donnera sans doute le temps de retrouver un semblant de politesse. Vous me trouverez dans la bibliothèque.

— Ah, parce que vous êtes ici ?

Mais Pam avait déjà raccroché. Un deuxième coup de Klaxon retentit, insistant. Réprimant l'envie de lâcher un autre juron, Tom jeta le portable sur le siège passager et redémarra.

Au bout d'une allée bordée d'arbres verdoyants, l'imposante

demeure se dressait, dorée dans la lumière printanière. Pour un peu, il se serait cru dans un film en costumes.

Illusion de courte durée : devant la maison, les allées étaient encombrées de véhicules, camions, camionnettes et voitures appartenant à des photographes, des fleuristes, des traiteurs. Sur une voiture de luxe, une inscription en élégantes cursives proclamait « Spécialiste du gâteaux de mariage depuis 3 générations ». Il devait rêver…

Tom gara son Aston Martin entre le coupé BMW de Pam et une Mini Cooper noire qu'il ne connaissait pas, et qu'il supposa appartenir à l'un des artisans.

La maison fourmillait d'ouvriers qui œuvraient dans un tintamarre indescriptible. Se frayant un chemin dans ce chaos, Tom finit par trouver la bibliothèque.

— Quelqu'un peut-il me dire ce qui se passe, ici ?

Assise derrière un imposant bureau de noyer, Pam lui jeta un regard par-dessus ses lunettes :

— Joli bronzage. Mais pour la politesse, ce n'est pas encore cela.

— Ah, vous voilà ! Pouvez-vous m'expliquer ce que signifient ces rubans roses ?

— Je vous sers un thé, un café ? rétorqua-t-elle avec un sourire. Une infusion de camomille ?

Tom s'approcha d'elle et posa les poings sur le bureau.

— Que signifient ces rubans ? répéta-t-il en détachant les syllabes.

— Au diable vos rubans ! Parlons un peu de vous. Six mois ! Vous êtes parti six mois ! J'ai dû annuler mon voyage en Afrique du Sud et j'ai raté la saison de ski.

— Dommage. Vous avez perdu une occasion de vous rompre le cou.

— Allons, Pam, reprit-il comme elle faisait une mine scandalisée, c'est vous-même qui m'avez dit de profiter de ce voyage de lune de miel puisqu'il était réservé…

— Je pensais plutôt à une courte escapade sur une plage sous les cocotiers. Certainement pas à une absence prolongée !

— Vous exagérez. Je vous ai régulièrement envoyé des courriels.

— Le minimum, répliqua-t-elle avec un haussement d'épaules.

— A vous entendre, on dirait que vous regrettez d'avoir été laissée aux manœuvres pendant tout ce temps.

— Là n'est pas le problème ! Je me suis fait un sang d'encre à votre sujet. Quant aux rubans, ajouta-t-elle d'une voix plus douce, j'ignore qui les a posés. Sans doute quelqu'un du Club des Rubans Roses.

Tom se laissa tomber dans un antique fauteuil en cuir.

— Le Club des Rubans Roses ? Qu'est-ce que c'est encore que cela ? Et pourquoi ont-ils accroché des rubans au portail ?

— Il s'agit d'une association caritative à laquelle j'ai donné la permission d'organiser une Fête du Mariage à Longbourne Court, expliqua-t-elle en lui tendant une brochure. C'est d'ailleurs pour cela que je suis ici cette semaine. M. et Mme Kennedy, les gardiens, sont des gens tout à fait sérieux, mais avec toutes ces allées et venues, ils ne peuvent avoir l'œil à tout.

— Pourquoi leur avez-vous donné cette autorisation ?

— Au Club des Rubans Roses, vous voulez dire ? Eh bien, c'est une association locale, fondée par lady Annika Duchamp Smith.

Smith… Comme une certaine jeune femme. Une femme aux yeux d'un bleu de mer, qui avait semé le chaos dans son cœur.

— Qui était cette dame ?

— Le domaine a appartenu à la famille Duchamp pendant des générations. Leur blason figure sur le portail.

— Ah bon, fit-il avec indifférence. Voilà pour les Duchamp. Et que dire des Smith ?

— Lady Annika a dû épouser un homme répondant à ce nom, répondit Pam en haussant les épaules.

— Pour son argent plutôt que pour son nom, puisqu'elle a tenu à garder le sien, remarqua-t-il avec perfidie.

Ces gens représentaient tout ce qu'il méprisait : des privilèges, une richesse héritée, un sentiment de supériorité innée. Pour eux, la charité et le souci de l'autre n'étaient que prétextes à organiser des événements mondains. Et dire que, pendant tout un temps, il avait été aveuglé…

— Désolé, mais lady Annika devra aller jouer aux grandes dames ailleurs. Je ne veux pas d'elle à Longbourne Court.

— En fait, lady Annika est…

— Cela ne m'intéresse pas. Faites-lui un chèque si cela vous chante et qu'ils déguerpissent tous.

— Je crains que cela ne soit pas possible. Voyez-vous, le magazine *Célébrités* couvre l'événement. Votre centre de conférences va bénéficier d'une publicité incroyable, et gratuite !

— Je ne vous ai jamais parlé du centre de conférences.

— Oh, Tom ! Qu'alliez-vous faire de cette maison ? Y habiter ? Tout seul ? De plus, votre ami architecte m'a envoyé un jeu de plans.

— Mark ? Il n'a pas perdu de temps ! remarqua-t-il comme à part lui. Tant mieux, tant mieux, ajouta-t-il en se rendant compte du regard intrigué de Pam. Lors de notre dernière conversation téléphonique, je lui avais dit que je ne voulais pas laisser traîner les choses.

— Tiens donc ? Vous avez quand même trouvé le temps de parler à votre architecte ?

— Pour des raisons de priorités, Pam. Je veux que ce projet débute le plus tôt possible.

— Dans ce cas, vous devriez être content de la publicité que vous apportera cet événement.

— Peut-être, sauf que les lecteurs, ou devrais-je dire, les lectrices de magazines comme *Célébrités* n'organisent pas des conférences.

— Ah bon ? Et moi, alors ?

— Vous, vous êtes différente.

— Bien sûr que non. Et j'achète tous les mois *Célébrités*.

— Vous plaisantez ?

— A votre avis ? Savez-vous que vous n'êtes qu'un affreux misogyne, Tom ?

— Merci du compliment.

— Un misogyne et un snob.

— Moi, snob ?

Lui, un homme parti de rien, qui s'était fait tout seul ? Ridicule !

— Parfaitement. Mais un snob… à l'envers.

— Je suis pragmatique, Pam.

— Ah, elle est bonne ! Un pragmatique qui disparaît pendant six mois, me laissant seule à la barre…

— Ce qui discrédite votre accusation de misogynie. Pourquoi vous aurais-je laissé la responsabilité de mon entreprise si je vous prenais pour une incapable ? C'est d'ailleurs pour cela que j'ai fait de vous mon adjointe. Et puis, je ne vous ai jamais vraiment laissée sans contact.

— C'est vrai. De temps en temps, vous m'avez envoyé un e-mail.

— Et une carte postale de Rio.

— Ah, oui ! « J'aurais aimé que vous soyez ici. » Et moi donc !

Elle marqua une pause et lui lança un regard soucieux.

— Vous avez maigri.

— Mais non, je vais bien, je vous assure ! Seulement, j'ai profité de mes vacances pour étendre mon empire.

— Moi, j'appellerais plutôt cela une compensation. Une femme, à votre place, se serait contentée d'acheter des chaussures.

— Je préfère investir dans l'immobilier. Les femmes n'y entendent rien, en affaires, ajouta-t-il en souriant.

— Vous voyez ? Nous y revoilà ! Parfois, je me demande si vous me considérez comme une vraie femme.

— Je ne pourrais pas vous faire de plus grand compliment.

— Vraiment ? Et vous avez été surpris que Candida Harcourt vous laisse tomber ?

Surpris ? Non. Soulagé, plutôt. Il éluda la question d'un haussement d'épaules évasif.

— Donc, vous avez accepté d'accueillir cette Fête du Mariage pour vous amuser un peu ?

— Pas du tout. Je travaille pour vous, malgré les apparences. Et pour clore le sujet, je vous suggère d'aller remercier à genoux Candida Harcourt — ou devrais-je dire l'Honorable Mme Quentin Turner Lyall — pour ne pas vous avoir complètement dépouillé.

— Ils se sont donc vraiment mariés, maintenant ?

— Une magnifique histoire d'amour, selon *Célébrités*.

Un reniflement dédaigneux échappa à Tom.

— Soyez-lui reconnaissant, insista-t-elle. Un divorce vous aurait coûté infiniment plus cher que ce mariage raté.

— En d'autres termes, elle s'est juste un peu distraite avec moi ?

Tout était mieux ainsi, sans doute. Par ce mariage, elle lui aurait extorqué des sommes folles et il lui aurait fait perdre son titre de noblesse ou sa place à la prochaine cérémonie de couronnement. Avec un soupir, il repoussa une mèche qui retomba immédiatement sur son front. D'une main, il indiqua les bruits en provenance de l'entrée.

— Puisque je suis mis devant le fait accompli, combien de temps va durer ce charivari ?

— La Fête ? Lundi prochain, tout sera terminé.

— Lundi ? ! Ces rubans roses vont rester accrochés au portail pendant toute une semaine ?

— Estimez-vous heureux. En Italie, tout le voisinage défilerait pour vous féliciter de la naissance d'une petite fille.

— Je ne suis pas du tout d'humeur à plaisanter, Pam.

— Pour l'amour du ciel, Tom, souriez ! Je vous aurais prévenu, si vous m'aviez avertie de votre retour. Pourquoi ne retournez-vous pas à Londres pour voir où en est le monde ? Longbourne Court ne s'envolera pas.

— Bonne idée, mais je suis convenu d'un rendez-vous avec Mark ici ce matin.

— Je peux le repousser d'une semaine, si vous voulez.

— Non, dit-il en se hissant hors de son fauteuil et en se dirigeant vers la porte. Je ne veux pas perdre de temps. Donnez-moi vingt minutes, le temps de me doucher et je suis à vous, d'accord ?

— Je vais dire à Mme Kennedy de préparer votre chambre.

— Merci. Oh, et je ne dirais pas non à une tasse de café.

— Entendu. Au fait, Tom ! appela-t-elle comme il ouvrait la porte. Avant que vous partiez, il faut que je vous dise…

— Vingt minutes, répéta-t-il sans se retourner.

Il referma la porte et recula pour laisser passer deux ouvriers qui portaient une grande planche de contreplaqué. Après avoir récupéré sa valise dans sa voiture, il se dirigea vers l'escalier. Il venait de poser le pied sur la première marche lorsqu'une voix féminine en provenance du salon le figea sur place.

— Commençons par les couleurs, si vous le voulez bien, Lucy…

Il laissa tomber sa valise et s'approcha.

— C'est un mariage de printemps, disait une autre femme, donc… des jonquilles, des primevères… Du jaune ?

— Non, répondit la voix d'un ton catégorique. Pas du jaune. De toute façon, avril n'est pas vraiment la saison pour les jonquilles. En revanche, j'ai vu des violettes en arrivant. Pourriez-vous faire le tour des exposants et me rapporter tous les objets allant du violet le plus profond au mauve le plus pâle ? Une touche de vert ferait très bien, aussi.

— Avez-vous quelque chose de particulier à l'esprit ?

— Des rubans, des bijoux, des accessoires… Demandez au fleuriste ce qu'il peut nous proposer. Et n'oubliez pas de noter la provenance de tout ce que vous rapporterez.

Cette voix douce, chaude, sensuelle, il l'aurait reconnue entre toutes. Il l'avait entendue un après-midi entier, énumérer une liste d'articles de mariage… gémir, soupirer contre lui, abandonnée. Elle n'avait cessé de le hanter, nuit et jour.

Sylvie ? Ici ?

C'était bien elle, pourtant. Il la reconnaissait, de dos, malgré la pénombre du grand salon.

Elle était seule, la jeune femme avec laquelle elle venait de s'entretenir étant partie à sa tâche d'un pas enthousiaste. Abandonnant le sourire factice qu'elle se forçait à arborer depuis son arrivée à Longbourne Court, tôt ce matin, elle promena un regard triste sur ce qui avait été la salle de réception de sa mère. La pièce, vidée de son mobilier pour faire de la place aux exposants, ressemblait à un champ de bataille encombré de câbles, de planches de bois, de tréteaux.

Et pourtant, malgré le désordre, si peu de choses avaient

changé, en dix ans… Les tableaux qui avaient vu son enfance et sa jeunesse étaient encore accrochés aux murs ; aux fenêtres pendaient les mêmes rideaux bleus, d'un violet passé aux endroits exposés à la lumière ; dans la cheminée, un panier de bûches semblait avoir été rempli le jour où les créanciers avaient saisi la maison, hypothéquée pour couvrir les pertes que son grand-père avait contractées dans son effort désespéré pour redresser leur situation financière.

Lorsque, ce matin, elle avait traversé le parc et qu'elle avait vu Mme Kennedy, affairée dans la cuisine à la préparation du petit déjeuner, elle avait eu l'impression de faire un bond dans le temps. Pour un peu, elle aurait cru que sa mère s'était absentée quelques heures et qu'elle allait revenir incessamment, escortée de ses chiens de chasse…

Sylvie avala sa salive et s'essuya les yeux. Autant laisser le passé au passé. Elle était ici pour le travail, et pour ne pas se laisser envahir par les sentiments, elle allait aborder ce projet comme le ferait n'importe laquelle de ses clientes, l'une de ces femmes d'affaires trop occupées pour prendre en charge, de près ou de loin, l'organisation de son propre mariage.

Après tout, ce n'était qu'un gagne-pain pour elle. Une routine comme une autre. Elle avait déjà choisi la couleur qui donnerait le ton du gala : c'était un début. Il lui restait maintenant à trouver un thème de fête original et à régler le délicat problème de la robe.

— Si vous me cherchez, Lucy, je suis dans le petit salon, s'exclama-t-elle à l'adresse de sa collaboratrice.

Comme elle se retournait, Sylvie se trouva confrontée à une silhouette massive, immobile dans l'embrasure de la porte. De nouveau, elle eut le sentiment étrange de revivre un épisode du passé… un passé beaucoup plus récent.

Elle leva les yeux et comprit qu'il ne s'agissait pas d'une illusion. Tom McFarlane se tenait devant elle, la fixant d'un regard de tigre.

« Un milliardaire… », avait dit Laura. Il avait fallu que ce soit justement lui : l'homme dont elle portait l'enfant.

L'homme au monde dont elle redoutait et désirait le plus la présence.

— Mademoiselle Smith…, commença-t-il du ton de mordante ironie qu'il avait eu lors de leur précédente rencontre.

La gorge sèche et la langue collée au palais, Sylvie le contemplait comme hébétée, sans pouvoir prononcer ne serait-ce qu'un bonjour. Toutes les sensations de ce moment de griserie lui revenaient pêle-mêle : la chaleur de son corps viril, la passion de ses caresses, l'avidité de ses baisers…

— Quoi ? parvint-elle enfin à prononcer d'une voix sourde. Que voulez-vous ?

— Savoir ce que vous faites ici. Chez moi.

— Tiens donc ? C'est vous, le nouveau propriétaire ? On m'avait dit que Longbourne Court avait été racheté par un milliardaire, mais personne ne m'en avait donné le nom. Il est vrai que je n'ai jamais eu la curiosité de le demander. Si vous voulez bien m'excuser, monsieur McFarlane, dit-elle en essayant de passer.

Mais, immobile, il continuait de la dévisager d'un regard fixe, dépourvu d'aménité. En proie à un vague malaise, Sylvie posa une main sur son ventre rebondi. Comme elle aurait eu envie de lui parler du bébé ! Lui montrer le cliché de sa dernière échographie…

Non. Elle s'était promis de ne rien lui imposer et de respecter sa décision, quelle qu'elle soit.

— J… j'ai beaucoup à faire aujourd'hui, argua-t-elle d'une voix légèrement tremblante.

— Cela ne m'intéresse pas. Que faites-vous ici ?

Il s'approcha d'elle pour laisser passer un homme qui portait une pile de chaises. Instinctivement, Sylvie recula d'un pas, mais se reprocha aussitôt cet instant de faiblesse. Elle n'avait pas à se sentir coupable : elle était ici pour un travail, imposé qui plus est. Elle n'était plus la gamine naïve qu'elle était lorsqu'elle avait dû quitter cette maison. En femme d'affaires avisée, elle ne reculait plus devant les situations difficiles.

Elle déglutit avec difficulté et se contraignit à le regarder.

— Au beau milieu des préparatifs d'une Fête du Mariage ? insista-t-il comme elle restait silencieuse.

— Je… travaille. Nous préparons un gala chapeauté par le magazine *Célébrités*. Ce sont eux qui couvrent l'événement, expliqua-t-elle succinctement, espérant qu'il ne demanderait pas de détails.

— C'est ce qu'on m'a dit.

Le coude dans une main, il se frotta le menton d'un air pensif.

— J'ignorais qu'un magazine comme *Célébrités* pouvait avoir besoin des services d'une organisatrice de mariages.

— Je ne m'occupe pas seulement de mariages. Ma société organise tous types d'événements : des commémorations, des séminaires, des week-ends d'entreprises, des conférences…

Sur sa lancée, elle lui aurait presque proposé une brochure.

— Et de quel événement s'agit-il, en l'occurrence ?

Sylvie eut un imperceptible haussement d'épaules tandis qu'elle s'efforçait désespérément de trouver une explication qui ne le mettrait pas dans tous ses états. Fort heureusement, Pam Baxter arriva à sa rescousse.

— Vous êtes encore là, Tom ? Je viens de demander à Mme Kennedy de vous préparer un petit déjeuner. Oh, bonjour, Sylvie. Tom, voulez-vous que je vous présente…

— Inutile, c'est déjà fait, la coupa-t-il. Mlle Smith et moi avons eu l'occasion de nous rencontrer… Dans un contexte professionnel, bien entendu.

— Oh ?

Un long silence tomba avant que Pam reprenne la parole.

— Etes-vous bien installée, Sylvie ? Avez-vous besoin de quelque chose ?

— Comment cela, installée ? demanda Tom, le regard posé avec insistance sur la jeune femme.

— Le magazine *Célébrités* rédige un article sur le mariage de Sylvie.

— Son mariage ?

Ses yeux brillèrent d'un éclat d'acier qui fit frémir la jeune femme. Qu'allait-il s'imaginer ? Qu'elle avait eu l'idée de ce festival idiot et qu'elle essayait de le mettre au pied du mur ?

— En échange de cet article, *Célébrités* va verser une belle somme à l'association caritative de Sylvie, poursuivit Pam. Elle voulait séjourner à Melchester, mais il nous a semblé normal de l'accueillir ici. Nous ne manquons pas de place.

— Son association caritative ? répéta-t-il en tournant son regard vers Pam.

Pendant un moment, Sylvie fut assaillie par un curieux mélange d'émotions dans lequel dominait un vague soulagement.

— Eh bien, oui. Le Club des Rubans Roses. La fondatrice, lady Annika Duchamp Smith, était la mère de Sylvie.

Le regard de Tom s'assombrit encore.

— Et maintenant, vous êtes à la tête de cette association.

— J'ai remplacé ma mère en tant que présidente honoraire, c'est tout. Je les aide à collecter des fonds. Comme à présent.

— Donc, vous avez vécu ici ?

— Eh bien, oui, répondit-elle avec un léger haussement d'épaules, l'air de dire « Cela remonte à si loin ». Je crois savoir que vous envisagez de transformer le domaine en centre de conférences.

— Qui vous l'a dit ?

— Une personne de la région, qui travaille au Patrimoine de l'Angleterre. A la campagne, les nouvelles vont vite, monsieur McFarlane.

— Vous croyez ?

Sa voix avait une nuance presque menaçante qu'elle s'efforça d'ignorer.

— Donc, cette rumeur est fausse ?

— Pas du tout, assura-t-il avec un petit sourire satisfait. On dirait que cela vous contrarie.

— Absolument pas. D'ailleurs, si cela vous intéresse, je peux demander à ma secrétaire de vous faire parvenir une brochure sur notre offre d'organisation de conférences.

Il eut un mouvement de colère et Pam dut s'interposer :

— Tom, je vais demander à Mme Kennedy de garder votre petit déjeuner au chaud pendant une vingtaine de minutes. Avez-vous besoin de quelque chose, Sylvie ?

— Non, merci. Je connais les lieux.

A quoi bon prendre des gants, maintenant ? Les choses ne pouvaient pas plus mal tourner.

— Très bien. Votre infusion de camomille arrive tout de suite, Tom, ajouta-t-elle plaisamment. Le petit salon est-il à votre convenance ?

— Tout à fait. Je vous remercie, madame Baxter.

Pam hésita dans l'embrasure de la porte, n'osant demander à Tom de laisser passer Sylvie. Enfin, elle s'éloigna non sans lui avoir lancé un regard significatif.

— Appelez-moi si vous avez besoin de la moindre chose, Sylvie.

Celle-ci opina avec un sourire crispé.

— Donc, mademoiselle Duchamp Smith…

— Oh, Smith suffit. Ou même Sylvie tout court, ajouta-t-elle précipitamment. Monsieur McFarlane, croyez-moi, je vous assure que j'ignorais complètement que vous étiez le nouveau propriétaire de Longbourne Court. Si j'avais su…

Mais sans lui laisser le temps de terminer sa phrase, il se pencha vers elle et dit à mi-voix :

— Eh bien, maintenant que vous êtes au courant, vous ne prendrez pas vos aises dans le petit salon, n'est-ce pas ? Ni à l'étage. Les femmes comme vous, j'en ai plus qu'assez…

Sylvie rougit et redressa la tête avec fierté.

— Je vous assure que ma présence ici n'a rien d'une partie de plaisir. Si vous voulez bien m'excuser, ajouta-t-elle en levant la main pour lui signifier de lui laisser le passage, plus vite je commencerai, plus vite je serai partie.

Cet argument sembla le convaincre car il s'écarta enfin. Aussitôt, elle fila à pas précipités, sous le regard acéré de Tom.

5

Tom suivit du regard la frêle silhouette au port altier, légère et aérienne dans un ample pantalon blanc qui bruissait à chaque pas. Sans maquillage, en chaussures plates et les cheveux ramassés dans un foulard de soie rose, elle était encore plus désirable que lors de leur précédente rencontre. Les rondeurs de la maternité l'embellissaient.

Mais l'enfant qu'elle portait n'était pas de lui. Et elle allait en épouser un autre.

« Allons, Sylvie, concentre-toi. Oublie Tom McFarlane… ou du moins, essaye. Lui n'a eu aucun mal à t'oublier… »

Il ne ressentait rien pour elle. Rien du tout. Aurait-elle eu quelques doutes à ce sujet que sa froideur à son égard les aurait complètement dissipés.

Elle comprenait, maintenant, ce que signifiait pour lui cet instant de passion fulgurante, aussi brutale qu'irrésistible : une réaction masculine à une situation de tension, un besoin instinctif de prouver sa virilité. La défense typique d'un mâle arrogant, dominateur.

« Les femmes comme vous, j'en ai plus qu'assez… »

De quel droit osait-il la juger ? Il ne la connaissait même pas ! D'ailleurs, désirait-il seulement la connaître ?

Et dire que, pendant toutes ces semaines, elle n'avait cessé de songer à lui, au point de sursauter chaque fois que le téléphone sonnait, espérant que ce soit lui… *Lui*…

Etouffant un soupir, elle se força à examiner les créations

de couturiers parmi lesquelles on lui avait demandé de choisir la robe de ses rêves.

Mais elle ne croyait plus aux rêves. Plus depuis qu'elle avait décidé de prendre en main son destin et de cesser d'en être le jouet. A cet instant, le bébé remua, comme pour lui rappeler que le destin avait une manière bien à lui de faire un pied de nez à tous ceux qui l'avaient malmené. Avec un sourire, elle caressa son ventre.

La robe... Elle devait se concentrer sur cette robe. Quel style choisir ? « Votre robe de mariée doit être le reflet de votre nature profonde », avait-elle coutume de dire à ses clientes. Oui, mais avait-elle vraiment toute latitude pour affirmer son style, lorsque l'événement devait faire la couverture de *Célébrités* ? Encore pouvait-elle s'estimer heureuse : les modèles qu'on lui proposait étaient tous d'authentiques merveilles. Rien d'étonnant, de la part d'une dessinatrice aussi talentueuse que Geena Wagner. Cette robe de soie ondoyante et brodée de perles, par exemple, aurait été parfaite pour un mariage sur une plage. Se souvenant qu'une de ses clientes avait exprimé ce souhait, elle en prit note sur son agenda électronique.

Un mariage sur une plage paradisiaque ne lui aurait pas déplu... Mais le travail qu'on lui avait imposé devait principalement servir de vitrine au plus grand nombre d'exposants possible. Elle se voyait donc contrainte d'organiser un mariage traditionnel, à l'église du village, avec demoiselles d'honneur, calèche et musique d'orgue.

Rien de nouveau, en somme. Un mariage traditionnel, comme elle en avait organisé des centaines.

Son regard s'arrêta sur un bouquet de violettes que Lucy était allée cueillir dans le parc. Retenues par un fin ruban de satin mauve, elles avaient un charme très élégant, parfait pour un mariage printanier. Sylvie porta à son visage les fleurs aux pétales veloutés, en huma le parfum délicat et sourit. Un simple bouquet de violettes serait du meilleur effet : minimaliste, discret. Très distingué.

Maintenant, que mettre avec ces fleurs ? Toutes ces robes bustier, idéales pour un mariage civil, étaient presque trop sobres pour une cérémonie à l'église. Or *Célébrités* voulait du spectacle, de l'originalité. Il lui fallait un thème, une idée qui donne son unité à l'événement, faute de quoi ce « mariage » ne serait guère qu'une succession de belles photos…

Avec un soupir, elle étala d'une main distraite les objets que Lucy lui avait rassemblés : une longue boucle d'oreille en améthyste, un morceau de soie mauve qu'elle porta à son cou, des pétales de fleurs séchées, des cartes d'invitations, des rubans… C'était ravissant, absolument ravissant : les ingrédients d'un véritable de conte de fées. Il lui manquait seulement l'histoire…

Mais elle n'y croyait plus, à cette soi-disant « magie du mariage ». Elle avait payé cher pour savoir que les beaux serments, les promesses d'amour éternelles fondent souvent comme neige au soleil à la moindre difficulté.

Peut-être était-ce pour cela que le fiasco du mariage de Candy l'avait tellement affectée. Elle avait vécu cette mésaventure comme la répétition de vieux souvenirs dont le temps n'avait en rien atténué l'acuité, à tel point qu'elle avait délégué à Josie l'organisation des mariages. Non qu'elle négligeât ses clients, au contraire… Josie était une assistante exceptionnelle que bien des concurrents lui enviaient. D'ailleurs, si elle n'y prenait pas garde, elle risquait un jour de la perdre. Elle se promit de lui accorder bientôt une augmentation.

En attendant, les préparatifs du gala n'avançaient pas. Un long soupir tremblant lui échappa.

— Allez, Sylvie, marmonna-t-elle. Tu peux y arriver…

Laissant les robes de côté, elle saisit un soulier de satin mauve orné d'un motif de perles et de broderies.

— Vous avez trouvé quelque chose ? demanda Geena dans l'embrasure de la porte.

— Eh bien, ces chaussures…

— Je crois que vous avez du mal à choisir.

— Un peu, concéda Sylvie en indiquant sa silhouette de la main. Dans mon état, je peux difficilement passer pour une sylphide. Toutes vos robes sont de pures merveilles, mais… tout ceci est une mise en scène, quelque chose de fictif, dans lequel j'ai du mal à m'investir, vous comprenez ?

Toutes mes clientes pensent à leur fiancé lorsqu'elles choisissent leur robe nuptiale.

Ou du moins, la plupart…

— Et lorsqu'elles la trouvent, elles disent toujours une phrase du genre : « Je vais le faire craquer dans cette robe. »

Candy, elle, avait déclaré : « Je vais faire mourir d'envie tout le monde. »

— Et c'est à ce moment que vous savez si le mariage va être réussi ?

— Du moins, c'est un bon indice, répondit Sylvie avec un haussement d'épaules. Je ne sais pas. J'ai sans doute organisé trop de mariages « parfaits » qui n'ont pas duré.

— Songez aux autres, à tous ceux qui ont réussi, conseilla Geena en examinant le deuxième soulier. Tenez, essayez-le. Vous avez de plus petits pieds que moi.

Sylvie obtempéra et tendit le pied. Quelle merveille ! Les perles qui parsemaient la broderie scintillaient doucement, comme des étoiles.

— Il vous va à ravir, sourit Geena. Enfilez donc l'autre. Voilà. Faites quelques pas… Alors, qu'en pensez-vous ?

— Ils sont magnifiques, à tel point que j'hésite à vous les rendre, admit-elle en riant, mais franchement, des souliers mauves !…

— Eh bien ? La couleur revient à la mode, dans les mariages, vous savez. Qu'est-ce qui vous plairait ? Un motif en broderie, en appliqué, de la dentelle ? Je connais une personne qui fait de véritables merveilles !

Comme Sylvie gardait le silence, elle ajouta :

— Ce qu'il nous faut pour nous mettre dans l'ambiance, c'est un homme.

— Désolée, Geena, répondit-elle en fixant ses pieds avec obstination. Je ne peux pas vous aider en cela.

— Vraiment ? Pardonnez mon indiscrétion, mais…

— Le bébé est le résultat d'un… d'un don de sperme.

Geena avait l'air sceptique.

— A une clinique ?

— Non, pas vraiment, mais… Disons que le père ne faisait pas partie du contrat.

— Ah. Bon, peu importe, je ne parlais pas forcément de l'« homme de votre vie », expliqua-t-elle en mimant les guillemets. Ce qu'il nous faut, c'est un figurant suffisamment sexy pour vous mettre dans l'ambiance.

Sylvie ferma les yeux pour chasser l'image de Tom McFarlane.

— Je crains que ce ne soit pas possible.

— Vraiment ? Mais pourtant, dehors, je vois une quantité de jeunes gens tout à fait séduisants… Je vais demander à l'un d'eux de nous rejoindre, voulez-vous ?

Un toussotement attira leur attention.

— Oh, bonjour, Mark. Que faites-vous ici ?

Sans attendre sa réponse, Geena se tourna vers Sylvie, l'œil pétillant.

— Sylvie, connaissez-vous Mark Hilliard ? C'est un architecte *très* sexy. Mark, je vous présente Sylvie Smith.

— Ne vous fiez pas à ce que Geena vous raconte. Je suis marié et père de trois adorables petites filles. Par conséquent, ne comptez pas sur moi pour le projet que vous avez en tête, quel qu'il soit.

— Je suis tout à fait sur votre longueur d'ondes, assura Sylvie d'une voix rapide.

— En revanche, vous pourriez demander à Tom McFarlane, que voici.

Son agenda sous le bras, il entreprit de faire un tour du petit salon. Geena, quant à elle, s'avança vers Tom, la main tendue.

— Tom ? Geena Wagner. Appelez-moi Geena.

Puis, reculant d'un pas, elle le parcourut d'un regard appréciateur.

— Oui, oui, oui. Vous êtes parfait.

— Vous croyez ? dit celui-ci avec un sourire surpris, naturel… le sourire d'un homme qui rencontre une femme séduisante.

Un sourire qu'il n'avait jamais eu pour elle, songea Sylvie. Une main sur le front, elle poussa un profond soupir. Tom tourna le regard vers elle, et aussitôt, le sourire disparut.

— Absolument parfait, renchérit Geena. Vous n'êtes pas marié, au moins ?

— Demandez donc à Mlle Smith, laissa-t-il tomber d'une voix coupante.

— Ah, vous vous connaissez ! Formidable. Tom, seriez-vous d'accord pour nous aider ? Sylvie aurait besoin d'un homme de rêve.

— Nnnnn..., prononça la jeune femme sans pouvoir décoller sa langue de son palais.

— Cela dépend. De quel rêve s'agit-il ?

— Eh bien, il vous faut tout simplement lui tenir le bras en ayant l'air sexy, expliqua-t-elle avec un sourire encourageant. Voilà, comme ceci !

— Mais je n'ai pas bougé.

— C'est inutile, vous êtes parfait au naturel, fit-elle, riant de son trait d'esprit. Bien, Sylvie, à vous de faire marcher votre imagination.

— Geena, je pense honnêtement que...

— Je ne veux pas que vous pensiez. Ce sont les sentiments qui m'intéressent.

Geena lui prit les épaules et la fit pivoter face à Tom.

— Imaginez-le en costume queue-de-pie de couleur grise, avec une ceinture mauve et des violettes à la boutonnière.

Tom émit un petit bruit comme pour dire « Autant rêver ! ».

— Il vous attend devant l'autel et...

— Quel autel ? Où ça ? l'interrompit-il.

— Vous avez raison, Tom. Une église de village, Sylvie ?

Celle-ci ouvrit la bouche pour répondre mais Geena ne la regardait déjà plus.

— Quoi d'autre ? Mais ne vous inquiétez pas de cela, Tom. Sylvie et moi nous occupons de tout.

Il lança un regard interrogateur à Sylvie, qui lui répondit d'un haussement d'épaules résigné.

— Bien. Les portes de l'église sont décorées de guirlandes de bruyère et de fleurs... Les demoiselles d'honneur vous attendent... Au fait, voulez-vous faire appel à des adultes uniquement ?

— Euh, non. Une adulte seulement.

Elle aurait besoin de Josie dans cette entreprise. Bien sûr, il faudrait la convaincre d'abandonner ses Doc Martens, mais au moins, avec ses cheveux violets, elle serait dans le ton.

— Une adulte et cinq enfants. Quatre filles et un garçon. Ce sont mes filleuls.

Geena hocha la tête.

— D'accord. Bon, imaginez la scène : musique d'orgue, votre père vous tient le bras…

— Non !

Geena et Tom levèrent vers elle un regard surpris par la violence de cette exclamation.

— Non, reprit-elle d'une voix plus douce. Je préfère être seule. Je vais sur mes trente ans, je n'ai pas besoin d'être livrée à mon époux, poursuivit-elle comme ils la dévisageaient, interloqués.

— Ah… Comme vous voudrez. C'est votre mariage, après tout. Donc, vous avancez dans l'allée comme ceci, poursuivit-elle en lui fourrant le bouquet de violettes dans les mains. Les orgues grondent, tout le monde se lève à votre entrée… Allez-y, marchez, marchez, dit-elle en la poussant vers Tom. Toute l'assemblée ne regarde que vous. On soupire, on verse quelques larmes, mais vous ne voyez, n'entendez personne d'autre que lui.

Sylvie rencontra le regard de Tom et rougit. Pourquoi était-il resté ? Il n'était pourtant pas obligé…

— Alors, qu'éprouvez-vous, Sylvie ? murmura-t-elle. De la nervosité ? Des frissons ? Entendez-vous le bruissement de votre robe ? Dites-moi quels sont vos sentiments.

Pendant un instant, Sylvie se crut dans la petite église nimbée de la lumière colorée des vitraux, sentit la caresse de sa robe, du voile de dentelle que lui avait légué sa grand-mère… Elle voyait aussi Tom McFarlane, qui l'attendait devant l'autel et la regardait comme si rien au monde n'était plus précieux.

Elle en aurait presque frissonné…

— Alors, le faites-vous craquer ?

Le regard de Tom glissa vers son ventre rond.

— Un habit de pénitence ferait tout aussi bien l'affaire,

lâcha-t-il avant de tourner les talons. Mark, en avez-vous terminé avec cette pièce ?

Et sans attendre sa réponse, il quitta la pièce. Mark, un sourire ironique aux lèvres, salua les deux femmes d'un léger signe de tête et partit à sa suite.

— Mais enfin, quelle mouche l'a piqué ? articula Geena, interloquée.

Sylvie, les genoux faibles, dut s'appuyer sur une table.

— Vous auriez été avisée de nous demander où nous nous étions rencontrés.

— Eh bien ? l'encouragea Genna comme elle n'en disait pas plus. Où vous êtes-vous rencontrés ?

— Je suis une amie d'école de son ex-fiancée. C'est moi qui avais organisé son mariage. J'ai pourtant essayé de vous prévenir.

— Mais j'étais trop occupée à parler. C'est mon gros défaut. Donc, que s'est-il passé ? Vous avez réservé la mauvaise église ? Le chapiteau s'est écroulé ? Vous avez empoisonné les invités ?

— Pire que tout cela : la mariée a changé d'avis trois jours avant la cérémonie.

— Non ! Elle était folle ?

— Au contraire, elle a recouvré la raison à temps. Candida Harcourt, ce nom ne vous dit rien ?

Geena secoua négativement la tête.

— Vous ne lisez donc jamais la presse people ?

— Jamais. Est-ce un tort ?

— Non, bien sûr, mais en l'occurrence, cela ne vous aurait pas desservie.

— Je ne comprends toujours pas où vous voulez en venir, dit Geena en fronçant les sourcils. Vous ne pouvez pas être tenue pour responsable de la décision de votre amie.

— Non, à ceci près qu'elle s'est enfuie avec l'un de mes employés.

— Oh…

Geena haussa les épaules.

— Tout de même, je persiste à le trouver bien dur vis-à-vis de vous. Même si, franchement, à la manière dont il vous regardait…

— Connaissez-vous l'expression « si un regard pouvait tuer » ?

— Par combustion spontanée, alors. Etes-vous sûre que la mariée était la seule à être tombée amoureuse ?

Elle leva aussitôt les mains en signe d'excuse.

— Oubliez ce que je viens de vous dire. Où en seriez-vous, si vos clientes ne pouvaient plus vous confier leur fiancé ? Bon, contentez-vous de me raconter ce que vous avez vu, ajouta-t-elle comme Sylvie, le rouge aux joues, la regardait sans rien dire.

— Vu ?

— Oui, tout à l'heure. Je vous ai observée : vous avez vu quelque chose… ressenti quelque chose.

Oui, elle s'était revue à 19 ans, dans la robe nuptiale de son arrière-grand-mère, nimbée d'un voile de dentelle qui lui tombait aux pieds. A l'autel, un homme l'attendait : non pas Jeremy, mais Tom McFarlane.

— Sylvie ?

— Oui. Vous aviez raison, je me rappelais quelque chose. Une robe.

Concentre-toi sur la robe.

— Pensez-vous vraiment pouvoir créer quelque chose en une semaine à peine ? Normalement, c'est un travail de plusieurs mois…

— C'est une gageure, j'en conviens, mais j'aime les défis et tout le monde est sur le pied de guerre pour réaliser tout ce que vous désirez. Par conséquent, rêvez un peu, rêvez beaucoup, faites-vous plaisir !

Sylvie se força à sourire.

— Le fait est que j'ai déjà vécu ce rêve à 19 ans. Pour cette occasion, il était prévu que je porte la robe de mon arrière-grand-mère.

— Ah bon ? Comme c'est romantique. Donc, voyons… Votre arrière-grand-mère, dites-vous ? Cela nous amène aux années vingt, n'est-ce pas ? Une robe à taille basse, avec de la dentelle, comme ceci ?

Elle dessina un croquis rapide et tendit son calepin à Sylvie.

— Oui, c'est très ressemblant, dit-elle, impressionnée.

— Merci. Vous en avez, de la chance. Combien de gens savent quelle robe portait leur arrière-grand-mère à son mariage ? Savez-vous où elle se trouve ?

Sylvie allait secouer la tête lorsqu'elle se rendit compte que le vêtement devait être resté à l'endroit où elle l'avait rangé, juste avant la saisie.

— Je suis censée vous permettre de déployer votre talent, Geena. Une robe de musée ne vous apportera aucune publicité.

— Ce n'est pas de moi dont il est question, mais de vous. De votre rêve. Même si, sauf à supposer qu'elle ait été mise à l'abri, votre robe risque d'avoir été mangée par les mites et jaunie par le temps. De plus, pardonnez-moi, mais je ne pense pas que votre aïeule était… comment dit-on, déjà ? dans votre état le jour de son mariage…

— C'est vrai. A presque trente ans et enceinte, cette dentelle virginale serait particulièrement déplacée.

— En fait, j'aurais un modèle plus « grande personne » qui irait bien avec ces chaussures. Mais, par curiosité professionnelle, j'aurais très envie de voir la robe de votre arrière-grand-mère.

— Je vais voir ce que je peux faire.

— Parfait. En attendant, j'aurais besoin de prendre quelques mesures. Levez les bras à l'horizontale, s'il vous plaît.

6

Ayant rejoint Tom devant les écuries, Mark lui lança un regard interrogateur.

— Veuillez m'excuser, soupira Tom. Comme vous avez dû le remarquer, il existe un léger… contentieux entre Mlle Smith et moi.

— Si vous parlez de contentieux, je ne voudrais pas être présent lors de la déclaration de guerre. A vrai dire, ajouta-t-il avec un sourire pensif, j'aurais plutôt songé à…

— Oui ? le relança Tom.

Mais Mark leva les mains en secouant la tête. Toutefois, l'expression de son visage était suffisamment éloquente.

— Le précédent qui nous oppose est d'ordre professionnel, lâcha Tom d'un ton sec. Strictement professionnel.

Comme Mark opinait d'un air sceptique, il préféra ne pas insister de peur de confirmer ses soupçons. Toutefois, son ami avait visé juste : jamais une femme ne lui avait inspiré de tels sentiments de désarroi, de culpabilité, de désir, de colère.

Elle n'avait pas perdu de temps pour l'oublier, en tout cas. Comment lui en vouloir ? Il était parti sans lui écrire, sans lui téléphoner. C'était sa secrétaire qui lui avait réglé sa facture, sans tenir compte des 20 % qu'elle lui avait pourtant généreusement consentis.

Lorsque, finalement, il était revenu, prêt à tomber à ses genoux, il était trop tard. Elle allait faire sa vie avec un autre, un ami d'enfance. Le père de l'enfant qu'elle portait.

Pourtant, la tension qui avait dominé leurs précédentes rencontres était encore là, intacte, indéniable. Et réciproque.

La vérité, c'était qu'il l'aurait trouvée belle même en

habit de pénitence. Elle aurait été adorable en mariée. Tout à l'heure, il n'avait eu aucun mal à l'imaginer dans la petite église du village, auréolée de la lumière douce des vitraux, tenant contre son cœur un bouquet de violettes. Pendant un instant, il s'y était cru, lui aussi, au point qu'il avait failli lui prendre la main. Cette scène simple l'avait ému plus que le spectacle tapageur que Candy lui avait fort heureusement épargné à la dernière minute.

Pam avait peut-être raison. Il avait sans doute intérêt à retourner à Londres le temps que ce raout se termine…

Comme Mark le regardait avec étonnement, il se détourna brusquement et se dirigea vers les dépendances.

— Que pouvez-vous me dire de la remise et des écuries ?

— Eh bien, nous pourrions les convertir en une douzaine d'unités de logement réparties autour de la cour.

— Intéressant. Et la grange ?

— Pour la grange, nous disposons de plusieurs options. Vous pourriez notamment la convertir en maison de campagne. On y accède par une petite route privée. Avec un jardin muré, ce serait un lieu de retraite discret, très agréable.

Plus que jamais décidé à transformer Longbourne Court pour en effacer tout ce qui pouvait lui rappeler Sylvie Smith, Tom l'écoutait d'une oreille attentive.

Sylvie se souvenait que juste avant de quitter Longbourne Court, elle avait pris soin de ranger cette robe de mariée avec le reste de la garde-robe de sa grand-mère, dans le grenier. Dix ans plus tard, étaient-ils toujours là-haut, ces coffres ? Mme Baxter ne s'opposerait certainement pas à ce qu'elle monte vérifier. Autant s'en occuper tant que Tom était accaparé par son architecte.

Elle lui jeta un coup d'œil par la fenêtre. Il semblait avoir maigri depuis leur précédente rencontre. Ses cheveux sombres, soulevés par une légère brise, devaient l'énerver, à la manière dont il les repoussait. Il lança un bref regard vers la fenêtre du petit salon, comme s'il devinait qu'elle l'observait. Instinctivement, elle recula mais, les sourcils froncés, il s'éloigna, escorté de Mark.

Les jambes soudain faibles, Sylvie se laissa tomber dans un fauteuil de cuir. Il lui fallut toute sa volonté pour se relever et partir à la recherche de Pam Baxter.

La porte de la bibliothèque était ouverte. Elle s'annonça d'un coup léger et entra. La pièce était vide. Mme Baxter devait s'être absentée quelques minutes. Elle jeta un coup d'œil à sa montre et décida de l'attendre quelques instants.

Elle s'approcha des rayonnages et, distraitement, laissa courir le doigt sur le dos des livres. Rien n'avait bougé, pas même la bible familiale. Sylvie prit le livre et l'ouvrit aux pages sur lesquelles était consignée l'histoire des Duchamp : chaque mariage, chaque naissance, chaque décès... jusqu'à son nom à elle. La dernière date, celle de la mort de sa mère, était écrite de sa propre main. Les yeux mouillés, elle reposa la bible sur son présentoir et essuya ses larmes d'une main impatiente.

Allons, pas d'attendrissement. Si ces dernières années lui avaient enseigné quelque chose, c'était qu'il était inutile de pleurer sur son sort.

Une photo jaunie, dans un cadre ancien, était posée à côté de la bible. Elle se rappelait ce cliché : des jeunes gens allongés sur la pelouse, en pantalons et chemises de flanelle, devant une table mise pour le thé. Elle entendait presque la voix de son grand-père, lui nommant chacun de tous ces chers disparus, comme des héros dont la mémoire devait être honorée.

Elle eut conscience d'une présence derrière elle. Ce ne pouvait pas être Mme Baxter : elle se serait manifestée avant d'entrer.

— Alors, monsieur McFarlane, on me surveille ? dit-elle sans se retourner. Vous voulez vous assurer que je ne prends pas mes aises ?

— Qui sont tous ces gens ?

D'un petit geste, il désigna l'ensemble des portraits accrochés aux murs, à la galerie supérieure, au manteau de la cheminée. Sylvie ne répondit pas tout de suite, s'attendant à un sarcasme. Comme il ne disait rien, elle leva les yeux vers lui et vit dans son regard une curiosité sincère.

— Ce sont des photos de famille, dit-elle simplement.

— Des photos de famille ?

Il sembla hésiter à dire quelque chose.

— Oui ? l'encouragea-t-elle.

— N'avaient-ils rien de mieux à faire que de jouer et s'amuser ?

Elle fronça les sourcils, curieuse de savoir ce qui pouvait le perturber dans ces vieilles photos, et indiqua du doigt un jeune homme qui souriait.

— Ce garçon est mon grand-oncle Henry. Il avait 21 ans à l'époque de ce cliché. Il venait tout juste de sortir d'Oxford. Lui, c'est mon grand-oncle George. Il avait 19 ans. Et mon grand-oncle Arthur, là, en avait 15.

Elle s'approcha de lui si près que son épaule effleurait son bras.

— Lui, c'est Bertie, et à côté, David. Ils étaient cousins, tous les deux, et avaient l'âge d'Arthur. Et lui, c'est Max. Il venait de se fiancer à ma grand-tante Mary. C'était elle qui tenait l'appareil.

— Et le garçon, devant ? Celui qui fait une grimace ?

— C'est mon arrière-grand-père, James Duchamp. Il devait avoir une douzaine d'années. Il avait à peine 17 ans à la fin du carnage que l'on a appelé la Grande Guerre. De tous ceux qui sont sur cette photo, il est le seul à avoir survécu pour fonder une famille.

— Il en allait de même pour toutes les familles, remarqua-t-il sèchement.

— Je sais, monsieur McFarlane. Riches ou pauvres, ils sont morts par millions dans les tranchées. Après cette photo, ils n'ont guère eu d'occasions de s'amuser, ajouta-t-elle en lui lançant un bref regard.

Tom regarda fixement la photo en s'efforçant d'ignorer la rondeur de son épaule contre sa poitrine, la douceur d'une mèche soyeuse qui, s'échappant de son foulard, effleurait son cou.

— Pour le commun des mortels, les occasions de s'amuser

étaient inexistantes, décréta-t-il, immobile et glacial. Puisque nous voilà coincés ensemble sous le même toit pendant quelques jours, appelez-moi Tom, pour simplifier. Après tout, ce n'est pas comme si nous étions étrangers l'un à l'autre.

— Je crois au contraire que nous ne sommes pas autre chose, monsieur McFarlane.

Il opina d'un air contraint.

— Tout de même…, insista-t-il.

Elle leva vers lui un regard pénétrant, qui semblait l'interroger au plus profond de son âme.

— … pour gagner du temps…

— Gagner du temps ? répéta-t-elle.

Un court silence tomba.

— Bien. Je vous appellerai donc Tom. Mais seulement par souci de simplicité. Toutefois, vous devrez m'appeler Sylvie. Mon temps est sans doute moins précieux que le vôtre, mais il est également compté.

Il eut un mince sourire.

— Je pense pouvoir y arriver. Sylvie…

Séparé de son nom de famille, son prénom glissait sur la langue comme de la soie. *Sylvie*… Il aurait voulu le prononcer de nouveau.

Il s'éclaircit la gorge et reporta son attention sur la photo.

— Pourquoi ce portrait est-il resté ici ? Vous ne le vouliez pas ? C'est pourtant l'histoire de votre famille.

Elle lui prit le cadre et, les yeux fermés, posa la main sur le verre froid.

— A l'arrivée des créanciers, expliqua-t-elle après un court silence, je n'ai pu emporter que mes vêtements et quelques effets personnels, comme les perles que m'avait offertes mon grand-père pour mes 18 ans. Et ma voiture, après qu'ils se furent assurés qu'elle était bien à mon nom. Vous comprendrez donc mon peu de sympathie pour les personnes dont nous étions les débiteurs.

Elle lui lança un regard où le chagrin le disputait à la fierté.

— Je ne parle pas des particuliers. Nous avons toujours honoré nos factures. Seulement, en trois ans, nous avons dû régler deux successions particulièrement lourdes. C'est à cette époque que mon grand-père, qui jusqu'alors s'était relativement peu soucié d'argent, s'est soudain avisé de prendre en main notre situation financière en investissant dans la Lloyds quelques mois avant qu'elle ne fasse faillite…

Il était mort peu de temps après, d'une crise cardiaque. Profondément choquée et amoindrie, sa mère, lady Annika, n'avait pas tardé à le suivre dans l'autre monde.

— L'ironie de l'histoire est que nous nous en serions bien mieux sortis s'il était resté aussi décontracté avec l'argent.

— Mais cette photographie n'a d'autre valeur que sentimentale… ?

— C'est vrai. Les créanciers m'ont bien dit qu'après l'inventaire, je pourrais revenir emporter les objets de famille sans valeur intrinsèque, mais entre-temps, un chanteur de rock qui avait visité Longbourne Court pendant son enfance a racheté la maison afin de la conserver en l'état, sans aucune modification.

Tom McFarlane eut un sourire moqueur.

— Je sais, dit-elle. C'était un illuminé, mais nos créanciers n'ont pas pu résister à son offre. Il a donc hérité de tout : photos de famille, portraits et tout le capharnaüm dans le grenier. Il a même gardé M. et Mme Kennedy dans leurs fonctions. Tout n'était donc pas si négatif.

— Avaient-ils le droit de tout vendre ?

— Qu'est-ce qui les en empêchait ? Je n'avais pas l'argent nécessaire pour faire valoir mes droits, et même si je l'avais pu, les seuls bénéficiaires auraient été mes avocats. Au moins, avec cette solution, tout était réglé. Préservé.

Et elle avait pu tourner la page, refaire sa vie sans ruminer des événements qu'elle était déterminée à oublier. L'abandon de Jeremy, par exemple, quelques semaines avant leur mariage. L'obstination de sa mère à faire face à l'armée de créanciers qui les dépouillaient de leur héritage familial. Son père, qui… Non. Elle refusait de gaspiller la moindre pensée à son égard.

— A cette époque, je vivais en colocation avec deux autres jeunes filles. J'avais à peine assez de place pour ranger mes vêtements, alors, les photos de famille…

Elle reposa le cadre sur l'étagère, à la place qu'il avait toujours tenue.

— Par ailleurs, vous n'avez pas tort. Cette histoire n'est pas seulement la mienne. Comme vous l'avez remarqué, personne n'a été épargné.

Avait-il dit cela ? Pourtant, force était de constater que certains avaient perdu plus que d'autres, songea-t-il en parcourant le salon du regard. Longbourne Court était un élégant manoir de campagne, mais dès sa première visite, Tom l'avait reconnu pour ce qu'il était : une maison de famille dans laquelle les générations s'étaient succédé, du berceau à la tombe, laissant chacune mille petites traces de leur passage : la patine d'innombrables mains, les marques sur le parquet, les griffures de chiens sur les portes…

— Tout le monde n'a pas eu la chance d'avoir des souvenirs, une place dans l'histoire, Sylvie, murmura-t-il d'une voix sourde.

— Pas de souvenirs ? Pas de famille ? Oh, Tom, dit-elle après un léger silence, comme c'est triste ! Je suis désolée.

— Je n'ai pas besoin de votre pitié, répliqua-t-il sèchement.

Sylvie se mordit la lèvre et s'écarta en jetant un regard rapide autour d'elle.

— J'espérais trouver Pam ici. Ne sauriez-vous pas où elle se trouve ?

— Pourquoi ? Si vous êtes pressée, peut-être puis-je vous aider.

Elle hésita à répondre.

Il aurait dû le deviner. Elle était venue demander quelque chose au sujet de cette fichue Fête du Mariage. Petite hypocrite, tellement habile à faire vibrer la corde sensible… Il avait la réputation d'être dur en affaires, pourtant jamais il n'aurait songé à transformer son mariage en campagne de publicité. Mais à quoi bon chercher le conflit ?

— Sylvie, je désirais vous demander de pardonner ma remarque sur la robe de pénitence. Elle était inexcusable.

— Au contraire, vous aviez d'excellentes excuses, s'empressa-t-elle de répondre. J'aurais dû modérer Geena.

— Autant essayer d'arrêter un train en pleine vitesse.

— C'est vrai, mais tout de même…

— Allons, ce n'est pas grave. J'aurais dû le faire moi-même. Vous comprendrez cependant que vous êtes bien la dernière personne que je m'attendais à trouver à Longbourne Court.

Et qui plus est, enceinte… d'un autre. Un homme de son monde, qu'elle connaissait depuis toujours. Envisageait-elle déjà de vivre avec ce Jeremy lorsqu'elle s'était donnée à lui avec une telle passion ?

— La réciproque est tout aussi vraie. Candy m'avait dit que vous détestiez la campagne.

— Disons que je n'en aime pas certains aspects. La chasse, par exemple.

— Mon non plus. Mon grand-père avait interdit tous les sports de chasse sur le domaine. Il disait que trop de sang y avait déjà été versé.

Elle marqua une courte pause avant de demander :

— Avez-vous reçu ma lettre ?

Il opina et se détourna, gêné. Pourquoi repensait-elle à ces factures ? Elle les avait mérités, ces 20 %… D'ailleurs, il l'admettait à présent, cette rencontre n'avait été pour lui qu'un prétexte pour l'humilier.

La vérité, c'était que son mariage avec Candy n'aurait pu être autre chose qu'un fiasco programmé. Il n'avait cessé de s'éloigner d'elle en invoquant le travail, la fatigue depuis ce jour où il était entré dans le bureau de Sylvie Smith. Sylvie, dont le sourire s'était lentement évanoui lorsqu'elle avait levé les yeux vers lui…

Il aurait tout donné pour éprouver de nouveau la plénitude qu'elle lui avait procurée lorsqu'ils avaient fait l'amour. En cet instant, tout avait été parfait, tellement parfait… Jusqu'à ce qu'il découvre ses larmes, et réalise qu'il venait de commettre la plus grande bêtise de sa vie.

A quoi bon lui dire tout cela ? Elle avait décidé de faire sa vie avec un autre. A lui de respecter son choix.

— Je suis désolé. Pour tout.

Elle se détourna, les joues colorées d'une légère rougeur. Sans doute songeait-elle, comme lui, à cet instant de folie où ils s'étaient oubliés, tous les deux. Elle devait éprouver des remords vis-à-vis de son fiancé.

— Pourquoi vouliez-vous trouver Pam ?

Elle le regarda fixement, puis leva la main vers le bureau.

— Je voulais lui demander la permission de monter au grenier pour rechercher un objet qui a appartenu à mon arrière-grand-mère. Pour l'emprunter quelques instants.

— Votre arrière-grand-mère ? Combien de temps cet objet est-il resté là-haut ?

— Depuis que je l'y ai rangé, avant de partir. A moins que vous n'ayez déjà commencé à débarrasser le grenier ? demanda-t-elle en lui faisant face.

— Non, je n'ai encore rien fait, mis à part demander à Mark de préparer un plan en vue d'obtenir le permis d'aménager. D'ailleurs, Mark m'a dit tout à l'heure que tout était resté intact.

— Ah… C'est rassurant.

Un silence gêné tomba.

— S'agit-il de l'arrière-grand-mère qui a épousé le garçon de la photographie ?

— James. Oui. Ma famille paternelle, les Smith, était de tradition militaire. Ils avaient l'habitude de voyager léger.

Tom crut ressentir une pointe de mépris dans ces paroles.

— Au moins, ils ne s'embarrassaient pas, remarqua-t-il. Voulez-vous y jeter un coup d'œil maintenant ?

— Oui, c'est assez urgent. Pam va-t-elle bientôt revenir ?

— Je crains que Pam ne soit assez occupée, ce matin.

Il n'en dit pas plus dans l'espoir qu'elle sollicite son aide, mais comme elle se taisait, il s'approcha de la porte.

— Allons-y, voulez-vous ?

Ils restèrent tous les deux immobiles : ces paroles, il les avait déjà prononcées lors de leur précédente rencontre.

— Vraiment, ce n'est pas nécessaire de vous déranger, lâcha-t-elle enfin d'une voix sèche. Je connais le chemin.

— Je n'en doute pas, Sylvie, mais je vous assure que cela ne me gêne pas, au contraire. Je vais devoir bientôt débarrasser le grenier et j'aurais besoin de savoir exactement ce qui s'y trouve avant de tout jeter à la benne.

— Quoi ?! s'exclama-t-elle, les yeux emplis de colère.

Ainsi, Mlle Duchamp Smith était donc plus attachée à ces reliques familiales qu'elle n'avait voulu le montrer…

— Bien sûr, dit-il d'un ton négligent. Qu'est-ce qui vous choque ? Pour tout autre que vous, ce ne sont que des vieilleries.

— Je sais, répondit-elle en se maîtrisant.

— Mais vous pouvez me prouver le contraire.

— Ce sont vos vieilleries. A vous d'en faire ce que vous voulez.

— C'est vrai, dit-il, déçu de son manque de résistance. Je dois toutefois vous dire que le grenier est très poussiéreux. Vous devriez sans doute changer de chaussures. Il serait dommage de les abîmer.

— Quoi ?

Elle baissa les yeux vers ses pieds et laissa fuser un juron qui, dans sa bouche, n'avait pas l'air si choquant.

— Quelque chose ne va pas ?

— Oui !

Elle remua son pied et sourit.

— Et en même temps, non. C'est que, les ayant portées une bonne partie de la matinée, je vais devoir les acheter.

— J'ai entendu dire que, pour les femmes, l'achat de chaussures était le remède miracle à la déprime, observa-t-il, se souvenant de la remarque de Pam.

— Vous ne devriez pas croire toutes les bêtises que Candy vous racontait. De plus, je ne suis pas ici pour me faire des cadeaux.

— Ah bon ? Pourtant, je croyais que c'était l'un des plaisirs des jeunes mariées.

Elle lui jeta un regard glacial.

— Dans ce cas, je vous suggère de vous familiariser avec le monde des organisateurs de mariage. Je ne suis pas ici pour me faire plaisir, mais je ne peux décemment pas rendre ces chaussures après les avoir portées.

— Vous ne les regretterez pas.

— Sauf si je ne les enlève pas maintenant. Commencez donc à monter, je vous suis.

Sans attendre sa réponse, elle s'éloigna d'un pas rapide, comme pour lui échapper.

— Je vous attends, murmura-t-il en la suivant du regard. Autrement, je risquerais de me perdre.

Trop tard. Il était déjà perdu.

7

Au bord des larmes, Sylvie monta se réfugier dans sa chambre. Se contraignant au calme, elle s'aspergea le visage d'eau froide, se moucha et se recoiffa rapidement. Enfin, chaussée de souliers confortables, elle rejoignit Tom McFarlane au bas de l'escalier.

Tout de même, quel homme étrange ! Pourquoi était-il si curieux de sa famille alors qu'il lui avait laissé entendre, sans aucun doute possible, qu'il ne tenait pas à être le père de sa petite fille ?

Le grenier était plongé dans l'obscurité. Elle tendit le bras vers l'interrupteur mais il fut plus rapide qu'elle. Leurs mains se touchèrent.

— Je l'ai trouvé, dit-il d'une manière appuyée.

Aussitôt, elle retira sa main comme si elle avait été piquée par une guêpe.

Une ampoule nue s'alluma, jetant une faible lumière sur les vestiges abandonnés de l'histoire des Duchamp. Sylvie promena un regard consterné sur cette désolation.

— Seigneur ! Quel désordre !

— Eh bien ? C'est un grenier.

— Autrefois, les coffres étaient rangés autour des murs pour en faciliter l'accès.

De toute évidence, ils avaient été déplacés récemment : quelques mois auparavant, à en juger par la poussière.

— Je suppose que des artisans ont été obligés de les pousser pour pouvoir travailler.

— Les derniers en date étant les vôtres, bien sûr, rétorqua-t-elle.

— Ils peuvent très bien les avoir trouvés dans cet état, mais je veillerai à leur faire part de vos critiques.

— Ah… Bien.

Elle souleva le couvercle du coffre le plus proche et recula en toussant.

— Seigneur, quelle est donc cette odeur ?

— C'est… du camphre, haleta-t-elle en battant l'air. Pour éloigner les mites… qui autrement… n'auraient fait qu'une bouchée de toute cette belle laine.

— Cette odeur n'éloignerait pas que les mites, mais toutes les personnes qui songeraient à porter ces vêtements. Vous allez bien ? Etes-vous sûre que cela ne va pas faire de mal à… au…

— Au bébé, acheva-t-elle à sa place. Vous pouvez le dire, vous savez. Ce n'est pas un gros mot.

— Non. Désolé, fit-il avec raideur.

— Vous l'avez déjà dit. N'en parlons plus, voulez-vous ?

Tom referma le coffre et se détourna pour en ouvrir un deuxième.

— Je suis heureux pour vous.

Elle le regarda fixement, choquée de son indifférence.

— Eh, regardez-moi cela !

Il venait de ramasser un vieux camion métallique et lui tendait un ours en peluche habillé en clown. Ces deux jouets, qui devaient avoir appartenu aux garçons de la photo, étaient à présent des pièces recherchées par les musées et les collectionneurs.

— Vous auriez eu intérêt à les emporter plutôt que vos vêtements.

— On ne m'a pas laissé le choix.

Les vautours qui avaient réalisé l'inventaire ne lui avaient même pas permis de garder sa robe de mariée. Ils étaient allés jusqu'à arracher de son cadre un portrait de sa mère pour s'assurer que rien n'était dissimulé à l'intérieur. Anéantie, Sylvie n'avait pas cherché à discuter. Elle ne s'était même pas souciée de remettre la photo dans son cadre. Quelle importance ? Qu'aurait-elle fait d'un vieux portrait, ou d'une robe nuptiale quand son fiancé avait annulé leur mariage le temps que « tout rentre dans l'ordre » ?

Enfin, à quoi bon remuer le passé, alors qu'elle avait un avenir ? Cet avenir, elle le portait dans son ventre…

— Il s'agit bien d'un Steiff d'origine, dit-elle en lui rendant le jouet. Et parce qu'il a été rangé à l'abri de la lumière, il n'a pas perdu ses couleurs. Je vous conseille de faire bien attention avant de jeter quoi que ce soit. Qui sait, un bon jour, vous pourriez sans doute récupérer aux enchères l'argent que vous avez perdu sur le mariage. Avouez que ce serait piquant.

Pour toute réponse, Tom serra les mâchoires et se pencha vers un autre coffre.

— Et celui-ci ? Tiens, remarqua-t-il en se redressant, pas de camphre ? Les mites n'attaquent-elles pas les vêtements de femmes ?

Sylvie laissa échapper un soupir de dédain et le rejoignit en se faufilant entre les coffres, sans le toucher.

— Ce coffre est de bois de santal. C'est un antimite naturel.

Comme elle disait cela, elle trébucha et dut se retenir à lui pour ne pas tomber. Aussitôt, le bras de Tom se glissa autour de sa taille. L'espace d'un instant, leurs regards se mêlèrent, intenses. Exactement comme dans le parking, quelques mois plus tôt…

— Ça va ? demanda-t-il d'une voix douce.

Rêvait-elle ? Il avait l'air véritablement alarmé. Elle se contraignit à détourner le regard.

— Oui, oui, répondit-elle d'une voix brève. Je crois que c'est ce que je cherchais.

La robe, enveloppée dans du papier de soie, était rangée dans le coffre avec toutes les plus belles tenues de son arrière-grand-mère. Celles dont elle ne se serait séparée pour rien au monde : ses Balenciaga, ses Chanel, ses accessoires art déco, ses chaussures. Elle avait même un modèle de Charles Worth…

— Mon arrière-grand-mère était très élégante, très sophistiquée. Elle était toujours à la pointe de la mode.

La voix étranglée, elle cligna des paupières.

— Ses vêtements étaient destinés à la section des costumes

du musée de Melchester, poursuivit-elle. Maman s'était promis de les léguer, mais on pense toujours avoir le temps…

Elle soupira et leva les yeux vers lui.

— Vous ne parlez jamais de votre famille.

Tom tressaillit, son visage se ferma.

— Je n'ai pas de famille.

— Ce n'est pas vrai ! s'exclama-t-elle en portant la main à son ventre.

— Croyez-moi, c'est préférable ainsi, murmura-t-il d'une voix si terrible qu'elle n'osa insister. Donc, qu'a-t-elle de si spécial, cette robe ?

Sylvie se tourna lentement vers le coffre et, après s'être frotté les mains à son pantalon, elle déplia le papier de soie. Un long voile de dentelle brodée apparut. Tom le contempla un instant en silence avant de se tourner vers elle.

— Et alors ? Vous comptez le porter pour votre mariage ?

— Ne soyez pas ridicule ! Vous ne croyez tout de même pas que cette dentelle conviendra à une femme dans mon état ? Non, c'est Geena qui voulait la voir. Elle m'a suggéré d'en faire une copie…

— Vous ne pouvez pas attendre la naissance du bébé pour… ?

— Non. *Célébrités* a fixé la date : le mariage doit se tenir ce week-end. Bien sûr, ils n'omettront pas de vous remercier de m'avoir prêté cette robe.

— Ce ne sera pas nécessaire. Je commence à être fatigué des mariages. En fait, j'ai de plus en plus l'impression d'être prisonnier d'un monde où le mot « mariage » est un thème récurrent.

— Pensez-vous être le seul à avoir vu son mariage annulé ? lâcha-t-elle soudain. Croyez-moi, on survit.

Tom la dévisagea en silence.

— Veuillez m'excuser, j'avais oublié. Cela vous est arrivé à vous aussi, n'est-ce pas ? Je l'ai lu dans un article dans *Célébrités*, ajouta-t-il comme elle ne disait rien.

— Oh, eux…, rétorqua-t-elle avec un haussement d'épaules. Oui, mon mariage a été annulé trois semaines avant la cérémonie au lieu de trois jours dans votre cas, mais est-ce que cela compte ?

— Et… combien de temps vous a-t-il fallu pour tourner la page ?

— Beaucoup plus longtemps que vous, Tom. Soyons francs, vous n'y pensiez plus dès la minute où vous avez posé la main sur moi…

Sitôt prononcées, elle regretta ces paroles. Pourtant, comment osait-il comparer son expérience à la sienne ? La souffrance d'une jeune fille de 19 ans, abandonnée par l'homme qu'elle aimait depuis l'enfance au moment où elle aurait eu le plus besoin de lui, était sans commune mesure avec les révoltes de sa fierté froissée de mâle.

Toutefois, Tom s'était figé à l'évocation de ce souvenir et la couvait d'un regard sombre, ardent. L'air, soudain chargé d'électricité, était devenu lourd. Oppressée, Sylvie aurait voulu reculer, échapper à l'envie de le toucher, de frissonner de nouveau sous ces caresses dont elle rêvait chaque nuit. Il était si près qu'elle sentait son parfum, un parfum discrètement boisé, très masculin, plus puissant encore que l'odeur du camphre et de la poussière. Pétrifiée, elle laissa échapper un gémissement qui, dans le silence du grenier, résonna comme un coup de tonnerre.

Tom la fit pivoter face à lui.

— Vous croyez ? murmura-t-il.

Comme dans un rêve, elle le vit se pencher vers elle, si près que leurs lèvres s'effleuraient presque.

— J'ai du mal à vous comprendre. Vouliez-vous dire… comme ceci ?

Elle entrouvrait déjà les lèvres pour protester, mais il s'empara de sa bouche en un baiser avide tout en glissant la main sous son ample chemisier de soie en une caresse douce et impérieuse. Parcourue d'un long frisson, elle lâcha la robe qui tomba dans un bruissement.

Elle était folle ! Mais à quoi bon lutter ? Comment résister à l'inéluctable ?

Oui, cette attirance mutuelle, dévastatrice s'était imposée dès l'instant où Tom était entré dans son bureau avec Candy. Elle l'avait toujours su au fond d'elle-même. Et lui aussi, d'ailleurs, sinon, pourquoi aurait-il fait autant d'efforts pour l'éviter ? Il avait été totalement absent de l'organisation de son propre mariage…

Tendrement, il lui mordilla la lèvre inférieure, en explora les contours avec la langue.

Les jambes flageolantes, elle se haussa sur les pieds et s'accrocha à son cou. Il fallait qu'elle se reprenne… Il fallait qu'elle se reprenne ! Il était sans doute permis de s'emporter une fois au point de perdre la tête… Mais deux fois…

Pourtant, la tête lourde comme du plomb, elle n'avait pas la force de réagir, de rompre le contact. La main de Tom, toutefois, se faufilait vers sa poitrine, effleurant son ventre. Au même instant, comme attiré par ce contact, le bébé donna un coup. Aussitôt, Tom s'écarta. Il contempla la jeune femme d'un regard vide et désolé et retira lentement sa main.

— Une autre fois, peut-être, murmura-t-il.

Elle recula en remettant de l'ordre dans sa tenue.

— Certainement pas, répliqua-t-elle d'une voix moins assurée qu'elle ne l'aurait souhaité. De toute façon, vous êtes bien assez intelligent pour comprendre sans que je vous explique.

— Merci pour le compliment, ironisa-t-il.

— Je vous en prie…

Se contraignant à sourire, elle ramassa le voile et le tint devant elle comme un bouclier. Dans les moments difficiles, le rire, la dérision avaient été ses meilleures armes. En prenant les choses à la légère, elle parviendrait sans doute à cohabiter avec Tom McFarlane pendant les prochains jours. Elle ne désirait pas mieux. Elle ne voulait surtout pas fuir comme dix ans plus tôt, sans la possibilité de faire ses adieux à Longbourne Court.

Et puis, elle n'avait pas abandonné l'espoir de s'expliquer avec Tom. La réaction de ce dernier au mouvement du bébé lui prouvait qu'il n'était pas aussi indifférent à la question qu'il aurait voulu le lui faire penser. Si elle parvenait à lui faire croire — à défaut de le convaincre — qu'elle ne désirait rien obtenir pour elle-même, peut-être… peut-être parviendrait-il à désirer cet enfant.

Mais pour l'heure, il importait surtout de mettre de la distance entre eux.

— Vous m'excuserez, mais je dois montrer cette robe à Geena.

— Le mariage avant tout ?

— Pas le mariage. Le spectacle nuptial, plutôt, avec les costumes qui vont avec : des souliers, des gilets mauves… Je suppose que Geena est déjà en train de réfléchir au vôtre.

— Donc, vous allez vraiment les porter ? Les chaussures.

— Je crois, oui. Qu'en pensez-vous ?

— Moi ? Rien. C'est au marié de s'adapter. Oh, une dernière chose avant que vous ne partiez, dit-il comme elle se dirigeait vers la porte. Je crois me souvenir que vous m'avez promis de trier les objets stockés dans ce grenier…

— Oui, mais…

— … mais maintenant que vous avez ce que vous souhaitez, je vois que vous avez hâte de vous échapper.

Sylvie ne put s'empêcher de sourire.

— C'est que nous en aurions pour une petite heure, et je n'ai pas le temps en ce moment.

Elle jeta un coup d'œil circulaire à la pièce.

— Qu'allez-vous faire de tout cela ?

— Je ne vois pas en quoi cela vous regarde, puisque tout ceci m'appartient.

Sylvie le regarda fixement et mordit sa lèvre en secouant la tête.

— Oui. Vous avez raison.

Il la considéra d'un œil rétréci.

— Vous n'êtes pas sincère. Vous désirez quelque chose. L'ours ? Les vêtements de votre arrière-grand-mère ?

Pourquoi s'amusait-il à la tenter ainsi ? Avait-il mauvaise conscience ? Ou disait-il cela par cruauté ?

— A vrai dire, oui. J'aimerais quelque chose pour moi. Mais ce n'est pas nécessaire.

Il y avait longtemps qu'elle avait fait le deuil de son passé.

— Pourquoi ne laissez-vous pas tout en l'état ?

— J'ai besoin de faire de la place. Allons, n'éludez pas ma question.

Elle leva les yeux vers lui. Pouvait-elle lui faire cette demande ? Il avait l'air sérieux…

— Je ne désire rien pour moi. Vraiment. En revanche, puisque vous ne voulez rien garder, vous pourriez peut-être mettre certains objets aux enchères pour aider le Club des Rubans Roses ?

Il la dévisagea en silence.

— Le Club des Rubans Roses. C'est l'association de votre mère, n'est-ce pas ? Quelle est sa mission, exactement ?

— Elle apporte un soutien matériel et moral aux femmes atteintes de cancer ainsi qu'à leurs familles. Maman s'était rendu compte que toutes les patientes n'avaient pas sa chance.

— Vous voulez dire, un traitement personnalisé ? Pas de liste d'attente ?

— Le cancer est une guerre, Tom. Les balles ne distinguent pas les officiers des simples soldats.

— Pardon. C'était cruel de ma part.

Sylvie eut un haussement d'épaules à peine perceptible.

— Oui, mais vous avez raison. Elle avait une chambre pour elle toute seule, les meilleurs traitements, les meilleurs médecins. Pourtant, elle ne s'en est pas satisfaite égoïstement. Elle était heureuse d'aider les femmes qui n'avaient pas sa chance.

— Cela ne l'a pas empêchée de mourir.

Pam l'avait renseigné sur la famille de Sylvie pendant son petit déjeuner. Occupé de ses projets professionnels, il ne l'avait écoutée que d'une oreille, mais il avait retenu que lady Annika était décédée.

— Pas d'un cancer. D'un accident de voiture, un jour qu'elle se rendait à Londres pour essayer de régler nos histoires.

D'un geste las de la main, elle désigna les coffres qui les entouraient.

— Il pleuvait, ce jour-là. Elle était énervée. J'aurais dû l'accompagner au lieu de me comporter comme une adolescente capricieuse.

La gorge serrée, elle passa la main dans ses cheveux, et Tom réprima le désir de la serrer dans ses bras, de la consoler. Mais elle se ressaisit tout de suite.

— On ne peut pas changer le passé, soupira-t-elle. Ecoutez, vous vous êtes déjà montré très généreux en nous donnant libre accès à la maison. Il faut que je m'en aille.

Tom opina en silence. Elle se retourna en atteignant la porte.

— Si vous voulez, je pourrai vous donner un coup de main plus tard… si vous envisagez de rester ?

Décelait-il un accent d'espoir dans sa voix ? Un désir fervent de lui laisser le champ libre pour se replonger dans ses souvenirs familiaux et faire comme si rien n'avait changé ? Ou alors, attendait-elle quelqu'un ?

— Oui, je reste, dit-il d'une voix ferme. Si vous avez un peu de temps libre en fin de journée, je serai d'accord pour que vous m'aidiez à ranger.

— Pourquoi pas ? Il n'y a rien à la télévision, ce soir. Mais pensez à changer cette ampoule. On n'y voit rien, dans ce grenier.

Il ne put s'empêcher de sourire de son autorité. On aurait dit une châtelaine des temps jadis. Elle était irrésistible.

— Je demanderai à M. Kennedy de la remplacer, répliqua-t-il.

Histoire de lui rappeler qu'il était ici chez lui, et seul habilité à donner des ordres.

8

— Oh, Sylvie, c'est superbe ! s'extasia Geena en examinant la dentelle. Absolument superbe. Quelle délicatesse ! De fabrication française, je présume ?

— Sans aucun doute. Grand-mère Clémentine n'a jamais voulu que le meilleur. Mais cette robe a été créée pour une jeune fille. Elle avait à peine 19 ans lorsqu'elle s'est mariée, précisa Sylvie avec un léger haussement d'épaules comme pour dire : « Incroyable, non ? ».

— Oui, vous avez raison. Pour vous, j'ai dessiné une tenue beaucoup plus sophistiquée : ample, ondoyante, comme vous les aimez. Mais sans voile. J'ai pensé qu'une veste évasée avec des manches larges et retournées ferait très bien. Tenez, regardez, dit-elle en lui montrant les croquis.

Sylvie laissa fuser un murmure de surprise.

— C'est magnifique, Geena. Vraiment parfait. Mais… la coiffure ?

— C'est une tiare : élégant, mais simple, expliqua-t-elle avec un grand sourire.

— Ne me parlez pas de simplicité. J'ai dû acheter les chaussures mauves. J'avais oublié que je les avais aux pieds.

— Ce n'est pas grave ! A toute chose, malheur est bon. Que diriez-vous d'une veste mauve ?

— Décidément, rien ne vous arrête.

Geena eut un petit rire.

— Je m'occupe de la tiare, si vous voulez. La joaillière qui les fabrique pour moi expose justement au Festival. Me permettrez-vous de relever le mauve d'une pointe de vert tendre ? Vous n'êtes pas superstitieuse ?

— Non.

De toute façon, elle avait tout fait dans les règles dix ans plus tôt, ce qui n'avait pas empêché son mariage d'être un véritable fiasco. Et puis, les noces de ce week-end n'étaient qu'une mise en scène. Elle n'avait donc rien à craindre.

— Je vous enverrai un échantillon de couleurs pour…

— Ne vous inquiétez pas, l'interrompit Geena. Je me le procurerai demain matin, lorsque j'aurai terminé mes croquis et choisi mes coupons. En attendant, réfléchissez encore à cette robe.

— Entendu. Bien, je dois me dépêcher : j'ai rendez-vous avec le traiteur, le fleuriste et le pâtissier.

Et, pour couronner le tout, avec le diable lui-même. Un homme dont la simple présence lui donnait le frisson… Un homme qui, pour la première fois depuis des années, lui apportait l'impression d'être désirable… désirée… Pathétique illusion.

Elle n'était rien pour lui. Une conquête parmi d'autres, qu'il avait séduite pour assouvir une vengeance personnelle. La presse à scandales aurait fait ses choux gras de cette histoire. Pourtant, il n'avait jamais cherché à la divulguer. Il aurait pu, cependant : il avait le bon rôle, tout le monde aurait pris son parti. C'était à mettre à son actif. A moins qu'il ait eu peur d'un quelconque chantage…

Sylvie fronça les sourcils. Craignait-il de devenir père ? Tout à l'heure, il lui avait dit qu'il n'avait pas de famille. Ceci pouvait en partie expliquer ses difficultés à exprimer ses émotions… sa froideur devant la trahison de Candy… son incapacité à lier l'amour physique à des sentiments plus profonds… son indifférence vis-à-vis du bébé.

Peut-être.

Auquel cas, il n'était pas étonnant qu'il ait ignoré sa lettre…

Le cœur lourd, elle se dirigea avec un sourire forcé vers le buffet du traiteur.

— Comme ça sent bon !

Exténuée, Sylvie jeta sur la table de la cuisine un dossier volumineux rempli de menus somptuaires, de croquis de mode, de photos de bouquets et de gâteaux extravagants.

Tom, occupé à confectionner une purée de pommes de terre, releva la tête et sourit.

— C'est un émincé de bœuf ? demanda-t-elle.

— C'est bien du bœuf. Pour le reste, vous devrez demander à Mme Kennedy. Moi, je m'occupe des légumes.

Elle passa un doigt sur la spatule qu'il lui tendait.

— Mmmh. Du beurre et de l'ail. Enfin de la vraie nourriture !

— Il y en a largement pour deux.

— Vous êtes sûr ? Je vous préviens que je meurs de faim.

— Tiens donc. Une femme avec de l'appétit. Il est vrai que vous mangez pour deux.

— Oh, je n'ai jamais raffolé de la salade, dit-elle en prenant deux assiettes dans le buffet. Où est Mme Kennedy ?

— Elle se repose. Elle a été sur la brèche toute la journée, avec ces hordes de goinfres qui lui demandaient à tout bout de champ des petits biscuits, du thé et des sandwichs. Ils vont finir par nous chasser de la maison, si nous n'y prenons pas garde.

Nous ?

C'était une façon de parler, certainement, mais Sylvie en éprouva un frisson délicieux.

— Envoyez la note à *Célébrités*. C'est leur festival, après tout.

— Vous croyez ?

— Bien sûr. Ce n'est rien, pour eux. Si vous leur aviez accordé la couverture de votre mariage, vous n'auriez rien eu à payer.

— Pour les voir faire des gorges chaudes de mes mésaventures ? Non merci.

— Ne vous plaignez pas, Tom, dit-elle avec un sourire épanoui. Le mois dernier, j'ai organisé un mariage au cours duquel la fiancée arrivait sur un éléphant…

— Suffit ! Arrêtez !

— Et je ne vous parle pas du lâcher de papillons.

— Je ne veux pas entendre, répliqua-t-il en souriant.

— Bien, bien. Mais ne vous inquiétez pas au sujet de Mme Kennedy. Même si elle n'a pas dû chômer, aujourd'hui.

— Bien sûr, avec tous ces pique-assiettes.

— Mais non. Rien ne l'obligeait à faire des petits gâteaux. Je suis sûre que les ouvriers avaient apporté leur Thermos et des sandwichs.

Tom eut un grognement désapprobateur. Tandis qu'il servait l'émincé, Sylvie disposa des couverts sur la table et s'assit.

— Je croyais que ce gala était votre initiative.

— Bon, si vous le désirez, envoyez-moi la note et je la ferai parvenir à *Célébrités*. Et je vous promets que je ne vous obligerai pas à la relire point par point.

Il leva les yeux et sourit.

— Ah bon ? Et si j'insiste ?

Sylvie rougit. Quelle idiote ! Faisait-elle exprès de tenter le diable ?

— Mais demain, ils devront se débrouiller tout seuls, décréta-t-il en s'asseyant vis-à-vis d'elle.

Elle s'éclaircit la gorge.

— Bien. Voulez-vous dire à Mme Kennedy que vous allez lui gâcher son plaisir ? Ou préférez-vous que ce soit moi qui m'en charge ?

Il secoua la tête en réprimant un sourire et remplit leur verre de vin.

— Dites-lui simplement de ne pas trop en faire. Après tout, je ne lui demande pas d'être aux petits soins avec moi.

— Je peux me tromper, dit-elle en se levant pour aller chercher une bouteille d'eau, mais je crois qu'elle est déçue de ne pas avoir eu la chance de mettre les petits plats dans les grands et de montrer au nouveau maître de maison tout ce dont elle est capable.

Au mot « maître », Tom eut un soupir dédaigneux.

— Et puis, poursuivit-elle, elle se fait sans doute du souci pour leur avenir, à elle et à son mari. Ils ont tous les deux une pension, mais ils vivent dans le cottage depuis plus de trente ans.

— Je ne pense pas que quiconque s'en soit préoccupé lorsque les créanciers sont venus.

— Eh bien, vous avez tort. Ma mère avait leur avenir très à cœur. Elle comptait faire en sorte que le bail leur soit concédé à vie. Je ne dis pas cela pour vous imposer la moindre obligation, Tom. Je vous tiens seulement au courant de ce qui s'est passé.

Il la dévisagea un instant avant d'opiner.

— Je vais y réfléchir.

— Merci. Au fait, où est Pam ? N'a-t-elle pas faim ?

— Elle a profité de ma présence ici pour retourner quelques jours à Londres afin d'éviter de perdre le fil des affaires. Nous sommes donc seuls, vous et moi, et les fantômes, sourit-il en levant son verre en guise de salut ironique.

Les fantômes... Bien sûr, il n'avait jamais manqué une occasion de lui montrer son mépris pour l'aristocratie rurale à laquelle sa famille appartenait. Nul doute qu'il prendrait plaisir à transformer cette vénérable maison familiale en centre de conférences.

Pourquoi pas, après tout ?

Elle-même était fatiguée de sa carrière dans l'événementiel. Toutes ces années passées à imaginer de nouvelles façons d'amener ses clients à dépenser des sommes folles lui semblaient maintenant tellement creuses... Il était temps de passer à autre chose, une activité moins superficielle. Lorsqu'elle en aurait terminé avec ce festival, elle soumettrait à Josie l'idée d'un partenariat dans lequel elle lui déléguerait tout le côté « léger » de son activité pour se concentrer sur des missions plus sérieuses.

Elle se remplit un verre d'eau et lui rendit son toast.

— Aux fantômes... Ou plutôt, à mes anges tutélaires. Nous sommes de la même famille, alors, faites attention.

— D'accord. S'ils me menacent, je viendrai me réfugier dans votre chambre.

Sylvie faillit s'étrangler en avalant une bouchée d'émincé, puis éclata de rire.

— Et pourquoi devrais-je vous protéger ?

— Parce que tout est votre faute, dit-il en désignant la pièce d'un mouvement de sa fourchette. Si vous aviez mieux surveillé vos employés, Candy aurait eu son domaine et Longbourne Court serait resté en l'état pendant cinquante ans.

Les yeux écarquillés, les lèvres figées par le choc, elle le dévisagea.

— Vous avez acheté Longbourne Court pour Candy ?

Il détourna le regard et piqua son émincé du bout de sa fourchette.

— Pensez-vous qu'elle serait partie avec Quentin si elle l'avait su ?

— Candy a toujours eu pour ambition déclarée d'épouser un millionnaire, et elle en a souvent eu la possibilité.

— Je sais, admit-il avec un haussement d'épaules. Ses histoires d'amour ont toujours fait le bonheur d'une certaine presse.

— Et ses ruptures fracassantes aussi.

— Donc, pour vous, je ne suis que le dernier d'une longue liste ?

— Non, pas vraiment. Longtemps, j'ai cru qu'elle espérait trouver mieux : plus riche, plus intéressant, plus excitant. Comme vous, en quelque sorte. Et pourtant, elle vous a quitté…

Le visage de Tom s'égaya d'un sourire.

— Je crois que vous venez de me faire un compliment.

— Et vous avez raison, sourit-elle en retour. J'ai beaucoup réfléchi à toute cette histoire depuis que je les ai vus ensemble, à leur retour de lune de miel. Elle ne vous a pas quitté pour un rival plus riche, plus intéressant, mais pour un jeune homme adorable qui n'avait rien d'autre à lui offrir que son amour.

— Et la perspective d'un titre.

— Pas forcément. Dans la famille de Quentin, les titres ne se transmettent qu'à l'âge de la retraite.

— Alors, pourquoi ?

— Pourquoi l'a-t-elle épousé ? Sans doute parce qu'elle avait finalement trouvé ce qu'elle recherchait depuis si longtemps. L'ingrédient qui manquait… Ils s'aiment, expliqua-t-elle comme il fronçait les sourcils. Je suis désolée, mais l'amour l'emporte sur les diamants, sur la renommée, sur tout.

— Je suis heureux pour elle. Vraiment, insista-t-il. Au début, nous avions tous les deux trouvé notre compte dans cette relation, mais nous n'avons jamais été jusqu'à penser que nous étions amoureux l'un de l'autre.

— Le réalisme est un ingrédient indispensable dans une vie de couple. Rien n'est pire que la désillusion.

— En théorie, oui. Mais vous n'avez pas répondu à ma question, la relança-t-il après un silence.

— Vous voulez savoir si la perspective d'obtenir Longbourne Court aurait incité Candy à vous épouser ? Regrettez-vous de ne pas lui avoir posé cette question vous-même ?

— Je ne sais pas. Je ne peux pas vous répondre.

— Eh bien, pour tout vous dire, Candy et moi, nous nous connaissons depuis l'âge de 12 ans et jamais je ne l'ai vue aussi… impliquée. A tel point que je ne pense pas que les joyaux de la Couronne l'auraient fait hésiter.

— Dans ce cas, je suis heureux de ne pas lui en avoir parlé. Comment se sont passés les préparatifs de cet après-midi ? La robe vous convient-elle ?

— Geena est contente, répondit-elle.

— Et vous ?

Sylvie haussa les épaules.

— C'est son spectacle, et je suis sûre que le résultat sera époustouflant. A vrai dire, j'ai hâte d'en finir.

Tom la regarda fixement.

— Un mariage est censé être un jour de fête… le plus beau jour de la vie d'une femme.

— Oui, sans doute, mais pour tout dire, mon rêve serait d'en confier l'organisation à quelqu'un d'autre. Mon assistante, par exemple. Elle aurait fait un excellent travail. Je comprends enfin l'intérêt de faire appel à un organisateur de mariages.

Tom la considéra avec inquiétude. Elle avait les yeux cernés et, bien qu'elle ait affirmé mourir de faim, elle avait à peine touché son assiette. Clairement, elle était surmenée. Où donc était son fiancé ? Le père de son bébé ? Pourquoi la laissait-il se démener toute seule ?

— Pardonnez ma franchise, Sylvie, mais vous n'avez pas l'air de prendre beaucoup de plaisir à ces préparatifs.

— Croyez-moi, sans la certitude d'aider une association

caritative qui me tient à cœur, je n'aurais jamais accepté de participer.

Tom fronça les sourcils, intrigué.

— Combien *Célébrités* vous a-t-il offert pour couvrir ce mariage ?

— Pas assez pour toute la peine qu'il me coûte ! s'exclama-t-elle en riant. Ni pour les délais qu'ils m'imposent.

— A cause de cette Fête du Mariage ?

Etait-ce pour cela que son comte, si récemment libéré d'un mariage, rechignait à la secourir ?

— Pourtant, votre expérience devrait vous aider.

— Vous croyez ? soupira-t-elle en jouant avec le contenu de son assiette. Oui, je suppose. Je l'ai fait des centaines de fois pour d'autres. Le problème, c'est que j'ai une réputation à tenir. Mon « mariage » doit être différent, original... Unique.

Elle avait dit cela d'un air blasé, en complet désaccord avec ses propos.

— Donc, quel est le problème ?

— Il me faut un thème. Normalement, c'est la mariée qui m'apporte son enthousiasme, ses idées... Parfois trop, même.

— Mais pour votre propre mariage, vous avez une panne d'inspiration ?

— Ridicule, n'est-ce pas ? J'ai déjà vécu toute cette mascarade il y a dix ans. Et j'avais passé des mois à planifier jusqu'au moindre détail.

— Aujourd'hui, une deuxième chance vous est offerte.

Elle leva vers lui un regard brillant.

— Oui ! Voilà le problème. Tout était parfait. Trop parfait, ajouta-t-elle avec un sourire triste. J'énerve toujours Josie en lui demandant de trouver un défaut, quelque chose qui cloche dans nos événements...

— Les Arabes laissent volontairement de petites erreurs dans leurs tapis parce que la perfection est l'apanage de Dieu.

— Tout à fait ! C'est tout à fait cela. Lorsque Jeremy et moi étions enfants, nos familles envisageaient déjà un mariage arrangé. Et nous sommes tombés amoureux.

— Comme cela collait bien !

— Vous pensez que nos parents nous avaient préparés à cette idée ?

— Je ne m'aventurerais pas à l'affirmer, s'empressa-t-il de dire.

— Mais pourtant, vous venez de le faire. C'était le mariage parfait… jusqu'à la mort de mon grand-père et l'arrivée des créanciers.

Sa mère, aussi, était décédée peu de temps après.

— Et Jeremy ? Que lui est-il arrivé ?

— Oh, sa société lui a trouvé un poste à l'étranger.

— Il travaillait à la Hillyer's Bank ?

— En effet.

— Et il a été éloigné le temps que votre relation meure de sa belle mort.

Sylvie opina, les larmes aux yeux. Submergé par un sentiment d'impuissance, il posa sa main sur la sienne. Elle redressa vivement la tête.

— Je suis désolé, Sylvie, murmura-t-il en retirant sa main.

— Ce n'est pas la peine.

Non, en effet. Dix ans plus tard, elle le tenait enfin, son *happy end*. Mais alors, pourquoi ses yeux brillaient-ils de larmes ?

— On se marie pour le meilleur et pour le pire, n'est-ce pas ? Je crois que nous étions beaucoup trop jeunes, beaucoup trop immatures pour accepter « le pire ». Au moins, de cette manière, nous n'avons pas grossi les statistiques du divorce.

Sans doute… Avec le temps, même les blessures les plus cruelles finissent par cicatriser et Jeremy Hillyer, qui venait d'hériter du titre de comte, retrouvait enfin son amour d'enfance.

— Puis-je vous aider en quelque chose ?

— Pardon ?

— Eh bien, pour le mariage.

— Vous plaisantez, je suppose ?

Elle éclata de rire, un rire franc, qui rebondissait comme une cascade.

— Ça y est, je comprends. Vous espérez qu'en accélérant les choses, je partirai plus vite.

— Tout à fait, mentit-il.

Au contraire, il n'aurait rien demandé de mieux que de partager son repas avec elle tous les soirs de sa vie. Mais certaines choses relevaient de l'impossible.

— Donc, reprit-il, le problème de la robe est réglé. Ensuite ? Allons, c'est une thérapie, expliqua-t-il comme elle le dévisageait d'un air incertain. Il faut affronter vos phobies pour pouvoir les vaincre.

— Oh. Si vous le dites… Eh bien, il reste le casse-tête du repas. Mais un homme aussi doué que vous pour confectionner une purée devrait pouvoir m'aider, sourit-elle.

— Un homme qui vit seul doit savoir cuisiner.

— Ah bon ? J'aurais pensé que plus d'une femme serait ravie de vous prouver ses talents en la matière.

— Pas celles que je fréquente.

Sylvie rougit.

— Vous devriez pouvoir m'aider, alors, dit-elle en poussant avec précipitation les brochures vers lui. Quel serait votre déjeuner de mariage préféré ?

Son regard avait quelque chose d'intense, qui semblait sous-entendre un sens caché… Mais lequel ?

— Oh, rien que de très simple.

— Etonnez-moi, fit-elle avec un haussement d'épaules.

Il prit les brochures, mais continua de la considérer avec intensité. Elle n'était pas sophistiquée comme l'était Candy, mais elle avait un je-ne-sais-quoi de touchant, d'émouvant, un curieux mélange de force et de vulnérabilité qui le troublait au plus haut point.

Mais elle portait l'enfant d'un autre. Un homme qui n'avait pas hésité à l'abandonner au pire moment, et qui, des années plus tard, semblait n'avoir aucun scrupule à reprendre leur relation comme si rien ne s'était passé.

— Je vais jeter un œil à ces brochures, mais vous, pendant ce temps, mangez donc un peu.

Il crut un moment qu'elle allait se dérober, mais elle prit sa fourchette et se mit à picorer dans son assiette, sans doute pour chasser son embarras. Tom la regarda encore quelques instants pour s'assurer qu'elle ne boudait pas son repas, puis il se concentra sur les menus.

Sylvie, de son côté, lui jetait de brefs regards tout en mangeant. Cette discussion lui avait fait du bien. Elle lui avait permis d'enterrer les derniers vestiges de la souffrance que Jeremy lui avait infligée. Jusqu'à peu, elle ne pouvait songer à lui sans pleurer. Depuis dix ans, l'amertume de sa trahison avait été ranimée par chacune des nouvelles qu'elle avait reçues : sa rencontre avec une héritière américaine, leur mariage, la naissance de leurs enfants. Il avait été son premier amour. Le seul. Personne à part lui ne l'avait touchée jusqu'à ce que Tom McFarlane la réveille à la vie.

Mais maintenant, elle en avait vraiment fini avec Jeremy Hillyer. A vrai dire, lorsqu'elle l'avait revu, quelque temps auparavant, lors d'une réception, elle s'était même étonnée d'avoir tellement souffert pour un homme aussi vain, aussi creux. D'un autre côté, elle n'était plus la jeune fille obéissante et impressionnable qu'elle avait été.

Tom, cependant, leva la tête des brochures avec une expression de dégoût.

— Est-ce vraiment cela qu'on mange dans un mariage ? Des amuse-gueules… des toasts au saumon… Nous pouvons mieux faire, non ?

Encore nous… A ce mot, une étrange chaleur s'empara de la jeune femme.

— Le problème, c'est la présentation. Le repas doit être un plaisir pour l'œil autant que pour le palais afin d'être « réussi ».

— Réussi pour vous ou pour *Célébrités* ?

— Quelle est la différence ?

— C'est pourtant vous qui vous mariez ! Que choisiriez-vous, personnellement, si vous ne deviez pas satisfaire les caprices d'un magazine people ?

Sylvie haussa les sourcils comme pour dire « Quelle importance ? »

— Ils payent cher pour cela. Et puis, il y a les exposants. Cette fête représente une chance pour eux.

— Mais c'est votre mariage. Vos désirs devraient passer en premier.

— Si seulement c'était vrai ! dit-elle avec un petit rire. Mais jc nc pense pas que dix minutes en présence du maire et de deux témoins suivies d'un dîner au bistrot du coin fassent l'affaire.

— C'est cela, votre mariage de rêve ?

— Oui. Quelque chose de simple, sans cérémonie. Cela reste entre vous et moi, bien entendu, ajouta-t-elle comme il la regardait d'un air pensif.

— Bien sûr. Que dirait-on si l'on venait à savoir que l'organisatrice des mariages les plus en vogue du pays déteste… les mariages ?

— Je n'ai pas dit cela !

— Ah bon ? Alors, c'est votre propre mariage qui vous pose problème ?

— Mais non ! Seulement… c'est un peu précipité. Et puis, je n'arrive pas à trouver mon thème.

— Pourquoi n'attendez-vous pas la naissance du bébé ? N'est-ce pas ce que font les célébrités ?

— Je ne suis pas une célébrité, lâcha-t-elle sèchement. Par ailleurs, la Foire au Mariage se déroule ce week-end.

— Il y en aura bien d'autres.

— On compte sur moi, Tom, et je n'ai pas l'habitude de me défiler.

— Donc, vous allez endurer tout ce carnaval pour le bien de votre association ?

— C'est un don important qui leur est offert. Avec cet argent, nous pourrons faire beaucoup de choses. Et puis, je veux aider les artisans locaux.

— C'est tout ?

— N'est-ce pas suffisant ?

Tom haussa les épaules avec irritation puis, après un silence, répéta, comme à part lui :

— Un dîner au bistrot du coin ?

— Tout à fait. Avec grillades et poisson frais. Quelque chose de facile à faire, à manger entre amis autour d'une table chaleureuse…

— Cela m'a l'air infiniment plus appétissant que tout ce que j'ai pu lire là-dedans, répondit-il en désignant d'un doigt dédaigneux la pile de menus. J'ignorais que le saumon pouvait s'apprêter de toutes ces manières.

Elle eut une grimace de dégoût.

— Je déteste le saumon. C'est tellement… tellement…

— Rose ? proposa-t-il avec un sourire.

— Tout à fait. Rose et insipide. Allons, dit-elle en ramassant les assiettes et en se levant, rangeons tout cela et montons au grenier pour faire cet inventaire.

— Plus tard. Asseyez-vous, je vous apporte un café.

— Je vous demande pardon ?

— Vous n'avez pas arrêté de courir toute la journée. Reposez-vous donc un peu.

— Merci beaucoup, Tom. Grâce à vous, je me sens aussi séduisante qu'une…

— Vous êtes splendide. Belle comme seule peut l'être une femme enceinte.

— Vous voulez dire, grosse ?

— Epanouie.

— C'est un euphémisme pour dire grosse.

— Resplendissante, ravissante, poursuivit-il en posant les mains sur la table et en se penchant vers elle. Mais vous le seriez davantage encore sans ces cernes.

— Grosse et fatiguée. Quoi d'autre encore ?

— Eh bien, puisque vous insistez, vos joues semblent plus creuses.

Elle allait protester lorsqu'elle vit dans son regard un éclat rieur.

— Grosse, fatiguée et émaciée, soupira-t-elle en souriant. Et vous avez eu la charité de ne pas parler de mes chevilles enflées.

— Vos chevilles ne sont pas enflées, répliqua-t-il aussitôt. Ne vous inquiétez pas, se reprit-il. Je suis sûr qu'un bon photographe vous mettra à votre avantage.

— Oh, le photographe, grogna-t-elle. Je l'avais oublié, celui-là. J'ai la tête comme un gruyère.

— Raison de plus pour aller vous reposer dans la bibliothèque, devant un bon feu de cheminée.

— Monsieur Kennedy a allumé un feu ? Qu'il est gentil !

— C'est moi qui l'ai fait, cet après-midi. Allez donc vous détendre.

Sylvie se leva avec un large sourire. C'était un des inconvénients de la vie de célibataire : personne ne vous proposait de vous reposer, de prendre une tasse de café… *De café ?*

— Tom, pas de café pour moi. Une infusion fera mieux l'affaire. Les sachets se trouvent…

Il se pencha vers elle et l'interrompit d'un baiser ravageur. Le souffle coupé, elle trébucha et posa les mains sur la table pour ne pas tomber. Il l'embrassait avec la tendresse avide d'un homme véritablement amoureux. S'illusionnait-elle ? Pouvait-il l'aimer sans désirer l'enfant qu'elle attendait de lui ? Apparemment non, puisqu'il s'écarta d'elle, le visage fermé.

— … dans le placard, acheva-t-elle dans un murmure.

Incapable de soutenir sa présence, elle ramassa les brochures à la va-vite et s'empressa de sortir.

9

Tom demeura un long moment comme pétrifié, puis il s'effondra sur une chaise et se prit le visage dans les mains, s'efforçant au calme, à la raison.

Pendant un instant, il avait été sûr qu'elle lui rendrait son baiser. Qu'elle nouerait les bras autour de son cou tandis qu'il laissait libre cours à ses sentiments. Seulement, cette fois-ci, elle ne l'avait pas suivi dans sa folie. Il avait senti en elle une hésitation presque imperceptible, mais bien réelle pourtant, et avait préféré s'arrêter.

Aucune femme ne lui avait fait cet effet. Aucune. Mais cette femme se destinait à un autre. Sa présence le mettait au supplice. La raison lui suggérait de s'en aller par la petite porte et de repartir immédiatement pour Londres, mais d'un autre côté, fuir n'était pas une solution, et il le savait. Cela ne résolvait rien, au contraire.

Il se passa les mains dans les cheveux et, les yeux perdus au plafond, lâcha un long et lent soupir.

Il avait vécu sans amour pendant si longtemps qu'il en avait presque perdu le souvenir. De ce sentiment estompé, il se rappelait seulement les conséquences : la souffrance, le désarroi. L'amour, il en était resté un témoin à distance, en observant, parmi ses amis, la valse incompréhensible des couples qui se faisaient et se défaisaient au fil des années. Cette énigme, il avait espéré la résoudre par un mariage parfait avec une femme trophée. Une femme qui ne recherchait aucun engagement émotionnel.

Et puis, il avait fait la connaissance de Sylvie Duchamp Smith, et son « mariage parfait » l'était soudain devenu beaucoup moins. Cependant, il était un homme de parole et n'aurait jamais trahi Candy. Même après l'abandon de celle-ci, il hésitait encore à laisser s'épanouir des sentiments qu'il peinait à comprendre. Il n'avait pas su dire à temps les paroles qui auraient pu tout arranger.

Et, pour la deuxième fois de sa vie, il avait amené une femme au bord des larmes.

En punition, il était réduit à observer les préparatifs du mariage de la femme qu'il aimait, alors même qu'elle envisageait cet événement sans la moindre excitation ni la moindre joie.

Mais elle était enceinte…

Il s'appuya contre l'évier et ouvrit le robinet, mais au lieu de remplir la bouilloire, il s'aspergea le visage à grande eau pour rafraîchir ses lèvres brûlantes de leur baiser. Et comme ce remède restait sans effet, il pencha la tête sous le jet d'eau glacée.

Sylvie se laissa tomber dans un des fauteuils de cuir disposés devant la cheminée de la bibliothèque. Percluse de fatigue, elle ferma les yeux et s'abandonna au réconfort du feu.

Il y avait de quoi désespérer. L'attirance qu'ils avaient éprouvé l'un pour l'autre au premier regard n'avait pas diminué, au contraire. Et pourtant, un obstacle, une sorte de barrière invisible persistait à se dresser entre eux, infranchissable, incompréhensible.

Tom était-il à ce point réticent à l'idée d'avoir un enfant ? Elle n'en était plus sûre. Son intérêt pour Longbourne Court suggérait le contraire. Il semblait apprécier le domaine précisément pour son côté familial.

Alors, qu'est-ce qui le retenait ?

S'il préférait un arrangement à l'amiable, eh bien, elle pouvait sans problème remplacer Candy. Après tout, elles étaient du même monde, avaient grandi ensemble, fréquentaient les mêmes personnes. Il aurait eu meilleur compte à l'épouser, elle. D'abord, elle ne lui aurait jamais fait l'affront de l'abandonner au pied de l'autel. Ensuite, elle n'avait pas les goûts de luxe de Candy. Au contraire, elle était indépendante et subvenait à ses propres besoins.

C'était peut-être les implants en silicone qui lui manquaient, pensa-t-elle en bâillant. Ou alors, des lentilles de contact bleu saphir…

— Si c'est vraiment ce qu'il veut, murmura-t-elle en caressant son ventre, alors ma petite, il faudra nous débrouiller.

Tom s'arrêta sur le seuil de la bibliothèque. Lovée dans un ample fauteuil en cuir, les jambes allongées, la tête appuyée au dossier, Sylvie dormait paisiblement. La vue de ce corps abandonné à la paix du sommeil éveilla en lui un impérieux sentiment de protection. Il s'étonna de cette émotion étrange, si nouvelle pour lui. Etait-ce cela, l'amour ?

Lentement, doucement, il déposa le plateau sur une table proche et s'assit en face d'elle, heureux de pouvoir la contempler tout à sa guise. Mais sans doute avait-elle senti sa présence car, au bout de quelques instants, ses yeux papillotèrent et elle se réveilla. Elle sourit en reconnaissant l'endroit où elle se trouvait, puis son regard tomba sur Tom, et elle se redressa, confuse.

— Oh, mon Dieu, ne me dites pas que je ronflais !

— Comme une bienheureuse…

— Vraiment ? Chez moi, les voisins se plaignent.

— C'est vrai, mais je me suis montré indulgent… Un biscuit ? proposa-t-il en lui tendant une assiette.

— Les remèdes miracles de Mme Kennedy ? Qui peut y résister ?

— Pas moi, répondit-il en croquant dans un sablé. Je vois que le nom du domaine est écrit sur les gâteaux. Mme Kennedy pourrait les commercialiser.

— Sous quel nom ? « Centre de conférence Longbourne Court » ?

Il resta un instant silencieux puis, éludant la question, remarqua :

— Lorsque vous m'avez demandé si j'avais acheté ce domaine pour Candy, je crains de vous avoir donné une mauvaise idée de mes motivations.

— Ce projet de centre de conférences n'était-il pas dès le début dans vos intentions ?

Il secoua la tête avec fermeté.

— Non. C'était pour elle que je l'ai acheté. En cadeau de mariage. Mais lorsque j'y suis venu pour la première fois, j'ai eu l'impression d'entrer dans une demeure familiale comme j'en avais toujours rêvé. Des cirés et des bottes en caoutchouc traînaient dans le garage et partout, les tapis paraissaient avoir été usés par des générations de chiens.

— Et le mobilier typique était d'une maison de campagne. En d'autres termes, miteux.

— Pas du tout. Confortable. Accueillant.

— Je n'ai pas dit le contraire.

— Candy aurait changé tout cela, n'est-ce pas ? Elle aurait recruté un décorateur tendance pour changer le style de la maison.

— Probablement, bâilla-t-elle, mais cela n'a pas trop d'importance, maintenant, n'est-ce pas ?

Comme il ne répondait pas, elle s'étira langoureusement.

— Quel bonheur, dit-elle en grignotant un biscuit. J'ai l'impression de revivre mes goûters d'enfance, les dimanches après-midi.

— Parlez-moi de cette époque, Sylvie.

— J'aimerais davantage que vous me parliez de votre enfance à vous.

— Non, je ne pense pas. Je n'ai pas lieu d'être nostalgique. Allons, dites-moi tout. Je veux tout savoir, des tartines de beurre aux assortiments de gâteaux…

— Nous n'avions jamais d'assortiments. Maman ne voulait pas me gâter.

— Je parie que vous aviez des petits gâteaux grillés. Ou alors, des muffins.

— Non. Nous avions toujours des blinis.

— Vous les faisiez griller au feu de bois ?

Sylvie éclata de rire.

— Ça y est, je vous remets, Tom McFarlane. Vous étiez ce petit garçon qui nous espionnait, le nez collé aux fenêtres.

— J'aurais bien aimé, dit-il, gagné par sa gaieté.

Seulement, à cette époque-là, je faisais les 400 coups dans les fêtes foraines. Mais si je m'étais tenu à vos fenêtres, vous m'auriez invité, n'est-ce pas ? Un petit ange blond comme vous n'aurait pas hésité une seconde à m'offrir des gâteaux au miel et de la tarte aux cerises.

Il s'interrompit pour attiser le feu avec une bûche.

— Pour moi, vous auriez défié votre père, même s'il m'avait pourchassé avec un fusil.

Aussitôt, le sourire de Sylvie mourut sur ses lèvres.

— Mon père vous aurait laissé tranquille, Tom. Il ne passait jamais les dimanches avec nous.

Elle avait dit cela avec calme, mais sa voix dénotait une telle tristesse qu'il ne put s'empêcher de l'observer avec attention. Il se rappela qu'elle n'avait pas invité son père à son mariage. Etaient-ils brouillés ?

— Pourquoi ? insista-t-il.

Elle détourna le regard vers le feu.

— Il avait une liaison ?

Après un court silence, elle répondit :

— Ma mère a dû s'en rendre compte peu de temps après leur mariage, mais elle voulait me protéger. Le protéger, lui aussi. Elle l'aimait, comprenez-vous ? ajouta-t-elle, les yeux dans le vague.

Enfin, la vérité se fit jour.

— Votre père était homosexuel ?

— Il l'est toujours. Mais je ne l'ai appris qu'à la mort de mon grand-père. Aussitôt, il a cessé de jouer au père et au mari idéal pour partir sur une île grecque avec son amant. Et cela alors que ma mère venait de se faire diagnostiquer un cancer du sein. Il n'avait de considération que pour son propre père.

— Si votre mère l'aimait, je suis sûr qu'elle était heureuse de lui laisser sa chance d'être lui-même.

— C'est bien ce qu'elle disait, mais elle avait besoin de lui. Il n'aurait pas dû l'abandonner ainsi. C'était cruel et lâche.

— Mais ne pensez-vous pas que ce départ a pu la soulager, au contraire ? Une personne malade a besoin de toute son énergie pour guérir.

Les yeux baissés, elle secoua la tête avec obstination.

— Voyez-vous votre père, de temps en temps ? Refuse-t-il de vous voir ? insista-t-il, comme elle ne répondait pas.

— Il continue de m'envoyer une carte pour Noël et pour mon anniversaire, dit-elle avec un haussement d'épaules maladroit. Mais je les lui renvoie sans les ouvrir.

— Non !

Etonnée de cette exclamation, Sylvie leva la tête et plissa le front. Il s'agenouilla devant elle.

— Il ne sait même pas qu'il va devenir grand-père dans quelques mois ? Voulez-vous qu'il l'apprenne en lisant la rubrique naissance du *Times* ? Sylvie Duchamp Smith…

Il n'eut pas le courage d'ajouter Hillyer.

— … est heureuse de vous annoncer la naissance de son fils.

Il se souvint de sa propre douleur lorsqu'il était tombé sur le numéro de *Célébrités*. Le vide qu'il avait ressenti à cette lecture n'avait d'égal que celui qu'il avait éprouvé, enfant, en comprenant que sa mère ne reviendrait jamais et qu'il était seul au monde.

— C'est une fille, dit-elle d'une voix douce, la main posée sur le ventre.

— Une fille…, répéta-t-il.

Un petit ange aux boucles blondes…

— Mais… comment prendra-t-il la nouvelle ?

— Vous voulez le savoir ? Cela vous préoccupe vraiment ?

— Bien sûr, Sylvie. C'est votre père. Vous allez lui briser le cœur.

La jeune femme blêmit et se leva avec tant de précipitation qu'elle trébucha.

— Comment osez-vous ?

— Sylvie, je suis désolé…

Il se redressa maladroitement et tendit la main vers elle. Que s'était-il passé ? Qu'avait-il dit pour la mettre dans une telle fureur ? Il avait seulement voulu partager des souvenirs agréables avec elle…

— C'est tout ce que vous trouvez à me dire ? Vous avez un sacré toupet, Tom McFarlane ! dit-elle en sortant à grands pas.

Tom la suivit, abasourdi, et s'interposa entre elle et la porte.
— Sylvie, je vous en prie…

Muette, elle détourna les yeux d'un air excédé. Tom ne savait que faire. S'excuser ? Mais de quoi ? Pouvait-elle au moins le regarder ?

— Je suis désolé. Tout ceci ne me regarde pas.

Elle leva au plafond des yeux brillant de colère. Il aurait tellement voulu la prendre dans ses bras pour la réconforter, la protéger de ce qui risquait d'être la plus grande erreur de sa vie. Car épouser Jeremy Hillyer était bel et bien une erreur : il l'avait abandonnée et n'hésiterait certainement pas à le refaire si l'occasion se présentait. Elle avait tort de l'épouser parce qu'il était le père de son enfant. Désirait-elle tellement donner à sa fille quelque chose dont elle avait le sentiment d'avoir été privée ? Dans ce cas, elle se trompait. Elle avait bien eu un père. Peut-être pas celui qu'elle aurait voulu, certes, mais un père, tout de même, et qui devait souffrir de se voir exclu de sa vie.

— Vous avez perdu votre mère, Sylvie, mais il vous reste votre père. Ne laissez pas votre colère vous éloigner de lui.

— Arrêtez !

Elle le fusilla d'un regard si terrible qu'il recula d'un pas. Suffoquée de colère, elle secoua la tête.

— Quoi ? demanda-t-il.

— Arrêtez, siffla-t-elle d'une voix tremblante. J'en ai assez, de votre hypocrisie.

Puis, sans attendre sa réponse, elle ouvrit la porte à la volée et monta l'escalier en courant.

Pétrifié, Tom essaya de réfléchir.

Hypocrite ? D'où tenait-elle cela ? Il était seulement coupable d'avoir tenté de la rapprocher de son père. Une naissance devait être l'occasion d'enterrer les vieilles querelles, d'aller de l'avant…

Ruminant ces pensées, il monta la rejoindre, déterminé à obtenir une réponse, mais à mi-hauteur de l'escalier, il s'arrêta, frappé d'une idée. Elle n'avait pas de compte à lui rendre. Il n'était rien pour elle. Elle portait l'enfant d'un autre. Un autre qu'elle allait épouser.

*
* *

Réfugiée dans sa chambre, Sylvie s'adossa à la porte et s'efforça de récupérer son souffle. D'une main impatiente, elle essuya ses joues mouillées de larmes.

Quelle impudence ! De quel droit osait-il la critiquer sur ses rapports avec son père, alors même qu'il refusait d'accepter sa propre fille ? Il n'avait jamais eu le moindre geste, la moindre parole suggérant qu'il se sentait concerné. Certes, elle avait pris la décision de garder cet enfant sans le consulter et elle tenait à lui laisser une entière liberté de choix, mais cette indifférence avait quelque chose de glaçant. Et c'est maintenant qu'elle était confrontée à la réalité de la maternité qu'elle réalisait à quel point elle aurait voulu pouvoir compter sur lui. Elle avait naïvement pensé qu'en lui donnant cette liberté, il aurait été plus à même d'accepter sa paternité comme un cadeau inattendu. Quelle idiote ! Bien fait pour elle. Elle aurait dû lui envoyer des avocats. Nul doute qu'il se serait alors montré plus empressé vis-à-vis d'elle…

— Qu'il aille au diable ! murmura-t-elle en s'essuyant les yeux avec le revers de ses poignets. Je suis désolée, ma petite. Je me suis trompée. J'ai tout raté.

C'était bien une spécialité familiale, cela ! Pourtant, sa mère, elle, n'avait pas baissé les bras devant l'adversité. La fuite de son père, le cancer, la ruine, elle avait affronté tous ces revers avec courage, dignité, humour.

Avec amour, aussi. Elle n'avait jamais cessé de chérir le malheureux homme qu'elle avait épousé. Un homme qui, par amour pour son père, avait choisi de vivre dans le mensonge pendant des années. Un homme qui l'avait aimée, aussi, à sa manière.

Comment Tom McFarlane pouvait-il avoir à ce point raison et tort à la fois ?

— Que dois-je faire, Maman ? Que ferais-tu, à ma place ?

L'esprit ailleurs, Tom retourna dans la bibliothèque et s'assit derrière le vaste bureau qui croulait sous les documents que Pam lui avait envoyés de Londres : des dossiers, des invitations dépassées, des lettres de demande de dons. Elle lui avait même fait parvenir une page du dernier numéro de *Célébrités* qui présentait le sommaire du mois prochain. « *Le mariage de rêve de Sylvie* », pouvait-on lire sous une photographie de Longbourne Court.

Il serra les poings et poussa les documents d'un geste si brusque qu'ils glissèrent par terre. Impatienté, il les ramassa pour les jeter dans la corbeille. Il faisait confiance à Pam pour s'être tenue à jour de ses obligations professionnelles. Pour le reste, ils n'auraient qu'à réécrire.

Il allait froisser en boule la page de *Célébrités* lorsqu'un détail attira son attention.

Alanguie dans un bain à l'huile de lavande, Sylvie somnolait et se serait endormie si elle ne s'était pas forcée à se lever. Après avoir enduit son ventre et ses cuisses d'une crème contre les vergetures, elle revêtit un peignoir et passa dans sa chambre.

Elle découvrit Tom McFarlane assis sur le bord du lit. Aussitôt, l'effet délassant de l'huile de lavande disparut.

— Que faites-vous ici ? demanda-t-elle d'un ton glacial. Vous avez peur des mânes de mes ancêtres ?

— J'ai frappé, se défendit-il.

— Je ne vous ai pas dit d'entrer. J'aurais pu être nue !

— En plein mois d'avril ?

— Que voulez-vous, Tom ?

— Rien. Il m'est venu une idée.

Il tapota le matelas à côté de lui pour l'inviter à s'asseoir.

— Ah oui ? Quel genre d'idée ?

— Elle concerne votre mariage. Regardez, dit-il en lui tendant une page de *Célébrités*.

— Eh bien ? C'est une photo de Longbourne Court.

— Tournez la page.

Elle obtempéra et leva vers lui un regard interrogateur.

— Vous voulez parler de cette publicité pour le Musée de

la Vapeur de Lower Longbourne ? « Une attraction régionale à deux pas de Longbourne Court. » Oui, et alors ?

— Mettez-vous donc à l'aise, suggéra-t-il en empilant les oreillers à la tête du lit. Vous réfléchirez mieux. Allongez-vous, vous ne risquez rien, voyons, dit-il comme elle hésitait.

Embarrassée, elle resserra les pans de son peignoir et s'étendit sur le lit.

— Bien, commença-t elle, « Le Musée de la Vapeur. Propriété des Hillyer »... Le grand-père de Jeremy était un passionné de moteurs à vapeur et il en a acheté des dizaines au cours de ses voyages dans le monde. Il se chargeait même de leur restauration. C'est lui qui a fondé le musée, pour partager sa passion avec le grand public. Petite, j'adorais les carrousels. Il aurait voulu en faire un petit parc de fête foraine.

Elle s'interrompit et ouvrit de grands yeux.

— Attendez une minute... Fête foraine, Fête du Mariage... Oh, mon Dieu, je crois que je vous comprends.

Elle battit des mains avec un éclat de rire.

— Ça y est ! Je le tiens, mon thème. Tom, vous êtes un génie !

— Ne devriez-vous pas en parler à Jeremy d'abord ?

— Jeremy ? Non. C'est inutile.

Celui-ci ne s'était jamais intéressé à ces engins beaucoup trop vieux et lents à son goût. D'ailleurs, le musée était désormais géré par un conseil d'administration auquel il avait confié les pleins pouvoirs. De toute façon, personne ne verrait aucun inconvénient à lui céder le parc une journée.

— Votre idée permettra même de promouvoir les entreprises locales. Hillyer Park possède tous les jeux possibles et imaginables : des manèges, bien sûr, mais aussi des jeux de quilles, des jeux de massacre, des stands de loterie... Les invités pourront même faire le tour du parc en charrette à foin.

— C'est mieux qu'à dos d'éléphant, je présume.

— Cent fois mieux !

Elle ramena ses genoux contre sa poitrine et les enserra de ses bras.

— Le photographe pourrait se servir de tableaux à trous, vous savez, de ceux dans lesquels on passe la tête.

— Oui, un qui représenterait un couple de jeunes mariés.

— Et nous décorerons le chapiteau de rubans et de lumières colorées au lieu de fleurs. Et tous les différents plats seront présentés dans des stands.

Elle lui jeta un regard enjoué.

— Des saucisses et des churros ?

— Et pourquoi pas des hot dogs ?

— Et de la barbe à papa, de la glace et des petits gâteaux, s'exclama-t-elle en battant des mains. Un vrai retour en enfance ! J'en parlerai au confiseur dès demain matin.

— Donc, cette idée vous plaît ?

Elle se tourna vers lui et jeta les bras autour de son cou.

— Si elle me plaît ? Vous êtes génial ! Vous ne chercheriez pas un travail dans l'événementiel, par hasard ? Désolée, désolée… Pourquoi voudriez-vous travailler pour moi ? Quel dommage que nous ayons si peu de temps.

— Vous croyez que ce ne sera pas possible dans les délais ?

— Si, si. J'ai fait pire, croyez-moi. Grâce à vous, j'ai mon thème, et c'est le principal. Toutefois, il faut que je parle à Josie du chapiteau.

— Si vous avez besoin d'aide, vous pouvez compter sur moi.

Elle était assise à son côté, sur le lit, le bras autour de son cou, tout à sa joie d'avoir enfin trouvé l'idée dominante de sa fête. Et lui ne pouvait pas lui dire qu'il l'aimait de toutes les fibres de son être. Qu'il l'aimait sans espoir. La mère de Sylvie aurait compris, elle. Elle aurait su ce qu'il ressentait. Oh, que n'aurait-il donné pour qu'elle fasse ce dernier pas vers lui…

— Vous voudriez nous aider ? demanda-t-elle, le front plissé.

Il haussa les épaules d'un air dégagé.

— Bien sûr. Comme vous-même l'avez dit ce matin, plus tôt le travail sera commencé, plus tôt il sera fini.

— C'est tout ?

Elle s'écarta de lui.

— Je veux qu'on me rende ma maison le plus vite possible. A cette fin, je suis prêt à mettre à votre disposition toutes les ressources nécessaires. A une condition, toutefois…

La jeune femme rougit violemment et baissa la tête.

— Sylvie, je veux que vous écriviez à votre père.

— Non, murmura-t-elle.

— Si ! Invitez-le. Ne le coupez pas de sa petite fille.

Elle leva vers lui un regard scrutateur.

— Pourquoi vous intéressez-vous donc tant à lui ?

— Parce que… Parce que je sais ce que c'est, de se voir retourner ses lettres non ouvertes. Voyez-vous, j'ai grandi sans ma mère. Quand j'avais quatre ans, des hommes sont venus à la maison pour l'emmener. Ma mère pleurait, en partant. Elle m'a dit de ne pas m'inquiéter, que tout irait bien, qu'on s'occuperait de moi jusqu'à ce qu'elle puisse revenir à la maison.

Il marqua une pause avant d'ajouter, comme pour s'excuser :

— Vous vouliez connaître mon histoire…

— Et votre père, Tom ? Où était-il ?

— Mon père ? Il était mort. C'est ma mère qui l'a tué. Il la battait.

Il poussa un long soupir.

— Moi, on m'a placé dans des familles d'accueil. Je ne comprenais rien à ce qui m'arrivait. J'ai écrit lettres sur lettres à ma mère, mais elle ne me répondait pas. Semaine après semaine, mes lettres me revenaient, non ouvertes.

Silencieuse, Sylvie le pressa contre son cœur et lui caressa les cheveux comme à un enfant.

— Elle pensait peut-être qu'il valait mieux que je l'oublie, que je me trouve une nouvelle famille.

— Mais vous ne l'avez pas fait.

— C'était ma mère, Sylvie. Ce n'était peut-être pas la meilleure, mais c'était la seule que j'avais. La seule que je voulais.

A ces mots, Sylvie ne put s'empêcher d'éprouver un obscur sentiment de honte en songeant à sa propre intransigeance vis-à-vis de son père.

— Que lui est-il arrivé, Tom ?

— Elle n'a jamais pu assister à son procès. Elle ne relevait plus de la justice à cette époque. Elle avait sa place à l'hôpital, pas en prison, conclut-il en serrant les poings.

— Etes-vous certain que ce sont les fantômes des Duchamp qui vous hantent ?

Il eut un petit rire glaçant de tristesse.

— Qu'est-ce qui vous fait penser cela ?

— J'ai demandé conseil à ma mère. En fait, je connaissais déjà la réponse. Maman a sans doute pensé qu'il était temps que quelqu'un m'aide à ouvrir les yeux.

Elle lui caressa doucement la joue, comme si, par ce geste, c'était sa mère qu'elle touchait. Soudain, sa vue se brouilla et ses joues se mouillèrent de larmes. Bouleversé, Tom l'attira contre lui et la berça.

— Ne pleurez pas, Sylvie. Je vous en prie. Ne pleurez pas...

Mais lui aussi sanglotait.

Au bout d'un moment, elle se redressa, inspirant profondément pour recouvrer son calme.

— Ça va aller, Tom. Je vous le promets.

Continuant de chuchoter des paroles consolatrices, elle essuya ses larmes et posa un léger baiser sur sa joue. Tom se ressaisit.

— Vous allez lui écrire, alors ? Maintenant ?

— Maintenant ? Cela ne peut pas attendre demain matin ?

— Que dirait votre mère ?

Elle se leva avec un éclat de rire pour prendre un mouchoir.

— D'accord, d'accord. Mais il me faut mon sac. Je l'ai laissé en bas.

— Je vous attends.

Sur le point de sortir de la pièce, elle se retourna.

— Tom ?

— Oui ?

Elle posa la main sur son ventre.

— Ne répétez pas l'erreur de votre mère. Vous êtes quelqu'un de fort, d'honnête, et je vous garantis que vous seriez un père idéal pour n'importe quelle petite fille.

Tom la considéra sans comprendre. Elle avait parlé avec un ton d'urgence un peu désespéré qui le troubla infiniment. C'était comme si elle redoutait que sa propre fille n'ait pas le bonheur d'avoir le père qu'elle méritait.

Mais que pouvait-il faire ? C'était à elle de choisir.

10

Sylvie commençait enfin à comprendre l'incapacité de Tom de s'engager, de faire confiance à autrui, et à lui-même. Né dans une famille violente, séparé dès l'enfance de la personne dont il dépendait le plus, que pouvait-il attendre de bon des autres ?

Elle comprenait aussi sa réticence concernant le bébé. Sans doute craignait-il de ne pas être le meilleur père qui soit.

Il fallait lui laisser le temps de se reconstruire. Certes, le chemin risquait d'être ardu, mais les plus longs voyages commencent par un premier pas.

Et ce pas, ils venaient de l'accomplir ensemble, ce soir.

Lorsqu'elle revint dans la chambre, Tom, occupé à téléphoner au sujet des stands forains, lui fit un signe de la main sans interrompre sa conversation. Sylvie s'installa sur le lit, juste devant lui, de sorte qu'il voie le papier couleur crème… celui-là même qu'elle avait utilisé pour lui écrire cette fameuse lettre. Puis, elle décapuchonna son stylo et, son sac en guise d'écritoire, elle entreprit d'écrire la seconde lettre la plus difficile de sa vie.

— Eh bien, vous avez vite fait, dit-il comme elle glissait la feuille soigneusement pliée en quatre dans une enveloppe.

— Oui. Certaines choses sont beaucoup moins redoutables lorsqu'on les aborde pour de vrai. J'ai juste invité papa et son compagnon à nous rejoindre aux festivités de dimanche.

— Auront-ils le temps de venir ?

— Je vais envoyer la lettre par avion prioritaire demain matin à la première heure.

— Je m'en charge, si vous le voulez bien. Vous avez déjà beaucoup à faire.

— Merci, dit-elle en lui tendant l'enveloppe.

Il jeta à la lettre un regard distrait.

— Je viens de demander à un menuisier de construire des stands pour le chapiteau. Il sera là demain matin pour qu'on en discute.

— Eh bien, vous ne perdez pas de temps.

— Il reste la question du Musée de la Vapeur. Je présume que vous préférez vous en charger toute seule ?

— Je vais leur téléphoner tout de suite.

— D'accord. Je vous laisse, alors.

Et, levant la lettre pour lui signifier qu'il s'en occupait, il sortit.

Sylvie fut quelque peu interloquée par la manière abrupte avec laquelle il mettait fin à une soirée aussi chargée d'émotions. Peut-être avait-il besoin de prendre l'air.

Elle composa le numéro de Laura et lui soumit son projet. En un quart d'heure, tout était réglé. Laura, qui connaissait tout le monde, lui réserva le parc pour la journée de dimanche jusqu'à 2 heures. La cérémonie à l'église était fixée en début d'après-midi. Quant au chapiteau, il serait prêt en début de soirée.

Tom s'adossa au chambranle de la porte et relâcha son souffle. Voilà. Tout s'arrangeait pour elle. En ce moment même, elle était en train de faire part de son enthousiasme à Jeremy. Mieux valait les laisser organiser leur grand jour tout seuls. Il resterait, bien sûr, mais uniquement pour l'aider dans la mesure où elle le désirait. En revanche, le jour J, il s'en irait. Il n'avait nulle envie de voir Jeremy Hillyer réclamer sa fiancée.

Il serra la lettre dans sa main. Au moins l'avait-il convaincue de se rapprocher de son père.

— Oh, Geena, comme elle est belle !

Au cours de sa carrière dans l'événementiel, Sylvie avait rarement vu robe aussi élégante. De coupe simple, évasée, elle était bordée de satin lavande et ornée de broderies délicates. Geena avait également dessiné une splendide veste longue sur laquelle ce motif était répété. Des ornementations de perles capturaient la lumière et scintillaient comme mille petits soleils. En fait de voile, elle avait commandé une tiare russe à l'un des joailliers les plus réputés de Londres.

— Quel dommage que ce soit un mariage fictif, soupira Geena. J'aurais tant aimé vous voir au bras d'un bel hidalgo comme… tiens, pourquoi pas Tom McFarlane ?

— Moi aussi. Enfin, je veux dire, je parle du mariage, pas de l'homme.

— Taratata ! J'ai bien compris ce que vous vouliez dire, Sylvie. C'était écrit sur votre visage. Il est le père de votre enfant, n'est-ce pas ?

En désespoir de cause, Sylvie leva les mains en un geste éloquent.

— Je m'en doutais, répondit Geena. Les hommes sont des imbéciles.

— Oh, pas plus que nous ! remarqua la jeune femme en ôtant la belle veste.

Il aurait été malvenu de dire du mal de Tom. Sans lui, elle n'aurait jamais pu boucler les préparatifs à temps. Il l'avait aidée pour tout. C'était lui qui avait acheté les guirlandes de lumières colorées. Lui qui en avait supervisé l'installation de manière à en magnifier l'effet. Lui aussi qui avait trouvé de vieilles voitures de manèges et les avait bricolées de sorte qu'on puisse s'y asseoir. Et tous les soirs, il s'était tenu à sa disposition pour discuter des problèmes qu'elle avait rencontrés dans la journée et pour lui offrir des suggestions. Elle appréciait beaucoup son esprit de synthèse et sa manière d'aller droit au fond des choses.

Mais il y avait un sujet qu'il persistait à éluder, le plus important… A croire qu'il était tellement prisonnier de son passé qu'il avait purement et simplement gommé cette question.

Cela ne pouvait pas durer.

Elle devait agir.

*
* *

Tom, attablé dans la cuisine, leva les yeux comme Sylvie entrait, porteuse d'un objet volumineux enveloppé dans du papier de soie.

— Qu'est-ce que c'est ? La robe ?

— Oui. J'ai tenu à l'emporter avec moi, au cas où.

— Où quoi ?

— Au cas où la voiture de Geena tombe en panne, où un incendie frappe son atelier, que sais-je ? Croyez-moi, pour avoir longtemps travaillé dans ce domaine, je peux vous dire...

— Je vous crois. En fait, je m'inquiète un peu au sujet des locomobiles. Je sais que Laura s'en occupe, mais ne devrait-on pas...

— Ne vous faites pas de souci. Il nous reste encore toute une matinée pour régler le problème. Je vais monter ce paquet dans ma chambre, après quoi je souhaiterais que nous parlions un peu, Tom.

— Est-ce que cela peut attendre ? J'aurais voulu vous montrer le chapiteau.

— Je croyais qu'il était terminé.

— Seulement maintenant. J'ai une surprise pour vous. Venez, l'invita-t-il en lui prenant la main.

Ils restèrent un instant immobiles, les doigts emmêlés. Puis, s'éveillant comme d'un rêve, Tom l'entraîna vers le jardin. Ils marchaient en cadence, main dans la main, dans le crépuscule que découpait la gigantesque ombre du chapiteau dans lequel les exposants devaient présenter leurs produits.

— Attendez. Je voudrais vous montrer ce que cela donne en grand.

Il brancha le générateur. Aussitôt, le chapiteau s'illumina d'une myriade d'ampoules blanches accrochées aux montants et aux faîtières. A l'intérieur, une lumière douce mettait en valeur le parquet poli. Des rubans multicolores serpentaient autour des montants ; sur le sol, des ballons se balançaient doucement au vent. Au bord du chapiteau, des étals aux couleurs gaies étaient garnis de bonbons, de gâteaux et diverses bouchées gourmandes. La machine à barbe à papa avait été livrée. Il y avait même un orgue de barbarie… un orgue de barbarie ?

Sylvie s'approcha de l'instrument, les yeux brillant de plaisir.

— Tom ! Mais c'est merveilleux ! La touche finale parfaite.

Il appuya sur un bouton et, comme par magie, une musique de valse résonna dans la nuit.

— Me ferez-vous l'honneur de cette danse, mademoiselle Smith ?

Sans lui laisser le temps de protester, il enlaça sa taille et l'entraîna sur le parquet. Elle éclata de rire et se laissa emporter, ravie et frissonnante.

Mais bientôt, la musique ralentit et s'arrêta. Tom prolongea un instant leur étreinte avant de s'écarter.

— C'est tout, murmura-t-il en se détournant. Rentrez, Sylvie. Il me faudra un moment pour tout ranger. Je vous laisse les lumières pour que vous ne vous perdiez pas dans le noir.

Il marqua une légère pause avant d'ajouter :

— Prenez soin de vous, Sylvie.

— Merci…

Ils restèrent un instant immobiles, puis, s'arrachant à cette contemplation silencieuse, elle regagna la maison. Arrivée dans le hall, elle promena un regard distrait autour d'elle, sur les guirlandes roses qui ornaient les murs, les tables entourées de chaises dorées, recouvertes des diverses tenues pour le spectacle du lendemain : des tailleurs, des robes de voyage de noces et de lune de miel, des costumes de garçons et de demoiselles d'honneurs, des smokings… Il y avait même des kilts. Les portes, grandes ouvertes, donnaient sur la salle de bal, où devait se tenir un défilé. Elle pénétra dans le petit salon, transformé pour l'occasion en caverne d'Ali Baba. Partout, de discrets bouquets de violettes embaumaient l'air.

En un temps record, tout avait été réuni pour une fête parfaite. Elle aurait dû se réjouir, être fière d'elle, et pourtant…

Elle poussa avec lassitude la porte de la bibliothèque et se figea immédiatement. La pièce n'était pas vide, comme elle s'y était attendue. Un homme venait de se lever d'un fauteuil : son père… Il était toujours aussi beau, malgré ses tempes légèrement dégarnies et son embonpoint naissant.

Elle se jeta dans ses bras avant de prendre sa main et de la poser sur son ventre.

— Tu vas être grand-père, papa…

— Je sais. Je l'ai lu dans *Célébrités*. Quand j'ai vu la photo, j'ai cru un instant que tu allais épouser cette espèce de…

Il marqua une pause avant de reprendre :

— Jeremy Hillyer. Je pensais que tu t'étais remise avec lui.

— Il n'est pas le père. C'est Tom. Il savait que tu m'attendais, n'est-ce pas ? C'est pour cela qu'il m'a demandé de rentrer avant lui.

Le vieil homme opina.

— Il voulait nous laisser un moment ensemble, seul à seule. Ma petite fille…, soupira-t-il en prenant son visage dans ses mains. J'avais fini par abandonner tout espoir, tu sais. Lorsque j'ai vu que tu ne me contactais pas, malgré le bébé, j'ai pensé que je t'avais perdue pour de bon.

— Oh, Papa… Je suis désolée. Désolée…

— Chut. Tu es ma petite fille, Sylvie. Comment pourrais-je t'en vouloir de quoi que ce soit ?

Il la serra dans une étreinte pleine de tendresse.

— Michael est-il venu avec toi ?

— Oui. Nous séjournons à Melchester. Il sera là demain. Je te remercie mille fois de l'avoir invité. C'est très généreux de ta part.

— Vous vous aimez. Il fait partie de nos vies.

— Et Tom ? Fait-il partie de ta vie ?

— Je ne sais pas. J'aimerais beaucoup, mais je ne pense pas qu'il en ait envie.

— Comment le sais-tu ? Lui en as-tu parlé ?

Sylvie secoua la tête en silence.

— Il faudrait que tu en discutes avec lui, ma chérie. Nous verrons cela demain, veux-tu ?

*
* *

Quelques heures plus tard, après qu'elle eut reconduit son père à sa voiture, Sylvie se mit en devoir de chercher Tom. Cette discussion au sujet du bébé ne pouvait plus tarder.

Dans la cuisine, Mme Kennedy était occupée à confectionner un sandwich.

— M. McFarlane m'a demandé de vous préparer un petit quelque chose.

— Oh, mais j'ai déjà pris une soupe.

— Il y a des heures. Vous avez eu de la visite ?

— Oui, mon père est venu. Je l'ai invité au gala. Il espère vous y rencontrer.

— Ah ! C'est bien. Je suis heureuse de vous voir réconciliés, sourit la vieille dame.

— Moi aussi. Savez-vous où est Tom ?

— Je n'en ai aucune idée, répondit-elle en s'essuyant les mains. Ah, si ! Il s'est absenté il y a quelques heures et m'a priée de vous dire qu'il vous avait laissé quelque chose dans votre chambre.

— Quand vous a-t-il dit cela ?

— Il y a quelques heures. C'était juste avant d'éteindre les lumières du chapiteau.

Sylvie consulta sa montre : il était parti deux ou trois heures plus tôt. Saisie d'un frisson, elle se précipita dans l'escalier et ouvrit d'un coup sec la porte de sa chambre. Au milieu du lit trônait l'antique ours en peluche qu'il avait admiré dans le grenier. Elle prit le jouet et le pressa contre son visage dans l'espoir de retrouver quelque chose du parfum de Tom. Levant les yeux, elle remarqua alors la lettre qu'il avait placée sous l'ours en peluche. En proie à un mauvais pressentiment, elle l'ouvrit avec un empressement fébrile.

« Ma très chère Sylvie,

» Demain sera votre grand jour.

» J'ai décidé de m'absenter quelque temps pour m'investir dans un nouveau projet, plus audacieux, plus concret. En conséquence, je suis revenu sur mon idée de centre de conférences. Longbourne Court est une demeure familiale et doit le rester. Dans cette optique, j'ai pris les dispositions nécessaires pour que M. et Mme Kennedy puissent rester dans leur cottage jusqu'à la fin de leurs jours.

» J'ai également demandé à Mme Kennedy de veiller à ce que tous les vêtements conservés dans le grenier soient légués au musée de Melchester. Tout autre bien de valeur rangé dans les coffres sera donné au Club des Rubans Roses en vue d'une vente de charité. L'ours, toutefois, vous revient en tant que bien familial que vous pourrez transmettre à votre bébé.

» Enfin, je désire vous assurer de ma discrétion. Ce qui s'est passé entre nous restera un souvenir merveilleux, à jamais ancré dans notre intimité.

» Je vous laisse aux bons soins de votre père, heureux de vous savoir enfin réunis.

» J'espère que le soleil vous sourira demain et vous souhaite une longue et heureuse vie aux côtés de Jeremy.

» Bien à vous,

Tom. »

Sylvie relut la lettre plusieurs fois sans y rien comprendre. Que voulait dire tout ceci ? Tom partait ? Mais elle l'avait vu en début de soirée et il ne lui avait absolument pas fait part de cette intention… Et pourquoi parlait-il de Jeremy ?

Elle parcourut une dernière fois la lettre, puis retourna dans la cuisine.

— Madame Kennedy, Tom a-t-il pris des dispositions pour votre cottage ?

— Loué soit-il ! mademoiselle Sylvie. Il nous l'a donné en pensant que lady Annika n'aurait pas agi différemment si elle avait eu la chance de vivre.

En proie à un vertige, la jeune femme s'assit.

Il leur avait légué le cottage ! Et tout cela, parce qu'elle lui avait dit que…

— Et les vêtements ? Vous devez les donner au musée ?

— Je crois qu'il s'est entretenu avec les responsables hier à ce sujet. Il nous a demandé de vous dire que si quelque objet vous tenait à cœur, vous pouviez le garder.

Elle secoua lentement la tête.

— Non…

Il avait planifié tout ceci ? Sans rien lui dire ? Elle relut encore une fois le dernier paragraphe :

« J'espère que le soleil vous sourira demain et vous souhaite une longue et heureuse vie aux côtés de Jeremy. »

Jeremy ? Il n'arrêtait pas de parler de lui… Il avait même évoqué cette photo de *Célébrités* pour laquelle ils avaient posé ensemble. D'ailleurs, à ce propos, son père lui-même avait pensé que…

Oh, Seigneur ! Non. Il n'avait tout de même pas pris cette comédie de mariage au sérieux ?

La croyait-il capable d'épouser un autre homme alors qu'elle était enceinte de lui ? Alors qu'elle s'était pâmée dans ses bras lorsqu'il l'avait embrassée, dans le grenier ? Etait-ce pour cela qu'il avait interrompu leur baiser dans la cuisine ?

… Je désire vous assurer de ma discrétion.

Pensait-il que, tout à l'heure, elle avait voulu lui parler pour le supplier de garder le silence ?

D'un geste brusque, elle saisit son portable et composa son numéro. Après quelques tonalités, une voix féminine lui proposa de laisser un message.

— Tom ? Je vous interdis de me fuir une deuxième fois. Vous entendez ?

Etait-il trop tard ? A l'heure qu'il était, il pouvait déjà se trouver dans un avion…

Elle appela les renseignements mais, comme il fallait s'y attendre, il était sur liste rouge. Que faire ? Téléphoner à son bureau ? Un samedi soir ? Par acquit de conscience, elle composa quand même le numéro. Personne ne décrocha.

Il n'y avait plus qu'une chose à faire : se rendre à son appartement de Londres et demander à le voir. Elle enfila en vitesse une veste et, saisissant l'un des sandwichs de Mme Kennedy, elle courut jusqu'à sa voiture.

C'était la première fois en six mois que Tom retournait à son appartement. En entrant, il eut un serrement de cœur devant la froideur impersonnelle des lieux. Il avait fini par s'habituer au désordre chaleureux de Longbourne Court, au point qu'il s'y considérait comme chez lui. Mais cette demeure serait toujours liée au souvenir de Sylvie. Chaque pièce, chaque meuble lui rappellerait une parole, un sourire, un geste…

Il jeta ses clés sur le guéridon de l'entrée et se passa la main sur le visage. La femme de ménage avait classé le courrier en mettant à part les lettres qu'elle savait importantes. La pile n'était pas haute, mais sa correspondance commerciale et financière arrivait presque exclusivement au siège de son entreprise. Il examina les enveloppes d'un œil distrait avant de les laisser tomber sur la table. Les lettres glissèrent à terre. Alors qu'il se détournait, une enveloppe carrée de couleur crème attira son attention : Sylvie avait utilisé exactement la même pour écrire à son père. Il la ramassa et eut un sursaut en reconnaissant son écriture.

Elle lui avait écrit ? Quand ?

L'enveloppe ne portait aucun timbre, aucun cachet postal. Elle avait dû la glisser directement dans la boîte aux lettres.

Mais alors… lorsqu'elle lui avait demandé s'il avait reçu sa lettre…

D'une main tremblante, il déchira l'enveloppe et déplia la feuille de papier.

« Cher monsieur McFarlane,

» Je vous écris pour vous apprendre qu'à la suite de notre récente rencontre, j'attends un enfant pour juillet… »

— Non ! explosa-t-il.

Sans même finir la lettre, il se précipita vers le téléphone et étouffa un juron : elle avait branché son répondeur.

— Sylvie ? Il n'y aura pas de mariage demain, vous m'entendez ? Pas de mariage !

N'ayant pas davantage de succès avec son portable, il répéta son message et ajouta :

— Je reviens tout de suite.

Puis, en désespoir de cause, il téléphona aux Kennedy.

*
* *

— Stupide, stupide machine ! jura Sylvie en tapant sur le volant.

Sa voiture l'abandonnait au moment où elle en avait le plus besoin. Comme une idiote, elle avait laissé les phares allumés et la batterie s'était complètement déchargée.

Il lui fallut une bonne dizaine de minutes pour rejoindre le cottage des Kennedy.

— Ne vous inquiétez pas, mademoiselle, la rassura la vieille dame. Asseyez-vous, je vais vous préparer une petite tisane. Mon mari est à un match de fléchettes, mais il vous réparera votre voiture dès son retour.

— Je ne peux pas attendre. Il faut que j'appelle un taxi.

— Je m'en occupe. Pendant ce temps, calmez-vous et reprenez votre souffle.

Se calmer ? Impossible ! Elle ne pouvait même pas consulter son portable ! Trop utilisé pendant toute la journée, l'appareil n'avait plus de batterie.

Le taxi, promis par Mme Kennedy avant une demi-heure, n'arrivait pas. Enfin, au bout d'une heure interminable, Sylvie entendit un grondement de moteur dans l'allée. Elle se leva d'un bond, saisit son sac en vitesse et courut jusqu'au portail.

Elle se figea en reconnaissant l'Aston Martin de Tom. Les bras croisés, accoudé à la portière, il la regardait d'un air grave. Menaçant.

— Venez ! ordonna-t-il en lui faisant signe d'entrer dans le véhicule.

Les jambes en coton, elle le rejoignit.

— Tom, vous ne comprenez pas…

— Au contraire. J'ai tout compris.

Une bouffée de colère envahit la jeune femme. Se retournant brusquement, elle se dirigea à grands pas vers la maison.

— Sylvie ! implora-t-il en la suivant. Sylvie, je vous en supplie, écoutez-moi.

Elle s'arrêta.

— N'épousez pas Jeremy Hillyer.

Elle eut du mal à réprimer un sourire de soulagement.

— Mais vous m'avez aidée à préparer ce mariage pendant toute une semaine. C'est vous qui m'avez donné les meilleures idées. Cet après-midi, vous m'avez même écrit une petite lettre. Alors ? Dites-moi ce qui vous a fait changer d'avis ?

— Tout. Je croyais qu'il était le père du bébé. Dans ce numéro de *Célébrités*, vous posiez ensemble. Je pensais que vous vouliez refaire votre vie avec votre ami d'enfance…

— Mais je vous ai écrit une lettre, Tom ! Je vous ai même demandé si vous l'aviez reçue.

— J'ai cru que vous me parliez du courrier de règlement. Ma secrétaire m'avait fait savoir que vous m'aviez retourné les 20 %, alors qu'il avait toujours été dans mon intention de vous régler l'intégralité de la somme.

— Oh…

— J'ai dit à ma secrétaire de reverser l'argent à une organisation caritative, si cela peut vous consoler. Ce n'est que ce soir que j'ai pu lire cette lettre, Sylvie. Jusqu'à ce soir, je ne savais rien.

Sylvie cligna des yeux.

— Impossible. Je l'ai glissée dans votre boîte aux lettres moi-même, deux semaines après…

Elle acheva sa phrase en désignant son ventre.

— J'étais en voyage, Sylvie. Je me suis absenté pendant six mois. Je serais rentré plus tôt si je n'avais pas vu cette maudite photo à l'aéroport. Je voulais vous revoir, comprenez-vous ? Mais après cela, j'ai sauté dans le premier avion pour mettre de l'espace entre nous.

— Je vous croyais parti aux Iles Moustique.

— Comment aurais-je pu après ce qui venait de se passer entre vous et moi ?

Ne trouvant pas ses mots, il marqua une pause, embarrassé.

— Je vous ai blessée, Sylvie. Je vous ai même fait pleurer. Dans ma vie, je n'ai fait pleurer que deux femmes : vous et…

— … votre mère, murmura-t-elle.

Il opina en silence. *Tout ira bien, je dois partir.* Toutes deux avaient prononcé cette phrase.

— Tom, je pleurais parce que vous m'aviez fait un cadeau

incroyable. Avant de vous connaître, mon cœur était glacé. Vous m'avez rendue à la vie, à l'amour…

Elle leva les yeux vers lui et sourit.

— Pendant des années, j'ai organisé des mariages parfaits sans même être capable d'embrasser quelqu'un.

— Sylvie…

— Cette nuit-là, je suis revenue aussi vite que j'ai pu, mais vous étiez déjà parti.

— J'étais bouleversé. Je pensais que vous n'aviez qu'une hâte : disparaître. Que vous ne souhaitiez plus jamais me revoir. Comment aurais-je pu vous en vouloir ?

Elle le fit taire en posant un doigt sur sa bouche.

— Vous êtes mon soleil, Tom. Un regard de vous et je fonds.

— Mais…

— Ces larmes étaient des larmes de joie. Et ce bébé… *notre* bébé est le fruit de l'amour.

— C'est ma fille… Ma petite fille, murmura-t-il avec un sourire empreint d'une sorte de vénération.

Les yeux de Sylvie se mouillèrent de larmes.

— Maintenant, vous avez une famille, Tom.

Ils demeurèrent un instant immobiles, dans un silence ému.

— Cela ne me suffit pas, Sylvie. Je vous veux pour femme. Longtemps, j'ai essayé de vous oublier, de vous effacer de ma mémoire, en vain. Je…

Il s'interrompit, butant sur les mots.

— Dites-le, Tom. Allez…

— Je… Je vous aime. Je t'aime, répéta-t-il d'un ton plus affirmé, mais j'ai tout gâché. Il est trop tard.

— A cause de quoi ? Du mariage de demain ? C'est cela ?

— Sylvie, prononça-t-il d'une voix étranglée.

— C'est un mariage fictif, Tom. Une mise en scène du mariage idéal selon Sylvie Duchamp Smith. Mais pour compléter ce scénario, il me manque juste un partenaire.

— Mais… Jeremy…

— … n'est pas cet homme. Nous nous sommes rencontrés lors d'une fête de bienfaisance. Nous nous sommes souri et

Célébrités a fait le reste. Je suppose qu'ils ont agi ainsi pour m'inciter à révéler l'identité du père.

— Mais… mais tous ces préparatifs, cette robe, ces fleurs ?

— Cette robe n'a absolument rien à voir avec celle que j'ai portée il y a dix ans. Je n'arrive pas à imaginer que tu me croies capable de vendre mon mariage aux medias.

— J'avais le sentiment que tu aurais fait n'importe quoi pour l'association caritative de ta mère.

— Certaines choses ne sont pas à vendre, Tom.

Du coin de l'œil, elle surprit une ombre derrière les rideaux du cottage des Kennedy.

— Ils étaient de mèche, n'est-ce pas ? dit-elle avec un large sourire.

— Si tu avais branché ton portable ces deux dernières heures, tu aurais su, toi aussi.

— La batterie de mon portable est en panne. Que disais-tu ?

— Qu'il n'y aura pas de mariage.

— Comment cela, pas de mariage ?

Il lui caressa doucement la joue.

— Je voulais dire, pas demain. Mais très bientôt, j'espère. Parce que si tu crois que je ne désire pas m'occuper de cette enfant, tu te trompes lourdement.

— C'est vrai ?

— Par ailleurs, moi aussi, j'aime les beaux mariages.

— Tiens donc.

— Absolument… mais sans *Célébrités.* Ils peuvent avoir leur fête de rêve demain, mais la vraie cérémonie, elle, sera pour nous. Et elle durera toute la vie…

Il mit un genou à terre et, sous les étoiles, demanda :

— Ma bien-aimée Sylvie, si je te promets de porter une veste violette assortie à tes souliers, accepteras-tu de m'épouser ?

Quatre semaines après le gala du magazine *Célébrités*, Tom et Sylvie s'épousèrent pour de vrai.

Conformément à leur désir, ils se dirent oui dans la petite

église du village, devant une assemblée choisie d'amis et de proches. Aucun journaliste ne fut convié.

Menée à l'église dans une locomobile rutilante, Sylvie était resplendissante au bras de son père. Pour l'occasion, Geena lui avait dessiné une toute nouvelle robe, encore plus belle que la première, dont elle s'était toutefois inspirée.

Sylvie avait réussi à convaincre Josie de porter une robe assortie à une petite veste mauve et à lui faire troquer ses Doc Martens contre des souliers brodés de satin vert. Ses filleules étaient toutes adorables dans leurs petites tenues couleur lavande. Son petit filleul de cinq ans, lui, se souviendrait longtemps de sa culotte de velours violet…

Quelle fête ! De l'avis de tous, le repas fut une réussite. Les enfants eurent une indigestion de barbe à papa et Josie, à laquelle Sylvie venait de confier l'organisation des mariages, fut submergée de demandes pour des cérémonies du même genre.

Mais, comme Tom l'avait dit à Sylvie, ces noces étaient uniques : c'étaient leurs noces à eux, et à eux seuls…

Composé et édité par HarperCollins France.

Achevé d'imprimer en avril 2019.

BLACK PRINT

Barcelone

Dépôt légal : mai 2019.

MIXTE
Papier issu de sources responsables
FSC® C108412
www.fsc.org

Pour limiter l'empreinte environnementale de ses livres, HarperCollins France s'engage à n'utiliser que du papier fabriqué à partir de bois provenant de forêts gérées durablement et de manière responsable.

Imprimé en Espagne.